ENTHÜLLT

DIE ENTFESSELT-REIHE, BAND 3

IVY LAYNE

GQ PRESS

INHALTSVERZEICHNIS

VON IVY LAYNE

Join Ivy's Readers Group @ ivylayne.com/deutsche

DIE ENTFESSELT-REIHE

Enträtselt

Offenbart

Enthüllt

ALICE

Es begann mit einem Orgasmus.

Nein, stimmt nicht.

Es begann lange bevor Cooper Sinclair mir den besten Orgasmus meines Lebens geschenkt hatte, aber bis dahin gab ich mir Mühe, ihn zu ignorieren.

Ein derart lebensveränderndes Vergnügen machte es mir jedoch schwer, die Anziehung zu diesem Mann zu ignorieren.

Den Mann selbst konnte ich ebenfalls nicht ignorieren. Cooper Sinclair hatte mir nicht nur den besten Orgasmus meines Lebens geschenkt. Er war auch mein Boss.

Oops…

Vielleicht sollte ich ein wenig zurückspulen. Ich arbeite bei Sinclair Security. Ich fing vor neun Jahren als Hilfskraft an, die Anrufe entgegennahm und Kaffee machte. Heute leite ich das gesamte Sekretariat, und Sinclair Security hat sich zur führenden Sicherheitsagentur des Landes entwickelt.

Ich hatte jahrelang Seite an Seite mit Cooper Sinclair gearbeitet, und es war nie etwas passiert.

Nichts.

Keine unangemessenen Bemerkungen, keine Berührungen, die ein wenig zu lange dauerten. Cooper ist verdammt herrisch, aber er ist ein Gentleman. Die meiste Zeit über war ich verheiratet. Mein Ehemann nahm es zwar mit der Treue nicht so genau, ich aber schon. Ich war zur Arbeit gegangen und hatte mir den Arsch aufgerissen, um das Sinclair-Team am Laufen zu halten. Sicher, es gab im Büro viele attraktive Männer, aber ich war nie in Versuchung geraten. Ich hatte nicht einmal geflirtet.

Dann explodierte ein Haus über mir und alles änderte sich.

Das Sinclair-Team hatte schon viele schwierige Aufträge gemeistert. Brenzlige Situationen waren ihr täglich Brot. Dies war nicht ihre erste Explosion. Meine schon, weil ich ausschließlich hinter dem Schreibtisch saß. Ich hatte einen Verteidigungskurs absolviert - Coopers Vorschrift für alle Mitarbeiter -, aber ich hatte nie vor, davon Gebrauch zu machen.

Es sollte ein ruhiger Tag werden. Eine Gelegenheit, aus dem Büro zu kommen und etwas anderes zu tun. Ich hatte mich freiwillig gemeldet, um auf den Sohn von Knox Sinclairs Freundin aufzupassen. Adam war fünf. Ein süßes Kind. Überhaupt kein Problem. Ich dachte mir, wir würden ein paar Erdnussbutter-Marmelade-Sandwiches essen, mit seinen Legos spielen, und ehe wir uns versahen, würden Knox und Lily nach Hause kommen und ich würde zurück ins Büro gehen. Keine große Sache.

Und das war es auch nicht.

Erst als ich den Flur hinunterging, sah ich auf dem Boden unter dem Drucker einen Haufen Papiere liegen, und auf jedem einzelnen Blatt stand die gleiche alarmierende Warnung.

HAUS UMGEBEN. GEHT ZUM SCHUTZRAUM.

Man fragt sich immer, wie man sich in einer Krisensituation verhalten würde, ob man die Nerven behält oder zusammenbricht. Das einzig Gute an diesem Tag war das Wissen, dass sich irgendwo tief in mir das ganze Training von Cooper ausgezahlt hatte.

Dieses Training rettete uns das Leben.

Ich sah die Warnung und mein Gehirn schaltete in einen Gang, von dem ich nicht wusste, dass ich ihn hatte. Ich hielt nicht inne, um mich zu fragen, warum sie nicht einfach angerufen hatten, oder wer das Haus umstellt hatte, oder warum.

Ich ging in die Küche, sagte Adam, dass wir in Knox' Geheimraum ein Picknick veranstalten würden, schnappte mir ein paar Snacks aus der Speisekammer und ein Puzzle, führte Adam in den Schutzraum im Keller und schloss ihn dort ein.

Ich rannte die Treppe wieder hoch, um eine Waffe aus dem Waffenschrank zu holen, bevor ich mich dann ebenfalls im Schutzraum abschließen und abwarten würde.

Ich überlegte, wie ich die Schusswaffe vor meinem jungen Schützling verstecken könnte, als schwere Schritte die Stufen herunterpolterten. Ein Mann mit einer Waffe.

Nicht Cooper. Keiner aus unserem Team.

Einer der Männer, die das Haus umstellt hatten.

Ich weiß nicht, was ich getan hätte, wenn ich aufgehört hätte, zu denken. Ich hatte keine Zeit, die Tür zum Schutzraum aufzuschließen. Keine Zeit, um mich in Sicherheit zu bringen.

Tief in mir steckte ein Tier, das leben wollte. Überleben wollte. Es scherte sich nicht um Gewissensfragen, um richtig und falsch. Das Tier in mir hob den Arm, zielte und feuerte im Bruchteil einer Sekunde, bevor der Mann auf der Treppe das Gleiche tun konnte.

Bevor das Echo des Schusses verhallte, erbebte das Haus mit einem Knall. Die Stufen erzitterten unter den Füßen des Eindringlings, warfen ihn die Treppe hinunter, und direkt auf mich. Meine Ohren klingelten, als ich vor lauter Staub hustete und dem Mann auswich. Etwas über mir verrutschte, fiel herunter und schlug mir heftig auf den Hinterkopf.

Dann gingen die Lichter aus.

Ich war nicht sehr lange bewusstlos, aber ich erinnere mich an Coopers Finger an meiner Kehle, seinen Duft nach Ozean, als er mich hochhob und rannte. Meine Augenlider wogen eine Tonne. Ich konnte nicht sprechen, und trieb ein und aus, aber ich erinnerte mich.

Cooper. Immer nur Cooper. Er trug mich, brüllte Befehle im Krankenhaus, streichelte mit den Fingern über die geschwollene Beule an meinem Kopf.

Ich öffnete meine Augen nach einer gefühlten Ewigkeit und sah, wie Cooper vor meinem Bett herumlief und sich ein Handy ans Ohr hielt. Ich wackelte mit meinen Fingern und Zehen und holte tief Luft, um zu sehen, ob ich noch in einem Stück war.

Ich fühlte mich gut, abgesehen von den Kopfschmerzen, die so schlimm waren, dass mir meine gelegentlichen Migränen im Vergleich dazu lächerlich vorkamen.

Ich musste ein Geräusch gemacht haben, denn Cooper drehte sich um. Er sah, dass ich wach war, und beendete seinen Anruf. Er verließ das Zimmer für einen Augenblick, bevor er zurückkam und fragte: „Wie geht es deinem Kopf?"

Cooper war schon immer intensiv. Ich war mir nicht sicher, ob er wusste, wie er sich entspannen sollte. Es war beunruhigend, dass sich all diese Intensität auf mich konzentrierte. Seine eisblauen Augen waren auf mich gerichtet, der Kiefer verspannt und die Lippen zusammengepresst. Nur sein dunkles Haar machte ihn etwas weicher – dicht und etwas länger als sonst. Cooper war in letzter Zeit nicht dazu gekommen, sich die Haare schneiden zu lassen. Ich mochte es so besser. Liebte es, wie er genervt den Kopf zurückwarf, wenn es ihm in die Augen fiel.

„Alice", sagte er und diese eisblauen Augen verengten sich.

„Hm?"

„Wie fühlt sich dein Kopf an?"

„Okay", log ich. „Was ist passiert? Geht es allen gut?"

„Allen geht's gut. Allen außer dir. Du wirst in ein paar Minuten zum MRT gebracht."

„Ein MRT? Warum?" Ich wollte kein MRT. Ich wollte nach Hause und diese Kopfschmerzen ausschlafen.

„Weil du am Hinterkopf eine Beule hast, die so groß ist wie ein Gänseei und bewusstlos warst", antwortete er mit angespannter Geduld und balancierte auf den Fußballen, als ob er bereit war, mich einzufangen, sollte ich einen Fluchtversuch vornehmen. Ich war nicht so dumm. Wenn Cooper sagte, ich bekäme ein MRT, dann bekam ich auch ein MRT.

„Ich war nicht bewusstlos", sagte ich und war mir nicht ganz sicher, ob das stimmte.

„Nein? Warum hast du dann die Augen nicht aufgemacht? Warum hast du nichts gesagt?"

Ich sah ihn stumm an. Cooper war nicht wütend, obwohl ein Fremder seinen Tonfall hören und annehmen könnte, er sei sauer. Ich kannte ihn. Cooper wurde nie sauer. Er war beherrscht und unterdrückte alles, bis er explodierte. Sauer zu sein lag irgendwo dazwischen und Cooper machte keine halben Sachen.

Nein, Cooper war nicht wütend. Er hatte Angst. Ich hatte öfters miterlebt, wie Cooper explodierte, aber ich sah nur einmal, dass er Angst hatte.

Warum sah er jetzt so verängstigt aus? Er sagte, allen ginge es gut.

„Es ist nur eine Beule am Kopf. Es tut weh, aber es geht wieder weg. Bist du sicher, dass es allen gut geht? Adam?"

„Adam schwimmt gerade mit Knox und Lily in Evers Pool. Er hat keine Ahnung, was passiert ist."

„Knox?"

„In Ordnung", presste Cooper hervor. „Willst du nicht nach mir fragen?"

„Ich kann sehen, dass es dir gut geht."

Coopers Augen blitzten. Vielleicht *war* er sauer…

Vielleicht aus einem guten Grund. Ich hatte jemanden erschossen. Ich sollte fragen, was passiert war, und was passieren würde, aber mein Kopf tat weh. Ich wollte nicht darüber nachdenken.

Ich wollte überhaupt nicht denken.

„Ich habe ihn erschossen", sagte ich leise.

Cooper schloss für einen Augenblick die Augen. Er steckte seine Hände in die Taschen, bevor er sagte: „Evers erklärt gerade alles Agent Holley. Er wird mit dir sprechen wollen."

„Okay." Was gab es noch zu sagen? Special Agent Holley war bei der Atlanta-Abteilung des FBIs. Ich hatte ihn mehr als einmal getroffen. Er mochte mich – hoffentlich genug, dass er mich nicht wegen Mordes ins Gefängnis steckte.

„Alice." Ich drehte den Kopf, um Cooper anzusehen, und zuckte bei der Bewegung zusammen. Coopers Blick war sanft. „Das hast du gut gemacht. Adam ist sicher und ahnungslos, genau wie er es sein sollte. Der Mann, den du erschossen hast, war einer von Tsepovs Leuten. Ich will nicht daran denken, was er dir hätte antun können. Du hast es richtig gemacht."

Ich ließ das sacken. Tsepov war der offensichtliche Verdächtige, aber ich wollte keine voreiligen Schlüsse ziehen. Sinclair Security hatte viele Aufträge erledigt, und Andrej Tsepov war nicht ihr einziger Feind, aber er war der einzige, der es persönlich auf sie abgesehen hatte. Ich wusste, wer Tsepov war. Nach allem, was in letzter Zeit passiert war, war es unmöglich, nicht über Andrej Tsepov Bescheid zu wissen.

Er war der Neffe des ehemaligen Oberhaupts der Tsepov-

Verbrecherfamilie, mit Niederlassungen in Las Vegas, Atlanta und Chicago, und steckte bis zum Hals in allen möglichen, hässlichen Geschäften: Waffen-, Drogen- und Menschenhandel.

Er war der ehemaliger Geschäftspartner eines gewissen Maxwell Sinclairs.

Coopers Vater.

Fünf Jahre zuvor war Maxwell in seinem Auto von einer Brücke gestürzt, und der Gerichtsmediziner identifizierte die Leiche anhand von Zahnunterlagen.

Fall eindeutig.

Seine Söhne hatten um ihn getrauert. Seine Witwe zog nach Florida.

Fall abgeschlossen… oder das hätte er sein sollen.

Bis Cooper erfuhr, dass sein Vater nicht ganz so tot war, wie er gedacht hatte. In den letzten Monaten hatten Cooper und seine Brüder sich bemüht, das Chaos zu entwirren, das ihr Vater hinterlassen hatte.

Wenn der Mann im Keller zu Tsepov gehört hatte, dann musste ich Cooper Recht geben. Ich wollte auch nicht darüber nachdenken, was er mir womöglich angetan hätte.

Ich wollte fragen, was passiert war. Wer hatte Knox' Haus in die Luft gejagt? Und warum? Warum hatten sie die Warnung über den Drucker geschickt? Was war mit Tsepov geschehen?

Bevor ich fragen konnte, kam eine Krankenschwester herein, die einen Rollstuhl schob und mich zum MRT brachte. Eine Stunde später erfuhr ich, dass ich keine Gehirnerschütterung hatte.

Die Entlassung aus dem Krankenhaus dauerte viel zu lange, aber wenigstens war Cooper die ganze Zeit an meiner Seite. Ich nahm an, dass er jemanden damit beauftragen würde, mich nach Hause zu bringen. Agent Holley würde wahrscheinlich mit ihm sprechen wollen.

Er hatte Besseres zu tun, als im Krankenhaus herumzuhängen, mir zuzusehen, wie ich Papierkram unterschrieb, und auf die Entlassungsschwester zu warten. Jedes Mal, wenn ich erwähnte, er solle gehen, schoss er mir einen Blick zu und reagierte nicht. Ich erhob keine Einwände.

Mein Kopf tat höllisch weh und ich hatte Prellungen vom Aufprall auf den Boden. Ich wollte einfach nur wieder schlafen.

Schließlich brachte Cooper mich zurück zu Sinclair Security. Nach Hause. Ich war die einzige Angestellte, die in dem Gebäude wohnte. Nun, Cooper und ich, aber seine Wohnung nahm das ganze obere Stockwerk ein, nicht so wie meine bescheidene Zwei-Zimmer-Wohnung ein Stockwerk darunter.

Das Gebäude war für Kunden gedacht, die eine sichere Unterkunft benötigten, und verfügte über zwei der kleineren Wohnungen. Als unser Mietvertrag vor sechs Jahren auslief und mein Ehemann es versäumt hatte, den Vertrag für unsere neue Wohnung zu unterschreiben, bot Cooper uns eine der kleineren Wohnungen an, bis wir etwas anderes gefunden hätten. Ich war immer noch da.

Anstatt den Knopf für die dritte Etage zu drücken, wählte Cooper die Nummer vier. Ich streckte die Hand aus, um seinen Fehler zu korrigieren, als sich seine Finger um mein Handgelenk schlossen und meine Hand von der Schalttafel wegzogen.

„Du musst dich ausruhen. Ich bringe dich zu mir, wo ich ein Auge auf dich haben kann. Wenn ich dich zu dir gehen lasse, wirst du irgendein Projekt finden, und dich nicht hinlegen und schlafen."

Ich starrte ihn sprachlos an. Ich war noch nie in Coopers Wohnung gewesen. Ich wusste, dass sie riesig sein musste, da sie den ganzen vierten Stock einnahm, und ich wusste, dass sie schön war, weil Cooper einen teuren Geschmack hatte, aber ich war noch nie nach oben eingeladen worden. Ich hatte nie einen Grund, an seine Tür zu klopfen.

Das war nicht das Einzige, was mir die Sprache verschlagen hatte.

Cooper kannte mich zu gut. Mein Schädel pochte. Alles, was ich wollte, war, ins Bett zu kriechen und ohnmächtig zu werden. Aber was, wenn ich keinen Schlaf finden konnte?

Er hatte Recht. Ich würde aufstehen, in meiner Wohnung herumlungern und nach etwas zu tun suchen. Ich war noch nie gut im Stillsitzen, wurde stattdessen zu leicht unruhig. Für manche Menschen wäre ein Tag auf der Couch mit einem Film oder einem Buch der Himmel auf Erden. Für mich? Ich hatte immer mindestens fünf Projekte gleichzeitig am Laufen.

Das bedeutete nicht, dass ich einen Babysitter brauchte, und schon gar nicht Cooper Sinclair, aber es sah so aus, als würde er mir keine Wahl lassen.

Vielleicht, nur vielleicht, hatte er Recht. Zu müde, um zu streiten, ließ ich mich von ihm in seine Wohnung führen, wobei ich kaum den weiten, offenen Raum, den Glanz des Edelstahls, den schwarzen Granit aus der Küche und den lächerlich großen Flachbildschirm am anderen Ende des Raums registrierte.

Wir gingen den Flur entlang, um eine Ecke, und kamen in seinem Schlafzimmer an. Ich sah deckenhohe Fenster mit Blick auf Atlantas Innenstadt und ein Bett so groß wie Georgia - vielleicht Texas, so riesig war es -, dessen marineblaues, gepolstertes Kopfteil bis zur Decke reichte. Es war ordentlich gemacht, mit passenden Laken unter einer knackigen, weißen Bettdecke.

Mein müdes Hirn driftete dahin und ich fragte mich, ob Cooper sein Bett selbst machte und dabei die Bettwäsche so perfekt glattstrich.

Er zog die Bettdecke zurück und stupste mich darunter.

„Ich bringe dir etwas zum Trinken. Du musst deine Medikamente nehmen."

Ich hasste Schmerzmittel, alle Pillen wirklich, und hatte nicht vor, mit Cooper zu streiten. Mein Kopf pochte wie ein verfaulter Zahn und pulsierte so stark, dass sich meine Sehkraft bei jedem Schmerzstich anschwoll und zusammenzog. Ich wollte mich einfach nur hinlegen und meine Augen schließen.

Eine Explosion zu erleben, tat weh.

Dann war Cooper wieder da, schob mir zwei Tabletten zwischen die Lippen und reichte mir ein Glas mit kaltem, süßem Saft. Ich schluckte die Pillen, nippte an dem Glas und ließ mich von Cooper auf das Kissen zurückdrängen.

Meine Augen fielen zu und ich war weg.

2

ALICE

Irgendwann in der Nacht wachte ich auf, blinzelte in die Dunkelheit und war mir sofort bewusst, dass ich nicht in meinem eigenen Bett lag. Ich drehte mich zur Seite und fand Cooper auf der Decke schlafend, eine Armlänge entfernt.

Ich war in Coopers Bett. In Coopers Wohnung.

Aber noch verwirrender war die Tatsache, dass *Cooper* in Coopers Bett lag. Mit mir. Nicht unter derselben Decke, aber trotzdem. *Was zur Hölle?*

Ich dachte darüber nach, aufzustehen, mich rauszuschleichen und in meine eigene Wohnung zu gehen. Sobald mir der Gedanke in den Sinn kam, verwarf ich ihn jedoch wieder. Ich fühlte mich warm und einigermaßen wohl, bis auf das Pochen in meinem Kopf und die Schmerzen in meiner Schulter und meiner Hüfte. Die Schmerztabletten schlugen mir auf den Magen. Mir war nicht völlig übel, aber wenn ich aufstand… Nein, lieber nicht.

Ich ließ mich wieder vom Schlaf übermannen.

Die Morgensonne stach mir in die Augen, als die Matratze neben mir nachgab. Ich rollte zur Seite und stieß auf einen harten Körper. Als ich ins Licht blinzelte, bemerkte ich, dass meine Hand auf Coopers Oberschenkel lag und meine Schulter an seine Hüfte lehnte. Er saß seitlich auf dem Bett neben mir, und ich befummelte ihn. *Mist.*

Ich zog meine Hand schnell weg und versuchte, mich aufzusetzen, eingeklemmt durch die Decke, auf der Cooper saß.

„Kannst du frühstücken?"

Ich hörte auf, zu versuchen mich aufzusetzen und dachte darüber nach. Mein Kopf tat immer noch sehr weh. Stark genug, dass ich vielleicht noch mehr Schmerztabletten brauchte, aber wenn ich das tun wollte, bräuchte ich Nahrung, oder sie würden mir wieder hochkommen.

Wie ein unheimlicher Gedankenleser nickte Cooper, bevor ich ein einziges Wort sprach. „Du brauchst Frühstück, damit du die Schmerztabletten nehmen kannst. Gut, dass du deswegen kein Theater machst. Ich habe einen der Praktikanten damit beauftragt, Essen von *Annabelle's* abzuholen. Ein Frühstückssandwich und Kaffee. Und einen Keks, wenn du brav bist."

Ich überlegte, ihm für die Bemerkung über das *brav sein* das Fell über die Ohren zu ziehen, aber wenn er für mich etwas von *Annabelle's* besorgte, würde ich meinen Mund halten. Annabelle war eine Freundin, die ein Café besaß. Jeder bei Sinclair Security war ein Stammgast, auch wenn es näherliegende Alternativen gab. Annabelle war eine Kaffee-Künstlerin, und alles, was aus ihrer Küche kam, war göttlich.

Ich setzte mich unbeholfen auf, schwang meine Füße zur Seite und hielt den Atem an, als mein Magen knurrte. Noch immer benommen von den Tabletten vom Vorabend und dem Pochen in meinem Kopf, ließ ich mich von Cooper auf die Füße ziehen und mich durch den Raum leiten. Er führte mich ins Badezimmer, bevor er mich alleine ließ und über die Schulter rief: „Wenn du nicht in fünf Minuten wieder da bist, komme ich dich holen."

Das würde er auch. Gottseidank reichte die Zeit jedoch aus. Ich brauchte keine fünf Minuten, um auf die Toilette zu gehen und mir Hände und Gesicht zu waschen. Ich versuchte, nicht zu genau in den Spiegel zu schauen.

Ich sah echt bescheiden aus, und ich konnte nichts dagegen tun.

Mein normalerweise ordentlicher Bob war ein Chaos. Mein schwarzes Haar, das überall hochstand, sah katastrophal aus und jede Spur des Make-ups vom Vortag war längst weg. Ich sah ungefähr so gut aus wie jemand, der eine Explosion überlebt hatte.

Wenigstens waren alle meine Körperteile am richtigen Platz und ich war nicht tot. Ich hatte einen Flashback, wie der Mann die Treppe hinunterkam, die Waffe hob und den Abzug drückte, als seine Füße von den Stufen flogen, weil das Haus von der Explosion erschüttert wurde.

Ich hatte gehört, dass Menschen mit Kopfverletzungen sich manchmal nicht an Geschehnisse erinnern konnten, die passierten, als sie verletzt wurden. Zu schade, dass ich nicht dazu gehörte. Ich erinnerte mich kristallklar daran, wie ich den Abzug gedrückt hatte.

Ich dachte an den kleinen Jungen im Schutzraum. Adam. Unschuldig und noch am Leben, weil ich zwischen ihm und den Bösewichten gestanden war. *Das* war es, worauf ich mich konzentrieren musste.

Als ich nach unten schaute, fiel mir auf, was ich anhatte, und ich zuckte zusammen. Ein übergroßes Sinclair-Security-T-Shirt und kurze Sweat-Shorts – nichts davon meins. Ich wusste, wem sie gehörten.

Ich hatte die Kleidungsstücke oft gesehen, als Cooper nach einem morgendlichen Training am Schreibtisch anhielt. Warum trug ich seine Kleidung? Er hätte in meine Wohnung gelangen können, was sich bestätigte, als ich ins Wohnzimmer ging und einen Stapel meiner Sachen auf der

Kücheninsel sah, darunter ein leichter Kapuzenpullover mit Reißverschluss, ein passendes Tank-Top, Spitzenhöschen und eine weiche Freizeithose, die bis knapp unter die Knie ging.

Ich beschloss, die Tatsache zu ignorieren, dass Cooper meine Unterwäscheschublade geöffnet hatte. Ich hoffte sehr, dass es Cooper war. „Bitte sag mir, dass du nicht einen der Praktikanten geschickt hast, um in meiner Unterwäscheschublade herumzuwühlen."

Cooper grinste verschlagen und mein Herz setzte einen Schlag aus. „Ich habe dir ein paar Dinge besorgt, von denen ich gedacht habe, du würdest sie brauchen. Iss dein Frühstück, bevor du dich umziehst, sonst wird es kalt."

Zuerst durchfuhr mich Erleichterung, weil keiner der jüngeren Angestellten meine Unterwäscheschublade durchwühlt hatte, und dann trieb mir die Hitze in die Wangen, als ich mir Cooper an meiner Kommode vorstellte, wie er neben hauchfeinen Spitzen-Dessous auch meine Oma-Schlüpfer, meine Alltags-Unterwäsche und die Unterwäsche, die ich nur trug, wenn ich meine Regel hatte, begutachtete. *Na toll...*

Ich beschloss, nicht darüber nachzudenken, nahm mir mein noch warmes Sandwich, in der Hoffnung, dass das buttrige Croissant und der rauchige Speck den Schmerz in meinem Kopf etwas lindern würden. Cooper schob mir einen Pappbecher mit dem Logo von *Annabelle's Café* vor die Nase.

Ich wusste, dass es ein fettarmer Vanille-Latte sein würde. Den mochte ich am liebsten, und Cooper wusste das. Nach neun Jahren würde er mir niemals den falschen Kaffee holen, obwohl ich immer diejenige war, die Kaffee bestellte. Ich schluckte einen Bissen Sandwich herunter und mein Magen grummelte dankbar für das Essen, bevor ich einen Schluck Kaffee trank. *Ja, ein fettarmer Vanille-Latte...* Neben dem Becher lagen zwei weiße Tabletten, die ich ohne Widerspruch nahm und mit einem weiteren Schluck Latte und einem weiteren Bissen Sandwich herunterspülte – mit Essen im Magen würden sie mich vielleicht nicht so benommen machen. Cooper hatte wirklich an alles gedacht.

Gerade, als ich mich ganz warm und dankbar fühlte, musste Cooper den Mund aufmachen und es ruinieren. „Ich muss zur Arbeit gehen. Bleib hier und ruh dich aus. Sieh fern, tu einfach gar nichts oder so."

„Ich kann arbeiten", beharrte ich, obwohl ich ausnahmsweise nicht wirklich wollte. Wenn etwas Dringendes käme, könnte ich da sein, aber ich war mir nicht sicher, ob ich es mit diesen Kopfschmerzen schaffen würde.

Cooper machte sich nicht die Mühe, zu antworten, steckte sein Telefon in die Tasche und drehte sich um, bereit zu gehen. „Ich sehe später nach dir und bring dir Mittagessen. Wenn Agent Holley kommt, bringe ich ihn hoch."

Ich sprang von meinem Hocker und legte mein Sandwich ab, um ihm zur Tür zu folgen. „Du musst mir kein Mittagessen bringen, Cooper. Ich habe genug zu essen unten. Sobald ich mit dem Frühstück fertig bin, kann ich gehen-"

„Du bleibst hier", sagte Cooper erneut.

„Warum?" Ich musste fragen.

„Weil ich dir in deiner Wohnung nicht traue. Du musst dich ausruhen. Ich möchte wissen, wo du bist, damit ich ein Auge auf dich werfen kann."

Ich schlich hinter ihm her, als er auf die Tür zuging, und versuchte, das ständige Pochen in meinem Kopf zu ignorieren. Ich starrte immer noch auf seinen Rücken, als sich die Tür hinter ihm schloss, wobei sich der Riegel mit einem Knacken drehte.

Moment mal… Warum sollte er die Tür von außen abschließen? Ich streckte die Hand aus, um das Schloss aufzumachen, aber der Riegel ließ sich nicht drehen. Er hätte genauso gut festgeschweißt sein können.

Hat dieser Bastard mich gerade eingesperrt?

Ich verschränkte meine Arme über der Brust und starrte auf die Tür.

Ja, das hatte er. Cooper Sinclair hatte mich eingesperrt.

Ich stand da und dachte nach. Ich könnte einen Wutanfall bekommen, im Büro anrufen, ihm die Hölle heiß machen und verlangen, dass er mich rauslässt, aber wenn ich gegen Cooper in den Krieg ziehen würde, war ich mir nicht sicher, ob ich am Ende gewinnen könnte. Die Jungs hatten alle Hände voll mit den Folgen der Explosion und dem Mann, den ich erschossen hatte, also würde ich dieses eine Mal an Ort und Stelle bleiben.

Nur dieses eine Mal... Ich wollte nicht, dass Cooper auf die Idee kam, er könne mich herumkommandieren, wann auch immer er wollte.

Ich beendete mein Frühstück, ließ den Keks für später liegen und brachte meinen Kaffee zu der riesigen, L-förmigen Couch, die einem gigantischen Fernseher gegenüberstand. Coopers Couch war mehr als breit genug für seinen großen Körper – mich verschluckte sie ganz. Ich schüttelte die weichen Kissen auf, zog eine Decke über mich, schnappte mir die Fernbedienung und beschloss, durch die Kanäle zu zappen.

Das dauerte weniger als eine Stunde. Nichts gegen Fernsehen, aber ich schaute nur hier und da ein bisschen fern, da ich normalerweise nicht einfach untätig auf der Couch lag. Ich schaltete den Fernseher für Gesellschaft ein, wenn ich kochte oder an einem meiner Projekte arbeitete, aber einfach nur beim Rumsitzen? Als die Wirkung der Schmerztabletten einsetzte, war mir sogar dafür nicht langweilig genug.

Es war ein Laster oder eine Tugend - je nach Standpunkt -, aber so war ich. Wenn ich nicht schlief, bewegte ich mich. Ich war schon immer von Natur aus nicht in der Lage, vor dem Fernseher zu vegetieren.

Ich schaltete zu einem Musik-Kanal und setzte mich auf,

nur ein wenig benommen von den Kopfschmerzen und den Schmerztabletten. Als sich mein Gehirn beruhigt hatte, stand ich auf und sah mich nach etwas um, das ich tun konnte.

Coopers Wohnung war in einem Stil dekoriert, den ich als Vintage-Junggesellen-Stil bezeichnen würde. Nicht viel Schnickschnack, nur eine Handvoll Bilder, die meisten mit den Brüdern und Freunden. Das Wohnzimmer war licht-durchflutet und eine ganze Wand wurde wie in seinem Schlafzimmer von weiteren Fenstern dominiert, die vom Boden bis zur Decke reichen.

Dieser Teil von Coopers Wohnung war offen angelegt. Jeder Bereich floss in den nächsten über. Die Küche bestand ganz aus Edelstahl und schwarzem Granit, mit einer Früh-stückstheke und einer Kücheninsel neben einem Essbereich mit einem langen, dunkel lackierten Tisch, der in der Morgensonne glänzte. Der Wohnbereich lag gegenüber.

Was ich von hier aus sehen konnte, war geräumig, aber Coopers Wohnung deckte die gesamte Etage ab, also musste es viel mehr als nur sein Schlafzimmer und den offenen Wohnbereich geben. Was hatte Cooper hier oben sonst noch?

Ich zögerte kein bisschen, bevor ich mich aufmachte, um nachzuforschen. Wenn er nicht wollte, dass ich herumstö-berte, hätte er mich nicht in seiner Wohnung einschließen sollen. Er würde ernten, was er gesät hatte.

Er hatte meine Unterwäscheschublade durchwühlt? Ich hatte den ganzen Tag Zeit, um seine zu durchwühlen.

Ich ignorierte das Flattern in meiner Brust bei dem Gedanken an Coopers Unterwäsche. *Coopers Unterwäsche geht dich nichts an*, dachte ich zu mir selbst.

Ich schlenderte den Flur hinunter zu Coopers Schlaf-zimmer und entdeckte eine Waschküche mit einer massiven Waschmaschine und einem Trockner, eine ganze Wand mit sauber organisierten Regalen, Haken, an denen mehrere

Jacken hingen, und Schuhregale mit Stiefeln und Turn-schuhen.

Dieser Raum führte zu einem anderen, der bis auf einen gepolsterten Boden leer war. Ein hoher Holzstab lehnte an der Wand, daneben ein paar Sätze Gewichte. Warum hatte Cooper einen Fitnessraum zu Hause, wenn er doch den unten benutzten konnte? Ich betrat den Raum und reali-sierte, dass er ihn für seine Kampfkünste benutzte.

Wir hatten unten einen Fitnessraum, aber ich konnte verstehen, dass er manchmal Privatsphäre brauchte, oder einfach nur Ruhe. Ich verbrachte nicht viel Zeit im Firmen-Fitnessraum. Trotz der Knackärsche, die dort abhingen, war es seltsam, als eine der wenigen Frauen mit all diesen Kerlen zu trainieren. Wie auch immer, ich mochte lieber Fitness-Kurse. Ich konnte mir nicht vorstellen, dass jemand aus unserem Team sich für Zumba interessierte.

Ich ging den Flur entlang, kam wieder an Coopers Schlafzimmer vorbei und beschloss, mir das für den Schluss aufzuheben. Es gab drei weitere Zimmer – eines davon mit einem Haufen Kisten und einem alten Schreibtisch. Die anderen beiden waren im neutralen Gästezimmer-Stil einge-richtet.

Der Flur bog ab und ich stand vor zwei Türen – eine Innentür, die überall hätte hinführen können, aber ich wusste nicht wohin, weil sie verschlossen war. Die andere Tür war passend zur Inneneinrichtung gestrichen, aber nach einem Klopfen bemerkte ich, dass sie aus Metall war. Führte sie nach draußen? Ich konnte nur spekulieren, dass das viel-leicht die Tür zum Treppenhaus war, weil sie auch verschlossen war.

Ich drehte mich um und ging zurück zu Coopers Schlaf-zimmer, wobei ich beim Gehen schwankte. Ich konnte mich nicht daran erinnern, wann ich das letzte Mal rezeptpflich-tige Schmerzmittel genommen hatte. Sie schlugen bei mir richtig ein. Vielleicht war es gut, dass ich nicht bei der Arbeit war. Wahrscheinlich hätte ich am Ende fünfhundert Packungen Druckpapier bestellt statt fünf, oder den Zeitplan durcheinandergebracht.

Trotzdem hätte Cooper mich nicht einsperren müssen. Ich schimpfte über Kontrollfreaks, als ich auf Coopers Schrank zuging. *Gleiches Recht für alle und so weiter...*

Coopers Schrank war so ordentlich und organisiert, wie ich es erwartet hatte. Alles, bis zu seiner Sockenschublade, war nach Farbe und Typ geordnet. Ich hatte gerade meine Hand auf dem nächsten Griff und erhaschte einen Blick auf Reihen von ordentlich gefalteten Boxershorts, als ich hinter mir hörte: „Schnüffelst du herum?"

Ich schreckte hoch, drehte mich um und schwankte, da mir die plötzliche Bewegung einen schmerzhaften Stich durch den Kopf jagte. Hände schlossen sich über meine Schultern und stützten mich sanft ab, als Coopers Grinsen auf mich herunter strahlte. „Lass dich von mir nicht aufhalten. Willst du dir meine Unterwäsche ansehen, Alice?"

Ich sah zu ihm hoch. Warum war er so groß? Bei mir drehte sich alles und ich platzte heraus: „Was machst du hier oben?"

„Ich habe dir gesagt, du sollst an Ort und Stelle bleiben. Du sollst dich ausruhen, nicht überall herumwandern."

Seine Worte drangen durch meine Ohren in mein Gehirn und fügten sich langsam zu einem Bild zusammen, das mein Temperament brodeln ließ.

Er hatte gesagt, er wolle mich dort haben, wo er mich im Auge behalten könne.

Er wusste, dass ich überall herumgelaufen war.

„Du hast hier drin *Kameras?*", beschuldigte ich ihn.

Coopers eisblaue Augen starrten zurück und gaben nichts zu, aber ich brauchte keine Bestätigung. Cooper leitete Sinclair Security. Die Überwachung war Teil dessen, was sie taten, und sie waren verdammt gut darin. Ich hätte es wissen müssen. Ich half bei der Bestellung der Ausrüstung und war ein Versuchskaninchen gewesen. Der größte Teil des Gebäudes war verkabelt, mit Ausnahme der Wohnungen im zweiten Stock und der von Cooper.

„Wann hast du die Kameras installiert?"

Das Grinsen fest auf den Lippen, antwortete Cooper: „Heute Morgen. Was muss ich tun, damit du dich hinlegst und ausruhst?"

Ich antwortete mürrisch: „Gib mir meinen Laptop."

„Nein."

„Also gut." Ich drehte mich um und begann, seine Unterwäscheschublade wieder zu öffnen. „Du magst marineblau, oder? Ich weiß nicht, warum mir das nie aufgefallen ist. Vielleicht, weil jeder im Büro blaue Anzüge trägt und ich noch nie dein Schlafzimmer oder deine Unterwäsche gesehen habe-"

Cooper griff um mich herum und schob die Schublade zu.

„Also gut, ich bringe dir deinen Laptop."

„Und ein Telefon."

„Auf keinen Fall. Keine Anrufe. Nur den Laptop. Und wenn du müde wirst, machst du ein Nickerchen. Abgemacht?"

„Gut." Ich stolzierte zurück ins Wohnzimmer, oder ich versuchte, zu stolzieren... Mit der Wirkung der Schmerztabletten und meinen bestehenden Kopfschmerzen war es wahrscheinlich eher ein Schlurfen. Cooper ging zur Tür.

„Ich komme mit deinem Laptop zurück. Agent Holley wird in ein oder zwei Stunden hier sein, also solltest du dich vielleicht umziehen. Oder auch nicht. Mein T-Shirt steht dir gut."

3

ALICE

Ich starrte mit offenem Mund zur Tür, die gerade hinter Cooper zu schlug.

Seit wann bemerkte er, was ich anhatte?

Sowas kam nie vor. Cooper war am Arbeitsplatz immer überaus korrekt. Er machte mir oft Komplimente für meine gute Arbeit, aber er erwähnte nie mein Aussehen.

Er war der Einzige, der das nicht tat.

Ich hatte einen bestimmten Stil. Entweder mochte man ihn, oder man verstand ihn nicht. Rockabilly wurde von den Fünfzigern inspiriert, angehaucht mit einer Prise Rock'n'Roll. Ich zog mein erstes Rockabilly-Kleid im College an und seitdem wollte ich nichts anderes tragen. Die meisten meiner Kleider waren Vintage-Kleider aus den fünfziger Jahren, mit enganliegendem Mieder, schmaler Taille und vollen, knielangen Röcken. Sie waren sowohl sehr feminin als auch bescheiden und ich dachte immer, dass der Schnitt der Kleider und die leuchtenden Farben meiner kleinen Statur mehr Präsenz verliehen.

Im Laufe der Jahre hatte ich mir den Stil zu eigen gemacht, aber ich musste zugeben, dass mein Erscheinungsbild etwas unerwartet war. Nicht unprofessionell, aber unerwartet. Die meisten meiner Kleider waren ziemlich schlicht, aber gelegentlich, wenn wir keine Kundentreffen hatten, zog ich etwas Ausgefalleneres an.

Cooper hatte noch nie ein Wort über die Kleider mit Lutschern oder das mit Miniatur-Sushi verloren, aber er hatte bemerkt, dass mir sein altes T-Shirt stand?

Vielleicht war er derjenige, der einen Schlag auf den Kopf abbekommen hatte. Oder vielleicht wirkten die Schmerztabletten stärker, als ich dachte... Ich sah mir den Kleiderstapel auf der Kücheninsel an und begriff, dass Cooper jeden Moment zurückkommen würde.

Ich bewegte mich so schnell es ging, ohne dabei den Kopf zu bewegen, schnappte mir die Kleidung und ging in sein Badezimmer, um mich umzuziehen. Er mochte zwar Kameras in seiner Wohnung haben, aber nicht einmal Cooper würde sie im Badezimmer installieren. Er war kontrollierend und überfürsorglich, aber er war kein Perverser.

Ich zog die Freizeithose und den Kapuzenpullover an, die er gewählt hatte, und suchte in seinen Schubladen nach einem Kamm oder einer Bürste. Meine Eitelkeit drängte mich dazu, Cooper aufzufordern, nach unten zu gehen und mein Make-up zu holen, damit ich nicht wie ein kränkliches Gespenst aussah, wenn Agent Holley kam, um meine Aussage aufzunehmen.

Ich stellte mir vor, wie ich mit frisiertem Haar und rotem Lippenstift einen Mord gestand – wahrscheinlich nicht die beste Idee. Armselig und mitleidserregend käme vielleicht besser rüber.

Ich war sowieso nicht in der Lage, mich zu schminken, geschweige denn, etwas mit meinen Haaren anzustellen. Das war vielleicht das einzige Mal in meinem Leben, dass ich es für besser hielt, meine Rüstung abzulegen und beschissen auszusehen.

Cooper kam mit meinem Laptop zurück und überreichte ihn mir mit einer strengen Warnung, mich zu benehmen. Ich traute ihm zu, dass er einen Tasten-Tracker - ein Programm, das der PC-Nutzung folgen konnte - installiert hatte oder ein zweiter Laptop auf seinem Schreibtisch stand, damit er beobachten konnte, was ich tat, nur um sicherzugehen, dass ich seine Befehle befolgte.

Er brauchte sich keine Sorgen zu machen. Das allgemeine E-Mail-Postfach quoll seit dem Nachmittag zuvor über, und nachdem ich mich zwei Stunden lang damit beschäftigt hatte, hatte ich nicht die Energie, Schwierigkeiten zu machen. Ich schloss meinen Laptop, stellte ihn auf den Couchtisch und kuschelte mich in Coopers bequeme Couch. Meine Augen schlossen sich, sobald das Pochen in meinem Kopf nachließ.

Das Geräusch der sich schließenden Tür weckte mich. Ich setzte mich auf, immer noch ein wenig benommen, fühlte mich aber viel mehr wie ich selbst. Die Schmerzmittel vom Morgen waren nicht mehr in meinem System und mein Kopf pochte nicht mehr so heftig wie zuvor.

Cooper war nicht alleine gekommen. Neben ihm stand Agent Holley, ein großer, schlaksiger Mann mit freundlichen Augen, der mich besorgt anstarrte.

Cooper reichte mir einen weiteren Kaffee, diesmal aus der Maschine unten im Büro. Ich wollte aufstehen, aber Agent Holley winkte mein Vorhaben ab.

„Stehen Sie nicht auf, Alice. Es ist schön, Sie wiederzusehen. Ich brauche Sie nur, um mir zu erklären, was gestern passiert ist."

Ich war überrascht, als Agent Holley sein Notizbuch weglegte, nachdem er nur ein paar Fragen gestellt hatte.

„Das war's?"

„Das war's", bestätigte er und wechselte einen Blick mit Cooper.

„Wollen Sie mir nicht sagen, dass ich die Stadt nicht verlassen soll oder so?" Ich musste fragen.

Agent Holley schenkte mir ein seltenes Lächeln. „Verlassen Sie nicht die Stadt, Alice. Ich kann Sie noch nicht offiziell vom Haken lassen, weil es immer noch eine aktive Untersuchung ist, aber nach allem, was Sie mir erzählt haben und was ich am Tatort gesehen habe, ist es klar, dass Sie nicht nur sich selbst, sondern auch Adam Spencer verteidigt haben. Es steckte eine Kugel in der Wand gegenüber der Treppe. Durch Ihren eigenen Schuss und die Explosion haben Sie es vielleicht nicht gehört, aber Tsepovs Mann hat auch auf Sie geschossen. Adam Spencer hatte Glück, dass Sie da waren."

Meine Kehle schnürte sich mit nutzloser Angst zu bei dem Gedanken an die Kugel, dass er mich hätte töten können, aber es folgte eine Welle der Erleichterung, die mein Angstgefühl wegspülte.

Agent Holley glaubte mir.

Ich war nicht auf dem Weg ins Gefängnis.

Das waren gute Nachrichten.

Ich nickte und schüttelte Agent Holleys Hand, als ich Cooper sagen hörte: „Warten Sie einen Moment. Ich begleite Sie hinaus", bevor er sich wieder zu mir umdrehte. „Was möchtest du zum Abendessen? Brauchst du noch eine Schmerztablette?"

„Vielleicht Aspirin oder so, wenn du es hast. Nichts mehr von dem Zeug vom Arzt. Mein Kopf ist nicht mehr so schlimm. Ich schwöre es", fügte ich hinzu, als Cooper aussah, als wolle er protestieren.

Er überprüfte die Uhrzeit, beurteilte, dass die Einnahme der Tabletten heute Morgen lange genug her war und brachte mir eine kleine, rotweiße Dose aus dem obersten Regal der

Speisekammer. Ich spülte zwei der Tabletten mit Kaffee hinunter.

„Also… Abendessen?", forderte er auf.

„Ich sollte nach Hause gehen und dir nicht im Weg sein."

„Hast du schon genug von mir?", fragte Cooper mit einem Grinsen.

„Nein, ich dachte nur… ich sollte wahrscheinlich nach Hause gehen", sagte ich lahm.

Zuvor hatte ich mich gefragt, ob es die Kopfschmerzen und Tabletten waren, oder ob Cooper sich seltsam benahm. Jetzt waren die Kopfschmerzen kontrollierbar und die Wirkung der Schmerztabletten hatte nachgelassen. Ich wusste es ganz sicher, was mich verwirrte.

Cooper war seltsam.

„Sushi, Thai oder Italienisch?", fragte er erneut.

Ohne zu überlegen antwortete ich: „Italienisch. Ich brauche Lasagne." Lasagne war so gut wie Schokolade oder Kaffee, wenn es darum ging, die rauen Ränder des Lebens zu glätten. Geschmolzener Käse und Nudeln. *Hmmm, ja, Lasagne.*

„Knoblauchbrötchen?"

„Unbedingt."

Ein weiteres Grinsen, das halb frech und halb schmunzelnd war. Was war mit ihm los? Ich war nicht überrascht, dass er meine Bestellung kannte. Wie beim Kaffee war ich für das Bestellen von Mahlzeiten zuständig, aber Cooper wusste, was ich für mich bestellte, weil er es auf meinem Schreibtisch gesehen hatte. Der Italiener, von dem wir oft bestellten, machte die besten Knoblauchbrötchen der Welt. Ich hätte ausschließlich davon leben können.

„Lasagne mit Knoblauchbrötchen. Ich bin in ein oder zwei Stunden zurück. Versuch, dich bis dahin aus Schwierigkeiten herauszuhalten."

Das Schloss drehte sich in der Tür. *Ich kann nicht anders, als mich aus Schwierigkeiten herauszuhalten, wenn du mich immer wieder einsperrst,* dachte ich.

Als Cooper zurückkam, war ich schon ganz verrückt vor Aufregung, denn seine Hände waren mit Papiertüten beladen, auf denen Tomaten und Knoblauch abgebildet waren. Mir lief das Wasser im Mund zusammen und ich merkte, dass ich am Verhungern war.

Er kam zur Couch, wo ich ausgestreckt lag und durch TV-Kanäle schaltete. Als er die Tüten auf den Couchtisch stellte, drückte er mir einen Kuss auf den Kopf und verschwand mit den Worten: „Kannst du die auspacken? Ich bin gleich wieder da."

Hat Cooper mich gerade auf den Kopf geküsst? Ich war diejenige, die bewusstlos gewesen war, aber Cooper benahm sich, als hätte er eine Persönlichkeitstransplantation hinter sich.

Vielleicht war nichts von all dem passiert. Vielleicht lag ich bewusstlos im Krankenhaus und das Ganze war nur eine Koma-Wahnvorstellung.

Ich packte die Behälter aus und stellte sie auf dem Couchtisch auf. Zwei Portionen Lasagne, Knoblauchbrötchen und ein Tiramisu. Ich schnappte mir eins der Brötchen und versenkte meine Zähne in dem buttrigen Hefegebäck.

Ich musste im Koma sein. Das war das Einzige, was Sinn machte. Mir fiel kein Grund ein, warum ich in Coopers Wohnung sitzen sollte, um mit ihm zu essen. Wir arbeiteten seit neun Jahre miteinander und ich war nie in seiner Wohnung gewesen, um dort zu essen oder sonst was.

Und Cooper hatte mich noch nie auf den Kopf geküsst. Koma-Wahn. *Eindeutig.*

Er kam in einem T-Shirt und Jogging-Shorts zurück und ließ sich neben mir auf die Couch fallen. Er nahm die Fernbedienung, schaltete um und fragte: „Ist das in Ordnung?"

Ich schaute auf und erkannte einen Film, über den wir beide mal gesprochen, jedoch in den Kinos verpasst hatten.

„Sicher." Ich stürzte mich auf mein Abendessen. Die Wirkung der Schmerztabletten war ganz weg und mein Appetit war wieder da. Normalerweise reichte mir eine Portion Lasagne für zwei Mahlzeiten, aber ich verschlang jeden Bissen, meinen Anteil der Knoblauchbrötchen und kämpfte um jeden Bissen des Tiramisus.

Als ich seine Hand mit meiner Gabel erwischte, sah er mich vorwurfsvoll an, aber ich zuckte mit den Achseln. „Du hättest zwei bestellen sollen. Du weißt, dass ich Tiramisu liebe."

Mit vollem Magen lehnte ich mich in die Couch zurück und spürte Coopers Arm hinter mir. Er schloss sich um mich und zog mich an seine Seite. Mein Hunger war gestillt, die Kopfschmerzen gingen in ein dumpfes Pochen über und meine Augenlider senkten sich. Ehe ich mich versah, war ich an Cooper gelehnt, mein Kopf auf seiner Brust. Er roch nach Ozean und sauberer Luft und Salz, als ich ihn einatmete, sein Herz pochte kräftig unter meinem Ohr.

Ein Blitz kribbelnder Panik schoss durch mich hindurch und mein Herz schlug schnell, als ich merkte, wo ich gerade einschlief. Gegen Cooper gelehnt, sein Arm um mich gelegt, mein Kopf auf seiner Brust.

Was zum Teufel? Wie war ich hier gelandet?

Koma-Wahn, erinnerte ich mich. *Nichts von all dem ist real. Ich werde im Krankenhaus mit mörderischen Kopfschmerzen aufwachen und Cooper wird sein normales Selbst sein. Alles rein geschäftlich. Rechthaberisch und nervtötend. Keine Küsse. Kein Essen. Nur Cooper…*

Dieser Gedanke hätte tröstlich sein sollen, und das wäre er auch gewesen, aber ich mochte meinen Koma-Wahn. Ich mochte die Kraft seines Armes um mich. Seinen Ozeanduft in meiner Nase. Wäre ich allein zu Hause gewesen, wäre ich nicht friedlich, satt, schläfrig und sicher. Ich wäre unruhig gewesen und hätte mich an das erinnert, was in Knox' Keller geschehen war. An das Gefühl, den Abzug zu drücken. An das Dröhnen der Explosion und daran, dass alles dunkel wurde.

Nicht hier. Nicht an Cooper gekuschelt, als sein Herz unter meinem Ohr pochte und sein Arm mich festhielt. Cooper würde nicht zulassen, dass mir etwas passierte. *Niemals.*

Mit diesem Gedanken schlief ich ein.

Ich erwachte durch das Flimmern des Fernsehbildschirms und das schwerelose Gefühl, durch die Luft zu schweben. Cooper hielt mich in seinen Armen und drückte mich eng an seine Brust, als er mich trug.

Was?

Mein Gehirn verheddderte sich im Schlaf, fiel in die Zeit zurück, als ich auf der Flucht aus Knox' Haus in und aus dem Bewusstsein getaucht war, wobei ich mir nur Coopers starker Arme bewusst war, die mich fest umschlossen hielten.

Realität setzte langsam ein. Es gab keinen Rauch. Cooper rannte nicht. Er durchquerte die Wohnung einfach in seinem normalen Schritttempo. Meine Augen sprangen auf. Ich war in Coopers Wohnung. Ich sollte nicht hier sein. Koma-Wahn oder nicht, es war Zeit, nach Hause zu gehen.

Ich drehte mich in seinen Armen. „Cooper, lass mich runter. Wo bringst du mich hin?"

„Ins Bett."

Es gab keinen Grund, warum diese Worte spiralförmig Hitze durch meinen Körper jagten. Cooper meinte es nicht so. Natürlich meinte er es nicht so…

Ich drückte gegen seinen Arm. „Cooper, lass mich runter. Ich muss nach Hause. Es geht mir gut. Ich weiß es zu schätzen, dass du dich um mich kümmerst, mir Abendessen bringst und alles andere, aber meinem Kopf geht es besser. Ich nehme keine Schmerztabletten mehr. Ich muss nach Hause."

„Warum?"

Verblüfft verlor ich den Faden.

Warum? Was meint er mit „warum"?

Ich antwortete langsam: „Weil ich dort lebe."

Cooper ignorierte mich und setzte seinen Weg durch den Raum fort.

„Cooper, ernsthaft, lass mich runter."

Ich hatte nie zuvor wirklich über den Unterschied zwischen unseren Körpergrößen nachgedacht, außer als ich bemerkte, dass Cooper groß war - wirklich groß -, und es ihm gut stand. Nun war mir sehr deutlich bewusst, dass mein kleiner, schmaler Körper gegen Cooper keine Chance hatte. Er hielt mich ohne jede Anstrengung bewegungslos, was mir gefallen hätte, wenn es nicht so nervig gewesen wäre.

Er ignorierte mich und fragte: „Dein Kopf tut nicht mehr weh?"

Ich ergriff diese Chance und bestätigte: „Nein. Versprochen. Das ist viel besser. Es tut kaum noch weh und mir geht's ganz gut. Lass mich einfach runter und ich gehe nach Hause. Wenn ich etwas brauche, rufe ich dich an."

Cooper stand im schattigen Dunkeln der Küche, die Augen auf mein Gesicht gerichtet, als er wieder fragte: „Dein Kopf tut nicht weh? Geht es dir gut?"

„Mir geht es gut", wiederholte ich, beunruhigt über sein seltsames Verhalten. Er hätte bereit sein sollen, mich loszuwerden. Oder nicht?

Cooper drehte sich um, und anstatt mich herunterzulassen, setzte er mich auf die Kücheninsel, die Arme noch um mich geschlungen. Meine Knie waren auf beiden Seiten seiner Hüften und ich schaute verwirrt auf. Was hatte er vor?

Cooper umfasste mein Kinn mit seinen Fingern und zwang mich, ihn anzusehen. Mit einem seltsamen, intensiven Licht in seinen hellblauen Augen, sagte er: „Ich habe so lange gewartet. Zu lange. Fast hätte ich meine Chance verpasst, aber diesen Fehler mache ich nicht noch einmal."

Ich öffnete meinen Mund, um ihm zu sagen, er solle aufhören, seltsam zu sein. Für einen Augenblick, als ich zu ihm aufschaute, erkannte ich den Mann nicht, der mein Gesicht in seinen Händen hielt.

Das war nicht der Cooper, den ich kannte.

Dieser Mann war nicht nur geschäftlich, kühl und engagiert. Dieser Mann hatte geschmolzenes, blaues Feuer in seinen Augen. Seine Hände waren stark und sanft, als er sich auf mich konzentrierte. Dieser Mann weckte meinen Körper auf und brachte mich dazu, etwas zu brauchen. Ihn zu brauchen…

„Cooper", flüsterte ich und war mir nicht sicher, was ich sagen wollte. Es spielte keine Rolle, denn ich konnte sowieso nicht weitersprechen.

Sein Name auf meinen Lippen, sein Blick feurig, senkte Cooper den Kopf und küsste mich.

Definitiv ein Koma-Wahn.

4

ALICE

D as war nicht mein erster Kuss. Ich war dreiunddreißig Jahre alt und verheiratet und geschieden. Natürlich wurde ich schon mal geküsst. Sehr oft sogar, wenn auch nicht in letzter Zeit.

Aber niemand hatte mich jemals so geküsst wie Cooper.

Ich war für die Personalfragen von Sinclair Security zuständig. Ich stellte keine Mitarbeiter ein und entließ sie nicht, aber wenn jemand Fragen über Gesundheitsleistungen oder den Umgang mit sexueller Belästigung hatte, war ich der Ansprechpartner. Wenn eine Mitarbeiterin zu mir käme und sagen würde, dass ihr Chef sie geküsst hatte, hätte ich ihr geraten, sich aus der Situation herauszuhalten, ihm klar zu sagen, dass ein solches Verhalten unangemessen war, und sofort einen schriftlichen Bericht vorzulegen.

Das hätte ich ihr geraten, aber es war nicht das, was *ich* getan hatte.

Ganz und gar nicht.

Als Coopers Lippen meine berührten, verschwand jeder Gedanke an eine Koma-Wahnvorstellung. Keine Fantasie fühlte sich so echt an. So warm, lebendig, hungrig, verlangend und leidenschaftlich.

Sein Atem stockte bei der Berührung unserer Lippen und weckte etwas in mir, das jahrelang geschlafen hatte. So viele Jahre.

Alles in mir kam zum Stillstand. Mein Herz hörte für den längsten Augenblick auf zu schlagen, als sich das Universum um seine Achse verschob.

Ich holte tief Luft und die Welt rückte innerhalb eines Herzschlags wieder an ihren Platz.

Ich griff nach ihm, meine Finger in seinen Haare vergraben, als ich sein Gesicht näher heranzog, ihn küsste und kostete und meine Zunge in seinen Mund trieb, um seine zu streicheln.

Cooper.

Verdammte Scheiße, *Cooper*.

Wer hätte gedacht, dass Cooper so gut schmeckte? Dass er sich so richtig anfühlte? Er war zu groß, zu distanziert, *zu sehr mein Chef*, aber all das spielte keine Rolle.

Es war *richtig*.

Er zog mich an sich und meine Brüste drückten an seine Brust, als ein Stöhnen in meiner Kehle vibrierte. Sein Mund lang auf meinem, fordernd und besitzergreifend.

Ich hielt mich nicht zurück, während meine Hände an seinem T-Shirt zerrten. Ich wollte seine Haut, Wärme und Stärke spüren. Ich wollte ihn berühren, ihn schmecken.

Ich war mir kaum bewusst, dass meine Arme über meinen Kopf flogen und kühle Luft über meine erhitzte Haut strich. Mein Top und mein Kapuzenpullover landeten auf der Kücheninsel und Coopers T-Shirt folgte. Die Reibung seiner Brusthaare an meinen Brustwarzen löste winzige Explosionen von Glückseligkeit aus.

Es gab so viel von ihm. Ich drückte mich an seine Brust, bis ich dachte, unsere Haut würde miteinander verschmelzen. Ich wollte alles von ihm aufsaugen – seinen Geschmack, seinen Ozeanduft.

Sein Arm schlang sich um meinen Rücken, bevor er mich auf die kühle Granittheke und meinen Kopf auf ein behelfsmäßiges Kissen aus unseren Kleidern legte.

Selbst in seinem Nebel aus verzweifelter Lust schützte er meinen immer noch empfindlichen Kopf vor der harten Arbeitsplatte.

Cooper…

Aber ich war mir dessen nur undeutlich bewusst. Den größten Teil meiner Aufmerksamkeit beanspruchten seine Hände, die an dem Stoff an meinen Hüften zerrten, mich auszogen, nackt zurückließen und wie ein heidnisches Opfer vor ihm ausbreiteten.

Seine Augen richteten sich auf meinen Körper, als er meinen Namen stöhnte. „Alice. Verdammt, Alice. Du bist so wunderschön."

Ich konnte keine Worte in meinem Kopf bilden, geschweige denn sie aussprechen. Er stand nackt zwischen meinen Beinen, voller Muskeln und glatter, gebräunter Haut. Seine eisblauen Augen waren schmelzend heiß und versengten mich. *Cooper.*

Dann war er über mir, sein Mund auf meiner Brust, als er meine Brustwarze in seinen Mund saugte, während seine Hand die andere umfasste und knetete.

Ich schlang meine Beine um ihn und zog ihn näher heran. Die Länge seiner Erektion drückte gegen meine Mitte, die bereits vor Verlangen schmolz. Sehnsucht. Ich war so verdammt sehnsüchtig, dass ich meine Hüften gegen ihn presste, und er in meinen Armen erzitterte.

Als er seinen Kopf von meiner Brust hob, waren seine Worte kaum mehr als ein Knurren. „Alice. Ich möchte, dass du es sagst. Willst du das? Willst du mich?"

„Cooper", war alles, was ich herausbringen konnte. Sein Name ein Gebet.

Er fragte noch? Er musste doch wissen, wie sehr ich ihn wollte, musste fühlen, wie meine glatte Hitze seinen Schwanz willkommen hieß, während er sich an mir rieb, aber es gefiel mir trotzdem, dass er fragte. Er schaukelte seine Hüften in mich hinein, bevor er sprach.

„Alice, ich will dich. Ich muss in dir sein und dich zu meiner machen. Ich möchte, dass du das weißt. Ich will, dass du mir sagst, dass du es auch willst."

Mein Körper sprach Bände, auch wenn mein Verstand nicht mitkam. „Ja. Ja, Cooper. *Bitte.*"

Das war alles, was er hören musste. Sein Mund nahm meinen in Besitz. *Triumph, Feuer und Verlangen.* Seine Finger streiften die Innenseite meiner Oberschenkel, als er seinen Schwanz in Position brachte und seine Hüften nach vorne stieß.

Als er seinen Schwanz in mich drückte, riss ich meine Lippen von seinen und drückte meinen Rücken durch mit einem langen, tiefen Stöhnen. „Oh, Gott. *Cooper!*"

Er erstarrte und seine Lippen flüsterten gegen meinen Hals. „Zu viel?"

„So gut. Bitte, Cooper. Mehr. *Oh Gott, Cooper.*"

Ich schien meinen Mund nicht halten zu können, konnte nicht aufhören zu plappern, als sich alles in meinem Gehirn und meinem Körper vor lauter Glückseligkeit kurzschloss, weil ich seinen Schwanz endlich in mir spürte.

Ich war schon so lange leer. Mein ganzes Leben lang war ich leer gewesen, und Cooper - seine Arme um mich, sein Schwanz in mir - füllte mich aus. Er erfüllte mich bis zum Überlaufen.

Als ich jeden Zentimeter von ihm aufgenommen hatte, kreiste er mit seinen Hüften, rieb sich an meiner Klitoris, und Lustsplitter schnitten durch meinen Körper, die mir ein weiteres langes, leises Stöhnen entlockten .

Mit seinem Mund an meinem Ohr stieß er in mich hinein, murmelte nichts und alles. „Scheiße, Alice. *Alice.* So gut. Ich kann nicht... Du musst für mich kommen."

Sein Mund war auf meinem, als seine Hand unter mich glitt, meine Hüften hob und er tiefer in mich hineinstieß, während seine Zunge mit meiner tanzte.

Es war zu viel. Es war alles.

Ich explodierte, schrie in seinen Kuss hinein, als mein Gehirn abschaltete, während seine Hüften gegen meine zuckten, und er sich zu mir gesellte, in einer Erlösung, auf die wir schon ewig gewartet hatten.

Ich kam wieder zu mir, zu diesem bereits vertrauten Gefühl der Schwerelosigkeit. Cooper trug mich wieder, aber dieses Mal anders.

Diesmal waren meine Beine um seine Taille geschlungen und ich dachte nicht daran zu protestieren. Ich hatte keine Lust, selbst zu gehen, lehnte mich an ihn, und schlang meine Arme locker um seinen Hals, während ich meine verschwitzte Wange an seiner Schulter ablegte. Sein Schwanz war immer noch halbhart in mir und jeder Schritt schickte Bolzen der Lust durch meinen Körper.

Cooper trug mich direkt in seine überdimensionale, verglaste Dusche, stellte das Wasser an und ließ den Schweiß und die Nachwirkungen unserer Leidenschaft wegspülen. Ich versuchte zu denken, etwas zu sagen. *Irgendwas.*

Kein Kondom – dieser Gedanke schaffte es, die Wolke der Lust und Befriedigung zu durchdringen. Ich hatte eine Spirale, ließ mich auf alles testen, nachdem ich meinen Mann verlassen hatte, und hatte seitdem mit niemandem geschlafen.

Ich wusste, dass die Jungs alle regelmäßig untersucht wurden, weil ich diejenige war, die dafür Termine vereinbarte und Rechnungen beglich. Und ich kannte Cooper. Er hatte daran gedacht, meinen Kopf vor der harten Theke zu schützen, selbst als er mir die Kleider vom Leib gerissen hatte. Er hätte nie ein Kondom weggelassen, wenn es mich in Gefahr gebracht hätte.

Zum Teufel, er hatte wahrscheinlich meine Krankenakte, der hinterhältige Bastard. Wahrscheinlich wusste er, dass eine Schwangerschaft ausgeschlossen war und es sicher war, ungeschützt zu vögeln. Mir war es egal. Ich war froh, dass wir uns keine Sorgen um Kondome machen mussten. Jetzt, wo ich ihn hautnah genossen hatte, wollte ich nichts anderes.

Ein kleiner Teil von mir versuchte, das Wort zu ergreifen. *Aber was ist mit...?*

Was ist mit nichts?

Die vernünftige Alice konnte verdammt nochmal die Klappe halten.

Es fühlte sich zu gut an, als dass die vernünftige Alice sich mir in den Weg stellen konnte.

Coopers Hände streichelten mich und sein Mund liebkoste meinen Hals, als warmes Wasser auf uns herabregnete. Er hatte mich immer noch nicht abgesetzt und hob mich von seinem Schwanz. Seine Hand bewegte sich zwischen meinen Beinen, als wir vom Wasser gereinigt wurden, bevor er sich mit mir in seinen Armen auf die tiefe Bank in der Ecke setzte.

Das Wasser prasselte auf uns herunter, seine endlosen, tiefen Küsse mich berauschten. Seine starken Hände bewegten sich über meinem Körper, bis er mich hochhob und mich auf seinen wieder harten Schwanz setzte. Mein Kopf drehte sich, als er mich rückwärts über seinen Arm lehnte und sich an meinen Brüsten labte. Meine Hüften schaukelten und ein Orgasmus durchströmte meinen Körper, dann noch einer…

Ich war mir kaum bewusst, dass er mich aufgestellt hatte,

mich reinigte und das Wasser abstellte. Wir rutschten unter die Laken seines Bettes, und ich driftete davon, mein immer noch feuchter Körper über seinem drapiert. Mein Mund war an den Puls in seiner Kehle gedrückt und sein Herzschlag lullte mich letztendlich in den Schlaf, bevor ich einige Zeit später meine Augen öffnete, als der Schein des Mondes kaum die Dunkelheit durchdrang.

Die Realität schlug wie ein Güterzug auf mich ein.

Dies war kein Koma-Wahn.

Das wohlige Ziehen zwischen meinen Beinen, das dumpfe Pochen in meinem Kopf und Coopers großer Körper, der neben meinem lag, waren nur allzu real.

Was sollte ich jetzt tun?

Sollte ich bleiben?

Lief jetzt etwas zwischen uns? Hatte ich jetzt Sex mit Cooper?

Mein Körper schauderte unwillkürlich, als diese Worte in meinem Kopf erschienen.

Sex mit Cooper.

Es klang so trocken und klinisch, aber die Handlung selbst war alles andere als das. Es war heiß und chaotisch, überwältigend und so verdammt gut.

In meiner lebhaftesten Fantasie hatte ich noch nie von solchem Sex geträumt. Was sollte ich jetzt tun? Mich umdrehen und wieder einschlafen? Mich herausschleichen und so tun, als wäre nichts passiert?

Als ich dort lag und an die Decke starrte, schien Option zwei die vernünftigste Wahl zu sein.

Also gut. Ich würde mich herausschleichen und so tun, als wäre nichts passiert.

Ich rollte mich zur Seite und begann, mich langsam aufzusetzen, als ein starker Arm mich umschlang und zurückzog. *Zurück zu Cooper.* Er drehte mich um, rollte sich über mich, verschloss seine Finger mit meinen, brachte sie über meinen Kopf und hielt mich an Ort und Stelle.

„Wolltest du irgendwohin?", fragte er leichthin, ein heißer Funke in seinen eisblauen Augen.

Da ich keine vernünftige Antwort auf diese Frage hatte, hielt ich klugerweise meinen Mund. Er senkte seinen Kopf, um mein Kinn mit seinen Lippen zu streifen, und sagte: „Das nahm ich auch nicht an."

Er positionierte meine Handflächen vorsichtig unter meinem Kopf, hob ihn an, damit ich meinen immer noch empfindlichen Hinterkopf nicht in die Kissen drückte, und knurrte: „Hände nicht bewegen."

Atemlos schaffte ich nur ein geflüstertes: „Okay."

Er wanderte meinen Körper hinunter, sein Mund feucht und heiß auf meiner fiebrigen Haut, knabberte an einer Brustwarze, leckte die Linie meiner Rippen hinab und tauchte in meinen Bauchnabel, bevor er eine Handfläche auf jeden Oberschenkel legte, meine Beine auseinander drückte und mich für seinen Mund entblößte.

Ich hielt die Luft an, als Cooper mich mit seinem Mund verwöhnte, jeden Zentimeter meiner heißen Mitte kostete, seine Zunge in mich eintauchte und er mich mit seinen Fingern füllte, während er an meiner Klitoris saugte. Meine Hüften bockten unter ihm, mein Mund öffnete sich und brabbelte einen endlosen Strom aus lustinspiriertem Unsinn, der hauptsächlich aus *Bitte, Gott, Cooper"* und formlosem, verzweifeltem Stöhnen bestand.

Ich kam zweimal, bevor er sich über mir erhob. Meine Knie klemmten sich automatisch an seine Seiten und ich hob mich ihm entgegen, während er mich mit seinem wundervollen Schwanz ausfüllte und meine empfindlichste Stelle ritt, bis ich seinen Namen schrie.

Meine Beine fühlten sich an wie Gelee, bevor ich auf ihm

einschlief. Unsere Körper klebten vor Schweiß und Sex aneinander, aber das kümmerte uns nicht.

Ich würde morgen über alles nachdenken.

Heute Nacht ließ ich es lieber sein.

MEINE AUGEN ÖFFNETEN sich vom Sonnenschein und dem verführerischen Duft von Speck und frisch gepresstem Orangensaft. Ich drehte mich um und quiekte erschrocken, als ich Cooper neben dem Bett stehen sah. Er hatte nur ein Paar Shorts an und bot mir seinen herrlichen Körper in voller Pracht dar.

Ich kämpfte darum, mich aufzusetzen und hielt mir das Laken über die Brüste, als Gedanken in meinem Kopf herumpurzelten. Das Grinsen, das Coopers Mund umspielte, war zufrieden und etwas selbstgefällig. „Hungrig?"

Ich nickte. Ich *war* hungrig und das Essen würde mir etwas Zeit verschaffen, um zu überlegen, was ich als Nächstes tun sollte. Mein überstrapazierter Körper erwachte beim Anblick des halbnackten Mannes und schlug begierig vor: *„Warum überhaupt etwas tun? Lass uns einfach mehr Sex mit Cooper haben."*

Cooper rutschte neben mir ins Bett und bediente sich an einem Stück Toast von dem Tablett, das er auf meinem Schoß abgestellt hatte. Vorerst damit zufrieden, in Stille zu essen, versuchte ich, meine Gedanken zu ordnen.

Die vernünftige Alice sagte mir, ich solle mich in meiner Wohnung einschließen und nicht mehr herauskommen, bis ich eine Begleitung dabei hatte, damit ich nicht in Versuchung geriet, Cooper auszuziehen und wieder zu bespringen.

Die vernünftige Alice war eine Spielverderberin. Sie war viel zu lange mit ihrem Arsch von Ex-Ehemann verheiratet.

Die Alice, die gerade innerhalb von zwölf Stunden multiple Orgasmen hatte, war nicht daran interessiert, vernünftig zu sein. Abgesehen von dem Schlag auf den Kopf, war ich nicht illusorisch genug, um zu glauben, dass es um mehr ging als nur Sex.

Er war nicht nur mein Boss – was ihn unantastbar genug machte. Er war Cooper Sinclair, der älteste der Sinclair-Brüder. Cooper kam aus dem alten Atlanta.

Er traf Prominente und Topmodels, war mit einem Filmstar und der Bassistin einer berühmten, rein weiblichen Rockband ausgegangen. Cooper fing nichts mit schrulligen Büroleiterinnen an, und schon gar nicht mit *seiner* schrulligen Büroleiterin.

Ich wusste nicht, welcher Wahnsinn uns dazu getrieben hatte, nackt auf seiner Kücheninsel zu landen, aber Cooper war zu kontrolliert, um Sex mit etwas Tieferem zu verwechseln.

Es war bequem für ihn. Wenn ich darüber auf diese Art nachdachte, war es ein Wunder, dass er noch nie versucht hatte, mich ins Bett zu kriegen. Ich wohnte immerhin direkt unter ihm. Es *war* bequem für ihn.

Bevor dieser hässliche Gedanke ein Loch in meine schöne Orgasmus-Blase reißen konnte, warf ich einen Blick auf seine gemeißelte Brust, seine breiten Schultern und seine starken Hände, die gerade eine Orange schälten und die mich so leicht angehoben und auf seinem langen, dicken Schwanz abgesetzt hatten...

Und es kam mir in den Sinn, dass Cooper *für mich* bequem war.

Er war so beherrscht, dass ich hätte wetten können, dass er mit mir im Bett Spaß haben konnte und es unsere Arbeitsbeziehung in keiner Weise beeinträchtigen würde.

Warum sollte es das? Wir waren beide erwachsen und professionell. Wir nahmen unsere Arbeit ernst. Ich war nicht so dumm, durch Sex meine Arbeit beeinflussen zu lassen, und Cooper auch nicht.

Es war nur Sex – erstaunlicher, umwerfender, unvergleichlicher Sex. Ich würde nicht kündigen, nur, weil ich Angst hatte, dass wir nicht damit umgehen konnten. Ich warf einen weiteren Blick auf Coopers prächtigen nackten Körper und beschloss, kein Weichei zu sein.

„Also, haben wir jetzt Sex?"

Cooper reichte mir eine Orangenscheibe, sein Blick unmöglich zu deuten. „Im Moment frühstücken wir."

„Klugscheißer", murmelte ich und nahm die Orange. „Nach dem Frühstück. Und später. Läuft jetzt was zwischen uns? Haben wir Sex?"

Kühle blaue Augen blickten in meine. „Willst du aufhören?" Seine Stimme war so neutral, dass ich mir nicht sicher sein konnte, ob ihm meine Antwort wichtig war.

„Auf keinen Fall", sagte ich instinktiv, bevor ich mir eine würdevolle Antwort überlegen konnte.

Cooper sagte nichts, beugte sich nur vor, hob das Tablett von meinem Schoß und stellte es auf den Nachttisch, bevor er mich an die Matratze nagelte und meinen Mund mit seinem bedeckte. Er schmeckte nach Orangen, Kaffee und nach Cooper.

Ich hatte nicht vor, aufzuhören. *Auf keinen Fall.*

Die vernünftige Alice wollte eine Verschnaufpause einlegen.

Ich wollte alles von Cooper Sinclair haben, bevor er das Interesse verlor und mein Glück ein Ende nahm.

5

COOPER

Ich versuchte, Alice bis zur allerletzten Sekunde in meinem Bett festzuhalten, bevor sie sich für die Arbeit fertigmachen musste.

Ich wünschte, ich könnte alles absagen, damit sie genau dort blieb, wo sie war.

Unter mir.

Wo sie hingehörte.

Ich hatte so verdammt lange auf sie gewartet. Fast ein Jahrzehnt lang. Es fühlte sich wie ein ganzes Leben an. Ein Wochenende war nicht genug.

Sie rutschte murmelnd und errötend aus meinem Bett, zog sich ihre Kleidung über, eilte aus der Tür und ließ mich leer zurück.

Sie kommt zurück, sagte ich mir. Diese *Jeannie* würde ich nicht wieder in der Wunderlampe einschließen. Auf keinen Fall.

Jetzt, da ich wusste, wie sie schmeckte, wie sich ihr Stöhnen anhörte, und die sexy, bezaubernde Art, mit der sie plapperte, als ich sie zum Orgasmus trieb, würde ich sie auf keinen Fall gehen lassen. *Niemals.*

Alice gehörte mir.

Dies war nicht der beste Augenblick, um unser Leben auf den Kopf zu stellen.

Es wahrscheinlich der ungünstigste Moment überhaupt. Mein Vater war immer noch unauffindbar und die russische Mafia wollte ihn zur Strecke bringen.

Wir hatten Andrej Tsepov ausbezahlt und mit ihm vereinbart, dass er meinen Vater verfolgen und den Rest der Familie heraushalten würde.

Wir konnten uns auf sein Wort nicht verlassen. Er war immer noch da draußen. Eine Bedrohung.

Aber meine Mutter war noch angsteinflößender als die Mafia. Mein Bruder Axel und seine Frau Emma waren dabei, sie nach Atlanta mitzubringen. Nachdem Andrej Tsepov sie bedroht hatte, weil er an meinen Vater herankommen wollte, hatte sie Florida verlassen, um bei Axel und Emma in Las Vegas zu bleiben.

Seitdem war Las Vegas zu heiß geworden.

Tsepovs Imperium begann zu zerbrechen mit all den damit verbundenen Kollateralschäden. Axel leitete die westliche Abteilung von Sinclair Security von Vegas aus, und sein Team war erstklassig, aber leider unterbesetzt. Die drei wären vorerst in Atlanta sicherer.

Ich freute mich drauf, Axel und Emma in der Nähe zu haben. Von uns allen – den vier Brüdern – hatte Axel die geringste Toleranz für den Blödsinn meines Vaters, und wir wollten beide das Unternehmen leiten. Da Sinclair Security gewachsen war, machte es für ihn Sinn, sich abzuspalten und seine eigene Abteilung zu leiten. Ich war stolz auf ihn, aber ich vermisste es, ihn um mich zu haben.

Mit meiner Mutter sah es ganz anders aus…

Nur Wochen nachdem das Auto meines Vaters von der Brücke gestürzt war, hatte sie das Haus verkauft und war nach Florida umgezogen.

Knox, Evers und ich hatten erleichtert aufgeatmet.

Ich liebte sie und wollte, dass sie sicher war, aber ich wollte nicht, dass sie ein Stockwerk unter mir lebte.

Nicht, wenn ich jede freie Sekunde mit und in Alice verbringen wollte.

Es hingen zu viele Bälle in der Luft, um das zu tun, was ich wirklich wollte – Alice sagen, dass sich die Dinge geändert hatten. Dass sie mir gehörte. Dass wir nicht mehr zurückkonnten und dass ich sie nicht aufgeben würde.

Wenn ich jemals Zweifel hatte, dass sie mich ebenso sehr wollte wie ich sie, hatten die letzten achtundvierzig Stunden alles aufgeklärt. Welche Geschichte sie sich auch immer gerade zurechtlegte, Alice schlief nicht einfach so mit Kerlen.

Sie hatte ihren Verlierer von Ex-Mann geheiratet und blieb ihm treu, bis sie sich schließlich scheiden ließen. Als sie mit ihm fertig war, mit Freundinnen ausgehen und mit anderen Typen Spaß haben konnte, tat sie es nicht. Hätte sie es getan, hätte ich mir einen Weg überlegt, sie daran zu hindern.

Ich hatte gewartet – mir auf die altmodische Weise eingeredet –, dass ich keine Ehe zerstören wollte. Nicht einmal eine beschissene…

Sobald Alice frei war, hatte ich abgewartet und ihr Raum gegeben, über ihre Scheidung hinwegzukommen, bevor ich etwas unternahm.

Sie war sich dessen vielleicht nicht bewusst und hatte wahrscheinlich noch nie drüber nachgedacht, aber ich hatte in den letzten neun Jahren mehr Zeit mit ihr verbracht als ihr eigener Mann, und sie hatte mehr Zeit mit mir verbracht als jede andere Frau auf der Welt.

Alice kannte mich in- und auswendig.

Ich war mir bei ihr ganz sicher. Jetzt musste ich nur noch dafür sorgen, dass sie sich bei mir auch sicher war.

Sie war nicht an ihrem Arbeitsplatz, als ich ankam, was

ein Wunder gewesen wäre. In einer Viertelstunde hatte ich geduscht und mich angezogen, und Alice brauchte fünfzehn Minuten, nur um ein Kleid auszusuchen.

Was würde sie nach einem ausschweifenden Wochenende mit unzähligen Orgasmen wählen? Ich liebte Alices Stil, ihren frechen Bob und ihre Kleider aus den Fünfzigern. Sie war einfach sie selbst – taff, schlagfertig, intelligent und sexy.

Ich war seit dem ersten Tag verrückt nach ihr.

Ich ging in mein Büro und schickte einen der Praktikanten zu Annabelle's, um Frühstück und Kaffee zu holen. Als er zurückkam, saß Alice bereits an ihrem Schreibtisch, das Telefon am Ohr, ihre Stimme klar und sachlich.

Und trotzdem zog eine Röte über ihre Wangen, als sie mir in die Augen sah.

Sie beendete den Anruf, notierte etwas in einem Notizblock und stand mit leicht zur Seite geneigtem Kopf auf. Ich hielt ihren Kaffee hoch, woraufhin ihre Augen sich vor Vergnügen weiteten.

Sie nahm den Becher und nippte daran, wobei ihr Lippenstift einen roten Abdruck auf dem weißen Deckel hinterließ.

Sie trug ein rotes Kleid mit einem weißem, maritimen Saum und einem Nackenträger, und einen winzigen, weißen Strick-Bolero, als Schutz gegen den kühlen Hauch der Klimaanlage.

Als sie sich umdrehte, um ihren Stuhl zu verrücken, entdeckte ich unter dem roten Kleid den Volant eines weißen Reifrocks.

Wenn sie nur wüsste, wie verrückt mich diese Reifröcke machten...

Es war nicht sehr bauschig – eher im Sock-Hop-Stil als wie bei Scarlett O'Hara. Er hob den bereits vollen Rock des Kleides nur um ein paar zusätzliche Schichten, aber jedes Mal, wenn ich einen kurzen Blick auf den Stoff unter ihren

Kleidern erhaschte, war ich sofort davon besessen, wie das Kleid von ihren Beinen abgehoben wurde und so meinen Händen freien Zugang zu ihrem Körper gewährte.

Rockabilly war recht spröde – kaum ein Dekolleté und kein einziger Rock oberhalb des Knies. Ich hatte Geschäftsanzüge gesehen, die mehr Haut zeigten, aber das machte nichts. Bei Alice brachten mich diese Kleider um den Verstand.

Wenn ich bei jedem Gedanken daran, mich über ihren Schreibtisch zu lehnen, meine Hände unter diesen Reifrock zu schieben und ihre Beine zu streicheln, einen Cent bekäme, könnte ich mich auf eine Privatinsel zurückziehen und den Rest meines Lebens damit verbringen, genau das zu tun.

Als ich Alice mit dem Reifrock und der Schleife um ihren Hals sah, die mich anflehte, sie aufzumachen, war alles, woran ich denken konnte, sie in den Vorratsschrank zu zerren und die Tür zu verschließen.

Stattdessen nippte ich an meinem Kaffee und reichte ihr eine Tüte mit Gebäck. „Was du nicht willst, gehört mir", sagte ich.

Alice durchsuchte die Tüte, zog eine flockige Zimtrolle heraus und legte sie auf einer Serviette auf ihrem Schreibtisch ab. Sie biss sich in ihre volle rote Unterlippe und schaute mich nicht an, die Wangen immer noch gerötet.

Leise zischte sie: „Sieh mich nicht so an."

„Wie denn? Ich sehe dich nicht anders an als sonst." Alice auf den Arm zu nehmen, war meine Lieblingsbeschäftigung. Ich musste mich dabei richtig anstrengen. Sie kannte mich zu gut, um es mir leicht zu machen.

Sie rollte mit den Augen und antwortete: „Geh weg, Cooper. Ich habe keine Zeit, mich mit dir zu beschäftigen. Deine Mutter, Axel und Emma werden in ein paar Stunden hier sein. Ich muss den Schreibtisch verlassen, um die

Wohnung oben noch einmal zu überprüfen, bevor sie herkommen."

„In einer halben Stunde lasse ich einen der Praktikanten hier übernehmen. Das gibt dir Zeit, deinen Kaffee zu trinken. Einverstanden?", fragte ich, um zu beweisen, dass ich rein geschäftlich bleiben konnte, wenn sie es wollte.

Solange sie den erfreulichen Teil nicht vergisst...

Mit klarer Stimme und verhaltenem Blick stimmte Alice zu: „Das wäre schön. Danke für den Kaffee und die Zimtrolle."

Damit war ich offiziell entlassen. Ich warf ihr einen langen, heißen Blick zu, der ihre Wangen erröten ließ, nickte und ging weg.

Abgesehen von meinen Brüdern war Alice eine der wenigen Personen im Büro, die mich regelmäßig auf die Palme bringen durften. Außer Alice durfte es, wann auch immer sie wollte.

So viele Jahre hatte ich mich gefragt, ob dieser rote Lippenstift kussecht war.

Heute wollte ich es herausfinden.

Das Telefon klingelte, als ich in meinem Büro ankam – ein Kunde mit einem Problem. Wie jeden Tag. Nachdem ich mich darum gekümmert hatte, nahm ich an, dass Alice oben sein würde, um die Unterkunft für meine Mutter vorzubereiten.

Alice, ein Bett und eine Tür mit einem Schloss. *Perfekt.*

Ich stand vom Schreibtisch auf, ging zum hinteren Teil unseres Büros und stieg ins Nottreppenhaus. Ich wollte nicht, dass der Praktikant an der Rezeption sah, wie ich ging, während Alice auch weg war.

Wenn es nach mir ginge, würde ich in die Welt hinausrufen, dass Alice mir gehörte, aber ich wusste, dass sie noch Zeit brauchte.

Finesse.

Ich musste es raffiniert anstellen.

Ich fand Alice oben in der Wohnung – im größeren der beiden Zimmer – und sah, wie sie sich vorbeugte, während sie die Bettdecke über das Bett strich. Der fluffige, weiße Reifrock hob sich an und die leise Andeutung eines Oberschenkels wurde freigelegt.

Es sah ganz unschuldig aus… und so verdammt verführerisch, dass ich genau das tat, wovon ich seit Jahren geträumt hatte. Ich trat hinter sie, lehnte mich nach vorne und strich mit meinen Fingern über ihre Beine, fühlte den leichten, bauschigen Reifrock und den festeren Stoff ihres Kleides, während ich immer höher glitt.

Alice versteifte sich für einen Moment, bevor sie fortfuhr, die Decke zu glätten. „Lass es lieber sein, Cooper. Oder ich schneide dir die Eier ab."

Ich wusste nicht, warum mich ihre Drohung so heiß machte. „Bist du bewaffnet, Alice?"

„Ich habe einen Brieföffner auf meinem Schreibtisch."

Als ich meine Hand auf Hintern legte, sagte ich: „Sollte dich ein anderer so berühren, schneide ich ihm die Eier höchstpersönlich ab."

Alice lachte, aber ich meinte es ernst. Sie richtete sich auf und drehte sich um, ihr Blick heiß und misstrauisch. „Was machst du hier, Cooper?"

„Was denkst du denn?" Alice ging um mich herum, trat zurück und warf dem Raum einen letzten Blick zu, bevor sie ins Wohnzimmer verschwand.

Sie tat so, als hätte ich meine Hände nicht auf ihrem Hintern gehabt, als sie sagte: „Ich habe Lebensmittel liefern lassen und den Kühlschrank mit allem gefüllt, was deine Mutter mag – Kaffee, Wein, Käsekuchen."

Ich hörte nicht zu. „Wo willst du hin, Alice?", fragte ich und folgte ihr, während sie rückwärts von mir zurückwich, bis sie gegen die Couch stieß.

Als sie erkannte, was sie tat, blieb sie stehen und stützte ihre Hände auf die Hüften. „Cooper Sinclair, es ist mitten am Arbeitstag, und das hier ist die Wohnung deiner Mutter. Was glaubst du, was du-"

Es war mir egal. Ich schlang einen Arm um ihre Taille, beugte mich hinunter und presste meinen Mund auf ihren. Ihre Lippen schmeckten nach Kirschen, ihr Mund nach Zimt, Kaffee und Alice.

Sie erwiderte meinen Kuss, umfasste meine Schultern, zog mich näher an sich und stöhnte in meinen Armen. Als ich dachte, ich würde es keine Sekunde länger aushalten, ohne die Röcke hochzuschieben und mich zwischen ihren Beinen zu vergessen, nahm ich meinen Mund von ihrem.

„Es *ist* mitten am Arbeitstag, aber diese Wohnung gehört *mir*, nicht meiner Mutter."

Ein Augenrollen, weniger sarkastisch als üblich. Ihre vom Kuss geschwollenen Lippen waren leicht geöffnet und ihre Brust hob und senkte sich, während sie versuchte, wieder zu Atem zu kommen.

Alice legte ihre Hände auf meine Brust. Ich war mir nicht sicher, ob sie mich wegstoßen oder an sich ziehen wollte. Als sich ihre Finger in mich gruben, fragte ich mich, ob sie es selbst wusste.

„Cooper, wir können das während der Arbeit nicht tun. Wir... Ich will nicht-"

„Wir sind nicht bei der Arbeit", konterte ich gegen ihren halbherzigen Protest.

Ich rechnete mit einem harten, wohlverdienten Schlag auf die Brust. Alice hatte Recht.

Sie trat zurück und ließ ihre Hände von meiner Brust gleiten.

Ich blieb, wo ich war, und beobachtete fasziniert, wie sie mit den Fingern durch ihr Haar fuhr, unter ihrer Lippe wischte, um ihren verschmierten Lippenstift zu korrigieren, und ihre Röcke richtete. Einen Augenblick später sah sie bis auf die leichte Schwellung ihrer Unterlippe völlig unberührt aus. Sie sah aus, als hätte ich nicht gerade meine Hände überall auf ihr gehabt, was mich auf perverse Weise dazu brachte, sie wieder küssen zu wollen.

Und wieder.

„Cooper, ich habe nachgedacht."

Ich verschränkte meine Arme und rechnete mit dem Schlimmste.

Wir können das nicht tun. Es war ein Fehler, blah, blah, blah.

Alice überraschte mich.

„Ich mag meinen Job, Cooper. Ich will ihn nicht verlieren."

„Du wirst deinen Job nicht verlieren, Alice."

„Lass mich bitte ausreden", sagte sie und zog die Schultern hoch, als wollte sie sich abstützen.

Ich nickte, hielt den Mund und plante bereits meine Gegenargumente.

„Ich schlafe nicht einfach so herum. Vor allem bei der Arbeit. Das weißt du", sagte sie so entschieden, dass ich versucht war, sie an das eine Mal zu erinnern, als sie es getan *hatte.*

Wir hatten nie darüber gesprochen, und ich hatte neun Jahre damit verbracht, es aus meinem Gedächtnis zu löschen.

Es hatte nichts mit mir zu tun. Oder mit uns.

Abgesehen von diesem einzigen Vorfall hatte Alice recht. Sie vögelte bei der Arbeit nie herum, und flirtete nie. Sie verhielt sich immer professionell.

„Ich denke, es ist wichtig, Geschäftliches und Privates getrennt zu halten", fuhr sie fort. „Ich weiß, dass es für dich anders ist, da du mit Familienmitgliedern zusammenarbeitest…"

Sie verstummte, und ich fragte mich, ob sie die Nerven verloren hatte. „Aber?", hackte ich nach.

Sie atmete schnell ein. Ihre Worte strömten im Eiltempo heraus. „So guten Sex hatte ich noch nie in meinem Leben." Ihre Wangen färbten sich rosa. Sie schaute weg und sammelte sich, bevor sie fortfuhr: „Ich will es wieder tun."

Die Welle der Erleichterung war so groß, dass sie mich fast umgeworfen hätte.

„Gut. Ich auch."

Während meine Worte meinen Mund verließen, war ich bereits in Bewegung, aber Alice hielt eine Hand hoch und ich blieb stehen.

Scheiße, sie war noch nicht fertig. Ich hätte es wissen müssen.

„Ich will nicht, dass es jemand weiß, okay? Kein Rummachen bei der Arbeit, und wenn es vorbei ist, dann ist es vorbei. Kein großes Drama. Meine Familie und Sinclair Security sind seit neun Jahren die einzigen Konstanten in meinem Leben. Die einzig *guten*", korrigierte sie. „Ich werde das nicht wegen Sex ruinieren. Nicht einmal wegen erstaunlichem Sex."

„Ich stimme deinen Bedingungen mit einer Ausnahme zu."

„Die wäre?", fragte sie misstrauisch.

„Das Büro ist nicht tabu, solange ich garantieren kann, dass wir nicht erwischt werden."

Ich hatte nicht vor, einer strikten *Hände-Weg*-Politik zuzustimmen. Wir alle arbeiteten viel, manchmal rund um die Uhr. Ich hatte nicht vor, mich in eine Ecke drängen zu lassen, wenn es nicht unbedingt sein musste. Ich wartete auf eine schlagfertige Antwort oder ein Gegengebot.

Alice überraschte mich erneut.

„Cooper, wenn wir erwischt werden, wird mich jeder anders sehen. Das will ich nicht. Verstehst du das?"

„Ich verspreche es, Alice. Ich werde nichts tun, was dich bei der Arbeit kompromittieren könnte."

Ihr Mund zuckte, als sie meine Worte hörte. „Solange du mich zu Hause oft genug kompromittierst?"

„Ganz genau." Ich lehnte mich vor, um sie zu küssen, aber sie wich mir aus, glitt zur Seite und ging auf die Tür zu. „Ich muss nach unten. Es gibt noch viel zu tun, bevor deine Mutter kommt."

Ich ließ sie gehen, zufrieden mit meinen Fortschritten. Sie war mit einer Affäre einverstanden. Damit konnte ich arbeiten.

Ich hatte einen Weg gefunden.

Sex.

Jetzt hatte ich nur noch ein Ziel: Sie so abhängig von mir zu machen, dass sie nicht mehr weggehen konnte. Ich konnte es schaffen. Ich musste.

Jetzt, nachdem ich eine Kostprobe von ihr bekommen hatte, wollte ich mehr.

6

COOPER

Axel, Emma und meine Mutter kamen gegen Mittag an. Da mein Bruder Knox mit seiner Freundin verreist war und mein anderer Bruder Evers den Tag außerhalb des Büros verbrachte, lag es an mir, sie zu begrüßen.

Ich ging zur Rezeption und sah, dass Alice hinter dem Schreibtisch stand, ihre Handflächen flach auf das dunkle Holz gedrückt. Ihre Lippen waren eine schmale rote Linie und ihr Gesicht hatte einen eisig höflichen Ausdruck, als meine Mutter sie bedrängte.

„Das ist keine angemessene Art, sich in einem Geschäftsbüro zu kleiden. Sie sollten es besser wissen. Ich weiß nicht, was Maxwell sich dabei gedacht hat, Sie überhaupt einzustellen. Gehen Sie nach oben und…"

„Mutter, hör auf." Axel blickte auf meine Mutter herab. Der missmutige Ausdruck in seinen Augen sagte mir, dass er endgültig die Geduld verloren hatte. Sie hatte seit Wochen bei Axel und Emma gelebt, und ich konnte mir gut vorstellen, dass seine Geduld schon vor einer Weile aufgebraucht war.

Neben ihm stand meine Schwägerin Emma, die normalerweise zu den nettesten und freundlichsten Menschen gehörte, die ich kannte, aber als sie meine Mutter mit dem gleichen missmutigen Blick ansah wie Axel, sagte sie: „Ich finde, Alice sieht sowohl professionell als auch sehr hübsch aus."

Sie blickte zu Alice und lächelte, bevor sie um den Schreibtisch herumging und Alice eine warme Umarmung gab. Sie flüsterte ihr etwas ins Ohr, das Alices Augen wärmer werden ließ, als sie Emmas Geste erwiderte.

Emma fuhr mit der Hand über den Ärmel von Alices Bolero. „Ich wünschte, ich könnte das auch tragen. Du siehst fantastisch aus, aber an mir wäre das zu viel."

Emma war selbst eine wunderschöne Frau, viel größer als Alice und mit üppigen Kurven. Sie wusste, was ihr stand, kleidete sich elegant und machte das Beste aus ihren natürlichen Vorzügen, aber sie hatte recht.

Alices Kleidungsstil passte perfekt zu ihrer eher feenhaften Gestalt. Mit Emmas vollen Kurven würde dieses Kleid sie in eine Bombe verwandeln. Trotz ihrer auffälligen roten Haare - oder vielleicht gerade deswegen - tendierte Emma eher zu klassischen Designs als zu einem offensiven Stil.

Meine Mutter grunzte verärgert und steckte eine blond gebleichte Strähne hinter ihr Ohr. Ihre Augen waren nur leicht blutunterlaufen von dem Alkohol, den sie zweifellos im Flugzeug konsumiert hatte. Sie sah aus wie das Abbild der Gesellschaftsdame, die sie war. Oder gewesen war, bevor sie Atlanta für Florida verlassen hatte.

Ich stellte mich hinter Alice und legte eine Hand auf ihre Schulter. „Mutter, es ist schön, dich zu sehen. Ich bin froh, dass du hier bist, aber ich muss etwas klarstellen. Alice ist ein wesentlicher Teil dieses Unternehmens. Wir würden keinen Tag ohne sie überstehen. Ich bin der Meinung - und alle anderen stimmen mir zu -, dass ihre Arbeitskleidung vollkommen angemessen ist. Auch wenn sie in ihrer Sportkleidung oder in einem Clownskostüm auftauchen wollte, würde sich keiner von uns darum scheren, solange sie ihren Job so gut macht, wie sie es tut. Wenn ich dich dabei erwische, dass du einem unserer Mitarbeiter anders begegnest als mit Wertschätzung und Respekt, werde ich dich aus dem Büro verbannen. Haben wir uns verstanden?"

Ich hasste es, meine Mutter derart herunterzumachen. Hätte sie es nicht darauf angelegt, hätte ich es auch niemals getan, aber ich kannte sie und ihren Konkurrenzsinn mit anderen Frauen. Ich wusste, dass sie Alice schon immer nicht leiden konnte. Wenn ich mich nicht klar genug ausgedrückt hätte, wäre sie nicht aufzuhalten gewesen, hätte gezickt, sich beklagt und auf Alice eingehackt, sobald niemand anderes in Sichtweite wäre.

Verdammt, sie würde es wahrscheinlich sowieso tun, aber zumindest wüsste Alice, auf wessen Seite ich stand.

Ich liebte meine Mutter, aber ich kannte sie.

Wenn Lacey Sinclair sich in einer Sache hervortat, dann war es, eine verbitterte Hexe zu sein. Es war schwer, es mir selbst einzugestehen, aber ich hatte es im Leben nicht so weit gebracht, indem ich mir etwas vormachte.

Der Blick, den sie Alice zuwarf, war voller Gift. Als ob das vorherige Gespräch nie stattgefunden hätte, fragte sie: „Ist die Wohnung fertig? Ich kann nicht fassen, dass keiner meiner Jungs Platz für mich hat, aber…"

„Mutter", sagte Axel mit einem Seufzer, „wir haben es dir doch erklärt. Emma und ich nehmen das einzige Gästezimmer in Evers' Haus. Knox' Haus ist explodiert…"

„Nur die Garage", wandte meine Mutter ein.

„Es ist nicht bewohnbar", fuhr Axel fort, sein Temperament kaum gezügelt, „und Cooper hat kein geeignetes Gästezimmer. Warum sollte er auch, wenn wir gleich hier eine sichere Wohnung haben? Wir wollen dich an einem möglichst sicheren Ort haben und der sicherste ist hier."

Der Teil über mein Gästezimmer war eine Lüge – eine notwendige Lüge. Meine Mutter würde nicht bei mir wohnen, wenn ich in diesem Gebäude eine absolut sichere Wohnung für sie hatte.

Sie streckte ihre Hand schweigend vor sich aus und Alice gab ihr den Schlüssel ebenso schweigend. Meine Mutter drehte sich auf den Absätzen um, schwankte ein wenig, bevor sie ihr Gleichgewicht wiederfand und zur Tür hinausging, die sich mit einem entschiedenen Klick hinter ihr schloss. Mit einem bedauernden Lachen sagte Emma: „Das lief aber gut."

Ich umarmte sie, um sie willkommen zu heißen, bevor ich dasselbe bei Axel tat.

„Schön, dich zu sehen, Bruder."

Axel schaute an mir vorbei zu Alice. „Entschuldige, Alice. Das war völlig daneben."

„Mach dir keine Sorgen, Axel. Ich bin schon lange genug dabei. Ich kenne deine Mutter."

Ganz genau. Hätte ich meine Mutter irgendwo anders als in der Wohnung gegenüber von Alice unterbringen können, hätte ich es getan. Verdammt, wenn ich Alice hätte überreden können, bei mir einzuziehen, würde sie dort nichts zu suchen haben, aber so viel Glück hatte ich nicht.

Ein Schritt nach dem anderen. Ein Umzug nach einem Wochenende Sex war zu schnell für sie. *Geduld*, erinnerte ich mich.

„Habt ihr schon zu Mittag gegessen?", fragte ich Axel und Emma.

„Nein, und ich bin am Verhungern", antwortete Emma. „Musst du sofort wieder an die Arbeit? Können wir etwas essen gehen oder müssen wir uns etwas bestellen?"

Sie lehnte sich an mir vorbei, um Alices Aufmerksamkeit zu erregen. „Kannst du zum Mittagessen mitkommen? Ich möchte etwas unternehmen, solange wir hier sind. Du bist immer so schrecklich beschäftigt, dass ich nie dazu komme, mit dir zu reden."

Auf Alices Gesicht deutete sich aufrichtiges Bedauern ab. „Ich würde gern mitkommen, aber ich habe heute meine Arbeit liegen lassen, um die Wohnung für Frau Sinclair vorzubereiten. Ich habe hier zu viel zu tun. Vielleicht ein anderes Mal?"

Mit einem Lächeln bestätigte Emma: „Dann unbedingt ein anderes Mal."

Es war gar nicht nötig, aber ich sagte zu Alice: „Ruf mich an, wenn etwas Dringendes sein sollte, während wir unterwegs sind."

„Mache ich, Chef", antwortete sie, und es war ihr nicht anzusehen, dass mehr zwischen uns war als etwas rein Geschäftliches.

Das machte mich mehr an, als wenn sie eine anzügliche Bemerkung gemacht oder gezwinkert hätte. *Alice.* So verdammt korrekt und effizient. Ich konnte das Gefühl nicht vergessen, wie sie sich unter mir angefühlt hatte, oder den Ansturm an erotischen, schmutzigen, verzweifelten Worten aus ihrem Mund, während ich mich in ihr bewegte. Das Ende des Tages konnte nicht schnell genug kommen.

Als wir gingen, hakte Emma ihren Arm bei mir ein und sah von mir zu ihrem Mann. „Abgesehen von euren Augen seht ihr euch so ähnlich, dass ihr Zwillinge sein könntet. Ich weiß nicht, ob das beängstigend ist, heiß oder beides."

Hinter uns sagte Alice entschieden: „Beides", und Emmas Lachen erfüllte den Raum.

Das Mittagessen mit meinem Bruder und seiner Frau hatte es beinahe geschafft, mich von der Ankunft meiner

Mutter abzulenken. *Beinahe*. Sie hatte die Einladung abgelehnt, verlangte aber, dass wir uns zum Abendessen mit ihr trafen.

Das Abendessen war eine Achterbahnfahrt der Gefühle.

Der Höhepunkt war das Zusammensein mit Axel und Emma sowie meinem jüngsten Bruder Evers und seiner Verlobten Summer. Knox und Lily fehlten, aber sie würden früh genug nach Hause kommen, um alle Sinclair-Brüder wieder zu vereinen. Ich war stolz auf Axel und die Arbeit, die er in Vegas leistete, aber es gefiel mir, ihn zu Hause zu haben.

Der Tiefpunkt des Abendessens war meine Mutter. Ich sah zu, wie sie ein Glas Wein nach dem anderen leerte, und eine weitere Flasche bestellte, nachdem Evers dem Kellner gesagt hatte, dass wir fertig waren. Hinzu kamen Beschwerden über die Wohnung, was Schwachsinn war, wenn man bedachte, dass wir die Wohnung für gehobene Kunden konzipiert hatten.

Im Gegensatz zu Alices Wohnung, die zwar funktional, aber einfach gehalten war, war die meiner Mutter purer Luxus. Von der Bettwäsche aus ägyptischer Baumwolle und maßgefertigten Möbeln bis hin zur hochwertigen Küche und dem Badezimmer aus italienischem Marmor, war jeder Zentimeter der Wohnung so gestaltet, dass sich unsere Top-Kunden wohl fühlten und unterhalten wurden.

Sie war für Kunden gedacht, die unter einem erheblichen Sicherheitsrisiko standen und deshalb das Gebäude oft tagelang nicht verlassen durften, weshalb wir uns bemüht hatten, dafür zu sorgen, dass die Wohnung über ein erstklassiges Unterhaltungssystem mit Filmen, Büchern und Musik verfügte. Alles außer einer offenen Internetverbindung.

Die Wohnung wurde streng überwacht und gelangweilte Kunden konnten Ärger machen. Nach ein paar Tagen in der Wohnung mussten sie manchmal genauso vor sich selbst geschützt werden wie vor äußeren Bedrohungen.

Ich war gut darin, die Beschwerden meiner Mutter auszublenden, aber diesmal ging mir das, was sie nicht sagte, auf die Nerven. Bei all ihrem Gejammer hatte sie nie unseren Vater erwähnt.

Unser Vater, der sie wiederholt betrogen und sie immer tiefer in die Flasche getrieben hatte. Unser Vater, der fünf Jahre zuvor seinen eigenen Tod vorgetäuscht hatte, nachdem er die russische Mafia bestohlen hatte.

Er hatte jahrelang ein Nebengeschäft mit diesen Kriminellen betrieben, über das meine Mutter nicht allzu überrascht zu sein schien. Nein, ihr Umzug von ihrer Wohnung in Florida zu Axels Wohnung in Las Vegas und nun zurück nach Atlanta – das war alles *unsere* Schuld. Wir hatten es versäumt, das Chaos meines Vaters aufzuräumen. Wir waren die Versager, nicht der liebe alte *Papa*.

Es spielte keine Rolle, dass wir bis vor sechs Monaten nicht einmal gewusst hatten, dass er am Leben war. Es spielte keine Rolle, dass er uns ohne jegliche Anhaltspunkte zurückgelassen hatte, ohne zu wissen, was er getan hatte, bis um uns herum die Hölle losbrach.

Es machte mich rasend – ihre Loyalität gegenüber einem Mann, der mehr getan hatte, um ihr Leben zu ruinieren, als einer ihrer Söhne es je hätte tun können. Wir waren diejenigen, die sich um sie kümmerten und unser Bestes taten, damit sie sich sicher und wohl fühlte.

Als ich hörte, wie sie eine abfällige Bemerkung über Emmas Karriere machte und die Babys, die sie Axel nicht geschenkt hatte, fragte ich mich, wie mein Bruder und seine Frau es in den letzten Wochen geschafft hatten, sie nicht umzubringen. Aufgrund von Axels verspanntem Kiefer und Emmas Seufzen war klar, dass es nicht mehr lange dauern würde.

Summer sah Lacey Sinclair während dieser ersten Begegnung mit großen Augen an. Ich hatte Summers Mutter kennengelernt und wusste, dass sie ihre Tochter vergötterte und ihr immer mit Liebe und Unterstützung zur Seite stand. Sie war vor ein paar Wochen in Atlanta gewesen, nachdem Summers Vater getötet worden war – ein weiteres Opfer der Machenschaften meines Vaters und der Russen.

Nachdem ich Paisley Winters getroffen hatte, wusste ich, dass Summer nicht auf die Frau vorbereitet war, die eines Tages ihre Schwiegermutter sein würde. Evers sagte, sowohl um Kritik an Summers Karriere vorzubeugen, als auch um Emma zu verteidigen: „Mutter, vielleicht hat dich Alices Outfit vorhin verwirrt, aber wir leben nicht mehr in den fünfziger Jahren. Emma hat für ihren Abschluss verdammt hart gearbeitet, und jetzt hat sie den Job, den sie schon immer wollte. Sie sind noch nicht bereit für Kinder – nicht, dass dich das etwas angeht. Warum lehnst du dich nicht einfach zurück und genießt die Tatsache, dass dein Sohn verliebt und glücklich ist und eine gute Ehe führt? Das grenzt an ein verdammtes Wunder, wenn man das Beispiel betrachtet, das du und Vater uns geboten habt."

Verdammt. Ich würde Evers' Ausbruch gerne auf zu viele Drinks schieben, aber nachdem wir zugesehen hatten, wie unsere Mutter immer öfter zur Flasche griff, hatten wir alle eine Abneigung gegen Alkohol. Wir tranken ab und zu ein Bier oder ein Glas Wein - vielleicht auch einen Cocktail -, aber nie genug, um die Kontrolle zu verlieren.

Sein Ausbruch wurde nicht durch Alkohol ausgelöst, sondern durch Stress und Angst. Wir hatten meine Mutter lange genug geschützt - *viel zu lange* -, wenn man bedachte, dass ihre Sorge bei dieser ganzen Sache allein unserem Vater galt.

Sie leerte ihr Glas und starrte ihr jüngstes Kind an. „Rede nicht mit mir in diesem Ton, Evers Sinclair. Wenn ich nicht wäre…"

Summer schloss ihre Hand über die von Evers und

drückte sie mitfühlend, als Evers zurückschoss: „Was wäre, wenn du nicht gewesen wärst? Wir wären nicht hier? Das ist wohl wahr. Danke, Mutter, dass wir alle auf die Welt gekommen sind."

„Ev", sagte ich und schüttelte den Kopf. Ich wollte ihm sagen, dass er aufhören solle. Sie in Ruhe lassen.

Würde ich aber nicht. Er hatte Summer fast wegen unseres Vaters verloren. Nachdem ich Alice in einer Blutlache in Knox' Keller gesehen hatte, wusste ich, wie er sich fühlte.

Wir hatten kein Verständnis mehr für den Schwachsinn meines Vaters. Für seine kranke, co-abhängige Beziehung zu meiner Mutter, die bei diesem Mann geblieben war, selbst als er sie zum Trinken trieb, und die ihn dann gegenüber ihren eigenen Kindern verteidigte.

Ich liebte sie mit der hilflosen Liebe eines Kindes, die von Hoffnung erfüllt war, dass sie sich ändern würde und dass ihr ihre Kinder doch am Herzen lagen.

Ich konnte nicht anders, als sie zu lieben, beschützen zu wollen, zu hoffen, dass sie eines Tages mehr vom Leben erwarten würde als Bitterkeit und bodenlose Weingläser.

Ich konnte hoffen und lieben, aber ich wollte mir diesen Blödsinn nicht mehr gefallen lassen.

Ich gab dem Kellner ein Zeichen. Ich war fertig und wollte die Rechnung zahlen.

Emma atmete erleichtert aus, Axels Kiefer entspannte sich etwas, und sogar Evers beruhigte sich. Nur meine Mutter schien verärgert zu sein, dass das Abendessen vorbei war. Den Grund konnte ich mir bei bestem Willen nicht vorstellen. Meine Gedanken flogen bereits in Richtung Zuhause und Alice.

Ich schickte ihr eine SMS, nachdem ich meine Mutter zu ihrer Tür gebracht hatte, während meine Ohren immer noch von ihren endlosen Beschwerden über das Abendessen klingelten. Undankbare Kinder. Unzulängliche Unterkunft, *usw., etc.*

Mit einer letzten Warnung, die Grenzen ihrer Sicherheit nicht zu überschreiten, schloss ich ihre Tür und klopfte bei Alice an.

7

COOPER

Keine Antwort.

Ich wusste, dass sie zu Hause war. Nachdem, was am Freitag bei Knox geschehen war, hatte ich einen Peilsender in ihrer Handtasche versteckt. Paranoid, ja.

Wir mussten jedoch alle auf die harte Tour lernen: Nur, weil man paranoid war, bedeutete es nicht, dass keiner hinter einem her war.

Hätte einer von Tsepovs Männern gesehen, wie wahnsinnig ich mich beeilt hatte, Alice ins Krankenhaus zu bringen, hätten sie gewusst, dass sie durch sie an mich herankommen könnten. Ich musste wissen, dass sie in Sicherheit war.

Während des Abendessens hatte mein Telefon einen Signalton abgegeben, der darauf hinwies, wenn ihr Auto die Garage verließ. Ich brauchte es nicht zu verfolgen, da ich wusste, dass sie auf dem Weg zu ihrem Zumba-Kurs oder zu einem der verschiedenen Dinge war, die sie tat, um Spaß zu haben und in Form zu bleiben. Ein zweiter Signalton kam anderthalb Stunden später, als ihr Auto wieder in die Garage fuhr.

Vielleicht schlief sie bereits. Wir hatten beide am Wochenende kaum Schlaf abbekommen. Nur weil ich halb verrückt war vor Verlangen, hieß das nicht, dass sie keine Pause brauchte. Sie war wahrscheinlich wund und erschöpft. Ich war ein gedankenloses Arschloch – eine Nacht ohne sie würde mich nicht umbringen.

Während mein Schwanz jammerte, dass mich eine Nacht ohne sie definitiv umbringen würde, ging ich wieder nach oben. Ich dachte daran, ihr eine SMS zu schicken, aber mir fiel nichts ein, was ich hätte schreiben können, das nicht verzweifelt oder stalkerhaft klang.

Ich überlegte mir, einen Film zu sehen oder früh zu Bett zu gehen, wanderte stattdessen aber unruhig und verwirrt durch meine Wohnung.

Ich wollte Alice. Ihr Lächeln. Ihr Lachen. Ihre Art, alles ins rechte Licht zu rücken, sodass alles - das Abendessen mit meiner Mutter, die Probleme mit meinem Vater - nicht so überwältigend erschien.

Ich nahm mein Telefon in die Hand, rief ihren Namen in der Messenger-App auf und starrte auf den Bildschirm. Sie schlief vielleicht, aber wenn sie noch wach war, wollte ich sie einfach nur sehen. Ich konnte mich nicht daran erinnern, wann ich das letzte Mal Schwierigkeiten hatte, eine Frau anzusprechen. Vielleicht in der Grundschule?

Sie war nicht irgendeine Frau. Sie war *Alice*. Ich kannte sie besser als jeder andere. Es hätte nicht so schwer sein sollen.

Während ich überlegte, vibrierte mein Handy in meiner Hand – ein Signal vom Sender in Alices Handtasche. Ihr Auto verließ gerade die Garage.

Was sollte der Scheiß? Es war fast elf Uhr abends. Alice ging nicht früh zu Bett, aber sie war auch keine Nachteule. Ich kam oft spät nach Hause, und ihr Auto stand immer in der Garage, so wie es auch sollte.

Warum zum Teufel war sie dann um elf Uhr abends unterwegs?

Alle Gedanken daran, nicht wie ein Stalker zu erscheinen, verpufften aus meinem Kopf, als ich ihren Kontakt auf dem Bildschirm wählte. Als sie antwortete, war ihre Stimme zurückhaltend. Vorsichtig. „Hey."

„Was zum Teufel treibst du? Es ist nach elf."

„Ja, *Papa*, das weiß ich. Ich habe eine Uhr auf meinem Armaturenbrett."

„Schluss mit dem Sarkasmus, Alice. Wohin gehst du um elf Uhr abends? Solange wir nicht sicher wissen, dass Tsepov die Vereinbarung einhält, möchte ich dich nicht allein dort draußen haben, vor allem nicht so spät in der Nacht."

„Wirst du einen Bodyguard mit mir zum Tanzunterricht schicken?"

„Ich ziehe es in Betracht", gab ich zu, „aber es gibt einen Unterschied zwischen dem Tanzunterricht um halb sieben und… wo zum Teufel gehst du nachts um viertel nach elf hin?"

„Hör mal, es ist keine große Sache. Ich bin zurück, bevor du es merkst."

„Alice", knurrte ich.

Sie atmete langsam aus, bevor sie sanft antwortete: „Ich bin deiner Mutter im Flur begegnet. Sie bat mich, ein paar Sachen für sie zu holen. Ich wusste, du würdest nicht wollen, dass sie herumfährt, also…"

Alice musste mir nichts erklären. Ich wusste bereits, dass ihre Geschichte eine verschönerte Version der Wahrheit war. Sie war meiner Mutter nicht im Flur begegnet. Meine Mutter hatte zweifellos an ihre Tür gehämmert und von Alice verlangt, dass sie rausging, nicht um ein paar *Sachen* zu holen, sondern um ihr Alkohol zu besorgen, denn anscheinend reichten die sechs Flaschen Wein in der Speisekammer nicht aus.

„Du gehst in den Schnapsladen, nicht wahr?"

Ein weiterer Seufzer. „Coop, es ist okay. Ich weiß, wie sie drauf ist."

„Du bist nicht ihr Mädchen für alles, Alice."

„Ich bin mir ziemlich sicher, dass das tatsächlich Teil meiner Stellenbeschreibung ist", sagte sie und versuchte, einen Funken Humor einzubringen.

Ich war nicht in der Stimmung.

Meine Mutter hatte den ganzen Abend getrunken. Ich brauchte mir nicht vorzustellen, wie sie mit Alice gesprochen und sie dabei höchstwahrscheinlich wie Dreck unter ihrem Fingernagel behandelt hatte. Ich wusste, warum meine Mutter Alice hasste - verstand es sogar -, aber das bedeutete nicht, dass ich ihr das durchgehen lassen würde.

„Wir sehen uns, wenn du zurückkommst", sagte ich. „Bleib wachsam. Bis jetzt lässt Tsepov uns wohl in Ruhe und es geht jetzt nur noch um Vater, aber ich will kein Risiko eingehen."

„Verstanden, Chef."

Als sie mich in diesem frechen Ton „Chef" nannte, bekam ich sofort einen Steifen.

Die halbe Stunde, die sie für den Weg in den Schnapsladen und zurück brauchte, dauerte viel zu lange. Ich ging ein Stockwerk tiefer, als ihr Auto in die Garage fuhr. Alice verließ den Aufzug, ihre Arme mit zwei vollen Papiertüten beladen. Als sie mich sah, blieb sie kurz stehen. „Cooper, es ist wirklich okay."

„Ist es nicht."

Ich ging voraus, klopfte leicht an die Tür meiner Mutter und trat aus dem Blickfeld. Die Tür öffnete sich so schnell, als ob meine Mutter dort gestanden und gewartet hatte. Ihr Gesichtsausdruck traf mich mitten ins Herz – Verachtung beim Anblick von Alice, Erleichterung über die vollen braunen Papiertüten.

„Du hast aber lange gebraucht."

Ich hatte bereits eine Ahnung, wie sie mit Alice sprach, wenn sie allein waren. Es zu hören war schlimmer. Ich trat in ihr Sichtfeld und meine Mutter erstarrte.

Ich musste mich zusammenreißen, um sie nicht wütend anzuschreien, presste meinen Kiefer zusammen und atmete langsam ein, bevor ich sagte: „Wenn du das alles ausgetrunken hast, lass es mich wissen, und ich schicke jemanden, der den Vorrat auffüllt. Verlang von Alice nicht noch einmal, Besorgungen für dich zu machen. Verstanden?"

Meine Mutter hob ihr Kinn. „Ich verstehe nicht, wo das Problem liegt. Es ist ihr Job."

„Es ist ganz und gar *nicht* ihr Job", korrigierte ich. „Alice leitet das Sekretariat. Sie war so freundlich, sich während ihres Arbeitstages Zeit zu nehmen, um deinen Kühlschrank zu füllen und die Wohnung vorzubereiten, aber dich mit Alkohol zu versorgen, steht nicht auf ihrer Aufgabenliste. Wenn du etwas brauchst, rufst du *mich* an. Nicht Alice. Sag mir, dass du mich verstanden hast, Mutter."

Meine Mutter hob ihr Kinn noch höher, sodass ich für einen Moment dachte, sie würde das Gleichgewicht verlieren und nach hinten umkippen. Sie ging ohne ein weiteres Wort zurück in ihre Wohnung und ließ die Tür hinter sich offen.

Als ich Alice die schweren Tüten abnahm, sagte ich: „Bleib hier."

Ich folgte meiner Mutter in die Wohnung und stellte die Tüten auf den Küchentisch.

Ich bemühte mich, ruhig zu bleiben, und sagte: „Mutter, wir müssen vorsichtig sein. Tsepov hat gesagt, er wird uns in Ruhe lassen, aber wir können ihm nicht trauen. Ich will nicht, dass jemand nachts allein ausgeht. Nicht du. Nicht Alice. Wir versuchen, dich zu beschützen. Mach es uns nicht noch schwerer."

Meine Mutter reagierte nicht, zu sehr damit beschäftigt,

eine Flasche Gin herauszuholen, eine Limette zu schneiden und Tonic einzuschenken. Als ihr Getränk fertig war, hob sie es an und nahm einen großen Schluck, während sie mir einen kühlen, abschätzenden Blick zuwarf.

„Ich habe nie verstanden, was dein Vater an ihr fand. Sie ist seltsam und nicht besonders hübsch. Jetzt hat sie auch noch dich an der Angel. Bleib vernünftig, Cooper. Wenn du das Oberhaupt dieser Familie sein willst, darfst du dich nicht von irgendeiner Büroschlampe einfangen lassen. Hol dir von ihr, was du willst, wenn es sein muss, aber sei kein Narr dabei."

Ich starrte meine Mutter an, die Zähne so fest zusammengebissen, dass sie beinahe brachen, und hielt die Worte, die ich sagen wollte, zurück. Worte, die ich der Frau, die mich geboren hatte, nicht sagen konnte.

Schließlich presste ich hervor: „Ich *bin* das Oberhaupt der Familie und mit wem ich mich einlasse, geht dich nichts an. Ich meinte es ernst, was ich gesagt habe. Sprich nie wieder so über Alice."

Meine Mutter rollte verzweifelt mit den Augen: „Das ist das, was passiert, wenn man versucht, ein eigenes Leben zu führen. Ich verlasse die Stadt und das Nächste, was passiert, ist, dass Axel mit einer Null zusammen ist, die einen Kriminellen zum Vater hat und Knox mit einer Frau liiert ist, die bereits ein Kind hat." Sie hob ihre Augen zur Decke, als ob sie um Kraft betete, mit einem solchen Angriff auf die Familienehre fertig zu werden.

Sie nahm noch einen Schluck, nagelte mich mit ihren blutunterlaufenen Augen fest und beschuldigte mich: „Ich weiß nicht, wie du das mit Knox zulassen konntest. Diese Frau passt nicht zu uns. Und sieh *dich* an. Du schläfst mit der Aushilfe. Das ist so banal, Cooper. Ich habe dich besser erzogen."

Nein, wollte ich sagen, das *Kindermädchen hat mich erzo-*

gen. Du warst zu sehr damit beschäftigt, Maxwell Sinclairs Frau zu sein, um dir die Mühe zu machen, jemanden großzuziehen.

Stattdessen sagte ich: „Schlaf gut, Mutter."

Ich ging und schloss die Tür sanft hinter mir. Der Flur war leer, aber Alices Tür stand ein paar Zentimeter offen. Ich fand sie in der Küche, wie sie Honig in eine Tasse Kräutertee rührte. Sie hatte sich bereits umgezogen und stand in einem flauschigen, rosa Bademantel da. Sie drückte mir die Tasse in die Hand, als ich hereinkam.

Bevor ich meinen Mund öffnen konnte, sagte sie: „Es tut mir leid. Ich hätte anrufen sollen. Sie war aufgebracht. Ich dachte, dass das Abendessen hart war und du eine Pause bräuchtest, aber ich hätte anrufen sollen."

Ich nahm einen Schluck des süßen, duftenden Tees, wobei das Mitgefühl in ihren Augen den Knoten in meiner Brust lockerte. „Nein, *mir* tut es leid. Das solltest du dir nicht gefallen lassen. Die Art, wie sie mit dir spricht…"

„Cooper, du musst dich nicht für deine Mutter entschuldigen." Sie drehte sich um, um den Honig und die Teebeutel wegzuräumen. „Ich weiß nicht, warum sie mich so sehr hasst, aber das ist nicht wirklich wichtig. Die Liste der Menschen, die sie mag, ist so kurz, dass es mir nichts ausmacht, nicht darauf zu stehen."

Ich starrte auf ihren Rücken und wollte fragen: „*Wie kannst du nicht wissen, warum sie dich hasst?*" Alice hätte besser als jeder andere wissen müssen, warum meine Mutter sie hasste, aber der Ton ihrer Stimme war so arglos. Es war, als ob sie wirklich keine Ahnung hatte.

Es war so lange her, dass sie es vielleicht vergessen hatte. Gott weiß, dass ich schon vor Jahren beschlossen hatte, es zu vergessen. Wenn es für mich keine Rolle spielte, warum sollte es für sie eine Rolle spielen? Nur, dass es meiner Mutter offensichtlich immer noch etwas ausmachte. Dennoch… „So darf sie nicht mit dir reden."

„Cooper." Alice legte ihre Arme um meine Taille und hob ihren Kopf, um zu mir aufzuschauen. „Sie ist eine einsame, verbitterte, unglückliche Frau. Sollte sie weniger zickig sein? Ja, natürlich. Niemand sollte sich so verhalten. Ich habe nicht die mentale Energie, es ihr vorzuhalten. Sie wird mich nie mögen und das ist gut so. Ich mag sie auch nicht besonders."

Ich stellte meine halbleere Tasse auf den Tresen, senkte meinen Mund und küsste ihr Haar. Mir fehlten die Worte. „Danke" schien unangebracht. Meine Brust war eng mit einer wirbelnden Mischung aus Verlangen und Zuneigung und etwas, das so groß war, dass ich noch nicht bereit war, es zu benennen.

„Wie war der Sportkurs?", fragte ich.

„Ein bisschen langweilig. Ich glaube nicht, dass ich ein Ballett-Mädchen bin. Vielleicht gehe ich zurück zu Zumba. Oder zum Kickboxen. Ich mochte Kickboxen."

„Ich kann dir Kickboxunterricht geben", bot ich an, wobei sich mein Geist an dem Bild von Alice in enger Trainingskleidung festhielt, während sie mit mir auf der Matte rang.

Als sie meine Gedanken erriet, lachte sie. „Irgendwie glaube ich nicht, dass wir am Ende viel Kickboxen machen würden."

„Vielleicht nicht", stimmte ich zu.

Ich schob meine Hände unter ihren Bademantel und strich mit den Fingern über ihre Brüste. Ihre weiche Haut war warm unter meinen Händen.

„Bist du wund?" Sie brauchte mir nicht zu sagen, dass sie vor mir lange keinen Sex gehabt hatte, geschweige denn so viel davon in zwei kurzen Tagen.

„Ein wenig. Die Pliés haben echt keinen Spaß gemacht."

Ich schob meine Hand auf ihren Rücken, um ihren Hintern zu umfassen, und beugte mich nach unten. Ich liebte ihre Größe, aber der Höhenunterschied war unangenehm, wenn wir beide standen. Ich schlang einen Arm um ihre Schultern, schob den anderen unter ihre Beine und hob sie hoch.

„Dagegen kann ich etwas tun, aber ich werde es mir genauer ansehen müssen."

„Was auch immer du sagst, Chef."

Ja, mein Schwanz mochte es, wenn sie mich so nannte.

Sehr sogar.

8

COOPER

Die Woche vor Labor Day, dem Tag der Arbeit, dauerte ewig. Ich rief Knox in New Hampshire an, wo er und Lily ihre Familie besuchten, und sagte ihm, er solle seinen Hintern nach Hause bewegen. Drei von uns waren in Atlanta, aber das Dilemma mit meiner Mutter wurde zu einem Vollzeitjob.

Wir schuldeten Axel und Emma eine Menge für die Wochen, die sie mit ihr in Vegas verbracht hatten. Gefangen in der Wohnung, ohne etwas zu tun zu haben, war sie verstimmt, unruhig und gereizt, und trank deshalb mehr. Wir versuchten, dafür zu sorgen, dass sie bei jeder Mahlzeit Gesellschaft hatte. Emma kam einmal am Tag vorbei, normalerweise morgens, bevor meine Mutter mehr als nur ein paar Drinks intus hatte.

Sobald die Uhr am Freitagnachmittag fünf schlug, zerrte ich Alice von ihrem Schreibtisch, sperrte sie in meiner Wohnung ein und tat alles, wovon ich geträumt hatte. Als Montagnacht vorbei war, waren wir beide wund und erschöpft, aber sehr befriedigt.

Deshalb grinste ich zufrieden, als ich am Dienstagmorgen ins Büro schlenderte, bevor ich beim Anblick des extravaganten Blumenstraußes an der Rezeption abrupt stehen blieb.

Alice schenkte mir ein verstohlenes Lächeln, als sie mich sah, das ich selten im Büro zu sehen bekam, wenn so viele andere Leute um uns herum waren. Ich stützte meine Ellbogen auf dem hohen Tresen vor dem Schreibtisch ab und beugte mich vor, um ein Mini-Eclair von der Platte zu schnappen, die vor Alice stand. Ich kannte diese Eclairs.

„Wer war bei *Annabelle's*?"

Bevor Alice die Gelegenheit hatte zu antworten, sah ich mir die Blumen genauer an. Lilien und Rosen. Das Arrangement war riesig, wild und wunderschön. „Für wen sind die Blumen?"

Alice warf mir einen Blick zu, den ich nicht entziffern konnte, und erwiderte: „Für mich. Blumen und eine Geschenkschachtel mit Gebäck von *Annabelle's*."

Ein ungutes Gefühl durchströmte mich. *War ich eifersüchtig? Scheiße, ja! Ich war eifersüchtig. Wer, zum Teufel, hatte Alice Blumen geschickt?*

Ich entdeckte eine Karte, die mit der Vorderseite nach unten auf dem Schreibtisch lag, aber Alice war schneller als ich, schnappte sie sich und versteckte sie hinter ihrem Rücken.

„Wer hat dir Blumen geschickt?"

„Das geht dich nichts an", antwortete sie frech, ein neckisches Funkeln in ihren himmelblauen Augen.

Ich hätte das Spiel mitspielen sollen, mich von ihr necken lassen und sie zurück necken. Das war es, was sie erwartete. Ich warf einen weiteren Blick auf die Blumen und der Drang, zu flirten, löste sich auf.

Wer auch immer diese Blumen geschickt hatte, kannte Alice. *Er kannte sie.* Es waren keine gewöhnlichen Rosen oder ein netter Blumentopf mit Gerberas. Diese Blumen waren hell und wild, ausgefallen und perfekt. Wer auch immer diesen Strauß geschickt hatte, kannte mein Mädchen besser, als ich wollte.

„Zeig mir die Karte", sagte ich und versuchte, unbeschwert zu klingen. Alice neigte ihren Kopf und studierte mich, bevor sie auf beiden Seiten des Empfangsbereichs den Flur entlang blickte.

Niemand war zu sehen, aber wir konnten Stimmen hören, die aus beiden Richtungen kamen. Wir waren keineswegs allein.

Alice grinste. „Mach dir darüber keine Sorgen, Coop. Benimm dich und vielleicht erzähle ich es dir später."

Ihre Beruhigungstaktik wirkte nicht. *Ich* würde entscheiden, ob ich mir Sorgen um den Scheißkerl machen wollte, der ihr Blumen und etwas von *Annabelle's* geschickt hatte.

Ich schnappte mir noch ein Eclair, der jetzt schmeckte wie Sägemehl. Ich hätte mitspielen, etwas flirten und dann die Lieferung in meinem Büro nachverfolgen sollen.

Ich konnte Alice bei diesem Spiel jederzeit schlagen, aber anstatt mit ihr zu flirten und den Rest ihrer Eclairs zu stibitzen, ging ich um den Schreibtisch herum und griff nach der Karte, die sicher zwischen ihrem Rücken und dem Bürostuhl eingeklemmt war.

Alice kreischte überrascht und sprang auf. Der Stuhl flog rückwärts und die Karte fiel zu Boden, bevor wir beide gleichzeitig danach griffen. Alice lachte, aber ich war alles andere als amüsiert.

Mein Kopf krachte in ihren Kiefer.

„Cooper", rief sie, trat zurück und hielt die Karte in der Hand. Ihre Stirn legte sich besorgt in Falten, als sie meine Stirn mit ihren Fingern berührte, wo ich gegen ihren Kiefer geprallt war. Ich entzog mich ihrer Hand und blickte auf sie herab wie ein mürrisches Kind.

„Lass mich die Karte sehen", verlangte ich und streckte meine Hand gebieterisch aus.

Alice trat langsam zurück und schüttelte den Kopf, als ihr klar wurde, dass ich es ernst meinte. Ihre Stimme war kaum zu hören, als sie sagte: „Reiß dich zusammen, Cooper. Du benimmst dich albern."

Ich trat näher und griff hinter sie, um die Karte zu holen. Sie gab kampflos nach, ihre Augen alarmiert, als ich meinen Arm um ihren Rücken schlang und sie direkt an der Rezeption an mich zog.

Ich legte meinen Mund an ihr Ohr und murmelte: „Du willst Blumen? Ich werde dir Blumen schicken. Ich kann dir drei Mal am Tag Blumen schicken, verdammt nochmal. Nur ich. Sonst niemand."

Der Absatz von Alices Keil-Sandale landete mit einem schnellen Tritt auf meinen Fuß. Mit meinem Schuh und dem stumpfen Absatz ihrer Sandale reichte es nicht aus, um richtig weh zu tun, aber es half, meinen inneren Neandertaler abzuschütteln, der in dem Moment mein Gehirn kontrollierte.

Ich lehnte meine Stirn an ihre. „Alice, es tut mir leid. Ich weiß nicht, was…"

„Cooper-"

Der Klang einer vertrauten Stimme ließ uns beide wie verbrüht auseinanderspringen. Ich richtete mich auf und versuchte, so zu tun, als hätte ich Alice nicht gerade in den Armen gehalten, mein Mund nur Zentimeter von ihrem.

„Na, ist das nicht interessant?"

Ich drehte mich um, mein Körper vor Alices, und sah den Eindringling missmutig an. Griffen Sawyer, einer meiner langjährigen Mitarbeiter und ein Freund, der mir so nahe stand wie ein weiterer Bruder, war einer der wenigen Menschen, die wussten, dass ich mehr als nur ein berufliches Interesse an Alice hatte. Er wusste auch, wie man den Mund hielt. Ich trat trotzdem einen Schritt von unserer Büroleiterin zurück.

„Hier gibt es nichts Interessantes", sagte ich. „Ich habe nur mit Alice herumgealbert, das ist alles."

„Seit wann alberst du im Büro herum?"

„Seit nie", sagte Alice spitz. „Er wollte etwas Neues ausprobieren, aber er wird es nicht wieder tun, weil es seltsam und verwirrend ist."

Ich wollte nichts mehr, als sie vor Griffen als meine Frau zu beanspruchen, um diese Geheimhaltung zu beenden - die Farce, dass dies bloß eine Affäre war -, aber das vor einem Kollegen zu tun, würde mich zum größten Arschloch der Welt machen.

Ich gab Alice die Karte zurück, ohne sie zu öffnen. All die Jahre hatte ich sie gewollt, und trotzdem hatte ich meinen Scheiß unter Kontrolle gehabt. Ich hatte mich bei der Arbeit nie ablenken lassen und nie etwas Unangemessenes getan.

Cooper Sinclair baute keinen Scheiß und alberte nicht herum.

Zwei Wochen nachdem ich meine Fantasie in Realität umgesetzt hatte, baute ich nur noch Scheiße. Ich war abgelenkt. Unvorsichtig. Wie konnte ich zulassen, dass sich Griffin an mich heranschlich?

Mein Gespür war zum Teufel gegangen. *Alles* war zum Teufel gegangen. Mein Verlangen nach Alice dehnte sich aus, bis es mich komplett ausfüllte und alles andere beiseiteschob.

Mit einem knappen Nicken ging ich weg. Hinter mir fragte Griffen: „Wer hat dir Blumen geschickt?"

Ich wurde langsamer und wartete auf ihre Antwort. Vor Griffen gab sie es leicht zu. „Knox. Ein Dankeschön dafür, dass ich ihn und Lily in dieser Hotelsuite untergebracht habe, als sie in Maine waren."

In meiner Brust blühte Erleichterung auf. *Knox.* Mein verdammter Bruder. Natürlich hatte er Alice Blumen geschickt. Zum Teil, weil sie sie verdiente, und zum Teil, um mich zu ärgern.

Ich war ein Arschloch gewesen, als Knox mit Lily zusammengekommen war. Das wusste ich. Es war nichts Persönliches. Ich mochte Lily. Ich mochte ihr Kind. Ich mochte, dass sie mit Knox zusammen war, aber als alles anfing, war sie eine Kundin und eine Zielperson.

Lily war doppelt tabu gewesen – möglicherweise mit unserem Vater *und* der russischen Mafia verstrickt. Wir wussten bereits, dass ihr toter Ehemann bis zum Hals in der Sache mit drinsteckte. Es war nicht weit hergeholt, zu glauben, dass Lily auch darin hätte verwickelt sein können.

Es hatte mir nicht gefallen, wie mein kleiner Bruder die Untersuchung gehandhabt und sich am Ende Hals über Kopf verliebt hatte. Ich war also ein Arschloch – nicht, dass es etwas genützt hatte.

Alice, verärgert und genervt über meine Haltung, buchte ihnen eine teure Suite über das Firmenkonto, um mir eins auszuwischen. Knox hatte ein paar hundert Dollar für Blumen und Gebäck ausgegeben, um dasselbe zu tun.

Wäre er nicht amüsiert, wenn er wüsste, dass sein Schuss ins Schwarze getroffen hatte? Ich schickte ihm eine verärgerte Nachricht, in der ich ihm sagte, er solle aufhören, Alice Geschenke zu machen, und seinen Hintern nach Hause bewegen. Er antwortete mit einem vor Lachen weinenden Emoji.

Brüder. Arschlöcher, allesamt. Ich am allermeisten.

Mein Telefon piepste eine Minute später mit einer weiteren Nachricht. Ich drückte auf den Bildschirm und dachte, Knox würde mich wieder auf den Arm nehmen, aber es war nicht Knox.

Alice. *So etwas darf nicht wieder vorkommen. Ich bitte dich. Wenn wir es nicht geheim halten können, können wir das nicht mehr tun.*

Diese einfachen Worte waren wie ein Stich in mein Herz, der mir den Atem raubte.

Nein. Ich würde sie nicht aufgeben. Ich *konnte* sie jetzt nicht aufgeben.

Ich wusste, dass Alice Gründe hatte, warum sie ihr Verhalten im Büro umsichtig gestalten wollte. Die Unfähigkeit meines Vaters, vor neun Jahren sein verdammtes Maul zu halten, hatte es ihr in den ersten Monaten bei Sinclair Security schwergemacht. Ich war nicht der Einzige, der damals einen großen Bogen um sie gemacht hatte.

Sie hatte sich eingelebt – hauptsächlich, weil sie verdammt gut in ihrem Job war. Effizient, eine kreative Problemlöserin, und immer, *immer* auf die Arbeit konzentriert. Nachdem sie die ersten Annäherungsversuche abgeblockt hatte, wurde sie von niemandem mehr belästigt. Ich verstand, warum sie nicht wollte, dass ich das ruinierte. Wirklich.

Wir hatten keine offizielle Politik gegen Beziehungen innerhalb des Unternehmens. Unser Team tendierte stark zu Männern, aber es waren auch Frauen dabei. Fast die Hälfte der Hacker-Abteilung, die von Lucas Jackson geleitet wurde, war weiblich. Wir hatten einige weibliche Leibwächter, die uns in den Hintern treten könnten.

Ich würde meinen Leuten nicht sagen, mit wem sie sich verabreden durften, aber wir hatten eine hieb- und stichfeste Politik, was Belästigung anging. Keine anzüglichen Kommentare. Kein Flirten. Es konnte schwierig sein, gemischtgeschlechtliche Teams zu bilden – viel schwieriger, wenn meine Mitarbeiter voreinander auf der Hut sein mussten.

Ich hatte mich früher danebenbenommen und schuldete Alice eine Entschuldigung. Ich musste mir etwas einfallen lassen, um das zu retten. Etwas Besseres als nur eine Entschuldigung, aber trotzdem fing ich genau damit an.

Es tut mir leid.

Ich dachte darüber nach, was ich noch sagen konnte, zog in Erwägung, eine Ausrede zu erfinden, mich hinter Sarkasmus zu verstecken oder zu flirten. Wenn Alice uns geheim halten wollte… Gut, das würde ich ihr vorerst zugestehen. Ich konnte mich vor allen anderen verstecken, aber ich würde mich nicht vor ihr verstecken.

Ich fühlte mich ein wenig krank, weil ich es zugeben musste, sagte ihr aber die Wahrheit.

Ich war eifersüchtig. Niemand außer mir soll dir Blumen schicken. Ich bin ein Höhlenmensch und habe überreagiert. Es kommt nicht wieder vor.

Nichts. Nicht einmal eine Lesebestätigung. Ich legte mein Telefon auf meinen Schreibtisch und versuchte, es nicht anzustarren und auf die drei Punkte zu warten, die mir sagen würden, dass sie eine Antwort tippte.

Nichts.

Mit jeder Sekunde, die verging, ohne dass ich eine Antwort erhielt, wurde ich abgelenkter. Dafür hatte ich keine Zeit. Es stand zu viel auf dem Spiel und ich musste wachsam bleiben.

Special Agent Holley wollte nächste Woche kommen, um unsere Optionen zu besprechen, falls wir meinen Vater fanden. Meine Brüder und ich mussten uns bis dahin einen Vorgehensplan überlegen. Je mehr Informationen wir aufbringen konnten, desto besser wären wir dran.

Andrej Tsepov war immer noch da draußen und jagte unseren Vater. Er hatte versprochen, dass er nicht hinter uns her sein würde, aber er war ein Lügner und ein Verbrecher.

Darüber hinaus hatte ich immer noch ein Geschäft zu führen, Kunden, die ihre eigenen Probleme hatten und sich bei deren Lösung auf mich verließen.

Ich konnte es mir nicht leisten, abgelenkt zu sein.

Es gab einen Teil von mir, dem es scheißegal war.

Zum ersten Mal in meinem gottverdammten Leben wollte ich, was *ich* wollte – Alice.

Etwas wurde in mir ausgelöst, als ich sie im Kellergeschoss gesehen hatte, wie das Blut sich unter ihrem Kopf ausbreitete.

In diesem Moment war mir klargeworden, dass ich sie vielleicht verloren hatte, bevor ich überhaupt eine Chance gehabt hatte, mit ihr zusammen zu sein. Ich stand über ihr, blickte auf ihre geschlossenen Augen und ihren unbewegten Körper, und sah meinem Traum beim Sterben zu.

Jahrelang hatte ich mir eingeredet, dass wir noch Zeit hatten.

Zwischen einem Atemzug und dem nächsten war die Zeit abgelaufen.

Ich hatte den Teil von mir begraben, der sie wollte und brauchte. Jetzt, da er sich befreit hatte, konnte ich ihn nicht mehr zurückdrängen. Ich wollte es auch nicht.

Ich war so nah dran, alles zu bekommen, was ich mir jemals gewünscht hatte.

So nah und kurz davor, alles durch meine Finger gleiten zu lassen.

9

ALICE

Seit dem Tag, an dem Knox mir Blumen geschickt hatte, war Cooper das Vorbild für gutes Benehmen. Im Büro behandelte er mich genauso wie immer, vielleicht einen Tick kühler und schroffer.

Es hätte mir vielleicht Sorgen bereitet, wenn er nicht jede Nacht vor meiner Tür gestanden, mich in meine Wohnung gedrängt, mich an sich gezogen und mich genommen hätte, bis ich kaum noch laufen konnte. Er stellte den Wecker und weckte mich morgens mit seinem Mund und seinen Händen, bis ich schlaff und atemlos war.

Cooper sagte, Sex am Morgen sei besser als eine Tasse Kaffee. Ich musste ihm recht geben. Ich brauchte kein Koffein. Ich hatte einen Cooper-Rausch.

Ich wusste nicht, ob es an all den Orgasmen oder an der Manifestation einer langen Schwärmerei lag, aber zwei Wochen nachdem diese Sache mit Cooper angefangen hatte, war ich fix und fertig. Er wollte es den anderen erzählen. Ich konnte es nicht fassen. Sobald wir es allen erzählten, wäre es keine Affäre mehr, nichts Kurzfristiges. Ich hatte nie erlebt, dass Cooper etwas *Dauerhaftes* hatte.

Wenn er mehr von mir gewollt hätte, hatte er jahrelang die Gelegenheit dazu gehabt.

Außer, dass es nicht stimmte. Nicht wirklich.

Ich war bis vor sechs Monaten verheiratet und Cooper war - anders als sein Vater -, ein Mann mit Ehre. Er hatte meinen Mann gehasst, aber er hatte unsere Ehe respektiert. Jedes Mal, wenn ich darüber nachdachte, dass Cooper in all den Jahren an mir interessiert gewesen sein könnte, lehnte mein Gehirn diesen Gedanken ab.

Wunschdenken, Alice.

Er war ein Mann, der mit einer Oscar-Preisträgerin liiert gewesen war, der mit einem Popstar Schluss gemacht hatte, weil sie zu *anspruchsvoll* war. Nach diesen beiden Beziehungen hatte Cooper Frauen abgeschworen, die er durch seine Arbeit kennengelernt hatte. In den letzten Jahren schien er Beziehungen ganz und gar abgeneigt zu sein. Warum sollte es bei mir anders sein?

Ich hatte Cooper vertraut, als er gesagt hatte, diese Sache zwischen uns würde unsere Arbeitsbeziehung nicht beeinträchtigen. Die Art und Weise, wie er sich diese Woche bei der Arbeit verhalten hatte, bewies, dass er sich emotional gut abschotten konnte. Sobald das zwischen uns endete, würde es ihm gut gehen.

Und es *würde* enden. Darauf musste ich mich immer wieder besinnen.

Eines Tages - wahrscheinlich viel früher, als mir lieb war - würde Cooper weiterziehen. Auch diesen Gedanken verdrängte mein Gehirn.

Es musste sich gegen die Brüche in meinem Herzen wehren, wenn ich an den Tag dachte, an dem Cooper mein Bett - und mich - hinter sich lassen würde.

Bis dahin wollte ich jede Minute, jede Sekunde genießen, die ich bekommen konnte. Es war nur vorübergehend, und egal, wie sehr Cooper drängte – es würde ein Geheimnis bleiben. Ich wollte nicht jeden Tag an diesem Schreibtisch sitzen und wissen, dass mich alle bemitleideten. Die arme Alice, die sich mit dem Chef eingelassen hatte und schließlich abserviert wurde, genau wie jede andere Frau, die davon träumte, Cooper Sinclair an Land zu ziehen. *Zumindest wäre ich dann in guter Gesellschaft…*

Ich wollte kein Mitleidsobjekt sein. Wenn wir allen sagen würden, dass wir zusammen waren, müsste ich die Firma verlassen, sobald Cooper weiterzog. Ich liebte meine Arbeit hier. Ich wollte nicht gehen.

Ich machte mir nicht die Mühe, darüber nachzudenken, die Affäre vor Cooper zu beenden. Ich hatte ihm die Wahrheit gesagt: Noch nie in meinem Leben hatte ich solchen Sex gehabt. Ich war nicht dumm. Die Sache zwischen uns? Es ging nicht um seine Fähigkeiten im Bett, es ging um ihn.

Sicherlich würde jemand nach ihm kommen. Ich wollte nicht den Rest meines Lebens alleine verbringen, aber niemand würde je an ihn heranreichen. Es gab nur einen Cooper Sinclair und ich wollte ihn so lange behalten, wie ich konnte. Vielleicht - nur vielleicht -, wenn wir bei der Arbeit weiterhin einen kühlen Kopf bewahren würden, könnten wir so lange zusammen sein, bis ich meine Schwärmerei überwand.

Keine Chance, dachte ich, als ich versuchte, mich auf das vor mir liegende Bestellformular zu konzentrieren. Ich könnte Jahrtausende haben, und ich würde nicht über Cooper Sinclair hinwegkommen.

Aber, ob verknallt oder nicht, es gab noch Arbeit zu erledigen. Zusätzlich zu ihrer normalerweise schweren Arbeitsbelastung hatten die Jungs auch noch die Situation mit Maxwell zu bewältigen.

Knox war aus New Hampshire zurück, und die Brüder hatten sich zwei Tage lang beraten, um einen Plan auszuarbeiten, den sie Special Agent Holley vorlegen wollten.

Irgendwann würde jemand ihren Vater zur Strecke bringen. Trotz allem, was er getan hatte, wollte niemand, dass diese Person Andrej Tsepov war. Sollte Tsepov ihn zuerst finden, wäre Maxwell Sinclair mit Sicherheit tot.

Seine Söhne mochten wütend auf ihn sein, aber sie würden einen lebenden Vater vorziehen, an dem sie ihre Wut auslassen konnten. Cooper hatte uns anvertraut, dass sie sich alle darin einig waren, dass ihre beste Chance, ihren Vater am Leben zu erhalten, die Zusammenarbeit mit Agent Holley war, auch wenn das bedeutete, dass er im Gefängnis landen würde. Zumindest würde er im Gefängnis noch am Leben sein.

Anlässlich des FBI-Besuchs kleidete ich mich konservativer als sonst – ein marineblaues Kleid mit einem passenden marineblauen Reifrock darunter. Der Rundhalsausschnitt meines Kleides zeigte mein Schlüsselbein und nicht viel mehr, bevor er in enganliegende, lange Ärmel überging.

Als Cooper an mir vorbeiging, um Agent Holley zu begrüßen, war ich nicht sonderlich überrascht, dass wir farblich zusammenpassten. Sein marineblauer Anzug betonte seine eisblauen Augen perfekt. Sein Blick streifte mich und ich war die Einzige, die die Botschaft in diesen gefrorenen Tiefen verstanden hatte. *Später,* versprach er.

Ich hoffte, dass seinen Blick sonst niemand deuten konnte. Griffen hatte mich seit dem Tag mit den Blumen ein paar Mal seltsam angesehen, hatte aber kein Wort gesagt.

Agent Holley wurde von zwei Agenten begleitet, die ich nicht kannte. Ich schenkte ihnen ein freundliches Lächeln. „Erfrischungen befinden sich im Konferenzraum. Lassen Sie mich wissen, falls Sie etwas benötigen."

Cooper nickte dankend und ging den Flur hinunter. Die Agenten, die ich nicht kannte, folgten ihm. Agent Holley blieb am Schreibtisch stehen und warf mir einen prüfenden Blick zu. „Geht es Ihnen gut, Alice?"

Ich blickte weg, zwang mich jedoch, ihn anzusehen, und rang mir ein Lächeln ab. „Es geht mir gut." Es war die Wahrheit, sozusagen.

Ein weiterer prüfender Blick. „Wenn sich das ändert, möchte ich, dass Cooper Ihnen jemanden vermittelt, mit dem Sie reden können."

„Das werde ich. Ich verspreche es."

Mit einem Nicken machte sich Agent Holley auf den Weg zum Konferenzraum. Er war schon einmal hier gewesen und brauchte mich nicht, um ihn zu begleiten, also bleib ich an meinen Schreibtisch sitzen und sah ihm beim Gehen nach.

Ich hatte nicht gelogen. Es ging mir gut. Ich wachte nur hier und da nachts auf.

Die Waffe zuckt in meiner Hand. Tsepovs Mann zieht seine eigene Waffe. In meinen Alpträumen kam er immer näher und näher, meine eigene Waffe unbeholfen und schwer.

In Wirklichkeit hatte ich meine Waffe erhoben und blitzschnell geschossen, als ob ich das jeden Tag tat. Cooper hatte Recht mit dem Muskelgedächtnis. Er brachte uns alle dazu, so zu trainieren, als ob wir jeden Moment die Waffe abfeuern müssten. Ich hatte immer gedacht, das es zu viel des Guten sei für Bürokräfte, aber es gehörte zu meinem Job, also tat ich es, ohne mich zu beschweren.

Jetzt verstand ich, warum. Er hatte mich so oft gedrillt, damit ein Teil meines Gehirns, dessen ich mir nicht bewusst war, die Bedrohung erkannt hatte und handelte, bevor ich sie registrierte. Das hatte mir das Leben gerettet und auch Adam.

In meinen Träumen sah es aber ganz anders aus. Wenn ich schlief, träumte ich davon, dass ich mit der Waffe überhaupt nicht umgehen konnte.

Immer wieder sah ich Tsepovs Mann, die Waffe in seiner Hand, und war langsam. *Zu langsam.* In meinen Träumen konnte ich meine Waffe nicht rechtzeitig heben. Sie war zu schwer, meine Finger zu verschwitzt. *Tollpatschig.*

Ich wurde nicht von etwas getroffen, das durch die Explosion heruntergefallen war. Ich bekam eine Kugel in die Brust und starb. In meinen Träumen konnte ich Adams Leben nicht retten, als alles zum Teufel ging.

Ich hatte es Cooper noch nicht erzählt, aber ich würde es, wenn die Träume nicht weggehen würden. Wie schlimm sie auch waren, ich war anscheinend leise, denn er wachte nie auf, wusste nicht, wie oft sich diese Szene in meinem Kopf mit einem anderen Ausgang wiederholte.

Ich war nicht blöd. Ich hatte genug Termine für unsere eigenen Leute vereinbart, nachdem ein Auftrag unglücklich verlaufen war, um zu wissen, dass keiner von uns dieses Problem allein bewältigen sollte. Die Beratung war obligatorisch, wenn es bei einem Job zu Todesfällen kam. Ich war keine Ausnahme, aber da ich die Termine vereinbarte, war es leicht, durch die Maschen zu schlüpfen.

Im Büro war einfach zu viel los. Ich würde mich darum kümmern. *Wirklich.* Sobald sich alles beruhigt hatte. Naja, die Träume würden wahrscheinlich dann bereits aufgehört haben.

Agent Holley hatte sich den Tatort und alle Beweise angesehen, hatte mir versichert, dass ich in Notwehr gehandelt hatte und Cooper hatte mir gesagt, ich hätte das Richtige getan. *Ich wusste*, dass ich das Richtige getan hatte.

Was gab es da noch zu sagen?

Nichts, das war es ja.

Im Büro war es ungewöhnlich ruhig, als Cooper und seine Brüder die Sache mit dem FBI besprachen. Sie hatten kein Interesse daran, zu versuchen, ihren Vater aus dem Schneider zu ziehen. Maxwell hatte zu viel Schaden in zu vielen Leben angerichtet. Die Sinclair-Brüder besaßen Ehre. Ein Gefühl für Gerechtigkeit.

Es hieß, dass es verschiedene Ebenen der Schuld gab, sobald man auf das Rechtssystem traf. Maxwell hatte Zugang zu Informationen, die das FBI nutzen konnte, um die Tsepov-Organisation zu Fall zu bringen.

Niemand, der sich in diesem Konferenzraum befand, zweifelte Maxwells Unschuld an, aber es gab Raum zum Verhandeln, sobald alle zugestimmt hatten, dass er verdammt schuldig war.

Mein Herz schmerzte für Cooper – für alle von ihnen. Maxwell war ein Arschloch. Das wusste ich, als er mich eingestellt hatte. Im selben Augenblick, als ich den Job angenommen hatte, machte er mich an, obwohl er wusste, dass ich verheiratet war. Mein Mann war derjenige gewesen, der mich zu Maxwell geschickt hatte. Die beiden kannten sich durch eine Verbindung, die im Nebel der Zeit verschwunden war.

Ich hatte ihm eine klare Absage erteilt, in der Erwartung, dass das Stellenangebot zurückgezogen werden würde, aber er hatte nur höhnisch gelächelt und gesagt, dass er mich am Montag sehen würde. Das war der erste Arschloch-Zug, den ich miterlebt hatte, und es war nicht sein letzter. Bei weitem nicht.

Ich mochte Lacey Sinclair nicht, aber ich empfand Mitgefühl für jede Frau, die ihr Leben an Maxwell gebunden hatte. Ich hatte zu viele Hotelrechnungen mit Einzelauflistungen von Champagner und Pornographie bezahlt, zu viele Rechnungen von Dessous-Geschäften gesehen, von denen ich wusste, dass Lacey sie niemals besuchen würde.

Maxwell hatte sie schamlos und oft betrogen. Wenn er sich nicht die Mühe gemacht hatte, es vor mir zu verbergen, bezweifelte ich, dass er sich die Mühe gemacht hatte, es vor seiner Frau zu verstecken. Sie war ein Miststück, aber keine Frau verdiente sowas.

Meine eigenen Eltern waren seit Anfang ihrer Zwanziger

verheiratet, und auch wenn sie sich gelegentlich zankten, kam es immer noch vor, dass ich sie wie zwei verliebte Teenager beim Knutschen erwischte. Sie unterstützten sich gegenseitig und präsentierten der Welt eine geschlossene Front. Manchmal staunte ich über die Männer, zu denen die Sinclair-Brüder herangewachsen waren, wenn ich ihre Eltern bedachte.

Als ob mein Verstand sie heraufbeschworen hatte, zog Lacey Sinclair die Tür zum Büro auf.

Mist. Ich hatte für heute Morgen alles eingeplant.

Außer Lacey Sinclair…

ALICE

Lacey hatte sich ein- oder zweimal im Büro blicken lassen, wenn einer ihrer Söhne sie zum Mittagessen mitnahm, aber meistens hatte sie mich gemieden, und ich sie ebenfalls.

Heute sah es so aus, als sei unser gegenseitiges Ignorieren vorbei. Mit ihrem blonden, perfekt arrangierten Haar, Diamantenohrringen und einer Perlenkette um den Hals stürmte sie in einem cremefarbenen Leinenanzug zur Rezeption, der eher für ein Mittagessen im Club als zum Herumhängen in einer Wohnung geeignet war.

Ich wusste, dass sie das Gebäude nicht verlassen durfte, da sich alle ihre verfügbaren Begleitpersonen gerade mit dem FBI trafen. Ich zog mich gerne schick an - offensichtlich, da ich das jeden Tag der Woche tat -, aber selbst ich schminkte mich nicht vollständig und war mit Absätzen und Strümpfen bekleidet, wenn ich nirgendwo hinzugehen beabsichtigte.

Lacey bog vor dem Schreibtisch scharf nach rechts ab und ging in Richtung des Konferenzraums. Ich sprang von meinem Stuhl auf, um sie aufzuhalten, und stützte meine Hände auf die Hüften, um so viel Platz wie möglich einzunehmen. Sie war keine große Frau, aber fast alle waren größer als ich – von den Sinclair-Jungs ganz zu schweigen.

Ihre Eltern waren auch nicht klein. Lacey überragte mich und dachte offenbar, sie könne ihre Größe ausnutzen, um mich einzuschüchtern. *Unwahrscheinlich.* Ich hielt jeden Tag eine Crew von knallharten Typen im Zaum.

Ich hatte mich schon lange nicht mehr klein gefühlt, nur, weil ich klein war.

„Geh mir aus dem Weg, Schlampe", zischte Lacey gerade so laut, dass nur ich sie hören konnte. Der Geruch von Limetten und Gin drang mir in die Nase. *Reizend.* Es war kurz nach Mittag, und Lacey hatte bereits ihren ersten Gin Tonic weggekippt. Angesichts ihres Kosenamens für mich hätte ich wetten können, dass es mehr als einer war.

Wie sie darauf kam, mich Schlampe zu nennen, wusste ich nicht. Ich war elf Jahre lang verheiratet und hatte meinen Mann kein einziges Mal betrogen. Sicherlich war ich ab und an in Versuchung geraten - vor allem, als wir aufgehört hatten, miteinander zu schlafen -, aber ich hatte seit dem Tag, an dem wir uns kennengelernt hatten, keinen anderen Mann geküsst.

Bis Cooper, und das war mehr als sechs Monate nach meiner längst überfälligen Scheidung.

Ich ließ das Schimpfwort von mir abprallen. Das war schließlich Lacey. Für sie spielte es keine Rolle, ob ihre Beleidigung der Wahrheit entsprach oder nicht.

Sie huschte nach links und versuchte, an mir vorbei zu kommen. Ich blockierte sie und hob meine Hände, um mich gegen ihre Schultern zu stemmen und sie zurückzuhalten. Wie eine Frau, die von Cocktails lebte, so stark sein konnte, wusste ich nicht. Ich war fit, verdammt nochmal!

Okay, vielleicht trainierte ich nicht jeden Tag, aber ich war drei oder vier Mal in der Woche im Fitnessstudio. Tanzen - nicht Gewichte stemmen -, aber trotzdem.

Der Alkohol, den Lacey konsumiert hatte, arbeitete gegen sie, und sie verlor das Gleichgewicht. Ich schob sie zurück und stellte sie auf die Beine, bevor ich meine Hände wieder auf die Hüften stützte und ihr einen strengen Blick zuwarf.

„Frau Sinclair, gehen Sie bitte wieder nach oben. Ich schicke Cooper oder einen ihrer Söhne zu Ihnen, wenn sie mit ihrer Besprechung fertig sind. Sie haben keine Erlaubnis, die Rezeption zu passieren. Cooper hat es Ihnen selbst gesagt."

Meine Worte konnten den Gin-Dunst in Laceys Kopf nicht durchdringen. Sie drückte ihre Schulter gegen meine und versuchte erneut, sich an mir vorbeizudrängen, wobei sie höhnisch lächelte, als ich ihr auswich und sie davon abhielt, sich ihren Weg durch den Flur zu bahnen.

„Ich weiß, dass sie in einer Besprechung sind, du dummes Stück. Deshalb bin ich hier."

In einem von Alkohol und Wut angeheizten Kraftakt warf Lacey ihren Körper gegen meinen und stieß mich gegen die Wand. Ich stolperte, und sie war wie vom Erdboden verschluckt, als ich mich umdrehte und gerade noch sah, wie sie direkt auf den Konferenzraum zulief.

Verdammt! Das Letzte, was sie brauchten, war Lacey, die sich in das Meeting einmischte. Sie erreichte die Tür vor mir und riss sie auf, sprang hindurch und versuchte, sie hinter sich zu schließen, bevor ich sie einholte.

Der Gin machte ihre Hände lahm, und ich schaffte es, hinter sie zu schlüpfen, eine Entschuldigung bereits auf den Lippen, aber niemand hörte mich.

Laceys wütende Stimme übertönte alles.

„Ich weiß nicht, was ihr Jungs denkt, was ihr da tut, aber dieses Meeting ist beendet", kündigte sie an. „Ihr könnt keine Vereinbarungen im Namen eures Vaters treffen. Keiner von euch. Ihr könnt genauso gut zusammenpacken und nach Hause gehen."

Agent Holley schob seinen Stuhl zurück, stand aber nicht auf, als er Lacey einen einschätzenden Blick zuwarf.

„Frau Sinclair. Schön, Sie zu sehen. Das erspart uns die Mühe. Sie wissen also, dass Maxwell noch lebt, nicht wahr?"

„Ich weiß überhaupt nichts", protestierte sie.

Agent Holley hob eine Augenbraue. „Wenn das der Fall ist, dann steht es Ihnen frei, sich zu entschuldigen. Wenn Sie nichts wissen, sind Sie in dieser Sitzung nicht von Nutzen."

Ich hätte Agent Holley küssen können. In seinem braunen Anzug sah er unscheinbar aus, der Schnitt unpassend zu seinem großen, schlaksigen Körperbau. Der freundliche Ausdruck in seinen Augen, an den ich gewöhnt war, war verschwunden, als er Lacey Sinclair wie eine Wanze unter einem Mikroskop betrachtete.

„Frau Sinclair, Sie stören. Wenn Sie nichts hinzuzufügen haben, dann ist Ihre Anwesenheit hier unnötig. Muss ich Sie von einem meiner Agenten entfernen lassen?"

„Sie haben kein Recht…"

„Ich habe jedes Recht", sagte Agent Holley geschmeidig, „und wenn ich erfahre, dass Sie über den Aufenthaltsort Ihres Mannes und seinen vorgetäuschten Tod Bescheid wussten, können Sie als Mittäterin angeklagt werden oder zumindest wegen Behinderung der Justiz. Haben Sie das verstanden?"

Lacey tat das, was sie immer tat, wenn sie mit etwas konfrontiert wurde, das ihr nicht gefiel. Sie ignorierte es. Als sie ihre Aufmerksamkeit auf ihre Söhne richtete, spuckte sie aus: „Nach allem, was er für euch getan hat, hintergeht ihr euren Vater auf diese Weise. Ihr solltet zu ihm stehen und ihn unterstützen. Stattdessen werft ihr ihn den Wölfen zum Fraß vor, behandelt ihn wie einen gewöhnlichen Kriminellen-"

„Er *ist* ein gewöhnlicher Krimineller", unterbrach Knox mit harten Augen.

Knox hatte seiner Mutter nie viel zu sagen. Solange ich ihn kannte, war er der einzige Bruder, der nie das Spiel seiner Mutter mitgespielt und sie nie mit irgendetwas davonkommen lassen hatte. Er war ein guter Mann - ein guter Freund und ein guter Bruder -, aber ihm fehlte der Charme seiner Geschwister. Knox sprach nur, wenn er etwas zu sagen hatte, und er kam immer direkt auf den Punkt. Dies war keine Ausnahme.

Laceys Gesicht wurde weiß. „Wie kannst du so etwas sagen? Er ist dein Vater! Deine Aufgabe ist es, ihn zu beschützen-"

Knox starrte sie nieder, sein Blick hart wie Granit. „Und was, Mutter? Sollen wir für ihn ins Gefängnis gehen? Die Verantwortung für seine Verbrechen übernehmen und seine Zeit im Gefängnis absitzen? Ist es das, was du sagen willst? Nur damit wir uns verstehen."

Knox war nichts anzusehen, aber tief in Coopers eisblauen Augen sah ich Kummer und den Schmerz eines Kindes, das erneut verraten wurde von einem der beiden Menschen auf diesem Planeten, der ihn an erste Stelle setzen sollte und es nie getan hatte. Sein Finger klopfte auf die Oberfläche des Konferenztisches. Der brennende Schmerz in seinen Augen verwandelte sie in blaues Feuer. Das Klopfen des Fingers… Cooper war kurz davor, auszurasten.

Stattdessen rastete ich aus. So konnte man es am besten beschreiben.

Ich rastete einfach aus, verdammt nochmal. Meine Hand schoss heraus und griff nach Laceys Oberarm. Ich benutzte einen Handgriff, den ich seit Monaten nicht mehr geübt hatte - nicht seit meiner letzten Pflichttrainingseinheit -, riss Laceys Arm hinter ihren Rücken und zog ihre Hand zwischen den Schulterblättern nach oben, bis sie ihren Arm im Gelenk so weit verdrehte, dass sie einen Schmerzenslaut ausstieß.

Da ich nicht in der Lage war, Cooper anzusehen, begegnete ich Knox' Blick. Ich hätte schwören können, dass ich in seinen schwarzen Tiefen einen Schimmer ironischer Belustigung sah, als ich sagte: „Bitte entschuldigen Sie uns, meine Herren."

Mit meinem Griff drehte ich Lacey um und brachte sie mit einem Schaumarsch aus dem Raum. Ihre Schulter würde später höllisch wehtun, aber das war mir egal.

Sie hatte Cooper schon genug wehgetan. Ihnen allen, wirklich.

Lacey fluchte und gab mir jeden erdenklichen Schimpf-namen. Ich stellte mich taub, als ich sie durch die Bürotür zum Aufzug schob. Jedes Mal, wenn sie versuchte, sich aus meinem Griff zu winden, riss ich ihren Arm höher, bis sie vor Schmerzen quietschte.

Es hatte mir keinen Spaß gemacht, und hätte es eine andere Möglichkeit gegeben, dass ich sie irgendwie anders aus dem Raum hätte bringen können, hätte ich es getan. Der Aufzug brauchte eine Ewigkeit und die Fahrt in das nächste Stockwerk ebenso lange.

Ich schubste sie durch die Tür ihrer Wohnung und beob-achtete teilnahmslos, wie sie gegen die Küchenzeile stieß. Sie hatte die schlappen Glieder einer gewöhnlichen Trinkerin, und obwohl ihr Arm morgen schmerzen würde, wäre der Rest von ihr in Ordnung.

Sie drehte sich zu mir um und ihre hasserfüllte Stimme durchbohrte mich.

„Du kleine Hure. Denkst du, du bist besonders, nur, weil mein Sohn dich fickt? Wer gibt dir das Recht, mich anzufas-sen? Deine Tage hier sind gezählt. Wenn mein Mann zurückkommt..."

„Wenn Ihr Mann zurückkommt", unterbrach ich sie,

„geht er direkt ins Gefängnis. Es sei denn, Tsepov tötet ihn vorher. Ich bezweifle, dass Personalentlassungen auf seiner Prioritätenliste stehen."

„Das werden wir ja sehen", gab sie zurück.

„Wissen Sie was? Es ist schwer genug für Ihre Söhne. Sie lieben Maxwell trotz allem, was er getan hat. Er hat sie alle in Gefahr gebracht, das Unternehmen gefährdet, und die Jungs tun alles, was sie können, um Sie zu schützen und das zu retten, was sie aufgebaut haben. Ihre Söhne brauchen Ihre Unterstützung, nicht Maxwell."

„Du bist so verdammt durchtrieben, nicht wahr?", höhnte Lacey. „Seit dem Tag, an dem du aufgetaucht bist, wolltest du nichts anderes, als deine Krallen in einen Sinclair zu graben. Ich durchschaue dich. Ich weiß, warum er dich angeheuert hat, du kleine Schlampe. Du warst auf der Lauer, nachdem er mit dir fertig war. Jetzt glaubst du, du hast Cooper an der Leine, aber du wirst ihn nie bekommen. Er weiß, was du bist – nur eine gewöhnliche Hure."

Ich war an Laceys Unfreundlichkeit gewöhnt, sogar an einige leichte Beschimpfungen, aber das war zu viel. War es Stress? Zu viele Gin und Tonics?

Ich konnte nicht leugnen, dass ich seit dem ersten Tag, an dem ich Cooper sah, in ihn verliebt gewesen war, aber ich hatte nie etwas unternommen bis zu dem Tag vor zwei Wochen, als er mich geküsst hatte.

Ich hatte mich nie für einen anderen Sinclair interessiert, und nie einen Finger an einen gelegt, geschweige denn angedeutet, dass ich es wollte.

Lass es gut sein, sagte ich mir. *Sie ist betrunken und dreht durch. Schließ sie einfach ein und geh zurück an deinen Schreibtisch.*

Ich befolgte meinen eigenen Rat, kehrte Lacey den Rücken zu und schloss die Tür, bevor sie mir zuvorkam. Sie blieb, wo sie war, lehnte lediglich gegen den Tresen und starrte mich hasserfüllt an.

Sie ist eine einsame, verbitterte, unglückliche Frau, rief ich mir ins Gedächtnis. *Ich habe Mitleid mit ihr, aber ich lasse nicht zu, dass sie meine Gefühle verletzt.*

Ich zog die Tür zu und gab den Code ein, der die Tür von außen abschloss. Wir mussten dieses System nur selten benutzen, aber wir alle kannten die Kombinationen. Unsere Aufgabe war es, unsere Kunden zu schützen – auch wenn das bedeutete, sie vor sich selbst zu schützen.

Das war definitiv eines dieser Fälle.

Welchen Ärger Lacey auch immer in dieser Wohnung machen konnte, konnte nicht so schlimm sein wie das, was sie anstellen würde, wenn ich sie rausließe.

Es dauerte nicht lange, bis ich erfuhr, wie sehr ich mich geirrt hatte.

ALICE

Ich zog mein Kleid an und betrachtete mich erfreut im Spiegel. Der Stoff schimmerte im Licht und wechselte von Smaragdgrün zu einem so tiefen Grün, sodass es fast schwarz aussah.

Ich hatte das Partykleid vor ungefähr einem Jahr aus einer Laune heraus gekauft, ohne zu wissen, wo ich es tragen würde. Damals war mir das völlig egal. Es war im Angebot und so perfekt, dass ich nicht widerstehen konnte.

Das plissierte Wickelmieder verlief zwischen meinen Brüsten zu einem V und zeigte viel mehr Dekolleté, als ich es normalerweise gewöhnt war. Es war klassisch gehalten, aber dennoch ein tiefes Dekolleté. Für Kleider wie dieses setzte ich meine Geheimwaffe ein – ein Push-up-Bustier aus schwarzer Spitze, das meinen bescheidenen Busen nach viel mehr aussehen ließ.

Ich grinste bei dem Gedanken an Cooper, wie er mich später mit seinen Blicken verschlingen würde. Mit einer schmalen Taille, einem zweiten V-Ausschnitt auf dem Rücken und einem vollen Rock mit einer zweilagigen schwarzen Krinoline darunter hob das Kleid meine besten Vorzüge hervor.

Während ich Lippenstift auftrug, warf ich meinem Spiegelbild einen letzten Blick zu. Himmelshohe Absätze, durchsichtige schwarze Strümpfe, umwerfendes Kleid und roter Lippenstift. Ich war kein Supermodel, aber ich sah verdammt gut aus.

Ich hatte Glück, dass ich das Kleid bereits in meinem Schrank hatte, da ich mit der Party heute Abend nicht gerechnet hatte. Keiner von uns hatte das. Am frühen Nachmittag, gerade als wir alle zusammenpackten, war Lacey ins Büro geschwebt und hatte Einladungen verteilt.

Umschläge aus cremefarbenem Leinen mit unseren Namen in Kalligraphie auf der Vorderseite. Ich hatte meins verwirrt geöffnet und eine Karte herausgezogen. Ich war herzlich zu einer Verlobungsparty für Evers Sinclair und Summer Winters eingeladen.

Was? Ich hob den Blick und sah Unglauben in Coopers und Wut in Evers' Gesicht. Evers hielt seiner Mutter die Karte hin.

„Was zum Teufel soll das, Mutter?"

„Hüte deine Zunge, Evers", rügte sie. Evers presste seinen Kiefer zusammen und starrte sie an.

Lacey zuckte mit den Schultern und warf ihr Haar zurück, halb abweisend und halb aufsässig. „Ihr habt mich in dieser Wohnung eingesperrt, ohne etwas zu tun zu haben. Ich durfte nicht zu meinen Freunden und auch nicht zum Essen ausgehen. Wir haben eine Verlobung zu feiern, also habe ich es auf mich genommen, eine Party zu organisieren."

Die Sinclair-Brüder starrten sich fassungslos an. Wie zum Teufel hatte sie eine Party planen können? Als er den anfänglichen Schock überwunden hatte, protestierte Cooper: „Mutter, Jacob Winters' Hochzeit ist nächstes Wochenende. Wir können keine Verlobungsparty am Wochenende davor geben. Das ist unhöflich."

Lacey winkte ihn ab und scheuchte Coopers Bedenken weg. „Jacob wird nichts dagegen haben. Ich kenne den Jungen schon seit seiner Geburt. Er wird sich freuen, mit uns zu feiern. Tatsächlich hat er schon zugesagt."

„Summer wollte die Party selbst planen", sagte Evers mit gepresster Stimme. „Diesen Herbst, nach Jacobs Hochzeit, nachdem sich die Dinge mit Vater klären. Das hat sie dir erzählt. Du weißt, dass sie sich darauf gefreut hat."

Lacey rollte unbekümmert mit den Augen. „Ich bin ihre Schwiegermutter. Die Party ist nicht ihre Aufgabe."

Knox stellte die einzige relevante Frage. „Wie viele Einladungen hast du verschickt?"

Lacey strahlte. „Nur hundert, und die meisten haben zugesagt."

Cooper, der auf die Einladung in seiner Hand starrte, sagte nur: „Wir sind am Arsch."

JEDER VERFÜGBARE UND qualifizierte Mitarbeiter war in die Organisation der Sicherheitsvorkehrungen einbezogen worden. Lacey störte es nicht, so viele Menschen zu zwingen, ihre Pläne für einen Freitagabend ohne Vorankündigung aufzugeben.

Cooper dagegen schon. Und zwar sehr.

Er versprach allen einen Bonus, weil sie die gedankenlose Planung seiner Mutter in Kauf nehmen mussten. Jacob und Abigail hatten ihm natürlich versichert, sie hätten überhaupt nichts dagegen, dass Lacey eine Verlobungsparty für Evers und Summer nur eine Woche vor ihrer Hochzeit veranstalten wollte. Die Winters und Sinclairs waren nicht nur wie eine Familie, Jacob kannte Lacey auch gut genug. Er wusste, dass diese Party von niemandem geplant worden war außer ihr.

Den Sinclair-Brüdern grauste es davor. Das konnte ich nachvollziehen. Mir kam es irgendwie auch schrecklich vor. Trotzdem hatte ich dieses herrliche Kleid und keine gute Ausrede, nicht zur Party zu erscheinen.

Auch wenn Cooper und ich nicht offiziell zusammen waren, und auch wenn ich keine Ahnung hatte, was wirklich zwischen uns war, und wir es geheim hielten, gefiel mir die Vorstellung, mich für ihn schön zu machen. Dieses Kleid würde ihn um den Verstand bringen – vor allem, sobald er herausfand, was ich darunter trug.

Als ich meine Wohnung verließ und die Tür hinter mir abschloss, überkam mich der flüchtige Wunsch, dass diese Sache mit Cooper echt wäre, er mich an meiner Tür abholen und mich an seinem Arm zur Party begleiten würde, anstatt mich zusammen mit seiner Mutter mitzunehmen, weil er mein Chef war und wir im selben Gebäude wohnten.

Ich hoffte auf einen Moment alleine mit ihm, aber Laceys Tür öffnete sich in demselben Augenblick, als sich meine schloss. Sie begegnete mir in der Halle, bevor ihre kalten Augen mein Kleid abtasteten. Schweigend forderte ich sie auf, etwas dazu zu sagen.

Technisch gesehen passte es zu meinem Stil, aber das Wickelmieder und der volle Rock waren klassisch. Tatsächlich hatte ich es in einer Boutique im Einkaufszentrum gefunden. Es war absolut angemessen für die Party, und wie ich vermutet hatte, konnte Lacey nichts finden, woran sie herummeckern konnte.

Sie wandte ihr Gesicht einfach ab, streckte das Kinn hoch und klopfte ungeduldig mit dem Fuß auf den Boden. Als ich sie aus dem Augenwinkel betrachtete, bemerkte ich, dass sie zwar wie immer aussah, ihre Haare und ihr Make-up perfekt, sie jedoch nicht das geringste bisschen schwankte. War es möglich, dass Lacey tatsächlich nüchtern war? Oder vielleicht nur *nicht betrunken*? Sie wirkte nicht einmal beschwipst…

Vielleicht würde der heutige Abend doch keine totale Katastrophe werden. Es war immerhin möglich.

Das Summen des Aufzugs ließ mich aufschauen, bevor Cooper heraustrat. Sein Blick glitt an seiner Mutter vorbei und heftete sich an mich. Seine Augen folgten dem Ausschnitt meines Kleides und tauchten zwischen meine Brüste. Da er wusste, dass seine Mutter ihn beobachtete, war seine einzige Reaktion ein schnelles Aufblitzen in seinem Ausdruck, bevor sein Kiefer sich verspannte. Er drückte auf den Knopf für den Aufzug. „Lasst es uns hinter uns bringen. Können wir los?"

Lacey ging an mir vorbei, schlang ihren Arm durch den ihres Sohnes und strahlte ihn an. „Sei nicht so ein Spielverderber. Es wird bestimmt lustig. Ich habe eine Überraschung, die im Club auf dich wartet."

Cooper stieß einen Laut der Verzweiflung aus. „Bitte sag mir, dass deine Überraschung daraus besteht, dass wir den Abend ohne Zwischenfälle überstehen und früh nach Hause gehen können."

Laceys Lachen war ein klirrendes Geräusch, jedes Kichern wie tödliche Splitter. Coopers Kiefer verspannte sich, als er die Zähne zusammenbiss. Ich ging zur seiner anderen Seite und legte eine Hand auf seinen Arm.

„Keine Sorge, es wird Spaß machen", versuchte ich, ihn zu beruhigen.

Lacey lehnte sich über Cooper und die giftige Freude in ihrem Lächeln ließ mich zurücktreten. „Oh ja", stimmte sie zu, „das wird es."

Ich folgte ihnen in den Aufzug, plötzlich beunruhigt.

Es gab eine Schlange von Autos am Parkservice-Stand, als wir anhielten, obwohl wir zu früh dran waren. Nicht weiter verwunderlich.

Ganz Atlanta - der Teil, der für Lacey Sinclair von Bedeutung war - wollte unbedingt zu ihrer Last-Minute-

Verlobungsparty erscheinen. Das Drama des Ansturms war Teil der Spannung. Jeder versuchte Summer mit einem Babybauch zu erblicken und suchte nach Anzeichen von Zwietracht. Klatsch und Tratsch bewegten sich wie ein Lauffeuer, während die Gäste versuchten, herauszufinden, warum ein Sinclair ein so wichtiges Ereignis mit nur wenigen Tagen Vorlaufzeit feierte.

Lacey scherte sich nicht darum. Hätte sie es getan, hätte sie alle mit der Party in Ruhe gelassen. Ich folgte Cooper und seiner Mutter in den Country Club und ignorierte die neugierigen Blicke der Gäste, die noch nicht eingetreten waren. Cooper tat dasselbe und wehrte mehrere Personen, die ihn ansprechen wollten, mit einem abrupten Wink seiner Hand ab.

Er behielt die Ruhe, war aber gefährlich nah dran, sie zu verlieren. Lacey scherte sich auch darum nicht.

Ich hatte mich schick gemacht und gedacht, ich würde das Beste daraus machen und versuchen, Spaß an einer potentiellen Katastrophe zu haben.

Als ich den Ballsaal betrat und Evers und Summer erblickte, verflüchtigte sich jeder Gedanke an einen schönen Abend.

Summers normalerweise strahlendes Lächeln war matt, als sie Hände schüttelte und Menschen umarmte, die sie kaum kannte. Wir hatten uns nur ein paar Mal getroffen und standen uns nicht nahe genug, damit ich ihr Trost spenden konnte, aber als ich sie begrüßte, gab ich ihr eine feste Umarmung. „Geht es dir gut?", murmelte ich.

Sie spannte ihre Schulter an und schenkte mir ein tapferes Lächeln.

„Ich versuche, meine zukünftige Schwiegermutter nicht umzubringen", flüsterte sie zähneknirschend.

„Wenn du willst, mache ich das für dich", bot ich an, nur halb im Scherz.

Summers blaue Augen wurden finster, bevor sie unheil-voll sagte: „Oh, du wirst es nicht für *mich* tun wollen."

Sie reichte mich weiter an Evers, der so wütend war, dass er praktisch vor Wut vibrierte, obwohl das einzige äußerliche Anzeichen sein angespannter Kiefer war. Als er mich umarmte, sagte er mir leise ins Ohr: „Sei nicht sauer auf ihn. Er wusste es nicht."

Wer wusste was nicht? – wollte ich fragen, aber die Schlange der ungeduldigen Partybesucher, die auf Evers und Summer warteten, wurde immer länger.

Ich schlenderte in Richtung der Bar und nahm mir ein Glas Champagner, wo ich Cooper neben seiner Mutter erspähte, die Arme um eine große Blondine in einem schul-terfreien rosa Kleid gelegt.

Sie gab ihm einen begeisterten Kuss auf die Wange und sprudelte praktisch über, als sie ihren Arm bei ihm einhackte und ihn anlächelte.

ALICE

Lacey strahlte selbstgefällige Genugtuung aus, als sie einen triumphierenden Blick in meine Richtung warf.

Ich stolperte und fing mich wieder, bevor ich einen Sturzflug auf dem polierten Hartholzboden hinlegen konnte. Ich brauchte nicht lange, um alles zu begreifen. Lacey hatte Cooper ein Date besorgt.

War das ihr Ernst?

Cooper war achtunddreißig Jahre alt. Er brauchte seine Mutter nicht, um ihn zu verkuppeln.

Die Frau an seinem Arm war groß, blond und wunderschön. Das Funkeln der Diamanten an ihren Ohren, Handgelenken und ihrem Hals ließ mich vermuten, dass sie, wie die Sinclairs, ein Mitglied dieses Clubs war, genau die Art von Frau, die seine Mutter für ihn auswählen würde.

Während ich die stumme Entschuldigung in Coopers Augen sah, als sich unsere Blicke trafen, brannte der Anblick der blonden Prinzessin, die sich an seinem Arm festhielt, ein Loch in mein Herz.

Für diese Person würde er mich letztendlich verlassen. Vielleicht nicht genau für sie, aber für jemanden wie sie.

Glamourös und wohlhabend, mit dem richtigen Stammbaum.

Für jemanden, der *jemand* war.

Keine geschiedene Büroleiterin aus einer normalen Mittelstandsfamilie. Ich nippte an meinem Champagner und versuchte, mich hinter einer Topfpalme am Rande des Raums zu verstecken, als ich mich fragte, ob ich eine Ausrede erfinden sollte, um früher zu gehen.

Es würde heute Abend kein Wegschleichen für heimliche Küsse geben, da Cooper bereits ein Date hatte. Das Kleid und die schwarze Spitzenunterwäsche kamen mir albern vor.

Ich war nicht Coopers Freundin.

Er war mein Chef.

Mein Chef, mit dem ich eine vorübergehende Affäre hatte. Das war alles.

Die Blondine, die an Coopers Seite klebte, bot ihm ein Hors d'oeuvre von einem Teller an, wobei ihre Fingerspitzen seine Lippen streichelten, als sie ihn damit fütterte.

Ich spürte seinen Blick auf mir und mied ihn sorgsam, betrachtete die Ehrengäste quer durch den Raum und hoffte um der Verlobten willen, dass die Empfangsreihe bald enden würde. Evers sah aus, als würde er gleich ausrasten und Summer verbarg ihre Verstimmung hinter einem höflichen Lächeln.

Lacey Sinclair war ein verdammtes Miststück.

Ein Arm glitt um meine Schultern, bevor eine vertraute Stimme in mein Ohr flüsterte: „Lächle mich an, als ob ich Cooper wäre, und küss mich auf die Wange. Das wird Lacey rasend machen."

Ich blickte auf und sah, wie Griffen mit einem frechen Funkeln in den Augen auf mich herabblickte. Wie ich selbst, war er kein Fan von Lacey Sinclair. Er hatte zu viele Jahre damit verbracht, zuzusehen, wie sie seine besten Freunde unglücklich machte.

Als ich Laceys Blick auf uns spürte, schenkte ich Griffen ein strahlendes Lächeln und küsste seine Wange. Er drehte sein Gesicht und brachte uns so nahe, dass sich unsere Lippen fast berührten.

Griffen sah umwerfend aus in seinem dunklen Anzug. Sein sandblondes Haar war kurz geschnitten und betonte seine Wangenknochen perfekt. Seine grünen Augen waren voller Schalk.

„Gut gemacht. Versuch, nicht so unglücklich auszusehen, dann schaffen wir es vielleicht."

„Was machst du da? Ich dachte, du koordinierst die Sicherheitsangestellten."

Griffen führte mich von der Bar weg und blieb bei den französischen Türen stehen, die zum Garten führten – immer noch am Rande des Raumes, aber viel sichtbarer, als ich es mir gewünscht hätte. Laceys Triumph war in verwirrten Zorn übergegangen.

Ich warf einen Blick auf den Mann, der neben ihr stand, und sah, dass Cooper nicht verwirrt, sondern wütend war. Seine Augen waren arktisch und die Ader an seiner Schläfe pulsierte.

Auf meine Frage hin antwortete Griffen: „Das stimmt, aber jetzt, da alle Gäste hier sind, gibt es nicht mehr viel zu tun, und ich werde dich nicht alleine lassen, während Cooper diese Harpyie am Arm hat."

Griffen sprach nicht von Lacey, sondern von der Frau, die Cooper mit einem weiteren Hors d'oeuvre fütterte. Was war ihr Problem? Er war kein Kleinkind und konnte sich selbst füttern.

Sei keine Zicke, tadelte ich mich selbst. „Nur, weil Lacey das eingefädelt hat, heißt das nicht, dass sie eine Harpyie ist."

„Ich kenne Heather Spencer, und sie *ist* eine Harpyie. Sie war schon dreimal verlobt und wartet auf den großen Fang."

Ich wusste nicht, warum ich die Frau verteidigte, die

gerade an meinem Nicht-Freund hing, argumentierte jedoch weiter: „Charlie Winters war auch dreimal verlobt."

Griffen lachte nur, schnappte sich ein weiteres Glas Champagner vom Tablett eines vorbeikommenden Kellners und drückte es mir in die Hand, als er mein leeres nahm.

Wann hatte ich mein Glas ausgetrunken?

„Charlie hat drei goldschürfende Arschlöcher abserviert. Das ist nicht dasselbe wie mit Heather, die jedes Mal zugeschlagen hat. Cooper ist genau das, was sie sucht."

„Warum sollte Lacey ihm das antun? Will sie nicht, dass er glücklich ist?" In dem Moment, als die Worte meinen Mund verließen, hörte ich meine eigene Dummheit. Lacey verschwendete keinen Gedanken an Coopers Glück.

Hätte sie an das Glück ihrer Kinder gedacht, hätte sie die Verlobungsfeier von Evers und Summer niemals auf diese Weise ruiniert.

Wenn ihr ihre Kinder am Herzen lägen, hätte sie vieles nicht getan.

Musik ertönte und Paare trieben auf die Tanzfläche. Coopers Begleitung versuchte, ihn in dieselbe Richtung zu drängen, aber er rührte sich nicht von der Stelle.

Griffen schmunzelte. „Willst du tanzen?"

Ich nahm einen Schluck Champagner und versuchte, nicht zu seufzen. „Nein, ich will nach Hause", sagte ich aufrichtig. „Ich denke, ich rufe mir einfach ein Taxi und…"

„Auf keinen Fall", sagte Griffen. Sein Arm verkrampfte sich um mich. „Ihr zwei seid echt bescheuert, wisst ihr das?"

„Können wir bitte nicht darüber reden?"

„Nö. Wenn du nicht reden willst, kannst du zuhören. Das ist bescheuert. Ihr seid beide erwachsen."

„Stimmt genau." Ich trank mein Glas aus und drückte es in Griffens Hand, verärgert darüber, dass er sich in etwas einmischte, das ihn nichts anging. „Wir sind erwachsen, und was wir außerhalb der Arbeit tun, geht niemanden etwas an."

„Ihr seid gerade nicht im Büro. Warum bist du mit mir hier drüben, während er Heather Spencer am Arm hat? Das ist eine verdammte Verschwendung dieses Kleides."

Meine berechtigte Entrüstung ließ nach. Es *war* eine Verschwendung dieses Kleides. Ich hätte es für etwas anderes aufheben sollen.

Aber für was denn? Es war ja nicht so, als ob Cooper mich jemals auf eine Party mitnehmen würde. Der Champagner tobte in meinem Magen herum. „Ich will nicht, dass es auf der Arbeit seltsam wird, wenn die ganze Sache endet."

„Wie kommst du darauf, dass es endet?"

Ich lehnte mich zurück und starrte Griffen verständnislos an. Er hatte einen ebenso ungläubigen Ausdruck auf seinem Gesicht.

„Griffen, sei doch kein Idiot. Sieh sie dir an." Ich neigte mein Kinn in Coopers Richtung. „Jetzt sieh mich an. Es gibt einen Grund, warum er mit ihr ist und nicht mit mir."

„Ja, weil seine Mutter ein heimtückisches Miststück ist. Ich bin nicht derjenige, der ein Idiot ist."

„Meinst du, dass ich einer bin?", forderte ich, als Champagner durch mein Hirn sprudelte und die Emotionen durcheinanderbrachte, die in mir brodelten, bis ich nicht mehr sagen konnte, ob ich wütend war, deprimiert oder empört.

Ich war eins davon, und es fühlte sich nicht gut an. Griffen schob mir ein Pilzhäppchen in den Mund, um mich zum Schweigen zu bringen.

„Ich sag es so, wie ich es sehe, Kleine. Ihr seid Dummköpfe. Das Leben ist kurz und ihr verschwendet es mit einem dummen, beschissenen Spiel."

Ich kaute und schluckte so schnell, wie ich konnte, um eine einfallslose Erwiderung abzufeuern: „Das ist kein Spiel."

„Genauso sehe ich das auch", stimmte Griffen zu. Er

schob mir ein weiteres Glas in die Hand und legte seinen Arm um mich. „Kopf hoch. Es geht los."

Ich nahm einen Schluck, um die Reste des Hors d'oeuvres herunterzuspülen. Ich hatte zu viel getrunken, aber es war mir egal. Als ich aufblickte, tauchte Cooper vor uns auf, seine Mutter und seine Verabredung waren nirgends zu sehen.

„Was zum Teufel glaubst du, was du da tust?", knurrte er Griffen an.

„Ich bin Alices Begleitung", sagte er unbeschwert. „Ich bin mir sicher, es macht dir nichts aus, wenn man bedenkt, dass du deine eigene hast."

Die Ader an Coopers Schläfe pulsierte wieder.

Ich nahm noch einen Schluck und murmelte: „Griffen…", nicht sicher, was ich sagen wollte, aber ich wusste, dass ich irgendetwas sagen musste, sonst würde Cooper Griffen schlagen und die ganze Sache würde in einer Katastrophe ausarten.

Die Band begann, ein langsames Lied zu spielen. Griffen nahm mir das Glas ab und schob es Cooper mit einem amüsierten „Entschuldige uns" in die Hände.

Er führte mich auf die Tanzfläche und ließ einen frustrierten, schweigenden Cooper hinter uns herblicken.

13

COOPER

Ich sah zu, wie Griffen Alice auf die Tanzfläche führte und holte tief Luft – ein letzter Versuch, meinen Ärger unter Kontrolle zu bringen, was nicht funktionierte.

Dieser ganze verdammte Abend war ein verfluchtes Desaster, angefangen mit meiner Mutter und diesen gottverdammten Partyeinladungen. Ich wusste, dass sie etwas vorhatte, aber ich hatte mir nicht vorstellen können, dass es Heather Spencer war.

Heather war nicht so übel, aber sie war ganz und gar nicht mein Typ. Ich war fast verrückt geworden, als Heather an mir hing, während die einzige Frau, die ich wollte, am anderen Ende des Raums stand.

Meine Brust schmerzte bei Alices verletztem, gequältem Blick, als sie Heather zusah, wie sie ein Häppchen zwischen meine Lippen schob. Ich widerstand dem Drang, Heathers Hand wegzuschlagen, weil es nicht ihre Schuld war, dass meine Mutter sie so öffentlich zwischen Alice und mich geschoben hatte.

Meine arrangierte Verabredung erklärte, warum meine Mutter Alice eingeladen hatte, obwohl sie sie so sehr hasste.

Als Lacey Alice ihre Einladung überreicht hatte, hätte ich wissen müssen, dass sie etwas im Schilde führte.

Ich wollte Heather nicht demütigen, auch wenn ich sie nicht mochte, aber ich war bereit, zu lügen, um sie für eine Weile aus dem Raum zu bekommen. Sie und meine Mutter waren abgelenkt durch eine Geschichte über eine Freundin, die nach ihnen suchte, und ich hatte etwas Zeit gewonnen, die ich damit vergeudete, Griffen und Alice beim Tanzen zuzusehen.

Griffen legte seine Arme um Alice und zog sie zu sich heran. Viel zu nah dran. *Verdammt!* Seine Fingerspitzen streiften ihre cremige Haut, die durch den Ausschnitt auf ihrem Rücken frei lag. *Ich werde ihn verdammt nochmal umbringen.*

Die Tatsache, dass Griffen und Alice nur Freunde waren, dass sie mich nie betrügen würde und er nie hinter meiner Frau her sein würde – all das bedeutete nichts, als ich zusah, wie Griffen sie in glatten Bögen über die Tanzfläche führte.

Er verarschte mich. Ich wusste es, aber es spielte keine Rolle. Ich wollte ihn trotzdem töten, verdammt nochmal.

Eine leise Stimme neben mir durchdrang mühsam die Wut, die mein Gehirn umnebelte. „Lässt du das einfach zu?", fragte Knox, die Arme über der Brust verschränkt und ein wissender Blick in seinen Augen.

„Was zum Teufel soll ich dagegen tun?", knurrte ich.

„Wenn jemand so mit Lily tanzen würde, würde ich ihm den Kopf abreißen", sagte Knox in einem so ruhigen, bestimmten Ton, dass ich keinen Zweifel an seinen Worten hatte.

Griffen schwang Alice im Kreis und lehnte sie über seinen Arm nach hinten, wobei ihr durchgebogener Rücken das tiefe Dekolleté ihres Kleides noch mehr offenlegte.

Ich sah rot.

Wenn er auf ihre Brüste schaute…

Griffen warf mir einen wissenden Blick zu und tat genau das, seine Augen heiß und anerkennend, sein Blick fest auf ihr.

Er mochte ein Freund sein, aber er war ein Mann. Alles an Alice war an ihrem schlimmsten Tag sexy, aber in diesem Kleid waren ihre Brüste verdammt spektakulär.

„Wenn du weiter so mit den Zähnen knirschst, wirst du dir einen Zahn brechen", sagte Knox schmunzeln.

„Halt deine verfluchte Klappe." Das war das Beste, was mir eingefallen war. Jeder Winkel meines Gehirns war damit beschäftigt, den Höhlenmenschen in mir im Zaum zu halten.

Der Höhlenmensch scherte sich einen Dreck um Versprechen oder gute Manieren. Er wollte Alice.

Nur Alice.

Der Neandertaler wollte Griffen einen Schlag direkt auf seinen perfekten Kiefer versetzen, weil er es gewagt hatte, sie zu berühren.

Alice gehörte mir. Meins.

Mach keine Szene auf der Verlobungsfeier deines Bruders, trug ich mir selbst vor.

Die Party, die er gar nicht wollte, flüsterte der Teufel auf meiner Schulter.

Alice will das mit uns geheim halten.

Weil sie Angst hat, dass du sie abservierst, konterte der Teufel. *Aber das wird nicht passieren, oder?*

Ich wusste es, auch wenn Alice es nicht tat.

Du hast versprochen, dass du sie nicht kompromittierst, aber da du sie behalten willst, wäre es nicht kompromittierend, wenn alle es wüssten.

Verdammt, der Teufel auf meiner Schulter hatte ein überzeugendes Argument.

Griffen schwang Alice in einer weiteren Drehung. Sie stolperte, und er fing sie auf, zog sie noch näher an sich, bevor er seinen Mund gegen ihr Ohr presste und Worte flüsterte, die nur für sie bestimmt waren. Alice warf den Kopf zurück und lachte mit leuchtenden Augen.

Sein Gesicht schwebte über ihrem, sein Mund nur einen Hauch davon entfernt, sie zu küssen.

Ich schob Alices ausrangiertes Glas in Knox' Hände, als der Teufel auf meiner Schulter mit dem Höhlenmenschen in mir verschmolz.

Ich hatte es satt, vernünftig zu sein. Ich war fertig damit, mich um andere Menschen zu scheren.

Fertig mit meiner Mutter.

Fertig mit Heather.

Fertig mit dieser katastrophalen Party.

Ich ging über die Tanzfläche und stieß ohne Entschuldigung gegen ein tanzendes Paar. Als Alice mich kommen sah, blitzten ihre Augen alarmiert auf.

Meine Hand schloss sich um Griffens Schulter und drehte ihn herum. Als seine Augen den meinen begegneten, waren sie nicht überrascht, sondern köstlich amüsiert.

Ich holte ohne ein Wort aus und schlug zu.

Griffen war nicht irgendein betrunkenes Arschloch. Er war einer meiner Top-Leute und er hatte keinen Schluck Alkohol getrunken. Er bewegte sich in letzter Sekunde, sodass meine Faust seine Nase verfehlte und ihn seitlich am Kinn traf. Der Aufprall war gedämpft, aber immer noch stark genug, um ihn hart zu Boden zu schicken, wo er gespreizt auf dem Ballsaalboden liegen blieb und mich angrinste.

Nachdem ich mich meines Problems entledigt hatte, schloss ich meine Hände um Alices Taille und warf sie über meine Schulter, wobei ich einen Arm um ihre Oberschenkel klemmte, damit ihr Kleid nicht hochrutschte.

Ich war fast an der Tür, als das Gemurmel der Partygäste in Wellen hinter uns aufstieg und Alice anfing, sich zu winden. Sie schlug mit den Fäusten auf meinen Rücken und verlangte: „Cooper, lass mich runter! Was machst du da?"

Ich ging durch die Türen des Clubs und hielt meinen Mund. Griffen zu schlagen, war schlimm genug. Ich wollte im Zorn keine Worte ausspucken, die ich später bereuen würde.

Mit Alice auf meiner Schulter, griff ich in meine Jacke und zog das Park-Ticket heraus. Der Kammerdiener, ein schrumpeliger alter Mann, der schon seit Jahrzehnten im Club arbeitete, blinzelte nicht einmal, als er mein Ticket nahm und nickte.

„Einen Moment, Herr Sinclair."

Alice knurrte. „Lass mich runter, Cooper."

Ich zog meinen Arm noch fester um sie. Wenn ich sie absetzte, würde sie versuchen, vor mir zu fliehen, und dann müsste ich sie jagen und die ganze Sache wäre noch peinlicher.

Für sie.

Mir war das nicht im Geringsten peinlich. Der Teufel auf meiner Schulter hatte Recht.

Alice öffentlich für mich zu beanspruchen, fühlte sich besser an als alles, was ich je getan hatte, abgesehen von unserem ersten Kuss vor zwei Wochen.

Mein Auto war in zwei Minuten da. Ich hatte meinen Aston Martin gefahren, und die Angestellten stellten ihn immer ganz vorne hin, damit die anderen Club-Mitglieder seine eleganten Linien bewundern konnten. Es war mir scheißegal, wer das Auto sah, aber diese Bequemlichkeit war von Vorteil, wenn eine wütende Frau über meiner Schulter lag – nicht, dass es häufig vorkam.

Ich setzte Alice auf dem Beifahrersitz ab, lehnte mich hinein, um sie anzuschnallen, und warnte sie: „Denk nicht einmal daran, auszusteigen."

Sie ignorierte mich, die Arme über der Brust verschränkt, das Kinn vorgestreckt und ihre Augen auf das Fenster gerichtet. Auf der kurzen Fahrt zurück zum Sinclair-Gebäude wurde kein Wort gesagt.

Ich hätte mir Sorgen machen sollen, dass sie sauer war. Tat ich aber nicht.

Jeder Augenblick, in dem ich so getan hatte, als wäre nichts zwischen uns, fühlte sich falsch an. So zu tun, als wäre sie nur irgendeine Frau, war ein Verrat von allem, was ich für sie empfand und was ich von ihr wollte.

Sie war sauer. Sie hatte ein Recht darauf. Wieder einmal hatte ich mich wie ein verdammter Höhlenmensch aufgeführt. Ich hatte gegen ihren Willen gehandelt und sie nicht nur öffentlich beansprucht, sondern es zu einem Spektakel gemacht.

All meine tieferen Instinkte wussten, dass ich die einzige Wahl getroffen hatte, die sie mir gelassen hatte. Der primitive Teil in mir und der Teufel auf meiner Schulter wussten, dass wir in einem Jahr noch umeinander herumtanzen würden, wenn ich auf Alices Erlaubnis warten würde. Und in zwei Jahren.

Sie glaubte nicht an mich.

Wenn ich darauf warten würde, dass sie von selbst draufkam, würde ich ewig warten.

Wir waren sicher hinter der Tür meiner Wohnung eingeschlossen, bevor Alice aufhörte, meine Anwesenheit zu ignorieren. Als sie aus ihren himmelhohen Absätzen heraustrat, hob sie einen grazilen Schuh und schleuderte ihn mir ins Gesicht.

Ich wich ihm leicht aus und ihre Kontrolle brach zusammen.

„Wie konntest du mir das antun? Jeder, mit dem wir zusammenarbeiten, war da. Jeder weiß es jetzt."

„Er hatte seine Hände überall auf dir", sagte ich und dachte, das sei Erklärung genug. Durch Alices verständnisloses Starren wusste ich, dass dem nicht so war.

„Es war Griffen", sagte sie. „*Griffen*. Du weißt schon, dein bester Freund?"

„Er wollte dich küssen."

Alice warf ihre Hände in die Luft, zog den anderen Schuh aus, drehte ihn in den Fingern und sah mich an, als ob sie überlegte, diesen auch zu werfen. „Bist du verrückt? Er wollte mich *nicht* küssen."

„Glaub mir, er wollte es."

Griffen war absolut im Begriff gewesen, Alice zu küssen. Ich wusste das – genauso wie ich wusste, dass er mich die ganze Zeit manipuliert hatte. Ich wusste es, verdammt, aber es spielte keine Rolle. Griffen war sich sicher gewesen, dass ich ihn aufhalten würde, bevor seine Lippen die ihren berührten.

Später würde ich wahrscheinlich den Bluterguss bedauern, den ich an seinem Kiefer hinterlassen hatte. *Später, aber jetzt noch nicht.*

Alice stampfte mit ihrem kleinen Fuß und feuerte mir den anderen Schuh an den Kopf. Meine Hand schnappte nach oben und fing ihn auf. Lächelnd begegnete ich Alices wütenden Augen, die so klar blau strahlten wie der Sommerhimmel. Sogar wütend war sie die schönste Frau, die ich je gesehen hatte.

Ich warf ihren Schuh hinter mich und durchquerte den Raum, bis ich vor ihr stand.

14

COOPER

„**D**u siehst wunderschön aus.“

Ich steckte eine dunkel glänzende Haarsträhne hinter ihr Ohr und fuhr mit meinem Finger die Linie ihres Kiefers und ihres Halses nach und verweilte in der Vertiefung ihres Schlüsselbeins, bevor ich zwischen ihre verführerisch prallen Brüste tauchte.

Sie zitterte unter der federleichten Berührung, als ob sie die Flucht ergreifen wollte, aber ihre Füße blieben da, wo sie waren. Diese Augen, die ich liebte, starrten mich an und waren hin- und hergerissen zwischen Angst und Verlangen.

Ihre Stimme war kaum ein Flüstern, gequält und rau. „Du sagtest, du würdest es nicht tun.“

„Ich sagte, ich würde dich nicht kompromittieren, und das würde ich nicht. Das habe ich nicht.“

„Aber-“

Ich umfasste ihr Gesicht mit meinen Händen und neigte ihren Kopf zu meinem. „Du bist kein schmutziges Geheimnis, Alice. Du gehörst zu mir. Heute. Morgen. Nächste Woche. Nächstes Jahr. Du gehörst mir.“

Ihre Stimme zitterte, als sie sagte: „Ich verstehe nicht.“

„Ich weiß, dass du das nicht tust, aber das wirst du bald." Ihre Lippen teilten sich unter meinen. Sie schmeckte nach Champagner. Ich vertiefte den Kuss und meine Hand legte sich auf die nackte Haut ihres Rückens, während ihr Herz wild unter meiner Berührung klopfte.

Als ich mich aufrichtete, schwankte sie und starrte mich immer noch an, ihre Augen vor Verwirrung getrübt.

„Ich habe es dir gesagt, Alice. Du gehörst mir. Willst du es nicht? Willst du nicht mit mir zusammen sein?"

Sie nickte mit offenem Mund, aber die Worte blieben ihr im Hals stecken. Alles, was sie herausbekam, war: „Aber, ich... du..."

„Ich habe das Warten satt. Ich wollte dich, aber du warst verheiratet, und ich habe gewartet. Schließlich hast du dich von ihm scheiden lassen, und trotzdem habe ich gewartet. Ich wollte dir Zeit geben, aber das ist vorbei. Ich habe das Warten satt, Alice. Ich werde nicht so tun, als wäre es weniger, als es ist."

„Was meinst du?", fragte sie atemlos, als Licht ihre Augen füllte und die Wolken vertrieb. Sie wollte, dass ich die Worte sagte. Das konnte ich ihr geben. Ich hatte seit Jahren darauf gewartet, ihr das zu geben.

„Ich meine dich und mich, Alice. *Zusammen*. Bei der Arbeit. Zuhause. Das ist keine Affäre – nicht für mich."

„Ist es echt?"

„So echt, wie es nur geht", versprach ich, legte meine Arme um sie und zog sie eng an meinen Körper, als ich in ihre großen, erstaunten Augen blickte. „Fühlt es sich nicht echt an?"

Sie schluckte hart und nickte.

„Wenn du aussteigen willst, hast du jetzt deine Chance. Ich lasse dich durch diese Tür gehen. Du kannst Montag zur Arbeit kommen, und wir tun so, als wäre nichts gewesen."

Es würde mich umbringen, aber wenn es das war, was sie wollte, würde ich es tun.

Furcht öffnete einen Abgrund in meinem Herzen, aber ich brachte die Worte heraus, die ich sagen musste. „Wenn das nur Sex für dich ist, sag es mir jetzt und ich lasse dich gehen."

Alice strich mit ihren Fingerspitzen so leicht über meine Wange, dass es mir einen Schauer über den Rücken jagte. „Es könnte niemals nur Sex mit dir sein, Cooper. Es ist nur so gut, weil *du* es bist."

„Weil *wir* es sind", sagte ich und der Abgrund in meinem Herzen füllte sich mit einem Licht, das alles Dunkle vertrieb. Die Manipulationen meiner Mutter, der Verrat meines Vaters – nichts davon spielte eine Rolle.

Nicht in diesem Augenblick.

Nicht mit ihr.

Ich konnte mich nicht erinnern, wann ich mich das letzte Mal so frei gefühlt hatte. Ein Grinsen spannte sich über meinen Mund, als ich meine Hände um Alices schmale Taille schloss, sie anhob und zum zweiten Mal in dieser Nacht über meine Schulter warf.

Sie kreischte, aber das Geräusch löste sich in Lachen auf. Anstatt mich mit ihren Fäusten zu schlagen, griff sie diesmal nach unten und legte eine Hand auf meinen Hintern, den sie anerkennend drückte.

Ich ging in mein Schlafzimmer wie ein Eroberer nach einer blutigen Schlacht. Alice war meine Beute, und ich hatte vor, sie zu genießen. *Gründlich.*

Dort angekommen stellte ich sie auf die Beine – nicht auf den Boden, sondern auf eine Truhe am Fußende meines Bettes. Ich konnte mich nicht erinnern, was drin war - die Dekorateurin hatte sie ausgesucht -, aber sie war stabil und machte Alice sechs Zentimeter größer als mich.

Als ich zurücktrat, nahm ich jeden Zentimeter von ihr

auf, vom Schimmer ihres dunklen Haares bis zu den lackierten Zehennägeln, die von dunklen Strümpfen verdeckt wurden. „Zeigst du mir, was du unter diesem Kleid trägst?"

Alices lächelte und griff hinter sich nach dem Reißverschluss, bevor sie ihn so langsam runterzog, dass ich dachte, ich würde von unerfüllter Lust sterben, wenn sie nicht bald unten ankam.

Eine glatte Schulter erschien, als der dunkelgrüne Taft ihren Arm hinunterglitt. Sie entblößte die andere, das ganze Kleid rutschte nur wenige Zentimeter tiefer und enthüllte zwei schmale, schwarze Träger und einen Hauch von Spitze über ihren Brüsten.

Mein Schwanz war eisenhart. Ich brauchte mehr.

Alice atmete scharf ein und drückte ihre Hände auf ihre Brust, wodurch das Rutschen des Kleides gestoppt wurde, warf ihr kurzes Haar zurück und schaute mich von oben herab an, plötzlich herrisch.

„Zieh deine Jacke aus."

Nur ein Narr würde sich mit einer halbnackten Frau streiten, die ihm sagte, er solle sich ausziehen.

Ich war kein Narr.

Meine Jacke landete auf dem Stuhl hinter mir, bevor ich sie erwartungsvoll anschaute.

„Und die Krawatte."

Die Krawatte flog auf den Boden.

„Jetzt du", konterte ich.

Alice bewegte ihre Hände und ihr Kleid rutschte einige Zentimeter tiefer, bis ihre Brustansätze ins Blickfeld kamen, eingerahmt von einem breiten Streifen schwarzer Spitze.

„Das ist alles, was du bekommst, bis ich etwas Haut sehe", sagte sie.

Meine Hände beschäftigten sich mit den Knöpfen meines Hemdes, als ich es öffnete, auszog und hinter mich warf.

Alice begutachtete mich, bevor sie ihren Kopf schräg legte. „Du darfst mich nicht berühren, bis du nackt bist."

„Einverstanden." Die Worte verließen meine Lippen ohne einen weiteren Gedanken. Das Versprechen war leicht. Nackt war mein Plan.

Alice ließ das Kleid wortlos fallen. Der Taft traf mit einem Rascheln auf ihre Füße, sodass sie in einer Wolke schwarzen Tülls und einem schwarzen Spitzenbustier dastand.

Mein Mund wurde trocken. Meine Finger lechzten danach, sie zu berühren. Wie benommen machte ich einen Schritt vorwärts.

Alice schüttelte ihren Kopf und drohte mir mit dem Zeigefinger. „Nein, nein. Du hast es versprochen."

Das einfachste Versprechen, das ich je gegeben habe.

Meine Hände legten sich auf meinen Gürtel, um ihn schnell zu öffnen, den Reißverschluss herunterzuziehen und den Rest meiner Kleidung auszuziehen.

Der Neandertaler, der Alice über die Schulter geworfen hatte, wollte sie auf das Bett werfen und sich an ihrem Körper laben.

Er hatte nicht mehr das Sagen.

Nackt schloss ich die Distanz zwischen uns und blieb vor ihr stehen, um in ihr perfektes, liebliches Gesicht zu schauen.

Ich griff nach ihren Schultern und umfasste sie mit meinen Händen, bevor ich ihre Arme hinunterglitt und jeden Zentimeter ihrer weichen, zarten Haut genoss.

Meine Finger verschränkten sich mit ihren und zogen ihre Arme hoch. Meine Augen verschlangen den Anblick all der schwarzen Spitze.

„Alice, du bist so schön."

Sie sah mich an, ihr Atem schwer, als sie die Spannung betrachtete, die sich in meinem Körper aufbaute.

Ich ließ ihre Hände los, hakte meine Finger in den Bund

ihres Reifrocks und zog ihn langsam - Zentimeter für Zentimeter - hinunter. Er glitt über ihre Hüften, und ich ließ ihn los, bevor der Stoff um ihre Füße herum landete. Mein Verstand setzte beim Anblick ihrer Mitte aus, die von einem so winzigen und durchsichtigen String umrahmt war, was sie irgendwie nackter machte, als wenn sie nur ihre Haut getragen hätte.

Meine Finger streichelten über die Kurve ihres Hinterns. „So verdammt schön", seufzte ich und beugte mich vor, um meinen Mund an die Wölbung ihrer Brüste zu schmiegen, die von all der schwarzen Spitze hochgedrückt wurden.

Ich küsste beide und kuschelte mich zwischen sie. Sie roch wie der Himmel - süß und würzig -, nach Blumen und Früchten und nach Alice.

Der Duft ihrer Erregung erreichte meine Nase, und meine Zurückhaltung brach. Eine Bewegung löste die ganze Spitze. Eine weitere, und der String gesellte sich zu ihrer abgelegten Kleidung.

Dann hob ich sie hoch, legte sie aufs Bett und kletterte über die Truhe, um mich über ihr zu erheben, spreizte ihre Beine und tauchte meine Finger in ihre Mitte, um sie feucht und bereit zu finden.

Sie hob ihre Knie an und ihre Arme öffneten sich, um mich willkommen zu heißen. Mit meinem Schwanz in der Hand führte ich mich zu ihrer Hitze und versank tief in ihr. Alice umklammerte mich, schlang ihre Beine um meinen Rücken und ihre Arme um meinen Hals.

Ich füllte sie aus und hielt an, als ich bis zum Anschlag in sie eingedrungen war. Ihre Haut presste sich an meine, ihr Atem ging stoßweise, sie hielt sich fest.

„Fühlt sich das für dich echt an?" Ich stieß in sie und ließ meine Hüften kreisen, während sie unter mir erzitterte.

„Ja. Ja, Cooper", sagte sie und ihre Stimme zersplitterte vor Vergnügen.

„Du gehörst mir", sagte ich erneut.

Ich konnte es nicht oft genug sagen. Vielleicht würde sie es endlich glauben, wenn ich es immer wieder sagen würde. Bis ins Innerste meiner Seele meinte ich es ernst.

Sie gehörte mir. Ich bewegte mich in ihr, trieb sie auf den Gipfel und darüber hinaus, bis ihre enge Wärme mich umklammerte und ihre Schreie in meine Ohren drangen.

Das war nicht genug. Ich trieb sie immer wieder zum Höhepunkt, bis ich es nicht mehr aushielt und mich in ihr ergoss.

Ein längst vergessenes Stück meiner Seele wurde nun ganz, weil ich wusste, dass Alice endlich mir gehörte.

15

COOPER

Ich wachte in einem leeren Bett auf und war sofort wieder einsatzbereit.

Alice. Wo war sie?

Ein Blick auf die Uhr sagte mir, dass es später war als normalerweise, aber das war keine Überraschung, da wir bis weit nach Mitternacht keinen Schlaf gefunden hatten. Wenn man den Champagner dazuzählte, den sie getrunken hatte, musste ich mich fragen, warum zum Teufel Alice überhaupt wach war.

Irgendwo vor meiner Zimmertür hörte ich ein Rascheln. Im Flur? Ich kam auf die Füße und zog Boxershorts an, als ich zur Tür ging.

Alles, woran ich denken konnte, war sie. Ich musste Alice finden und sie zurück ins Bett bringen. Das war mein Plan.

Sie erstarrte, als ich das Wohnzimmer betrat, der Reißverschluss ihres Kleides, das sie bereits anhatte, war halb geschlossen. Sie hielt ihre Reifröcke wie eine Wolke aus schwarzem Tüll unter dem Arm. Ihr Gesicht war ungeschminkt, die Haare durcheinander. Sie sah unglaublich jung aus.

Und erschöpft.

Dunkle Schatten lagen unter ihren Augen, das normalerweise klare Blau stumpf und blutunterlaufen. Sie sollte im Bett sein.

„Alice, was machst du da?"

Sie zuckte beim Klang meiner Stimme zusammen. „Nichts, Cooper. Geh wieder ins Bett. Ich... muss nur nach Hause und duschen. Mich umziehen. Du weißt schon."

Nein, wusste ich nicht. Ich hatte hier eine einwandfreie Dusche.

Ich öffnete meinen Mund, um ihr das zu sagen, und stoppte, als ich sie mir genauer ansah. Die Zerbrechlichkeit in ihren angespannten Schultern. Die Art, wie sie gegen das helle Licht blinzelte, das durch die deckenhohen Fenster eindrang. Die verletzliche Biegung ihres Nackens. Ihr nach vorne geneigter Kopf, als wäre er zu schwer.

„Was ist los?", fragte ich leise. „Zu viel Champagner?"

„Nein. Ein bisschen vielleicht. Ich habe nur..." Sie schlang ihren Arm enger um ihren Bauch und drückte die Masse der Reifröcke dagegen, ihre Stirn in Falten gelegt. Je mehr ich sie beobachtete, desto klarer wurde mir, dass etwas nicht stimmte.

Sie war nicht nur müde und das war nicht nur zu viel Champagner.

War sie immer noch wütend?

Als ich daran dachte, wie ich Griffen geschlagen und sie mir mitten im Ballsaal über die Schulter geworfen hatte, war ich derjenige, der zusammenzuckte. Zu dem Zeitpunkt schien es eine großartige Idee gewesen zu sein.

Das hatte ich davon, dass der Teufel auf meiner Schulter und der Höhlenmensch in meiner Brust sich gegen mich verschworen hatten. Ich hätte es wissen müssen. Alice hatte mich gebeten, die Sache geheimzuhalten, und ich hatte sie absichtlich auf die öffentlichste Art und Weise überhaupt sabotiert.

Scheiße. Ich dachte, sie hätte mir verziehen, aber vielleicht hatte ich mich geirrt…

Alice beugte sich langsam vor und holte einen ihrer Schuhe unter der Couch hervor. Mit halb geschlossenen Augen steckte sie ihn in das Bündel in ihren Armen.

„Ich will mich nur hinlegen. Kannst du mir helfen, meinen anderen Schuh zu finden?"

Ich schloss mich ihr bei der Suche an und versuchte, mich zu erinnern, was mit ihm geschehen war. Einen Schuh hatte sie mir an den Kopf geworfen, den anderen hatte ich jedoch gefangen. Ich wusste nicht, welchen sie bereits gefunden hatte.

Ich musste diesen Schuh finden, bevor sie es tat. Ich brauchte ihn als Druckmittel, um sie lange genug hier festzuhalten und herauszufinden, was los war.

Diese verletzliche, zerbrechliche Alice war nicht die Frau, mit der ich letzte Nacht Liebe gemacht hatte. Die Frau, die gebieterisch von mir verlangte, dass ich mich für sie auszog und meinen Hintern betatschte, während ich sie durch den Flur trug. Sie schien auch anders als die, die mir ihre hohen Absätze an den Kopf geworfen hatte.

Ich erkannte diese Alice nicht. Wenn ich der Grund für diese Erscheinung war, musste ich wissen, was los war, damit ich es in Ordnung bringen konnte.

Ich entdeckte einen Absatz, der unter einem Regal herausragte, und schnappte ihn mir. „Ich hab' ihn."

Alice machte einen Vorwärtsschritt, um danach zu greifen, aber ich hielt ihn über den Kopf und betrachtete ihr müdes, gezeichnetes Gesicht.

„Noch nicht", sagte ich. Als sie ihre Hand sinken ließ, ohne mir einen finsteren Blick zuzuwerfen, wusste ich mit Sicherheit, dass etwas nicht stimmte.

Ich wollte sie am liebsten in die Arme nehmen, fragte stattdessen aber leise: „Bist du wütend? Wegen gestern Abend?", und wartete angespannt. Alice begann, den Kopf zu schütteln, erstarrte abrupt und zuckte zusammen. „Ich sollte es sein", murmelte sie, „aber ich bin nicht sauer. Ich glaube, du hast mir die Wut aus dem Leib gevögelt."

Ein überraschtes Lachen brach aus mir hervor. Alice zuckte bei dem Geräusch erneut zusammen. Ich konnte das Grinsen, das sich auf meinem Gesicht ausbreitete, nicht abstellen. „Gut zu wissen, dass das funktioniert. Ich werde es mir fürs nächste Mal merken, wenn ich dich wieder sauer mache."

„Mir gefällt, wie du davon ausgehst, dass es ein nächstes Mal geben wird", sagte sie und griff wieder nach dem Schuh, den ich hinter meinem Rücken hielt.

„Ich halte mir nur alle Möglichkeiten offen."

Sie gab ein Räuspern von sich, aber das war auch alles. *Das ist nicht meine Alice...*

Ich änderte meine Taktik und gab ihr den Schuh. Bevor sie zurücktreten konnte, war ich da, schloss meine Arme um sie und drückte sie in meine Brust, das Tüll und die Schuhe zwischen uns eingequetscht.

Da ich jetzt wusste, dass sie nicht sauer auf mich war, brauchte ich keine Angst mehr zu haben, dass sie mir diesen Absatz ins Auge rammte. Alice drückte gegen mich, und ich lockerte meinen Halt widerwillig. Die Schuhe und Reifröcke fielen zu Boden, als Alice mit mir verschmolz und ihre Stirn an meine Brust legte.

Ihr Rücken war warm und seidig, ihre Stirn kalt und klamm. Ich beugte mich vor und berührte ihr Haar mit meinen Lippen.

„Baby, was ist los? Wenn du nicht sauer auf mich bist... Wie viele Gläser Champagner hast du gestern Abend getrunken? Ich habe vier gezählt, was eine Menge ist für einen

Kobold wie dich, aber nicht genug, um dich so elend zu machen."

„Ich bin kein Kobold", protestierte sie. Ihre verärgerte Antwort war ermutigend. Ich glaubte, dass es ihr insgeheim gefiel, aber Alice ärgerte sich immer, wenn ich sie so nannte. Mit ihrem gestutzten Bob und ihrer kleinen Statur passte der Name jedoch perfekt.

Ich legte meine Arme um sie. „Du bist *mein* Kobold. Sag mir, was los ist."

Sie verbarg ihr Gesicht und murmelte etwas. Ihre Lippen bewegten sich an meiner Haut, ihre Worte undeutlich.

„Alice, komm schon. Sag mir einfach, was los ist, damit ich es in Ordnung bringen kann."

Lauter, deutlicher sagte sie: „Du kannst es nicht in Ordnung bringen."

„Dann sag mir, wen ich töten muss, um es besser zu machen."

Größtenteils scherzte ich. *Größtenteils…*

Alice seufzte, hob ihr Gesicht, ihre Augen ungewöhnlich schüchtern für mein dreistes Mädchen, und sagte: „Ich habe Krämpfe und eine Migräne. Ich will mich einfach nur zusammenrollen und sterben, okay?"

Scheiße. Ich hasste Probleme, die ich nicht lösen konnte.

Da die Wahrheit nun ausgesprochen war, lehnte Alice sich zurück und versuchte, sich zu befreien. Verdammt, ich konnte ihre Migräne und Krämpfe nicht loswerden, aber das bedeutete nicht, dass ich nicht etwas tun konnte, um ihr zu helfen.

Ich hielt meine Arme um sie und rieb mit meinem Daumen über ihre Wirbelsäule. „Arme Alice. Was brauchst du?"

Missmutig antwortete sie: „Ich muss nach Hause gehen."

Ich lehnte mich zurück, um ihr ins Gesicht zu sehen, und fragte: „Musst du nach Hause, um Sachen zu holen?

Oder musst du nach Hause, weil du dich beschissen fühlst und dich im Bett zusammenrollen willst, bis es dir besser geht?"

„Beides", sagte sie, ihr Kinn störrisch.

„Was nimmst du? Hast du verschreibungspflichtige Medikamente gegen die Migräne?"

„Nein, sie ist nicht schlimm genug, um sowas zu benötigen. Ich muss mich nicht in einen dunklen Schrank einschließen oder so. Es tut nur weh und es ist schwerer zu ertragen, wenn ich gleichzeitig Krämpfe habe."

„Ibuprofen? Brauchst du eine Wärmflasche?"

Alice starrte mich verwundert an. „Nein, keine Wärmflasche. Wenn ich beides zusammen bekomme, nehme ich normalerweise Migränetabletten. Ich habe unten welche."

Ich trat über das Kleiderbündel auf dem Boden, drehte sie um und drängte sie sanft rückwärts in mein Schlafzimmer. „Bad oder Dusche?"

„Cooper, ich…"

„Bad oder Dusche?"

„Dusche", sagte sie schließlich.

Als ich in meinem Badezimmer ankam, stellte ich die Dusche an. „Was brauchst du von unten?"

Alice seufzte und begriff schließlich, dass ich nicht aufgeben würde. „Kleidung, denke ich. Die Migränetabletten aus dem Schrank in meiner Küche – neben dem Schrank, in dem ich die Pflaster aufbewahre. Unter meiner Spüle ist eine Tasche mit Gänseblümchen drauf…" Sie sah verlegen zur Seite. „Da ist alles drin, was, äh, ich brauche."

Ich küsste sie auf die Stirn und sagte: „Geh duschen. Ich komme zurück, bevor du fertig bist."

Ich ließ Alice im Badezimmer zurück und machte mich auf den Weg zu ihrer Wohnung, nachdem ich mir kurz etwas zum Anziehen aus meinem Schlafzimmer geholt hatte.

Ich fand ihre Medikamente schnell, und dasselbe galt für

den Gänseblümchen-Stoffbeutel. Ich holte eine Sporttasche aus ihrem Schrank und warf sie zusammen mit einer Flasche Lotion aus ihrem Badezimmer, ihrer Gesichtscreme, einer Haarbürste, Deodorant und Klamotten hinein – bequeme Sachen, in denen sie sich zusammenrollen konnte.

Als ich zurückkam, stand sie noch immer unter der Dusche. Ich öffnete die Tür und stellte die Tasche auf den Waschtisch, ganz und gar nicht beruhigt durch ihr schwaches „Danke".

Scheiße!

Alice war ein Wirbelsturm. Ein Energiebündel. Ich wusste, dass sie gelegentlich unter schlimmen Kopfschmerzen litt, und sogar, dass diese mit ihrem Zyklus zusammenhingen. Wir hatten neun Jahre lang zusammengearbeitet, und ich war ein aufmerksamer Typ – vor allem, wenn es um Alice ging.

Normalerweise waren sie nicht so schlimm., aber andererseits waren die Kopfschmerzen auch auf zu wenig Schlaf und zu viel Champagner zurückzuführen.

Als ich Alice in Frieden ließ, benutzte ich eine App um Essen zu bestellen. Wenn sie jetzt nicht hungrig war, würde sie es irgendwann sein. Es würde eine Weile dauern, aber ich bestellte etwas von *Annabelle's*. Frühstückssandwiches, Gebäck und einen Mokka.

Ich hatte nicht bemerkt, dass sie Koffein mied, wenn sie Kopfschmerzen hatte, und Schokolade schien mir eine gute Wahl zu sein, wenn sie sich schlecht fühlte. Schließlich kam sie aus dem Badezimmer und roch nach frischem Obst. Ihr Haar war glatt gekämmt und ihre Haut glänzte von der Gesichtscreme, war aber immer noch zu blass.

16

COOPER

Alice nahm die Tabletten und ging in Richtung Küche, aber ich hielt sie zurück und führte sie zur Couch.

„Ich habe Frühstück und Kaffee bestellt. Du musst nichts essen, bis du soweit bist. Willst du Saft, um die Pillen runterzuspülen?"

„Ja, bitte", antwortete sie fast flüsternd und sank auf die Couch. Selbst während sie sich von der Beule am Kopf erholte, war sie nicht so schwach gewesen. Schlapp von den Schmerztabletten, aber nicht dermaßen. Ihre Haut wirkte hauchdünn, ihre Stimme hohl.

Ich holte den Saft, setzte mich neben sie und stützte meine Füße auf den Couchtisch. Als sie das leere Glas abstellte, zog ich sie an mich und sie seufzte erleichtert, als die Spannung aus ihrem Körper wich und sie sich entspannte.

Ich massierte ihre Schläfen mit den Daumen. „Besser oder schlechter?"

Mit einem kehligen Stöhnen, dem ersten Geräusch, das wieder klang wie sie selbst, antwortete sie: „Besser."

„Schließ einfach die Augen und schlaf ein wenig, wenn du willst. Das Essen wird bald hier sein."

Sie rollte sich zusammen, legte ihren Kopf auf meine Brust und ihren Arm um meine Taille. Ich breitete eine Decke über uns aus, fuhr mit meinen Fingern durch ihr feuchtes Haar und sah ihr beim Einschlafen zu, wobei sich der Knoten in meinem Bauch löste, während sich die Linie zwischen ihren Brauen glättete. Die Medikamente fingen wahrscheinlich an zu wirken.

War es jeden Monat so schlimm? Wenn es der Fall war, würde sie sich von nun an freinehmen.

Sie würde protestieren, aber ich würde nicht zuhören. Alice war taff. Sie war eine Kämpferin, die hart im Nehmen war. Ich konnte mir gut vorstellen, dass sie unter Schmerzen litt und sie verheimlichte, damit niemand erfuhr, wie sie allein nach Hause in eine leere Wohnung ging, ohne dass sich jemand um sie kümmerte.

Selbst als sie verheiratet war, war ihr Mann die meiste Zeit weg – ein Pilot, der sich nicht die Mühe gemacht hatte, seinen Flugplan so zu gestalten, dass er mit seiner Frau zusammen sein konnte, die er kaum bemerkte.

Seit ihrer Scheidung hatte sie niemanden mehr, der sich um sie kümmerte, aber jetzt hatte sie mich, und ich würde alles in meiner Macht Stehende tun, damit Alice nie wieder Schmerzen erlitt.

Sie schlief tief und wachte erst auf, als ich mich von ihr löste, um die Tür zu öffnen. Sie blinzelte, ihre herrlich blauen Augen vom Schlaf getrübt, und ich sah, dass die dunklen Ringe etwas heller waren und ihre Haut weniger blass und matt aussah.

„Wie geht es deinem Kopf?", fragte ich und überreichte ihr ein Croissant-Sandwich mit Speck, Eiern und geschmolzenem Käse. Sie nahm es eifrig, biss ab und stöhnte genüsslich, was meinen Schwanz hart werden ließ. Sie antwortete, nachdem sie geschluckt hatte. „Besser. Nicht weg, aber besser."

„Krämpfe?", fragte ich und hob eine Augenbraue, während sie errötete. Ich wusste, dass meine Frage unangenehm für sie war, aber ich tat es trotzdem, zum Teil, weil ich wissen wollte, wie sie sich fühlte, aber vor allem, weil es normalerweise schwierig war, Alice aus der Fassung zu bringen. Ich liebte das Rosa auf ihren Wangen, wenn sie gleichzeitig verlegen und verärgert war.

Mit einem Schnaufen antwortete sie: „Die sind auch besser. Ich bin diesen Monat früh dran. Das hat mich überrascht. Ich schätze, ich sollte froh sein. Früh ist besser als spät, oder?"

Ich lachte. „Das will ich nicht bestreiten. Wenn es um Regelblutungen geht, ist früh definitiv besser als spät."

Aus dem Nichts kam mir ein Gedanke. *Was wäre, wenn spät besser wäre? Was, wenn wir wollten, dass sie spät dran wäre?*

Langsam, Coop, sagte ich mir. *Eins nach dem anderen.*

Sie zuckte mit den Schultern. „Ich hatte damit nicht gerechnet, und dann der Champagner und die Kopfschmerzen... Normalerweise habe ich alles im Griff, aber in letzter Zeit hat mich jemand abgelenkt." Sie schmunzelte in meine Richtung und nahm einen weiteren Bissen.

ICH WÜRDE mich um Alice unter allen Umständen kümmern, aber ich war erleichtert, zu sehen, wie ihr Geist wieder zum Leben erwachte. Wir beendeten unser spätes Frühstück und ich räumte den Abfall weg, während Alice einen Film aussuchte, bevor wir uns wie zuvor auf die Couch setzten, Alice an mich gekuschelt, meine Finger in ihrem Haar.

Als der Soundtrack des Films begann, sah Alice zu mir auf. „Weiß jetzt jeder über uns Bescheid?"

„Ja, alle wissen es."

„Und zwischen uns ist was - eine ernste Sache -, also sind wir zusammen?" Sie rümpfte die Nase. „Ich fühle mich zu alt, um dich *Freund* zu nennen."

Ich wusste, was sie meinte. Wir waren nicht mehr in der Schule. Die Worte „Freund" und „Freundin" waren zu einfach. Unwesentlich. *Vergänglich.*

Ich sagte ihr die Wahrheit: „Du gehörst mir und ich gehöre dir. Das ist alles, was die anderen wissen müssen. Alles, was du wissen musst."

Sie sagte nichts dazu, starrte mich nur so intensiv an, dass ich dachte, ich könne die Zahnräder hinter ihren Augen sehen. „Du weißt, wenn das nicht klappt, dann kann ich nicht in der Firma bleiben, oder?"

„Ich weiß, und da ich auch weiß, dass wir die Firma nicht ohne dich leiten können, sollte dir das zeigen, wie ernst es mir ist."

„Ja", sagte sie, „ich schätze, das tut es wohl."

Ich dachte über mein Angebot von gestern Abend nach, die Dinge wieder so laufen zu lassen, wie sie vorher waren.

Ich hoffte sehr, dass sie nicht vorhatte, darauf zurückzukommen.

Ich konnte diese Worte immer noch nicht laut aussprechen.

Sie hatte ihre Chance gehabt, zu gehen. Ich würde ihr keine weitere geben.

Alice war offensichtlich derselben Meinung, denn das Gespräch war damit beendet. Sie kuschelte sich an mich, legte ihre Hand auf mein Bein, ihren Kopf auf meine Brust, und wir sahen uns den Film an. Später bestellten wir Abendessen, und danach schlief Alice in meinen Armen ein, während ich mir ein Spiel im Fernsehen ansah. Wenn ich ihren Schmerz hätte auslöschen und Sex hinzufügen können, wäre es ein perfekter Tag gewesen.

Es war aber verdammt nah dran.

Die nächste Woche verlief einfach traumhaft. Wir verbrachten Sonntag auf der Couch, sahen uns Filme an und unterhielten uns. Ausnahmsweise öffnete ich nicht ein einziges Mal meinen Laptop. Es gab nichts im Büro, das interessanter war, als Alice ganz für mich alleine zu haben.

Nach neun Jahren der Zusammenarbeit hätte man meinen sollen, dass wir einander nichts mehr zu sagen hatten. *Weit verfehlt...*

Meine Mutter rief wiederholt an, und ich ließ jedes Mal die Mailbox drangehen. Sie klopfte am frühen Sonntagmorgen an die Tür, aber Alice und ich taten so, als hätten wir es nicht gehört. Was auch immer sie zu dieser Szene im Ballsaal zu sagen hatte, wollte ich nicht hören.

Es ging sie nichts an, und so sollte es auch bleiben.

Ich schaffte es, mich im Büro zu benehmen. *Meistens.* Es hatte sich auch bei den wenigen Mitarbeitern herumgesprochen, die Freitag nicht dabei gewesen waren. Alle beobachteten uns, um zu sehen, wie es weiterging.

Aber ich hatte nicht vor, mein Glück auf die Probe zu stellen.

Als allen klar wurde, dass es im Büro keine Spektakel geben würde, verloren sie das Interesse.

Am Donnerstagmorgen erwachte ich bevor der Wecker klingelte, von einem Traum, Alice zu lieben, und fand mich in der Realität wieder, wo ihr heißer, feuchter Mund auf meinem Schwanz war.

Als sie nackt auf mich kletterte, ihre Augen funkelten und ihre Brüste wippten, fühlte es sich an, als ob mein Geburtstag und Weihnachten auf einen Tag zusammenfielen. Meine Hände schlossen sich um ihre Hüften. Ihre feuchte

Wärme umgab mich, bevor ich es schaffte, zu keuchen: „Fertig?"

Sie schenkte mir ein schelmisches Grinsen. „Ja, und ich habe das hier vermisst." Ihre Hand schloss sich um meinen Schwanz und führte mich in ihr Inneres, als sie auf mir heruntersank.

Ich umfasste ihre Brüste, strich über ihre Brustwarzen und stieß in sie hinauf, während meine Augen alles aufsogen – die Wölbung ihres Rückens, ihre Unterlippe zwischen ihren Zähnen eingeklemmt, der rosa Teint ihrer Haut.

Die Art wie sie meinen Namen schrie, als sie auf meinem Schwanz kam, reichte aus, um auch mich über die Klippe zu stoßen.

Alice brach auf mir zusammen, atmete schwer, ihr Mund an meinen Hals gepresst, und ich dachte, mein Leben könne unmöglich besser werden.

Genau das hätte misstrauisch klingen sollen.

Gerade, als ich dachte, mein Leben sei perfekt, hätte ich wissen müssen, dass alles auf direktem Weg in die Hölle war.

ALICE

Champagner. *Schon wieder.*

Ich nahm einen Schluck - nur einen kleinen - und bemerkte, dass dieser viel besser war als der auf Laceys Party. Jacob Winters schien fest entschlossen, seine Hochzeit mit dem Allerbesten zu zelebrieren, was gleichzeitig ein Ausdruck seiner Gefühle für seine Braut war.

Vom anderen Ende des Raums beobachtete ich, wie sie Arm in Arm standen, beide strahlend vor Glück. Das Lächeln auf Jakobs Gesicht war so breit, dass ich dachte, seine Wangen würden mit Sicherheit wehtun. Ab und zu fiel sein Blick auf Abigails Gesicht, und ich wusste, dass es für ihn auf dieser Welt keinen größeren Schatz gab.

Ich kannte Jacob Winters nur von seinen Besuchen im Büro, aber er war von Geburt an mit den Sinclairs befreundet. Solange ich ihn kannte, hatte ich ihn noch nie so glücklich gesehen.

Jakob war bekannt dafür, ein Geschäftshai zu sein: Eiskalt, entschlossen und skrupellos.

Nichts davon war an seinem Hochzeitstag zu sehen.

Als ich den überfüllten Raum an Coopers Arm betrat,

schwankte ich zwischen Freude und Nervosität. Dies war unser erster öffentlicher Auftritt, da er mich erst eine Woche zuvor von der Verlobungsparty seines Bruders weggeschleppt hatte. Bisher hatte noch niemand den Vorfall erwähnt. Alle benahmen sich, als wären Cooper und ich schon ewig zusammen gewesen. Alle außer Lacey, die mir böse Blicke zuwarf, jedoch auf Distanz blieb.

Die Musik wurde lauter, als Cooper mich auf die Tanzfläche führte und mich in seinen Armen herumschwang. Ich kannte ihn seit neun Jahren und hatte keine Ahnung, dass er tanzen konnte.

„Du verstehst was vom Tanzen", kommentierte ich, als er mich ausdrehte und wieder einholte. Ich konnte mich nicht erinnern, Cooper jemals zuvor mit einem so unbeschwerten Lächeln gesehen zu haben. Er zwinkerte mir zu - eine weitere Überraschung - und sagte: „Viel zu viele Jahre Tanzunterricht."

Ich hätte es wissen müssen. Natürlich hatte Lacey alle ihre Söhne zum Tanzunterricht geschickt. Ich verdrängte den Gedanken an Coopers Mutter und sagte: „Es hat sich gelohnt."

„Woher hast du gewusst, dass *ich* tanzen kann?", fragte ich, als das Lied endete und in eine langsamere Melodie überging.

Cooper zog mich in seine Arme und führte mich in einem langsamen Foxtrott. „Alice, ich glaube nicht, dass es etwas gibt, das ich nicht über dich weiß."

„Ich bin mir nicht sicher, ob das romantisch oder unheimlich ist", sagte ich.

„Vielleicht ein wenig von beidem", gab Cooper ohne Reue zu, „aber wenn du drauf bestehst, entscheide ich mich für romantisch."

Ich gab ein skeptisches Geräusch von mir. Insgeheim stimmte ich zu, so leicht wollte ich ihn jedoch nicht vom

Haken lassen. Er blickte zu Jacob hinüber, der jetzt mit seiner Braut tanzte. „Es war eine nette Hochzeit."

Nett war eine Untertreibung. Die Hochzeit fand im *Château du Jardin* statt, einem Weingut und Ferienort, etwa eine Stunde außerhalb von Atlanta. Luxuriös beschrieb den Ort nicht einmal ansatzweise. Jacob hatte alle verfügbaren Zimmer für Familie und Freunde reserviert, aber die meisten der fünfhundert Gäste hatten den Weg von der Stadt aus auf sich genommen. Niemand wollte die Hochzeit des Jahrzehnts verpassen.

Jacob und Abigail waren bei Sonnenuntergang im Atrium getraut worden. Die rosaroten und goldenen Sonnenstrahlen strömten durch das Glasdach und tauchten Abigail in goldenes Licht, als sie den Gang hinunterschritt. Die Location war wunderschön, und ich war ein wenig rührselig geworden über die Hingabe in den Augen des Brautpaares, als sie ihr Gelübde sprachen.

Hochzeiten gingen mir schon immer ans Herz. Meine eigene war eine übereilte Angelegenheit gewesen. Mein Mann und ich – zwei Kinder, die zu dumm waren, es sich richtig zu überlegen, und die zu sehr in Eile waren, um eine richtige Zeremonie einzuplanen.

Meine Mutter hatte es in all den Jahren nie erwähnt, aber ich wusste, dass sie mir teilweise immer noch nicht verziehen hatte, weil ich ihr eine Hochzeit verwehrt hatte. Ich war ihre einzige Tochter, und auch wenn die Hochzeit meines Bruders Pete bevorstand und sie viele Probeessen in Aussicht hatte, konnte sie das nicht trösten.

Obwohl meine Ehe in einer Enttäuschung geendet hatte, war ich keine Zynikerin. Es war ein Privileg, zuzusehen, wie zwei Menschen, die sich so sehr liebten, einander das Ja-Wort gaben.

Das ausgezeichnete Essen und der fantastische Champagner taten dabei auch keinen Abbruch. Cooper hatte ein

Zimmer im Resort, und wir waren früh angekommen und hatten den größten Teil des Tages am Pool verbracht.

Nach dem Spektakel, das Cooper am Wochenende zuvor veranstaltet hatte, ließ ich es mit dem Champagner etwas ruhiger angehen. Die meisten Gäste hatten sich schon lange vor der Hochzeit und dem offiziellen Abendessen daran gütig getan und waren inzwischen locker und glücklich, wie es bei einer Hochzeit sein sollte.

Der Rest der Sinclair-Brüder befand sich mit einigen der Winters Familienmitglieder auf der anderen Seite der Tanzfläche. Als die Musik aufhörte, erwartete ich von Cooper, dass er uns in diese Richtung führte, stattdessen begleitete er mich aber in eine ruhige Ecke.

Er lehnte sich nach vorne, um mich abzuschirmen, neigte seinen Kopf und brachte seine Lippen nah an meine. „Du machst mich ganz verrückt in diesem Kleid." Er hob einen Finger und berührte meine Unterlippe. „Alles, was ich will, ist, dich an die Wand zu drängen und zu küssen."

Ich fühlte, wie meine Augen alarmiert aufblitzten. Wenn Cooper mich küsste, würde mein roter Lippenstift jedem der fünfhundert Gäste verraten, was wir getan hatten.

„Ich weiß, dass ich es nicht kann", las er meine Gedanken. „Das macht mich noch verrückter."

Er beugte sich vor und drückte seine Lippen an meinen Hals, knapp unterhalb des Ohrs. Hitze loderte in mir auf, und ich schwankte ein wenig. Cooper murmelte: „Du solltest einen Tritthocker mit dir tragen. Ich kann all die Stellen, die ich mit meinem Mund berühren will, nicht erreichen. Du bist zu klein."

„Du bist zu groß", schoss ich zurück. „Es ist nicht meine Schuld, dass du so riesig bist."

„Zumindest bin ich gut proportioniert."

Ich wusste genau, was er meinte. Er *war* gut proportioniert. Cooper Sinclair war überall groß. „Wie auch immer", fuhr er fort, „ich mag dich klein. Das macht es einfacher, dich hochzuheben und dorthin zu tragen, wo ich dich haben will."

Sein Mund verweilte an meiner Schläfe, bevor er sich aufrichtete. „Aber nicht mitten auf einer Hochzeitsfeier. Eine Szene genügt erstmal. Die nächste können wir später hinzufügen."

„Wie wäre es, wenn wir überhaupt keine Szenen mehr machen?", fragte ich und war mir sicher, dass Cooper meiner Meinung sein würde. Er war nicht gerade als der wilde Mann seiner Familie bekannt. Wenn einer von ihnen eine Szene in der Öffentlichkeit veranstalten würde, wäre es Evers, oder vielleicht sogar Axel. Aber nicht Cooper.

Entgegen meiner Erwartung schenkte er mir einen heißen Blick. „Oh, ich kann garantieren, dass wir eine weitere Szene machen werden. Noch mehr Partys, und ich werde nicht widerstehen können, dich wieder über meine Schulter zu werfen."

Ich rollte mit den Augen, meinte es aber nicht ernst. Ich war verdammt sauer gewesen, dass er mich mitten von der Party entführt hatte, aber jetzt? Es würde mir nichts ausmachen, wenn er mich wieder über seine Schulter warf. Das war heiß.

Ich lehnte mich an ihn und sein großer Körper erwärmte mich. „Du kannst mich hintragen, wohin du willst, wenn wir wieder im Zimmer sind."

„Das habe ich auch vor."

Verlangen schraubte sich in mir hoch. Wir würden nicht lange auf der Feier bleiben, nicht, wenn wir dieses kuschelige Hotelzimmer im ersten Stock hatten.

„Möchtest du noch ein Glas Champagner?", fragte Cooper. „Oder etwas anderes?"

„Champagner", sagte ich. „Ich glaube, sie werden bald die Hochzeitstorte anschneiden."

Cooper sah zur nächstgelegenen Bar. Leute drängten sich davor, Barkeeper bewegten sich in Höchstgeschwindigkeit und der Weg dazwischen war voller Menschen.

„Bleib hier. Ich bin gleich wieder da." Cooper verschwand in der Menge.

Der Ballsaal war riesig und bis auf den letzten Platz gefüllt. Ich kannte die meisten Hochzeitsgäste nicht, aber Jacobs Familie bewegte sich auch in ganz anderen Kreisen als eine bescheidene Büroangestellte. Ich sah Evers mit Summer am anderen Ende des Raums, wo sie neben Axel und Emma standen. Ich dachte darüber nach, zu ihnen zu gehen, sobald Cooper zurückkam, als eine vertraute Gestalt mir die Sicht versperrte.

Lacey.

Sie kam näher und baute sich vor mir auf, sodass sie über mir hing. Ich widerstand dem Drang, zurückzuweichen. Ich hatte nicht vor, mich von Lacey einschüchtern zu lassen.

Im Gegensatz zu ihrer spontanen Verlobungsparty vor einer Woche hatte sie sich bei dieser Party nicht die Mühe gemacht, nüchtern zu bleiben. Ihre Augen waren rot und trüb, ihr Körper locker und unkoordiniert, als sie die Hände weit ausstreckte und mich anzischte: „Du hast bekommen, was du wolltest, nicht wahr, du kleine Schlampe?"

Oh, scheiß drauf! Ich würde mir diesen Schwachsinn heute Abend nicht gefallen lassen.

In diesem Fall war Rückzug eindeutig die beste Verteidigung, denn ich hatte nicht vor, Lacey Sinclairs Beschimpfungen über mich ergehen zu lassen.

Spaß haben.

Tanzen.

Cooper ausziehen.

Das waren meine Prioritäten, nicht seine verbitterte, betrunkene Mutter. Ich warf einen Blick über meine Schulter auf der Suche nach Cooper, trat zur Seite und suchte nach einem Fluchtweg.

Lacey war jedoch anderer Meinung. Ihre Finger schossen hervor und umklammerten mein Handgelenk.

Anhalten oder hinfallen.

Ich entschied mich dafür, anzuhalten.

„Was wollen Sie von mir?", fragte ich und hatte endgültig genug von Laceys bizarrem Rachefeldzug gegen mich. „Ich habe Ihnen nie etwas getan, Lacey. *Nie.* Ich habe keine Ahnung, warum Sie mich so sehr hassen, aber ich habe genug davon-"

„Oh, du weißt es. Du gibst vor, so verdammt unschuldig zu sein, aber du weißt es."

ALICE

Ich riss meinen Arm aus ihrer Umklammerung und starrte sie an.

Mir fehlt ein Teil des Puzzles, erkannte ich.

Ich hatte keine Ahnung, warum Lacey mich so sehr hasste, aber es wurde sehr deutlich, dass Lacey dachte, sie hätte einen Grund.

Soweit ich wusste, mochte Lacey niemanden, aber ihr Hass auf mich schien persönlich zu sein.

„Lacey, ich weiß es wirklich nicht. Wenn ich etwas getan habe… Wenn es einen Grund gibt, warum Sie mich so sehr verabscheuen, dann sagen Sie es mir einfach, damit ich mich entschuldigen kann und wir uns vertragen können."

Ihr Lachen war spöttisch. *Bissig*. Sie schaute auf mich herab, als wäre ich ein Stück Dreck, das sie sich vom Schuh gekratzt hatte. „Denkst du, du kannst dich einfach dafür entschuldigen, dass du meinen Mann gefickt hast? Echt toll. Vielleicht bedeutet dir das Ehegelübde nichts, aber wenn du dachtest, du könntest ihn dazu bringen, dich einzustellen und ihn dann ficken, während er deinen Gehaltsscheck unterschreibt, und dass niemand mit der Wimper zucken würde, dann bist du viel dümmer, als ich dachte. Jeder weiß, was für eine Hure du bist. *Alle wissen es.* Maxwell hätte mich nie deinetwegen verlassen. Ich bin seine *Frau.*"

Das letzte Wort kam als ein Zischen heraus. Ihr Gesicht war weniger als einen Zentimeter von meinem entfernt. Ich war zu betäubt, um zurückzuschrecken.

Wovon zum Teufel sprach sie? *Maxwell und ich?* War sie verrückt geworden?

Sie schloss eine knochige Hand um meinen Oberarm und schüttelte mich so stark, dass ich auf den Absätzen wackelte. „Du bist nur eine weitere seiner Schlampen. Er hätte dich feuern sollen, als er mit dir fertig war. Und jetzt hast du deine Krallen in meinem Sohn! Glaubst du, ich lasse dir das durchgehen? Du bist Abschaum."

Mein Mund klappte vor Schreck auf. Mein Kopf war leer. Später würde ich mir wünschen, ich hätte ihr eine schlagfertige Antwort gegeben, aber in diesem Moment war ich völlig sprachlos. Warum dachte sie, ich hätte mit Maxwell geschlafen? *Widerlich!*

Maxwell war ein Arschloch und ein Lustmolch. Er hatte mir einmal ein unmoralisches Angebot gemacht, bevor er mich eingestellt hatte, aber ich ließ ihn abblitzen, und das war's.

Ende der Geschichte.

Was meinte sie mit „Alle wissen es"?

Coopers Stimme drang mühsam durch meinen Schock. „Mutter, lass es", sagte er. Die Worte fielen wie Steine. „Das ist eine alte Geschichte. Alice war nicht die erste Frau, die Dad verführt hat, und sie war ganz sicher nicht die letzte. Es endete vor fast einem Jahrzehnt. Das hat nichts zu bedeuten. Ich verstehe nicht, warum du ihr die Schuld gibst, ihm aber nicht."

Das Blut gefror in meinen Adern.

Was zum Teufel?

Cooper auch? Er dachte, ich hätte mit Maxwell geschlafen? Dachten *alle*, ich hätte mit ihm geschlafen?

Oh, mein Gott, das meinte Lacey damit. *Alle* dachten, ich hätte mit Maxwell geschlafen.

Mein Verstand raste und setzte alles zusammen. Ich dachte an meine ersten Monate bei Sinclair Security. Die Kerle, die mich angemacht hatten, die Art, wie Cooper und seine Brüder distanziert und unfreundlich gewesen waren.

Oh Gott! Sie dachten alle, ich hätte mit Maxwell geschlafen. Dass ich meinen Mann mit ihrem Vater betrogen hatte. Das reichhaltige Abendessen und das Glas Champagner drehten sich mir im Magen um. Speichel überschwemmte meinen Mund, und für einen schrecklichen Moment dachte ich, ich müsse mich mitten auf der Hochzeit übergeben.

Ich drehte mich um, suchte verzweifelt nach einem Fluchtweg durch die Menge, um diese neue Realität irgendwo privat verarbeiten zu können.

Meine Welt stand auf dem Kopf. Im Bruchteil einer Sekunde hatte sich alles, was ich kannte, verändert. *Ich* war immer noch dieselbe, aber die Person, die alle sahen, wenn sie mich anschauten, war eine Fremde.

Sie dachten, ich hätte mich in den Job eingeschlafen. Dass ich eine Affäre mit meinem verheirateten Chef gehabt hatte und nun mit seinem Sohn zusammen war.

Ich wollte mich definitiv übergeben.

Coopers Hand schloss sich um meinen Arm und hielt mich zurück. „Wo willst du hin? Hör nicht auf sie…"

Schmerz schnitt durch mein Herz. Cooper dachte, ich hätte mit seinem Vater geschlafen. Er dachte, ich sei in der Lage, jeden Tag mit einem Lächeln zur Arbeit zu erscheinen, nachdem ich meine Nächte im Bett seines Vaters verbracht hatte. Dass ich meinen Mann so leicht betrügen und die Frau seines Vaters ignorieren konnte. Die ganze Zeit über dachte er, dass ich es getan hatte.

Ich hielt es keine Sekunde länger aus.

„Du glaubst, ich habe mit deinem Vater geschlafen?"

Coopers Augen blickten in meine, als versuche er, meine Gedanken zu lesen. In seinen Augen sah ich die absolute Wahrheit. *Er glaubte es.* Er dachte wirklich, ich hätte mit seinem Vater geschlafen und mein Eheversprechen gebrochen. Dass mein moralischer Kompass so schief war, dass ich ohne Probleme vom Bett meines Mannes zum Bett seines Vaters und zurück zu meinem Schreibtisch hüpfen konnte.

Schließlich sagte er: „Alice, es ist lange her…"

Ich riss an meinem Arm, aber sein Griff war eisern. Er drehte sich um, ging auf die Tür zu und zog mich mit sich. *Gut.* Ich hatte gesagt, dass ich keine weitere Szene wollte, und das meinte ich auch so.

Ich wollte nicht denken, wollte diese Puzzleteile nicht bis zum Ende zusammensetzen. Ich wollte nicht verstehen, was das bedeutete. Er kam in der Halle vor dem Ballsaal zum Stehen, zog mich neben einen Stapel Stühle, der hinter einem Seitenvorhang verstaut war, und schaute zu mir hinunter, Besorgnis trübte seine eisblauen Augen.

„Alice, ich verstehe nicht, warum du dich so aufregst. Ich weiß es. Ich habe es schon immer gewusst und dir vor langer Zeit vergeben. Es interessiert mich nicht mehr. Wie ich meiner Mutter gesagt habe: Es ist eine alte Geschichte."

„Warum glaubst du, ich hätte mit Maxwell geschlafen?", forderte ich und unterbrach ihn.

Er hat mir vergeben?

Die vermeintliche Großzügigkeit, als hätte er mir einen Gefallen getan, stach durch meinen Schock wie Glasscherben in eine offene Wunde.

Cooper begriff schließlich, dass etwas nicht stimmte, denn er trat einen Schritt zurück und sagte langsam: „Vater hat es mir gesagt, als er dich eingestellt hat."

„Was genau hat er gesagt?", fragte ich, meine Worte abgehackt und leise.

Cooper verschränkte seine Arme vor der Brust. Er öffnete seinen Mund, um zu sprechen, dann schloss er ihn wieder und schien seine Gedanken neu zu ordnen, bevor er fortfuhr: „Dass er mit dir geschlafen hat, als er dich eingestellt hat, und dass es ein paar Monate danach vorbei war."

Ja, klar. Ich kannte Maxwell. Ich hatte vier Jahre lang mit ihm gearbeitet, bevor er verschwunden war. Ich war mir absolut sicher, dass das, was Maxwell über mich gesagt hatte, nicht so großzügig oder angemessen gewesen war.

Angesichts der Schimpfworte, die Lacey mir an den Kopf warf, und Maxwells üblichem Vokabular, konnte ich mir sehr gut vorstellen, was er seinem Sohn gesagt hatte.

Galle stieg meine Kehle hoch. Mein Herz klopfte in meiner Brust, zerschunden und schmerzerfüllt. Ich konnte Cooper nicht anschauen, wollte die Vergebung für meine Sünden in seinen Augen nicht sehen.

Meine Brust war so eng, dass ich kaum atmen konnte, aber meine Worte kamen heraus, angetrieben durch nichts als dem bloßen Willen. Ich schaute an ihm vorbei an die Wand und sagte: „Es wäre schön gewesen, wenn mich jemand gefragt hätte. Ich habe nie mit deinem Vater geschlafen, Cooper."

„Alice…" Er griff nach mir, aber ich wich aus, schaute über meine Schulter und sah die Tür zur Damentoilette.

„Gib mir eine Minute, Cooper… Ich brauche nur eine Minute, okay?"

Ich taumelte durch den Saal, schob mich durch die Tür, als ich ihn sagen hörte: „Ich werde hier warten", bevor sie sich hinter mir schloss.

Frauen drängten sich in dem großzügigen Raum, saßen an den Waschtischen, richteten ihre Haare und ihr Make-up und tratschten über die anderen Gäste. Niemand würdigte mich eines Blickes. *Ich bin ein Niemand.*

Herzkrank und gefühllos vor Schock ging ich durch die Menge zur großen Kabine ganz am Ende und schloss die Tür hinter mir ab. Ich drückte den Toilettendeckel herunter, setzte mich, stützte meine Ellbogen auf den Knie ab und vergrub mein Gesicht in meinen Händen.

Ich konnte nicht mehr da rausgehen, konnte Cooper - geschweige denn dem Rest von ihnen - nicht in die Augen sehen. *Axel, Evers, Knox, Emma.* Oh, Gott, dachte Emma, ich hätte mit Maxwell geschlafen?

Alle wissen es.

Mein Herz wurde bei dem Gedanken zu Eis. Alle hatten Maxwell geglaubt. Ich konnte ihnen nicht vor die Augen treten. Nicht jetzt. *Vielleicht nie wieder.* Alles, was ich wollte, war es, zu fliehen. Mich zu verstecken. Weg von der hässlichen Wahrheit, die ich nie vermutet hätte.

In dem Moment, als mir dieser Gedanke kam, wusste ich, was ich zu tun hatte.

Lauf weg!

Ich musste schnell und weit weg laufen, bevor Cooper es mitbekam. Sobald ich allein war - wirklich allein -, konnte ich anhalten und darüber nachdenken, was ich als Nächstes tun würde.

Ich setzte mich auf, schob meinen Schmerz und meine Erniedrigung beiseite und zwang mich dazu, nachzudenken.

Dann sah ich es.

Mein Glück im Unglück.

Das Badezimmer hatte ein Fenster.

Und ich hatte meinen Fluchtweg.

COOPER

Ich starrte auf die Tür der Frauentoilette, immer noch wie betäubt. Meine Gedanken drehten sich um sich selbst. Ich konnte mich nicht konzentrieren.

War es möglich, dass ich die ganze Zeit über falsch lag?

Der Gedanke an meinen Vater mit Alice war eine unerträgliche Folter. Es hatte so lange an mir genagt, dass ich schließlich einen Weg hatte finden müssen, mit ihm Frieden zu schließen. Die einzige andere Möglichkeit war, Alice zu meiden, was bedeutet hätte, sie zu entlassen.

Alice zu feuern war aus so vielen Gründen keine Option. Der wichtigste war, dass ich ohne sie nicht leben konnte. Als mir klar wurde, dass ich Alice jeden Tag sehen wollte und das mehr, als an der Vergangenheit festzuhalten, zwang ich mich, es loszulassen. Zum größten Teil.

Ich konnte es nicht ganz loslassen und vergessen, dass die Frau, die ich wollte, zuerst ihm gehört hatte, dass sie seine Berührungen zugelassen hatte und ihn in sich gehabt hatte.

Es war falsch, sie zu wollen, aber ich tat es. Ich konnte nicht anders. Ich hatte mir jahrelang eingeredet, darüber hinweggekommen zu sein. *Jahrelang.*

Alice wird niemals die meine sein.

Selbst wenn sie ihren Verlierer von einem Ehemann verlassen würde, könnte sie nicht mir gehören, weil sie zuerst ihm gehört hatte.

Eines Tages kam ich ins Büro, nachdem ein Auftrag schlecht gelaufen war, hatte das Gefühl, dass die ganze Welt über mir zusammenbrach, und Alice hatte mich angelächelt. Sie hatte von ihrem Computer aufgeschaut, mir einen Kaffee gereicht, den sie für mich bereitgehalten hatte, und mich angelächelt.

Ein Lächeln, das von ganzem Herzen kam, voller Fürsorge und Mitgefühl, Freundschaft und Zuneigung.

Ein Lächeln, das nur für mich bestimmt war. Auf einmal wusste ich es.

Ich würde nie über Alice hinweggekommen.

Niemals.

Ich würde nie aufhören, sie zu wollen.

Weil Alice es wert war, auf sie zu warten. Die Vergangenheit spielte keine Rolle.

Ich wollte nicht durch meine Fehler definiert werden, die ich vor Jahren gemacht hatte. Warum sollte ich es bei Alice tun? Was auch immer sie mit meinem Vater getan hatte, es hatte seitdem niemanden mehr gegeben.

Sie war ihrem Trottel von Ehemann treu gewesen, obwohl er es nicht verdiente. Abgesehen von dieser einen Affäre mit meinem Vater war sie stets loyal und ehrlich.

Sie war Alice, und es war mir scheißegal, dass sie mal mit meinem Vater geschlafen hatte.

Das sagte ich mir selbst, aber es stimmte nicht ganz.

Es war eine Lüge.

Ich würde nie den Tag vergessen, an dem ich es erfahren hatte. Alice war neu in der Firma, und obwohl ich wusste, dass sie verheiratet war, war ich interessiert.

Ich hatte nicht vor, den ersten Schritt zu tun, aber ich

mochte sie. Sie funkte wie ein stromführender Draht – gefährlich und verlockend. Ich konnte mich nicht fernhalten.

Als mein Vater mich aus keinem triftigen Grund an der Rezeption herumlungern gesehen hatte, hatte er mich zur Seite genommen. „Komm nicht auf dumme Gedanken, Junge. Sie sieht aus, als wäre sie süß wie Zucker und sie ist es auch…" Ein lüsternes Zwinkern, das meinen Magen zur Blei werden ließ. „Süß und scharf. Eine echte Rakete. Aber du willst meine Überbleibsel nicht, und ihr Ehemann ist eifersüchtig. Eine Nervensäge. Sie ist die Mühe nicht wert. Such dir deine Schlampen woanders, mein Sohn, nicht im Büro."

Damit war er davongegangen, während er sich wahrscheinlich für ein gutes Vater-Sohn-Gespräch auf die Schulter geklopft hatte.

Meine aufkeimende Bewunderung für Alice erstarb in einem Ausbruch quälender Demütigung. Ich hatte danach monatelang kaum mit ihr gesprochen, wütend auf ihn, auf sie und auf mich selbst, weil es mir etwas ausmachte.

Sie war verheiratet. Es war nicht so, dass ich sie trotzdem haben konnte. Ich schob es beiseite, und langsam, im Laufe der Jahre, wuchs an der Stelle dieses ersten Funkens etwas anderes.

Etwas Größeres. Etwas Tieferes. Etwas, das ich nicht wegschieben konnte. Etwas so Gewaltiges, dass es alles andere verdrängte, auch die Sache mit meinem Vater.

Ich hatte schon so lange mit der Geschichte von Alice und meinem Vater gelebt.

Und jetzt – dieser Ausdruck in ihren Augen…

Blankes Entsetzen.

Weil ich es wusste und sie versuchte, es zu vertuschen?

Nein. Nein, nicht Alice. Wenn Alice es getan hätte, hätte sie angenommen, dass ich es wüsste, und mir gesagt, ich solle mich um meinen eigenen Kram scheren.

Nein, dieses Entsetzen war da, weil sie nie mit meinem Vater geschlafen hat.

Entsetzen, weil er gelogen hatte, und ich ihm geglaubt hatte. Weil sie mit einem Mann schlief, der glaubte, sie sei die Art von Frau, die ihren Ex-Mann betrogen hatte. Die mit ihrem verheirateten Chef geschlafen hatte.

Ich rieb mir die Brust und versuchte, den hohlen Schmerz zu lindern, der schlimmer wurde, als ich an den Ausdruck in Alices Augen dachte.

Nach einigen Minuten gesellte sich eine neue Sorge hinzu.

Sie war schon zu lange auf der Toilette. *Was macht sie da drin?* Dem Strom der ein- und ausgehenden Frauen nach zu urteilen, war klar, dass sie dort keine Privatsphäre hatte.

Alice war nicht schüchtern, aber sie hatte nicht vor, persönliche Angelegenheiten in einem Raum mit den größten Klatschtanten der Stadt zur Schau zu stellen. Warum kam sie also nicht zurück?

Unbehaglich wippte ich auf meinen Fersen und schob meine Hände in die Taschen, wobei ich versuchte, so zu tun, als sei alles in Ordnung.

Es gab hier keine Probleme…

Okay, es gab ein Missverständnis. Keine große Sache. Ich würde es erklären und mich entschuldigen. Es war lange her und ich hatte ihr bereits gesagt, dass es keine Rolle spielte. Es war mir egal. Wenn es mir egal war, warum sollte es ihr nicht egal sein?

Vertrautes, rotes Haar blitzte vor meinen Augen auf und Erleichterung blühte in meiner hohlen Brust auf. „Emma!", rief ich. Sie drehte sich um, ihr Lächeln purer Sonnenschein.

„Cooper, wo bist du gewesen? War das nicht die schönste Hochzeit aller Zeiten?" Sie seufzte verträumt.

Ich versuchte, cool zu bleiben, und sagte: „Ja, das war es. Hey, hör mal, bist du auf dem Weg zur Toilette?"

Sie neigte den Kopf zur Seite und warf mir einen neugierigen Blick zu. „Ja, warum?"

„Könntest du dich umschauen und nachsehen, ob du Alice da drin findest? Sie ist vor ein paar Minuten hineingegangen. Sie hat sich nicht wohl gefühlt, und ich will nur sichergehen, dass es ihr gut geht."

Emma warf mir einen prüfenden Blick zu und versuchte, etwas in meinem Gesicht zu erkennen, das ich ihr nicht zeigen wollte. Ich setzte mein bestes Pokerface auf, aber ihr Gesichtsausdruck verriet mir, dass sie mir das nicht abnahm. Wenn ich so leicht zu durchschauen war, steckte ich in größeren Schwierigkeiten, als ich gedacht hatte. Es war mir egal. Ich wollte nur mit Alice reden.

Emma streckte die Hand aus und drückte meinen Arm. „Ich werde nach ihr sehen, Cooper. Bin gleich wieder da."

Ich wartete ungeduldig, wippte auf den Fersen, steckte meine Hände in die Taschen und zog sie wieder heraus.

Wo zum Teufel ist Alice?

Die Minuten dehnten sich zur einer Ewigkeit aus. Die Toilette war überfüllt. Ich musste geduldig sein.

Ein Ding der Unmöglichkeit. Ein gefühltes Leben später kam Emma heraus, die Brauen besorgt zusammengezogen.

Ich wusste bereits, was sie sagen würde, bevor sie den Mund aufmachte. „Sie ist nicht da. Ich habe jede Kabine überprüft. Cooper, bist du dir sicher, dass du sie in die Toilette gehen sahst?"

Scheiße!

Meine Gedanken zersplitterten in tausend Richtungen. Alice war verschwunden. Ich hatte es vermasselt und ihr wehgetan. Sie so sehr verletzt, dass sie weggelaufen war.

Alice, die vor nichts weglief.

Verdammt nochmal! Ich atmete tief ein und versuchte, meine zerstreuten Gedanken zu ordnen.

Ich musste sie finden. Als mir diese Worte durch den

Kopf gingen, kehrte mein Fokus sofort zurück, und jeder abweichende Gedanke konzentrierte sich auf ein einziges Ziel.

Ich muss Alice finden.

Ich vergaß Emma, die Hochzeit und die vielen Gäste, sputete los, drängte mich durch die Menge und ignorierte die empörten Aufrufe über mein rüdes Vordringen. Die Treppe kam in Sicht und ich beschleunige, als sich eine Hand um meinen Arm schloss und mich zum Stehen zwang.

Ich drehte mich um, holte aus und kümmerte mich nicht darum, wen ich traf. Ich wollte einfach nur weg. Ich musste gehen und Alice finden.

Axels dunkle Augen sahen mich mit unerbittlicher Sorge an. *Verdammt!*

„Was ist passiert?", fragte er. Seine Finger glichen einer Stahlmanschette um meinen Bizeps. „Vater? Tsepov?"

Ich riss an meinem Arm, aber mein Bruder gab nicht nach. Das hämmernde Bedürfnis, zu Alice zu gelangen, kehrte zurück. Ich musste Axel loswerden und sie suchen.

„Nein, Alice ist weggelaufen. Ich muss sie finden."

„Scheiße. Geht es ihr gut? Bist du sicher, dass es nicht Tsepov ist?"

„Ja", beharrte ich und zog wieder an meinem Arm. „Lass mich los."

Axel verstärkte seinen Griff und zog mich in eine abgelegene Ecke des Treppenhauses. „Wenn es nicht Tsepov ist, warum ist sie dann weggelaufen? Was hast du getan?"

„Warum nimmst du an, dass *ich* etwas getan habe?"

„Weil ich Alice kenne, und ich kenne dich."

„Was soll das bedeuten?", schoss ich zurück. Er war mein Bruder. Im Zweifelsfall sollte er zu mir halten.

„Ich habe gesehen, dass Mutter mit Alice gesprochen hat, kurz bevor ihr beide den Ballsaal verlassen habt."

Leise murmelte ich: „Ich werde Mutter umbringen."

Axel hob vor Verzweiflung den Blick zur Decke. „Dann musst du dich hinten anstellen. Im Moment stehen Evers und Summer an erster Stelle."

„Ja? Nun, ich bin gerade an den Anfang der verdammten Schlange vorgerückt."

„Erzähl mir, was mit Alice passiert ist", beharrte Axel, die Augen schwarz vor Wut. „Was hat Mutter gesagt?"

„Sie hat ihr die Sache mit Vater an den Kopf geworfen, bevor ich sie mitgezogen und gesagt habe, dass es längst vergessen war. Sie ist im Badezimmer verschwunden und nicht rausgekommen."

Meine Zusammenfassung war nicht die Beste, lieferte aber das Grundlegende. Axel sagte nichts, seine Augen hart, sein Gesicht undurchdringlich. Seine Stimme war gefährlich leise, als er fragte: „Welche Sache mit Vater, Cooper?"

„Du weißt es nicht?" Der Boden kippte unter meinen Füßen, als ich seinen Gesichtsausdruck sah und das Gewicht in seinen Worten spürte. Langsam antwortete ich: „Die Sache mit Vater. Dass sie mit ihm geschlafen hat, als sie bei uns anfing, und dass es ein paar Monate später geendet hatte."

Ich hörte ein Keuchen hinter Axel. Emma. *Scheiße!* Alice würde nicht wollen, dass sie es erfuhr.

Axel schüttelte den Kopf und starrte mich an, als wäre ich der dämlichste Idiot aller Zeiten. „Alice hat nie mit Vater geschlafen, Cooper."

COOPER

A xels Worte fielen mit einer solch absoluten Gewissheit, dass ich wusste, dass er die Wahrheit sagte.

Als Alice eingestellt wurde, hatte Axel noch kein Büro in Las Vegas. Er hatte damals in Atlanta gearbeitet, meist Seite an Seite mit unserem Vater. Er wusste mehr darüber, was Maxwell in dieser Zeit getan hatte als jeder andere.

Die Welt, die ich kannte, stellte sich auf den Kopf, als ich hilflos sagte: „Vater hat mir davon erzählt. Von ihnen."

„Und du hast ihm geglaubt? Was für ein Schwachkopf bist du?" Axel hob seine Augenbrauen mit einem Blick, der so vertraut war, dass ich genauso gut in einen Spiegel hätte schauen können. Scheiße, war das nervig. Sah ich auch so selbstgefällig und arrogant aus, wenn ich Menschen nieder-starrte? *Wahrscheinlich schon.*

Ich öffnete meinen Mund, um zu antworten, um etwas zu sagen - irgendetwas -, aber es kam nichts heraus. Ich versuchte es noch einmal. „Er... Ich war... Du verstehst nicht", beendete ich lahm.

Emmas Stimme durchbrach meinen Protest, ihre Augen verächtlich verengt. „Lass mich das klarstellen. Du hast Alice beschuldigt, mit deinem Vater geschlafen zu haben? Mit Maxwell?"

„Nein! Verdammt, Emma, das würde ich ihr nie antun. Meine Mutter hat es ihr ins Gesicht geschleudert, und ich habe ihr gesagt, dass es nicht wichtig ist. Dass es mir egal ist."

„Oh, das ist ja noch schöner. Du hast ihr also gesagt, dass es dir egal ist, dass sie mit deinem Vater geschlafen hat? Ich bin mir sicher, dass sie sich dadurch gleich viel besser gefühlt hat."

„Sarkasmus hilft mir nicht weiter, Emma", murmelte ich.

„Ich bin mir nicht sicher, ob ich dir überhaupt helfen will, Cooper." Axel drückte einen Kuss auf ihre Schläfe.

Er liebte ihr Temperament, und normalerweise mochte ich ihre Einstellung fast so sehr wie er. Aber nicht heute. Heute wollte ich nur, dass sie die Klappe hielt. Das Ausmaß meines Versagens dämmerte mir Stück für Stück.

Alices entsetzter Blick blitzte immer wieder in meinem Kopf auf, und jedes Mal schnürte es mein Inneres fester zu.

Wie konnte alles so schnell so schief laufen?

„Ich muss sie finden", sagte ich.

Emmas Augen blickten in den überfüllten Flur, zu den Leuten, die in und aus dem Ballsaal gingen, die Toilette oder die Bar aufsuchten. „Sie ist sicher nicht hier unten. Wenn sie die Toilette nicht durch die Tür verlassen hat, muss sie aus dem Fenster geklettert sein."

„Wir werden diese Etage überprüfen", sagte Axel, „nur um sicher zu gehen. Du gehst in dein Zimmer. Sie ist wahrscheinlich dort."

„Ja, und packt", fügte Emma hinzu. Ihre Worte durchbrachen meinen Schock und trieben mich an.

Ich wartete nicht, drehte mich um und sprintete die Treppe in den vierten Stock hinauf, wobei ich mich den ganzen Weg über verfluchte. Ich klemmte die Schlüsselkarte in die Tür und stieß sie auf.

Der Raum blickte mir verlassen entgegen.

Leer.

Alice war nicht hier. All ihre Sachen waren weg.

Nicht alle. Ein Lippenstift stand auf dem Waschtisch und eine Haarnadel lag vergessen im Waschbecken. Ihre Kleiderbügel im Schrank waren leer und ihre Übernachtungstasche fehlte. Sie hatte nicht lange gebraucht, um alles zusammenzupacken.

Ein Bild von Alice erschien in meinem Geist, wie sie wie ein Wirbelwind durch den Raum raste, ihre Sachen in die Tasche stopfte und ging. Aber wohin?

Ihre Handtasche und ihr Telefon waren weg. Ich entsperrte mein eigenes Telefon und öffnete die Verfolger-App. Mit ein paar Fingerbewegungen wusste ich genau, wo Alice war.

Auf dem Weg zurück nach Atlanta.

Die Tür öffnete sich hinter mir, aber ich ignorierte es. Meine Augen richteten sich auf den blinkenden roten Punkt auf dem Bildschirm, der sich Millimeter für Millimeter über die Linie der Autobahn bewegte und Alice immer weiter von mir entfernte.

Axel schloss die Tür hinter sich und kam rüber, um mir über die Schulter zu schauen. „Sie ist nicht da?"

„Ihre Handtasche ist auf dem Heimweg. Ich nehme an, sie auch", antwortete ich, meine Stimme flach und leblos. Mir kam ein Gedanke, und ich durchquerte die Suite, um die Kommode im Schlafzimmer zu überprüfen. Ich fand mein Portemonnaie und etwas Kleingeld.

Meine Autoschlüssel fehlten.

„Ich muss mir dein Auto borgen", sagte ich und wandte mich an Axel. „Alice hat meins genommen."

Axel starrte mich prüfend an. Wahrscheinlich versuchte er, zu entscheiden, ob er mir eine Standpauke halten sollte.

Mein Elend musste offensichtlich gewesen sein. Zu groß für brüderliche Sticheleien.

„Folg mir. Emma und ich werden mit jemand anderem zurückfahren." Ich hörte ihn leise murmeln: „Verdammtes Arschloch."

„Das habe ich gehört", sagte ich lahm. Ich *war* ein verdammtes Arschloch. Warum hatte ich meinem Vater geglaubt? Damals war es klar. Ich kannte Alice nicht, und es war meinem Vater nicht unähnlich, meine Mutter zu betrügen.

Aber warum hatte ich ihm immer noch geglaubt, nachdem ich Alice kennengelernt hatte?

Weil es das leichter gemacht hat, sie in Ruhe zu lassen, flüsterte eine Stimme in meinem Hinterkopf.

Ich würgte die Stimme ab. Das war jetzt nicht mehr wichtig. Alles, was zählte, war, Alice zu finden.

Die Fahrt nach Atlanta war endlos. Ich war im Laufe der Jahre in vielen Engpässen gewesen - Zeiten, in denen sich jede Sekunde zur einer Ewigkeit ausdehnte -, als mein Leben in der Schwebe hing, und ich mit jedem Herzschlag eine andere Möglichkeit sah, wie es enden konnte.

Nichts davon war so schlimm wie die Fahrt zurück nach Atlanta.

Alices Telefon war ausgeschaltet. Jeder Anruf ging direkt auf die Mailbox. Ich dachte darüber nach, die Notfallnummer im Büro zu wählen und demjenigen, der Dienst hatte, zu sagen, er solle sie festhalten, sobald sie wieder im Gebäude war.

Nein, das würde jede Grenze überschreiten. Ich hatte versprochen, dass ich sie bei der Arbeit nicht demütigen würde. Wenn ich sie von einem unserer Mitarbeiter einsperren ließe... Selbst in meiner Verzweiflung wusste ich, dass das keine Option war. *Verflucht!*

Endlich - *endlich* - fuhr ich in die Garage von Sinclair

Security und war erleichtert, dass mein Aston Martin ordentlich auf seinem Platz stand.

Der Aufzug kroch nach oben. *Erster Stock. Zweiter.* Warum war er so verdammt langsam?

Ich erreichte ihre Tür und klopfte an. Wartete. Klopfte erneut.

Das Elend und die Angst in meiner Brust erdrückten mich, als ich nachgab und meinen Schlüssel benutzte, um mich selbst hereinzulassen.

Was bedeutete schon ein kleiner Einbruch in diesem ganzen Desaster?

Das Licht war aus, ihre Wohnung leer. Sie war hier gewesen. Ich bemerkte einen schwachen Hauch des Parfüms, das sie getragen hatte, aber das war nicht der Grund, wieso ich es wusste.

Ihre Handtasche und ihr Handy lagen auf dem Küchentisch.

Mist.

So etwas Einfaches. Handtasche und Handy. Sie hatte sie nebeneinander aufgereiht liegen lassen – eine Botschaft an mich. Alice wollte nicht gefunden werden.

Ich spürte einen schmerzhaften Stich in meiner Brust. Alice wollte mir keine Gelegenheit geben, es zu erklären. Ich hatte sie in diese Sache mit mir gedrängt, obwohl ich gewusst hatte, dass sie sich Sorgen um ihren Job machte und unsicher war. Ich war arrogant und nahm an, dass ich alles unter Kontrolle hatte.

Jetzt war sie weg.

Obwohl ich wusste, dass es sinnlos war, überprüfte ich trotzdem ihre Wohnung. Das Einzige, was offensichtlich in ihrer Handtasche fehlte, war ihr Führerschein. Ihr Kleid von der Hochzeit war im Schrank, der Kleiderbügel schief. Ich richtete ihn auf, hängte das Kleid richtig hin und versuchte, nicht daran zu denken, wie schön sie nur Stunden zuvor darin ausgesehen hatte.

Als sie noch mir gehörte.

Unter dem Kleid lagen ihre High-Heels achtlos hingeworfen. Im Regal fehlten ein Paar Turnschuhe und ein Rucksack.

Wo war sie? Es war kurz vor Mitternacht. Ich rief die Überwachungskameras auf meinem Telefon auf. Ihr Auto stand in der Garage. Wohin sie auch gefahren war, sie war nicht alleine.

Die nächsten Stunden vergingen wie im Flug in einer fruchtlosen Suche. Alice war nirgendwo im Gebäude. Die Kameras zeigten sie zu Fuß, nur zehn Minuten bevor ich in die Garage gefahren war.

Sie war zur Vordertür hinausspaziert, rechts abgebogen und aus dem Blickfeld verschwunden. Ihrem Telefon zufolge hatte sie niemanden angerufen, um abgeholt zu werden. Nach einer kurzen SMS an Emma diesen Morgen hatte sie niemanden mehr kontaktiert. Alice hatte keinen Festnetzanschluss, und auch ihre E-Mails enthielten keine Hinweise.

Sie hatte einfach eine Tasche gepackt, ging zur Vordertür hinaus und *verschwand*.

Die Sonne ging gerade auf, als ich auf meiner Couch einschlief, mein Laptop auf der Brust geöffnet, wo nichts Brauchbares zu sehen war.

Ich war dabei, das Hochzeitsfrühstück zu verpassen, aber ich wusste, dass Jacob es verstehen würde. Ich konnte nicht zurück in das Resort fahren und riskieren, Alice zu verpassen, falls sie ihre Meinung änderte und nach Hause kam. Den größten Teil der Nacht hatte ich am Laptop verbracht und versucht, eine Spur zu finden.

Ich war aus der Übung. Es gab eine Zeit, in der meine Hacker-Fähigkeiten mit unserem besten Mitarbeiter mithalten konnten, aber in den letzten Jahren verbrachte ich zu viel Zeit damit, Kunden zu werben, und war mehr damit beschäftigt, das Geschäft zu leiten, als Fälle zu bearbeiten.

Ihre Kreditkarten- und Telefonaufzeichnungen gaben nichts preis. Die Verkehrskameras deckten den Block, in dem Alice verschwunden war, nicht ab.

Sie hätte einen Mitfahrerdienst nutzen können, aber sich in diese zu hacken, ging einen Schritt über meine derzeitigen Möglichkeiten hinaus. Der Leiter unserer technischen Abteilung könnte sich im Handumdrehen in sie einhacken. Das war schließlich Lucas' Job. Aber er war mit seiner Frau, Charlie Winters - Jacobs Cousine -, im *Château du Jardin*.

So sehr sich Alice als der Mittelpunkt des Universums anfühlte, war ich doch nicht Arschloch genug, um Jacobs Hochzeit noch mehr zu ruinieren, als ich es bereits getan hatte.

Mein Herz schrie, dass Alice alleine da draußen war. *Es ist nicht sicher.* Tsepov konnte sie erwischen. Ich musste mich entschuldigen und alles klarstellen. Ich wollte sie zurück.

Ich *musste* es in Ordnung bringen.

Mein Kopf sagte meinem Herzen, es solle die Klappe halten. Mein Herz hatte schon genug Probleme verursacht. Alice war nicht dumm. Sie war wütend auf mich - und das zu Recht -, aber sie war nicht dumm.

Wo auch immer sie hingegangen war, als sie zur Tür hinaustrat, sie lief bestimmt nicht mit einem großen Schild mit der Aufschrift „Entführt mich" durch die Straßen von Atlanta. Wenn ich sie nicht finden konnte, hätte auch Tsepov keinen Erfolg.

Ich wollte nicht warten, bis Lucas zurückkam. Ich zwang mich trotzdem dazu, ihre Kreditkarten noch einmal zu überprüfen, falls ich etwas übersehen hatte. *Nichts, nichts, verdammt nochmal nichts!*

Wie schon gesagt: Alice war nicht dumm.

Sie hatte ihre Handtasche und ihr Telefon aus einem

bestimmten Grund zurückgelassen. Sie wollte nicht gefunden werden. Wenn Alice nicht gefunden werden wollte, würde sie sicher nicht so etwas Offensichtliches tun, wie ihre Kreditkarten zu benutzen.

Ich verfluchte mich selbst dafür, dass ich das Verwaltungspersonal in das Training miteinbezogen hatte. Sie hatte gelernt, immer einen Fluchtweg einzuplanen.

Rücklagen. Bargeld. Transportmöglichkeit.

Ich versuchte, mich in Alices Lage zu versetzen, um herauszufinden, wie sie vorgegangen war. Vielleicht hatte sie auf dem Rückweg nach Atlanta angehalten und ein Wegwerf-Handy gekauft. Sie hatte einen Freund angerufen, oder ihre Familie. Ich dachte darüber nach, alle zu überprüfen – einen nach dem anderen. Ihre Familie wäre leicht zu finden. Sie wohnten alle in der D.C.-Gegend.

Bin ich jetzt ein Stalker?

Genau das war das Problem. Alice war erwachsen und bei klarem Verstand. Sie war nicht in Gefahr.

Ich hatte nicht das Recht, ihre Freunde zu überwachen, um zu sehen, ob sie sich in einem ihrer Häuser versteckte. Sollte Alice herausfinden, dass ich so tief gesunken war, um sie zu finden, wäre sie noch wütender auf mich, als sie es bereits war.

Dem skrupellosen, hungrigen Teil von mir war das völlig egal. Dieser Teil würde alles tun, um sie zu finden. Um sie zu mir zurückzubringen, wo sie hingehörte.

Nein. Ich befand mich ohnehin auf dünnem Eis. Wenn ich Alice zurückhaben wollte, reichte es nicht aus, skrupellos zu sein.

Ich musste klug genug sein, diese ganze verdammte Katastrophe nicht noch schlimmer zu machen, bevor ich sie fand.

COOPER

Dieser entsetzte Ausdruck in Alices Augen blitzte wieder in meinem Kopf auf.

Ja, ich bin auf verdammt dünnem Eis...

Das Letzte, was ich wollte, war, dass Alice glaubte, ich wäre ein außer Kontrolle geratener Stalker, der sie nicht für ein paar Tage in Ruhe lassen konnte, wenn sie wütend auf mich war.

Manche Frauen fanden es vielleicht romantisch, durch die ganze Stadt verfolgt zu werden, aber Alice gehörte nicht dazu. Ich wollte ihr nicht einen weiteren Grund geben, mich wegzustoßen.

Ich quälte mich durch einen halbnormalen Sonntag – nicht mit den Sonntagen zu vergleichen, die ich hatte, seit ich mit Alice zusammen war. Den Tag alleine zu verbringen, erinnerte mich nur daran, wie sehr ich sie zurückhaben wollte. In meiner Wohnung war es ohne sie zu still. *Leer.*

Als die Stille unerträglich wurde, ging ich trainieren und machte nur eine Pause, um einen kurzen Anruf von Axel entgegenzunehmen. „Ist sie aufgetaucht?"

„Nein, sie hat ihre Handtasche und ihr Telefon liegen lassen."

„Will also nicht gefunden werden", kommentierte er. Axel mochte zwar in Vegas arbeiten, aber er kannte Alice fast so gut wie ich.

„Ja."

„Alle sind immer noch hier und hängen am Pool herum. Niemand außer Emma weiß, was passiert ist. Wir wollten die Hochzeit nicht ruinieren. Vielleicht taucht sie morgen bei der Arbeit auf?"

Mir blieb nichts anderes übrig, als zu hoffen.

Die einzige weitere Unterbrechung in meinem miserablen Sonntag kam von meiner Mutter, die am frühen Abend auftauchte und an meine Tür klopfte. Ich ignorierte sie eine Zeit lang und blendete das unerbittliche Klopfen aus, bis mein Telefon anfing, pausenlos zu klingeln. Als die Grenze meiner Toleranz überschritten war, ging ich zur Tür, riss sie auf und schaute in die blutunterlaufenen, trüben Augen meiner Mutter.

„Cooper. Na endlich." Sie drängte sich an mir vorbei und ging auf die kleine Getränkebar am Ende der Küche zu. Nachdem sie sich einen großzügigen Schuss Gin einge-schenkt hatte, nahm sie einen Schluck und drehte sich zu mir um. Der Anblick des Glases in ihrer Hand, die roten Adern in ihren Augen - ihre bloße Anwesenheit in meiner Wohnung nach allem, was sie Alice angetan hatte -, reichte aus, um eiskalte Wut in mir aufsteigen zu lassen.

Ich erinnerte mich daran, dass diese Frau meine Mutter war. Egal, was sie getan hatte, sie war immer noch meine Mutter. Ich konnte sie nicht aus meiner Wohnung werfen. So viel schuldete ich ihr.

„Was machst du hier, Mutter?"

„Ich bin gekommen, um mich zu vergewissern, dass es dir gut geht", sagte sie, als wäre es offensichtlich. „Du und diese Frau habt die Hochzeit vorzeitig verlassen. Alle haben bemerkt, dass ihr weg wart, und dann bist du nicht mehr zurückgekommen. Ich habe befürchtet, dass sie hier bei dir ist, aber ich kann sehen, dass sie es nicht ist."

„Nenn sie nicht *diese Frau*. Ihr Name ist Alice."

„Ich weiß, wie sie heißt", schnauzte sie mich an, „und es ist an der Zeit, dass diese lächerliche Farce ein Ende nimmt. Die Szene auf der Verlobungsfeier deines Bruders war schlimm genug. Hätte ich gewusst, dass du sie zu Jacob Winters' Hochzeit mitbringst... Alle haben euch zusammen gesehen. *Alle!* Wie konntest du mir das antun?"

„Mir war nicht bewusst, dass dich mein Privatleben etwas angeht", sagte ich gleichmäßig. Wohlwissend, dass es eine Lüge war. Wenn sie sich ausnahmsweise die Mühe machte, ihre Söhne zu bemerken, nahm meine Mutter alles in unserem Leben persönlich.

Sie winkte mit der Hand in der Luft, als wische sie meine Worte weg. „Cooper, sei kein Narr. Jeder weiß, wer diese Frau ist. Du siehst aus wie ein Idiot, wenn du mit ihr an deinem Arm herumstolzierst."

„Was meinst du mit: *Jeder weiß, wer diese Frau ist?* Welche Lügen verbreitest du?"

Meine Mutter nahm noch einen Schluck Gin, kippte dabei ihren Kopf nach hinten, und ignorierte meine Frage. „Sag mir, dass es vorbei ist. Sag mir, dass du mit ihr fertig bist und sie gefeuert hast."

„Das werde ich dir nicht sagen. Ich werde sie nicht feuern, und ich werde nie mit ihr fertig sein." Sie weigerte sich, mir in die Augen zu sehen, und ich hatte entschieden genug davon. Ich würde nie mit Alice fertig werden, aber ich war mehr als fertig damit, mit meiner Mutter nachsichtig zu sein. „Du weißt, dass sie nie mit Vater geschlafen hat, oder?"

„Oh, Cooper. Sag mir nicht, dass du so naiv bist. Natürlich hat sie mit deinem Vater geschlafen."

„Warum bist du dir so sicher? Weil du sie dabei erwischt hast? Oder weil er es dir gesagt hat?"

„Er hat es mir gesagt. Er erzählt mir alles. Ich weiß, du hast unsere Ehe nie verstanden, aber dein Vater lügt mich nicht an."

Ich erstickte fast an dem Lachen, das mir in der Kehle brannte. Der Alkohol hatte wohl ihr Hirn zerfressen.

„Wenn das der Fall ist", sagte ich trocken, „dann bist du verwickelt in einer Reihe von Straftaten. Soll ich Agent Holley anrufen, damit du eine Aussage machen kannst?"

Meine Mutter weigerte sich, auf meinen Kommentar einzugehen. *Typisch.* Wenn es nicht zu ihrer Weltanschauung passte, ignorierte sie es einfach. Ich fuhr fort: „Du hast ihn nie mit Alice erwischt. Du hast nur sein Wort dafür."

„Ich brauche nichts außer seinem Wort. Er ist mein Mann, und du solltest mehr Respekt für deinen Vater haben."

Mich mit ihr ständig im Kreis zu drehen, brachte mich an den Rand des Wahnsinns. Ohne Alice waren meine Nerven ohnehin schon zum Zerreißen gespannt. Ich musste nicht auch noch mit einer durchgeknallten Person reden.

„Ich weiß ehrlich gesagt nicht, was ich dir sagen soll, Mutter. Ich liebe dich, aber du hast Wahnvorstellungen. Was ich wirklich nicht verstehe, ist die Tatsache, dass *Vater* dich betrogen hat und du Alice die Schuld dafür gibst. Er ist derjenige, der dir das Eheversprechen gegeben hat. Er ist derjenige, der es gebrochen hat, aber sie ist die einzige Schuldige? Ist es nur *ihr* Name, den du in rot an die Wand schmieren willst?"

„Sei nicht so ein Kind, Cooper. Dein Vater streunt herum. Na und? Männer tun es eben. Er hat keine dieser Frauen geheiratet, oder? Er ist mit mir verheiratet. Er hat mir ein gutes Leben gegeben und ich habe versucht, eine gute Ehefrau zu sein. Du bist derjenige, der Wahnvorstellungen hat. Du denkst, Ehen bestehen aus Märchen und wahrer Liebe. Hör auf mit der Träumerei und sieh dir die wirkliche Welt an. Ich hoffe, du ziehst nichts Ernstes mit dieser Frau in Betracht."

Ich starrte meine Mutter an, wie sie die Arme über der Brust verschränkte und die Finger um ein Kristallglas mit Gin gelegt hatte, das jetzt fast leer war.

Sie würde sich nie ändern.

Sie würde nie auf die Stimme der Vernunft hören.

Sie klammerte sich bis zu ihrem letzten Atemzug an die Realität, an die sie glauben wollte, und nichts, was ich sagen könnte, würde es je ändern.

Ich könnte mitspielen oder mich dem widersetzen. Als ich an das Entsetzen in Alices Augen dachte, verursacht durch die Lügen meiner Eltern und meinen Glauben daran, tat ich das Einzige, was ich tun konnte.

„Mutter, eines möchte ich klarstellen", sagte ich und ein Stück meines Herzens brach bei den Worten, die meinen Mund verließen. „Wenn du jemals wieder respektlos über Alice sprichst, werde ich mit dir brechen. Sie verdient meine Loyalität und mein Vertrauen. Ich werde sie dir vorziehen. *Jederzeit.*"

Meine Mutter wich erschrocken zurück. Ihre Kinnlade klappte herunter, bevor sie sich erholte und schrie: „Wie kannst du diese Frau deiner eigenen Mutter vorziehen?"

„Du ziehst Vater seit Jahren vor, wählst ihn immer. Er ist ein Lügner und ein Krimineller, und trotzdem wählst du ihn. Wir reißen uns den Arsch auf, um Sinclair Security aufzubauen - das übrigens für deinen Lebensstil bezahlt, den du so sehr liebst - und nachdem er die Firma in Gefahr gebracht hat, entscheidest du dich *immer noch* für ihn. Ich folge nur deinem Beispiel. Ich habe jemanden gefunden, der meine Loyalität verdient. Ich werde das nicht wegwerfen, weil unsere Eltern uns alle mit in den Abgrund reißen wollen.

Wir tun, was wir können, um Vater zu helfen und dich zu beschützen, aber treib es nicht zu weit. Zwing mich nicht dazu, mich zwischen dir und Alice zu entscheiden. Du wirst nicht gewinnen."

Meine Mutter sah mich lange an. Ihre Augen verwandelten sich zu Eis, bis keine Spur von Zuneigung für mich - ihren ältesten Sohn - zu sehen war. Mit einer schnellen Drehung, bei der sie trotz des Alkohols kaum schwankte, schleuderte sie das Kristallglas mit der ganzen wütenden Kraft ihres dünnen Arms in die Spüle und sah mit einem befriedigten Funkeln in den Augen zu, wie es in glitzernde Scherben explodierte.

In der Stille, die sich daraufhin einstellte, spießte sie mich mit einem kalten Blick auf, bevor sie zur Tür stürmte und sich selbst herausließ. Wie betäubt ging ich zu meinem Laptop, rief die Überwachungskameras auf und verfolgte ihren Weg zu ihrer Wohnung.

Ich hatte fast erwartet, dass sie ihre Koffer packte und abreiste, aber sie tat es nicht, füllte stattdessen ein Weinglas bis zum Rand und setzte sich vor den Fernseher, als ob nichts geschehen wäre.

Vielleicht war es das in ihrer Vorstellung auch nicht. Ich konnte ihre Fähigkeit, die Realität zu verdrängen, nicht außer Acht lassen.

Als ich die Kameras schloss, räumte ich das zerbrochene Glas weg und löschte meine Mutter aus meinen Gedanken. Sie hatte ihre Wahl getroffen. Und ich die meine.

Alice.

Sie war meine Wahl.

Für immer.

ALICE

Ich war am Durchdrehen. Wenn ich das nächste Mal mitten in der Nacht von zu Hause fliehen sollte, müsste ich daran denken, besser zu packen. Versteckt in einer Hütte an einem kleinen See in North Carolina, war ich vor Cooper verborgen - vorerst -, aber ich hatte nichts zu tun, außer zu grübeln. Ich war kein Mensch, der gerne grübelte.

Leider hatte ich nicht einmal daran gedacht, ein Buch oder einen Badeanzug mitzunehmen.

Es gab Spiele in den Regalen neben dem Kamin – nutzlos für eine Person. Ich konnte nur Solitär spielen. Der Bücherstapel mit abgegriffenen Western war zwar nicht mein Ding, wenn ich aber noch länger hier wäre, wäre ich möglicherweise versucht, einen aufzuschlagen.

Um mich davon abzuhalten, daran zu denken, warum ich hier war.

Die Hütte gehörte der Familie meiner Schwägerin Kristi. Ich war ihr etwas schuldig. *Und zwar sehr viel.* Ich schuldete sowohl Kristi als auch meinem Bruder Pete was. Ich liebte alle meine Brüder, aber ich war unendlich erleichtert, als ich Pete am Samstagabend anrief und er mit schläfriger Stimme sagte: „Atme tief durch, Kleine, und sag mir, was ich tun kann."

Mir ging es gut, bevor ich in meiner Wohnung ankam.

Nein, nicht gut... Ich war völlig fertig. Während mein gebrochenes Herz wehtat, arbeitete mein Gehirn doppelt so schnell. Ich hatte das Fenster in der Toilette gesehen und wusste genau, was ich tun musste.

Glücklicherweise war es nicht weit vom Boden entfernt. Ich war klug genug, zuerst meine hohen Schuhe auszuziehen, um barfuß im Mulch zu landen. Mit den Schuhen in den Händen rannte ich um das Gebäude herum und ging durch den Haupteingang hinein, als ob nichts dabei wäre, wenn ein barfüßiger Hochzeitsgast durch die Lobby spazierte.

Sobald ich außer Sichtweite war, lief ich zum Treppenhaus. Mein einziger Gedanke: In unser Zimmer zu gelangen. Zum Glück hatte ich noch nicht ausgepackt, da ich eher daran interessiert war, den Tag am Pool zu verbringen, als meine Kleider aufzuhängen. Es dauerte nur eine Minute, um alles in meine Übernachtungstasche zu packen, mir Coopers Schlüssel zu schnappen und wieder die Treppe hinunterzulaufen. Ich war zur Seitentür hinaus und schloss Coopers Auto auf, während er wahrscheinlich noch vor der Toilette stand und darauf wartete, dass ich herauskam.

Ich fuhr durch die Tore des Resorts und fragte mich, wie lange es wohl dauern würde, bis Cooper merkte, dass ich weg war. Ich hatte keinen Zweifel daran, dass er die Verfolgung aufnehmen würde, sobald er es herausfand.

Ich weiß, ich weiß... Von Cooper wegzulaufen, war keine gute Idee gewesen.

Ich hätte bleiben und ein vernünftiges, erwachsenes Gespräch über die Lügen seines Vaters und die bösartigen Beschimpfungen seiner Mutter führen sollen – eine ruhige Diskussion darüber, wie Cooper das alles glauben konnte.

Ich hätte es tun sollen, aber ich konnte es nicht. Erniedrigung machte mich ganz krank und wurde jedes Mal schlimmer, wenn ich an Coopers beschwichtigende Stimme dachte, die mir sagte, dass es *schon lange her war und ihm nichts mehr ausmachte.*

Es war ja nicht schlimm. Er hatte mir *verziehen*, dass ich meinen Mann mit seinem verheirateten Vater betrogen hatte.

Ich konnte es nicht fassen, was für ein lügendes Arschloch Maxwell war. Es erklärte so vieles über meine ersten Monate in der Firma.

Coopers Kälte.

Die widerlichen Annäherungsversuche der anderen Mitarbeiter.

Ich hätte ein paar Mal fast gekündigt, aber mein Mann hatte mich überredet, zu bleiben, weil das Gehalt und die Sozialleistungen weit über dem Durchschnitt waren. Ich liebte die Herausforderung des Jobs an sich, aber das Arbeitsumfeld ließ viel zu wünschen übrig.

Aber dann war alles fast wie über Nacht besser geworden.

Kein Anmachen mehr und Cooper taute auf, bis er, wenn nicht freundlich, wenigstens nicht offen *un*freundlich war. Cooper, Evers, Knox und Axel hatten nach und nach die Leitung des Unternehmens übernommen, und das Arbeitsumfeld wurde ebenso attraktiv wie das Lohn- und Sozialleistungspaket. Ich hatte diese ersten Monate bis zu Laceys Anschuldigungen ganz vergessen.

Als ich mich an ihre Worte erinnerte, raubte mir ein weiterer Stich der Entrüstung den Atem.

Wie konnte Cooper nur denken…?

Als ich in Atlanta angekommen war, hatte ich es geschafft, meine Erniedrigung auf Eis zu legen und klar zu denken. Ein Teil unseres Trainings bei der Arbeit umfasste Fluchtstrategien.

Immer einen Plan haben.

Ich leitete das Sekretariat. Mir wurde beigebracht, wie

man Kugeln bestellte, aber nicht, wie man sich eine Fluchttasche packte. Zum Spaß hatte ich es vor Jahren selbst herausgefunden: Wie konnte ich von Sinclair Security wegkommen, wenn ich nicht verfolgt werden wollte?

Der erste Teil war einfach. Ich hielt an einer Tankstelle am Stadtrand von Atlanta, hob in einem Geldautomaten die zugelassene Höchstsumme ab, und gab einen Teil davon für ein Wegwerf-Handy aus, weil ich mein eigenes Handy zurücklassen musste, zusammen mit all meinen Kreditkarten.

Zu wissen, wie die Firma nach Leuten suchte, war hilfreich, aber etwas Bargeld und ein neues Handy reichten nicht aus. Sinclair Security gehörte zu den Besten. Ich war nicht in der Lage, mich lange vor ihnen versteckt zu halten. Ich wollte es nicht einmal. Ich brauchte nur ein wenig Abstand und Zeit zum Nachdenken.

Ich war wütend und verletzt. Der Gedanke, an Ort und Stelle zu bleiben, bis Cooper durch die Tür kam, gab mir das Gefühl, den Tränen nachgeben zu wollen, die mir in den Augen brannten. Ich konnte es nicht ertragen, am Montag zur Arbeit zu erscheinen, nachdem ich nun wusste, was alle von mir dachten. Ich musste einen klaren Kopf bekommen, und das konnte ich in Coopers Nähe nicht.

Ich hatte Coopers Auto in der Garage geparkt, die Schlüssel stecken gelassen und war mit dem Aufzug in meine Wohnung hochgefahren.

Sobald ich sicher in meiner Wohnung war - außer Reichweite von Coopers Kameras -, rief ich die einzige Person an, von der ich wusste, dass sie *immer* für mich da sein würde.

Mein großer Bruder Pete. Ich musste dreimal anrufen. Die Nummer auf dem Display war für ihn unbekannt. Er hatte sich wahrscheinlich sein Telefon angesehen und gedacht, jemand hätte sich verwählt. Schließlich antwortete er schläfrig: „Ja?"

„Pete, ich bin's, Alice. Tut mir leid, dass ich dich geweckt habe, aber ich habe ein Problem, und ich brauche wirklich meinen großen Bruder."

Ich hörte ein Rascheln, als er sich im Bett aufsetzte, und das Murmeln von Kristi neben ihm. „Was ist passiert? Geht es dir gut?"

Ich hatte keine Zeit für lange Erklärungen. Cooper, die letzte Person, die ich sehen wollte, war mir auf den Fersen. *Noch nicht. Nicht, bis ich es verarbeitet habe.*

„Es geht mir gut. Ich bin in Sicherheit. Ich… habe keine Zeit für Erklärungen, aber ich muss von hier weg, und ich will nicht, dass mein Chef mich findet. Könntest du mir ein Taxi rufen, das mich zum Flughafen bringt, und ein Auto für mich mieten? Ich kann mein Telefon und meine Kreditkarten nicht benutzen, sonst weiß er genau, wo ich bin."

„Diese verdammten Typen", fluchte Pete leise. „Ich wusste, dass sie dich irgendwann in Schwierigkeiten bringen würden."

„Pete, du kannst mich später wegen meines Jobs ausschimpfen. Aber jetzt, kannst du mir einfach helfen?"

„Okay, okay. Ich kümmere mich um die Sinclairs, sobald wir dich in Sicherheit gebracht haben. Hast du einen Plan? Wohin gehst du, wenn du das Auto hast?"

„Ich weiß es nicht. Diesen Teil habe ich mir noch nicht überlegt."

„Ich bin schon dabei. Halte dich bereit. Ich rufe dich in ein paar Minuten zurück."

„Danke, Pete. Sag Kristi, dass es mir leid tut, dass ich euch geweckt habe."

Pete legte auf, bereits auf die anstehende Aufgabe konzentriert. Ich ließ mein normales Handy und meine Handtasche auf dem Tresen liegen, wo Cooper sie später finden würde. Mir war nicht danach, eine Nachricht zu schreiben, aber sobald er das Telefon und die Handtasche entdeckte, würde er eh Bescheid wissen.

Ich hängte mein Kleid auf einen Kleiderbügel und zog ein T-Shirt, Shorts, einen Kapuzenpullover und ein Paar alte Turnschuhe an, sodass nichts mehr an meine Hochzeitsgarderobe erinnerte.

Ich schnappte mir einen Rucksack, stopfte ihn voll und legte meinen Kulturbeutel hinein. Dann nahm ich meinen Führerschein aus meiner Brieftasche, ließ sie selbst und alles darin zurück.

Pete rief zurück, als ich die Stufen zur Eingangstür des Gebäudes hinunterlief. „Das Taxi holt dich vorm nächsten Block ab. Ich schaue mir gerade die App an, und es wird in drei Minuten da sein. In Ordnung?"

„Perfekt. Du bist der beste große Bruder aller Zeiten."

„Ich weiß. Du schuldest mir eine Erklärung, sobald wir dich da rausgeholt haben."

„Ich werde dir alles erzählen, und zwar morgen. Versprochen. Jetzt muss ich nur weg, bevor er kommt."

„Ja, ich hab's kapiert. Das Taxi bringt dich zum Mietwagenschalter am Flughafen. Kristi verbucht die Fahrt auf ihrem Arbeitskonto und ich stelle den Mietwagen auf meine Firmenrechnung. Das sollte es schwieriger machen, ihn zurückzuverfolgen. Ruf mich an, wenn du bei der Autovermietung bist, und ich gebe dir eine Wegbeschreibung."

„Wegbeschreibung wohin?", fragte ich.

„Zur Hütte von Kristis Familie in Blowing Rock. Es ist eine lange Fahrt, etwa fünf Stunden von Atlanta entfernt, aber niemand benutzt sie dieses Wochenende oder nächste Woche, und sie ist auch nicht vermietet. Ich gebe dir den Code für den Schlüssel. Niemand wird dort nach dir suchen. Kristi verwaltet die Vermietungen, aber der gesamte Papierkram und die Besitzurkunde befinden sich in einem Treuhandvermögen ihres Großvaters mütterlicherseits. Es hat also nicht direkt mit ihr zu tun und ist definitiv schwerer zurückzuverfolgen. Du kannst dich dort mindestens eine Woche lang verstecken."

„Pete, das klingt perfekt. Danke." Ich schlüpfte durch die Eingangstür, drehte mich nach rechts und ging zum nächsten Block weiter.

„Dein Taxi ist ein hellblauer Kombi. Kannst du es sehen?", fragte Pete. Ich sah, wie ein hellblauer Kombi zehn Meter vor mir an den Bordstein heranfuhr.

„Hatte ich erwähnt, dass du der beste große Bruder der Welt bist?", fragte ich, las ihm das Nummernschild des Autos vor und wartete seine Bestätigung ab, bevor ich auf den Rücksitz rutschte.

„Ich weiß, dass ich es bin. Ich erwarte, dass du mir das mit Babysitten zurückzahlst, sobald dieses Kind geboren ist", sagte er. Kristi war im sechsten Monat schwanger. Es wäre das erste Enkelkind meiner Eltern – meine erste Nichte oder mein erster Neffe. Wir alle waren mehr als aufgeregt, ein Baby zum Knuddeln zu bekommen.

„Abgemacht."

„Ich schicke dir die Adresse per SMS. Wenn das Navi Schwierigkeiten haben sollte, sie zu finden, lass es mich wissen."

„Verstanden", sagte ich.

„Hol dir einen Kaffee, damit du nicht einschläfst, und ruf mich an, wenn du da bist."

„Versprochen. Ich werde vorsichtig sein. Vielen Dank, Pete. Und sag Kristi auch danke."

„Hab dich lieb, Allie. Halt die Ohren steif." Pete legte auf und ich hoffte, er könne wieder einschlafen.

Ich sah meine Familie nicht so oft, wie ich es gerne hätte. Meine Arbeit hielt mich auf Trab, und sie waren alle oben im D.C.-Umkreis. Alle paar Monate kam ich übers Wochenende nach Hause, aber es war trotzdem nicht genug. Ich hatte ein enges Verhältnis zu meinen Eltern und liebte alle meine Brüder, aber als wir aufwuchsen, waren Pete und ich immer unzertrennlich. Wir waren fast gleich alt, während unsere beiden anderen Brüder fünf und sieben Jahre älter waren.

Pete und ich hatten gemeinsam etwas angestellt und gemeinsam Hausarrest bekommen. Egal, was passierte, wir standen immer füreinander ein. Während meiner Ehe mit Steve war die Distanz zwischen uns gewachsen. *Meine Schuld.* Steve und Pete hassten einander. Steve hasste Pete, weil wir uns so nahestanden, und Pete verachtete meinen Mann, weil sein Arschloch-Radar viel besser funktionierte als meins.

Petes Vorzeige-Ehe mit Kristi hatte es noch schlimmer gemacht. Ich vergötterte Kristi, seit Pete uns einander schüchtern vorgestellt hatte. Sie war süß und lebhaft und absolut vernarrt in meinen Bruder. Was hätte ich mir von einer Schwägerin mehr wünschen können?

Aber es war manchmal schwer, sie so glücklich zu sehen und zu wissen, dass meiner Ehe so viel fehlte, ohne eine Ahnung zu haben, wie ich das in Ordnung bringen konnte.

Als ich Pete anrief, um ihm zu sagen, dass ich mich scheiden lassen würde, hatte er gesagt: „Gott sei Dank", und es dabei belassen. An meinem ersten Wochenende zu Hause nach meiner Ankündigung gingen meine Brüder mit mir aus. Wir haben uns betrunken, ohne jemals Steve oder meine katastrophale Ehe zu erwähnen. Sie waren die Besten.

Pete hatte keine Erklärung über das Aus meiner Ehe verlangt, wahrscheinlich, weil er so dankbar war, dass es vorbei war, dass er es nicht ruinieren wollte. Dieses Mal würde ich nicht so viel Glück haben. Er stellte keine Fragen, während er mir half, aus Atlanta herauszukommen, aber das würde sich später ändern.

Es war mir egal. Ich würde Pete alles erzählen, sobald ich außerhalb von Coopers Reichweite war. Wenn er mich fand... Es war nicht so, dass ich dachte, er würde mich einsperren oder zum Bleiben zwingen. Er war kein Ungeheuer.

Ich war wütend und verletzt, aber er war immer noch Cooper – einer der besten Männer, die ich kannte. Das war es, wovor ich Angst hatte. Ich brauchte Abstand, musste nachdenken.

Wenn er mich mit seinen intensiven eisblauen Augen anflehen würde, bei ihm zu bleiben, würde ich möglicherweise nachgeben und ihm alles geben, was er wollte.

Und ich würde mich später dafür hassen.

Der Wechsel von meinem Taxi zu dem Auto, das Pete reserviert hatte, war nahtlos. Fünfundvierzig Minuten nachdem ich das Sinclair Security-Gebäude verlassen hatte, war ich auf dem Weg nach North Carolina. Die Fahrt verlief ereignislos. Ich besorgte mir einen Kaffee, den ich nicht brauchte. Mein Adrenalinspiegel war zu hoch, um Koffein zu benötigen. Fünf Stunden lang raste ich durch die Nacht, ignorierte die Geschwindigkeitsbegrenzungen und tat mein Bestes, um nicht an Cooper zu denken.

Ich fand die Hütte im dämmernden Licht der aufgehenden Sonne. Der Schlüssel war genau dort, wo er laut Kristis SMS sein sollte. Drinnen war es eng und einfach, die Luft abgestanden, aber es gab eine Klimaanlage. Ich schloss die Türen hinter mir ab, schaltete die Klimaanlage an und schrieb meinem Bruder eine SMS, um ihn wissen zu lassen, dass ich sicher angekommen war. Als das erledigt war, brach ich auf einem der Betten zusammen und machte mir nicht einmal die Mühe, ein Laken aufzulegen, da ich zu müde und herzkrank war, um mit irgendetwas fertig zu werden.

Nach einigen Stunden des unruhigen Schlafs wachte ich auf und fand Kaffee und Brot in der Tiefkühltruhe. Ich hätte ein Lebensmittelgeschäft ausfindig machen können, aber ich schien dafür die Energie nicht aufbringen zu können. Meine Brust tat weh, und ich wollte mich wieder im Bett verkriechen, meinen Kopf unter ein Kissen schieben und die ganze Welt ausblenden.

Jedes Mal, wenn ich meine Augen schloss, hallten Laceys Anschuldigungen in meinen Ohren wider, und wie Cooper sagte, dass er mir vergeben hatte, weswegen mir Tränen über die Wangen flossen.

Wie konnte er nur denken...

Nein. Ich konnte es noch nicht verarbeiten. Vielleicht wäre es einfacher gewesen, wenn Maxwell nicht so ein Widerling gewesen wäre, und ich meinem Mann nicht all die Jahre treu geblieben wäre, obwohl ich später herausfand, dass er mich die ganze Zeit betrogen hatte.

Aber da war ich nun - ehrlich und treu -, während die Männer in meinem Leben hinter jedem Rock her waren, aber ich diejenige war, die beschuldigt wurde, eine Hure zu sein.

Diese Ungerechtigkeit brannte in meinem Bauch und Herzen wie eine Feuersbrunst, die meine Gefühle für Cooper jedoch nicht auslöschen konnte.

Das Ganze hatte mich zutiefst verletzt und mir erneut ein Gefühl des Scheiterns gegeben, das mich verfolgte, als meine Ehe in die Brüche gegangen war.

Ich dachte, dass ich so schlau war, aber das Leben hatte mir das Gegenteil bewiesen. Steve hatte mich praktisch seit den Flitterwochen betrogen, und ich hatte keine Ahnung. Maxwell hatte alle, mit denen ich zusammenarbeitete, über mich belogen.

Ich war nicht die Person, für die ich mich hielt. Ich würde nie die Person sein, die ich sein wollte.

Ich schlief mit meinem Chef und er und seine Mutter hielten mich für eine Hure.

Cooper hatte mir den Teppich unter den Füßen weggezogen, und ich war auf meinem Hintern gelandet, ohne zu wissen, was ich als Nächstes tun sollte.

Er sagte, dass es ihm nicht mehr wichtig war, dass ich mit seinem Vater geschlafen hatte.

Es machte ihm nichts *mehr* aus, was bedeutete, dass es ihm jahrelang etwas ausgemacht hatte.

Jahrelang hatte er in mir eine Frau gesehen, die ihr Eheversprechen über Bord geworfen hatte, um mit ihrem Chef zu schlafen.

Und jetzt *wieder* mit ihrem Chef schlief.

Eine kleine Stimme in meinem Hinterkopf machte mich darauf aufmerksam, dass, wenn Cooper dachte, ich hätte mit seinem Vater geschlafen, ich für ihn tabu gewesen wäre. Wenn er es dennoch überwunden hatte, um mit mir zusammen zu sein, musste er mich sehr gewollt haben.

Es war nicht so, dass Cooper verzweifelt war. Er konnte jede haben.

Aber ich war noch nicht bereit, diesen Teil wahrzuhaben. Sein Verlangen nach mir fühlte sich wie ein verdorbener Trostpreis an, nachdem ich herausgefunden hatte, dass er glaubte, ich hätte mit seinem Vater geschlafen.

Ich verbrachte Sonntagmorgen zusammengerollt auf der Couch, nippte an endlosen Tassen abgestandenen Kaffees, knabberte an einem Toast und bemitleidete mich selbst. Gegen Mitte des Nachmittags, als mein Magen gerade anfing, richtiges Essen zu verlangen, hörte ich draußen das Knirschen von Reifen auf dem Kies und erschrak zu Tode.

Nein! Ich bin noch nicht bereit.

ALICE

Ich sprang auf die Füße, nicht sicher, wohin ich laufen sollte, als ich durch das Vorderfenster blickte und Pete aus einem vertrauten grauen Kombi aussteigen sah. Er kam mit einer braunen Papiertüte durch die Tür, gefolgt von Kristi.

„Was machst du hier?", fragte ich und starrte ihn schockiert an. „Es muss eine sechsstündige Fahrt von D.C. gewesen sein."

Pete umarmte mich, während der Papiersack zwischen uns knisterte, und mir das Wasser im Munde bei dem Geruch von Öl und Salz zusammenlief.

„Sieben, aber wer zählt schon? Wir haben in der Stadt angehalten und Mittagessen geholt. Kristi war sich sicher, dass es hier kein Essen gibt."

Ich vergrub mein Gesicht in seiner Schulter. Pete reichte Kristi die Tüte, schloss seine Arme um mich und zerzauste mir das Haar. Wie alle anderen auf der Welt war Pete viel größer als ich, wenn auch nicht so groß wie Cooper.

Er wurde mit Mitte dreißig stattlicher, hatte ein paar

Pfunde um den Bauch herum zugelegt und eine Reihe sehr ansprechender Lachfalten um seinen Mund bekommen.

Er arbeitete hart, liebte das Leben und am meisten seine Frau.

„Pete", sagte ich mit tränenerstickter Stimme, „du hättest nicht herkommen sollen. Es ist zu weit weg. Du bist verrückt."

„Machst du Witze?" Er umarmte mich fester. „Wann hast du das letzte Mal um Hilfe gebeten, Allie? Noch nie. Du kümmerst dich um alle. Diese undankbaren Arschlöcher, für die du arbeitest. Deine Freunde. Zum Teufel, du hilfst Mama und Papa und dem Rest von uns, wenn du am Wochenende kommst. Wenn die Dinge so schlimm sind, dass du mich mitten in der Nacht anrufst, denkst du, ich wäre nicht für dich da?"

„Du hättest nicht den ganzen Weg mit Kristi in ihrem Zustand fahren sollen", protestierte ich, dankbar, dass sie es trotzdem getan hatten.

Kristi kam rüber, um mich für ihre eigene Umarmung von Pete wegzuzerren. Ihr schwangerer Bauch presste sich an mich, als ihre Arme mich fest umarmten. „Oh, bitte. Als ob du nicht sofort dasselbe für uns getan hättest."

Sie hatte recht. Wenn Pete oder Kristi mich mitten in der Nacht mit einem Problem angerufen hätten, wäre ich so schnell wie möglich zu ihnen geeilt.

Pete stellte die Papiertüte auf den Tisch und sagte: „Lasst uns essen und dann kannst du uns berichten, was los ist."

Beim Verzehren von heißen Burgern und Pommes erzählte ich die Einzelheiten. Als ich zu dem Teil über die Hochzeit kam, wurde Petes freundlicher Gesichtsausdruck durch etwas Dunkles und Bedrohliches ersetzt. Er fluchte leise, stand vom Tisch auf und ging in die Küche.

Kristi warf ihrem Mann einen Seitenblick zu und nutzte seine Abwesenheit, um sich über den Tisch zu lehnen. „Er ist fantastisch im Bett, stimmt's? Das muss er sein, denn du würdest auf keinen Fall mit deinem Chef etwas anfangen, es sei denn, du hättest einen wirklich guten Grund dazu."

Ich sah kurz zu meinem Bruder, um sicherzugehen, dass er außer Hörweite war, und flüsterte zurück: „Er ist mehr als fantastisch. Cooper ist…" Bei seinem Namen stockte ich und konnte nicht zu Ende sprechen. Ich schluckte schwer und zwang mich, ehrlich zu sein.

„Es wäre einfacher, wenn es nur darum ginge, aber es ist mehr."

Wenn es nicht *mehr* gewesen wäre, hätte ich Cooper gar nicht erst angerührt. Wenn es nicht *mehr* gewesen wäre, würde es nicht so weh tun.

Kristi warf mir einen besorgten Blick zu und steckte eine Strähne ihres glatten braunen Haars hinter ihr Ohr. „Ich hab mal ein Foto von ihm gesehen, als er mit der Schlagzeugerin zusammen war. Er ist verdammt heiß, Süße, aber er ist auch ein bisschen unheimlich. *Intensiv.* Bist du abgehauen, weil du Platz brauchst zum Nachdenken oder weil du Angst vor ihm hast?"

Angst vor Cooper? *Niemals.*

Angst, dass er mir das Herz brechen würde? Davor, mich in ihn zu verlieben und dann meine Arbeit und mein Zuhause verlassen zu müssen, sobald er weiterzog? *Absolut!*

Bevor ich ihr das Gegenteil versichern konnte, kam Pete zurück an den Tisch. „Ich nehme dich mit nach Hause. Mir hat es nie gefallen, dass du für diese Typen arbeitest. Die sind gefährlich. Sie denken, sie stehen über dem Gesetz. Komm zurück nach D.C. und bleib bei uns, während du dich einlebst. Vergiss die Sinclairs und Atlanta. Du brauchst einen Neuanfang."

Ich starrte Pete verblüfft an. Mein Job war nicht gefährlich. Ich verbrachte den ganzen Tag am Schreibtisch. Andererseits, angesichts der Tatsache, in was Tsepov und Maxwell verwickelt waren, hatte Pete nicht ganz Unrecht. Aber das bedeutete nicht, dass ich gehen wollte.

Selbst, wenn ich es täte, würde Cooper mich nie gehen lassen. Nicht auf diese Weise, ohne dass wir uns ausgesprochen hatten. Egal, was er über mich glaubte, das konnte ich ihm nicht antun.

„Pete", sagte ich sanft, „ich kann Sinclair Security nicht verlassen."

„Warum zum Teufel nicht? Du bist ihnen nichts schuldig. Sie lassen es zu, dass ihr Vater über dich Lügen verbreitet, ihre Mutter dich wie Scheiße behandelt, und jetzt diese Sache mit deinem Chef. Du verdienst was Besseres."

Dem konnte ich nicht widersprechen. Ich verdiente etwas Besseres als Maxwells Lügen und Laceys Beschimpfungen.

Aber verdiente ich jemanden Besseres als Cooper?

Gab es jemanden Besseres als Cooper?

Nein, und das weißt du, flüsterte mein verräterisches Herz. *Niemand ist besser als Cooper.*

„Ich kann nicht einfach kündigen", protestierte ich.

„Warum nicht?", schoss Pete zurück.

Ich dachte an Coopers eisblauen Blick. „Cooper lässt mich nicht gehen", sagte ich ohne nachzudenken.

„Du bist hier, nicht wahr? Du gehörst ihm nicht, und ich kann nicht glauben, dass du dich von ihm so kontrollieren lässt."

„Er kontrolliert mich nicht." Pete verstand es nicht, und ich wusste nicht, wie ich es ihm begreiflich machen sollte. „Ich weiß nicht, ob ich gehen will, ich brauchte nur etwas Zeit zum Nachdenken."

„Dann komm mit uns nach Hause und wir verstecken dich an einem sichereren Ort. Irgendwo, wo du allein sein kannst, bis du herausgefunden hast, was du willst."

„Pete, es gibt keinen Ort, an den ich gehen kann, an dem Cooper mich nicht finden wird."

Mein Bruder lehnte sich über den Tisch und nahm meine Hände in seine. „Hörst du nicht, wie unheimlich das klingt, Kleine?"

„Es ist nicht so, wie du denkst." Ich zog meine Hände zurück und schlang meine Arme verunsichert um meine Brust.

So war es nicht. Cooper war hier nicht der Bösewicht.

Ich war wütend auf ihn, klar. *Wütend. Verwirrt. Erniedrigt.* Aber das machte ihn nicht zum Bösewicht. Ich war einverstanden, dass Maxwell und Lacey die Bösen waren, aber nicht Cooper.

„Pete", sagte ich leise und versuchte, ihn dazu zu bringen, seine Beschützerrolle als großer Bruder beiseite zu schieben und zuzuhören, „ich bin nicht weggelaufen, weil ich Angst vor Cooper habe. Er würde mich niemals verletzen oder zulassen, dass mich etwas verletzt."

„Mit Ausnahme seiner Familie. Er stand daneben und hat zugelassen, dass sie dich verletzt haben."

Ich biss mir auf die Lippe, um den instinktiven Protest zurückzuhalten. Er hatte nicht Unrecht. Maxwell und Lacey hatten mich verletzt, und zwar sehr. Indem er ihnen geglaubt hatte, war Cooper auch ein Teil des Problems.

Pete spürte seinen Vorteil und machte weiter. „Wenn du keine Angst vor ihm hast, warum versteckst du dich dann? Warum die Täuschung, um wegzukommen?"

„Weil sie verletzt und gedemütigt ist, du süßer Idiot", griff Kristi ein. Pete versuchte, sich über ihre Unterbrechung zu ärgern, aber seine Augen wurden weich, als er seine Frau ansah. Sie nahm seine Hand und drückte seine Finger.

Sie sah mich an und fragte: „Habe ich Recht? Du bist noch nicht fertig mit ihm, und du willst nicht, dass er mit dir fertig ist. Du brauchst nur etwas Zeit für dich, aber Cooper

Sinclair ist viel zu sehr daran gewöhnt, das Sagen zu haben, um es dir zu geben."

Ich lächelte meine Schwägerin dankbar an. „Ja, ziemlich genau. Ich bin mir nicht sicher, ob ich es ertragen kann, wieder arbeiten zu gehen, wenn ich weiß, was alle von mir denken."

„Deshalb solltest du mit uns nach Hause kommen", sagte Pete erneut. „Wenn du dir so sicher bist, dass Sinclair dir folgen wird, dann bring ihn dazu, dir nach Hause zu folgen. Er kann in deinem Revier mit dir reden."

Ich *könnte* das tun, aber... Petes Worte trafen nicht ganz zu. D.C. war schon lange nicht mehr mein Zuhause.

Atlanta war zu Hause.

Cooper war zu Hause.

Na toll. Gab es eine Möglichkeit, zurück nach Atlanta zu gehen, und nicht allen bei der Arbeit begegnen zu müssen? Allein der Gedanke, ihnen allen in die Augen zu sehen und zu wissen, dass sie dachten, ich hätte mit Maxwell geschlafen, machte mich krank.

„Alice", brummte Pete, „ich würde am liebsten da runtergehen und ihm sagen, dass er dich verdammt nochmal in Ruhe lassen soll."

„Nein, Pete, tu das nicht."

Ich liebte meinen großen Bruder. Er war der Beste, und kein Schwächling, aber Cooper war ein Kopf größer und durchtrainiert, während Pete schon seit Jahren keine Liegestütze mehr gemacht hatte. Wenn sie sich prügeln sollten, hatte ich keine Illusionen darüber, wer gewinnen würde. Es wäre vorbei, bevor ich blinzeln könnte und mein Teddybär von einem großen Bruder würde mit dem Gesicht nach unten auf dem Boden liegen.

Es war Pete hoch anzurechnen, dass er nicht behauptet hatte, er könne Cooper fertigmachen. „Alice, ich lasse nicht zu, dass er auf dir herumtrampelt. Du hast dir genug von

Steve gefallen lassen. Wenn du diesen Kerl willst, gut, aber lass ihm diese Scheiße nicht durchgehen."

Die Empörung wich aus mir und ich sank entkräftet in meinen Stuhl zurück. „Ich weiß. Ich bin so wütend auf ihn. Wie konnte er denken, ich hätte meinen Mann betrogen? Und mit seinem Vater? *Seinem Vater?!* Maxwell war ein widerlicher Aufreißer. Nicht, dass ich untreu gewesen wäre, aber wenn, hätte ich zumindest besseren Geschmack gehabt!"

Ein frustriertes Knurren entfuhr meiner Kehle und ich starrte auf die vernarbte Tischoberfläche. Jedes Mal, wenn ich dachte, ich wäre drüber hinweg, erinnerte ich mich daran, wie Cooper sagte, dass er mir vergab. *Mir vergab!* Als wäre *ich* diejenige, die in dieser beknackten Situation Vergebung brauchte. Er sollte *mich* um Vergebung bitten. Sie *alle* sollten das.

Es war klar, dass ein Tag Abstand nicht ausreichend war, um mich zu beruhigen und einen klaren Kopf zu bekommen. Inmitten dieses ganzen Durcheinanders war es das Einzige, was ich mit Sicherheit wusste. Ich stand immer noch zu sehr auf dem Kopf, um irgendwelche Entscheidungen zu treffen.

„Was willst du tun?", fragte Kristi sanft.

„Ich weiß es nicht", antwortete ich mit einem Stöhnen schierer Frustration. „Ich bin immer noch zu wütend, um klar denken zu können. Ist es in Ordnung, wenn ich noch ein paar Tage hier bleibe?"

„Natürlich", sagte sie sofort. „Die Hütte ist erst ab Freitag gebucht, du hast also noch etwas Zeit."

Ich nickte, wobei ich mit einem Finger über eine Rille in der Tischplatte fuhr.

„Hast du vor, zurück zur Arbeit zu gehen?", fragte Kristi.

Allein der Gedanke daran ließ eine Stimme in meinem Kopf laut rufen: *Auf keinen Fall!* Ich stellte mir vor, wie ich durch die Tür ging, alle Augen auf mich gerichtet, wissend, dass sie dachten, ich hätte mit Maxwell geschlafen, und dass er mich eingestellt hatte, weil ich sein Bett warm gehalten hatte.

Auf gar keinen Fall.

Aber was bedeutete das? Hatte ich vor, Sinclair Security zu verlassen? Meine Arbeitsstelle aufzugeben? *Cooper aufzugeben?*

Eine ebenso laute Stimme kam aus meinem Herzen: *Nein, auf keinen Fall Cooper!*

Mit Cooper zusammen zu sein war-

Ich drückte meine Handflächen auf meine geschlossenen Augenlider, bis meine Vision in weiße Sterne explodierte, und versuchte, meine Gedanken zu ordnen.

Ich wollte weglaufen.

Ich wollte bleiben.

Ich wollte nie wieder jemanden von der Arbeit sehen.

Ich wollte Cooper.

Ich wollte nach Hause.

Und ich war verdammt sauer auf Lacey, Maxwell und Cooper, weil sie mich in diese schreckliche Lage gebracht hatten.

Ich war noch nicht fähig, irgendwelche Entscheidungen zu treffen.

Wenn ich auch sonst nichts wusste, wusste ich das mit Sicherheit.

Kristi schob mir einen Burger und Pommes unter die Nase. „Iss und hör auf mit dem Grübeln. Du kannst hier bleiben, bis du dich ein wenig beruhigt hast. Du musst dich nicht sofort entscheiden."

Pete stieß einen Seufzer der Niederlage aus und griff nach einem Keks, den Kristi ihm über den Tisch schob. „Danke, Schatz."

Er nahm einen Bissen, kaute und dachte nach, bevor er sagte: „Wir nehmen den Mietwagen mit. Wie ich ihn kenne, wird er dich sowieso finden, bevor du bereit bist, zu gehen. Wenn er das nicht tut, holen wir dich nach Hause. Wenn wir den Wagen stehen lassen, wird es zu einfach sein, dich bis zur Hütte zurückzuverfolgen, nachdem sie erst einmal herausgefunden haben, wie du aus Atlanta rausgekommen bist."

„Danke, Pete. Ich stehe tief in eurer Schuld."

„Du kannst dich mit Babysitten revanchieren."

Kristi stieß mich an die Schulter. „Hast du etwas dagegen, wenn wir bis morgen hier bleiben? Wir könnten im See schwimmen und Pete kann angeln."

„Natürlich nicht. Die Hütte gehört dir, und ihr seid den ganzen Weg hierhergefahren."

Meine Augen wurden feucht bei dem Gedanken, dass diese beiden Menschen ihre Pläne fallen gelassen und sich auf eine siebenstündige Fahrt begeben hatten, nur um sicherzugehen, dass es mir gut ging. Was auch immer sonst in meinem Leben schief gelaufen war, ich hatte Glück, so geliebt zu werden.

Kristi stieß mit ihrer Schulter wieder an meine, ein liebevolles Lächeln auf ihrem hübschen Gesicht. „Jetzt fang bloß nicht an zu weinen, Allie, sonst denke ich noch, dass wir einer Invasion der Körperfresser ausgesetzt sind."

Ich konnte nicht anders, als sie durch meine Tränen hindurch anzulächeln. Mein geprelltes Herz schmerzte vor Liebe. Ich legte einen Arm um ihre Schulter und umarmte sie ganz fest. „Ich bin so froh, dass mein Bruder dich geheiratet hat."

Kristi lehnte ihren Kopf an meinen. „Ich auch, Süße, ich auch."

24

COOPER

Montagmorgen ging ich ins Büro und wünschte mir verzweifelt, Alice hinter dem Schreibtisch sitzen zu sehen, ihre roten Lippen zu einem frechen Lächeln verzogen, ein neckender Ausdruck in ihren Augen. Verdammt nochmal, ich konnte mich mit allem abfinden. Kälte. Wut. Mit allem außer ihrer Abwesenheit.

Ihr Stuhl war leer. Vielleicht war ich nur zu früh dran?

Als eine Stunde später das Telefon auf meinem Schreibtisch klingelte, wusste ich, dass Alice nicht kommen würde.

Ich nahm den Anruf entgegen und leitete alle Anrufe zum Schreibtisch eines Praktikanten weiter, nachdem ich ihm gesagt hatte, dass Alice heute nicht da war. Dann versuchte ich, mich auf die Arbeit zu konzentrieren und sagte mir, sie käme zurück, wenn sie so weit wäre. Ich versuchte, dem Drang zu widerstehen, sie aufzuspüren, aber mit jedem Augenblick, der verging, zerbröckelten meine Gründe, ihr Freiraum zu geben.

Als mir klar wurde, dass ich zwei Stunden an einem Job-Vorschlag gearbeitet hatte, für den ich normalerweise fünfundvierzig Minuten gebraucht hätte, war ich bereit, alles beiseite zu schieben und-

Was? Was dachte ich, was ich tun sollte? Sie finden und zwingen, nach Hause zu kommen?

Diese Idee fing mittlerweile an, wirklich reizvoll zu klingen. Es gab bereits genug, wofür ich mich entschuldigen musste. Was war da eine Sache mehr? Ich zwang mich dazu, an meinem Schreibtisch zu bleiben und wurde mit jeder Minute, die verging, unruhiger.

Nicht lange nach dem Mittagessen schlenderte Evers in mein Büro und ließ sich auf einen der Stühle gegenüber von meinem Schreibtisch fallen. „Ich habe einen Anruf von Agent Holley bekommen", sagte er. „Es besteht Verdacht, dass Vater sich in Texas aufhält. Kein Wort über Tsepovs Verbleib, aber die Dinge in Vegas scheinen sich geändert zu haben. Seine Leute haben sich zerstreut und es sieht so aus, als hätte eine rivalisierende Gruppe die Lücke geschlossen. Trotzdem denke ich, dass Axel und Emma hierbleiben sollten, bis wir Vater gefunden haben."

„Ja, das ist gut", sagte ich, meine Augen blind auf dem Bildschirm vor mir.

„Coop? Hast du mich gehört?"

„Ja. Vater könnte in Texas sein. Tsepov hat Vegas verloren. Axel und Emma sollen hierbleiben. Alles klar. Du kannst jetzt gehen."

Evers ging jedoch nicht. Er saß dort, ein Knöchel auf das Knie gestützt, und lehnte sich in seinem Stuhl zurück, offensichtlich bereit, eine Weile zu bleiben. Ich wartete und wusste, dass er nicht in der Lage sein würde, seinen Mund zu halten. Von uns beiden hatte ich das Schweige-Spiel immer gewonnen.

„Wo ist Alice, Cooper?"

„Nicht hier", antwortete ich.

„Ist sie oben? Krank?"

„Nein."

Ich wollte Evers nicht erzählen, was passiert war. Ich liebte meinen Bruder - sie alle -, aber das Letzte, was ich brauchte, war, sie in meine Scheiße hineinzuziehen.

Leider spielte Alice sowohl auf der Arbeit als auch in unserem Privatleben eine große Rolle. Außenstehende würden sie nur als Empfangsdame sehen, aber Alice war mehr als nur ein Rädchen im Getriebe.

Alice war der Dreh- und Angelpunkt. Sie erleichterte die Kommunikation zwischen den verschiedenen Teams, bestellte Material und kümmerte sich um den Zeitplan. Wir konnten ein oder zwei Tage ohne sie auskommen, manchmal länger, wenn wir ihre Abwesenheit eingeplant hatten, aber jede Minute, die ohne sich verstrich, war im ganzen Büro zu spüren.

Ich hatte nicht nur mein Privatleben versaut, sondern auch den Arbeitsablauf aller anderen. Das konnte ich auf keinen Fall geheim halten.

Vor allem nicht, da Axel bereits wusste, was vor sich ging.

Er hatte das ganze Wochenende über geschwiegen, um die Feier nicht zu ruinieren, aber die Hochzeit war vorbei. Die Frischvermählten waren in die Flitterwochen gefahren, und alle waren zur Normalität zurückgekehrt.

Alle, außer mir und Alice.

Ich schob mich von meinem Schreibtisch zurück und durchquerte den Raum bis zu der Getränkebar in der Ecke. Ich benutzte sie hauptsächlich für Kaffee, hatte aber einen kleinen Vorrat an alkoholischen Getränken, wenn Kunden gelegentlichen eine zusätzliche Stärkung brauchten.

Sie kamen aus allen möglichen Gründen zu uns. Einige standen unter großem emotionalem Stress, und hin und wieder war etwas Stärkeres genau das, was sie brauchten. Ich konnte mich nicht erinnern, wann ich das letzte Mal während der Arbeitszeit selbst Alkohol getrunken hatte. Als ich mir einen großzügigen Schluck Whisky einschenkte und mich wieder hinsetzte, wusste Evers, dass die Kacke am Dampfen war.

„Was zum Teufel, Cooper? Wo ist Alice? Was hast du getan?"

„Warum nimmt jeder immer an, dass ich etwas getan habe?"

„Weil ich erlebt habe, wie Alice zur Arbeit kam, als sie halb tot war wegen der Grippe. Wenn sie eine Migräne hatte. Am Tag nach der Beerdigung ihres Großvaters. Ihr beide seid verschwunden, bevor die Hochzeitstorte am Samstagabend angeschnitten wurde, und seid am Sonntag den ganzen Tag nicht aufgetaucht. Was zum Teufel ist passiert? Geht es ihr gut?"

„Interessiert es dich nicht, ob es mir gut geht?", fragte ich spöttisch.

Evers betrachtete die bernsteinfarbene Flüssigkeit in meinem Kristallglas. „Nein, ich kann auch so sehen, dass du ein verdammtes Wrack bist."

Er wartete meine Antwort gar nicht ab, schaute auf sein Telefon und tippte eine Nachricht ein.

„Wem schreibst du?", forderte ich.

Er beantwortete meine Frage nicht, sondern wies mit dem Kopf in Richtung meines Glases. „Werde ich es auch brauchen?"

Ich ignorierte ihn, da ich bereits wusste, wer am anderen Ende der Leitung war. Meine Vermutung wurde bestätigt, als Axel und Knox innerhalb einer Minute hereinspazierten.

Axel nahm meine trüben Augen wahr, den Whiskey in der Hand, und lachte. „Scheiße, Bruder. Sie hat dich verdammt nochmal zerstört, nicht wahr? Du hast sie immer noch nicht gefunden?" Er fiel in den Stuhl neben Evers.

„Offensichtlich nicht", sagte ich.

Knox schloss die Tür hinter sich. „Cooper trinkt tags-über? Scheiße, was ist passiert? Geht es Alice gut?" Er zog einen Stuhl heran, stellte ihn an der Ecke meines Schreibti-sches hin, ließ sich hineinfallen und wartete.

„Ich weiß es nicht", gab ich zu. „Sie hat die Hochzeit am Samstagabend mit meinem Auto verlassen, ist hierher zurückgefahren, hat ihre Handtasche und ihr Telefon liegen lassen und ist verschwunden."

„Es muss etwas wirklich Schlimmes sein", fügte Evers hinzu, als er mit Knox und Axel sprach und mich ignorierte, „Ich könnte noch verstehen, wenn Alice ihn zappeln ließe, aber nicht zur Arbeit zu kommen? Sie weiß, dass sie diesen Ort am Laufen hält. Sie würde uns nicht im Stich lassen, es sei denn, Coop hier hat die Sache gründlich vermasselt. Also, was hast du getan?"

Ich öffnete meinen Mund, um zu antworten, aber Axel sprach zuerst: „Mutter hat sie beim Empfang angegriffen und ihr Vaters verdammte Lügen über eine Affäre mit ihm ins Gesicht geworfen. Cooper hat ihr dann gesagt, dass es schon lange her ist und er ihr vergeben hat."

„Das habe ich verdammt noch mal nicht gesagt", protes-tierte ich, aber Evers und Knox würgten mich ab.

„Willst du mich verfickt nochmal verarschen?" Evers warf mir einen so angewiderten Blick zu, dass ich in meinen Stuhl zurücksank. „Was zum Teufel meinst du damit, dass es schon lange her ist und du ihr vergeben hast? Erzähl mir nicht, dass du diesen *Schwachsinn* geglaubt hast. Vater hat es mir einmal erzählt und ich habe es ihm nicht abgenommen. Ich musste Alice nicht einmal kennen, um zu wissen, dass es eine Lüge war."

„Ich wusste es nicht, okay?" Die Ausrede klang sogar in meinen Ohren erbärmlich. „Er hat mich zur Seite genommen und mir gesagt, sie hätten was miteinander und sie sei heiß, aber ihr Mann wäre eifersüchtig und ich solle Abstand halten."

„Und das hast du ihm abgekauft?", fragte Evers. Ich musste mich fragen, was mir im Gegensatz zu ihm entgangen war.

„Hätte ich gewusst, dass du auf seine Scheiße reingefallen bist, hätte ich etwas gesagt", sagte Knox ernst. „Er hat gelogen, Coop."

„Er hat ständig über seine Affären gelogen", warf Evers ein.

„Ja, das hat er, aber das war anders", sagte Knox. Er sah mich an und schüttelte den Kopf. „Es tut mir leid, Coop."

„Willst du damit sagen, dass es mehr war als seine übliche Prahlerei? Er hat sich das aus einem bestimmten Grund ausgedacht?", fragte Axel.

„Es war ein paar Wochen, nachdem Alice bei uns angefangen hatte. Einer der Jungs - Jason, der nicht mehr hier ist - hatte sie angemacht. Er benahm sich wie ein richtiges Arschloch, und als ich ihn beiseite nahm, um ihn zur Rede zu stellen, sagte er mir, er könne es ebenfalls bei ihr versuchen, wenn Vater sie eh schon gefickt hätte. Ich hab' dem Scheiß ein Ende gemacht und Vater konfrontiert."

„Es ist gut, dass Jason weg ist, sonst würde ich ihn umbringen", murmelte ich.

Knox schüttelte den Kopf. „Vater hatte mir erzählt, dass du wegen der neuen Empfangsdame ganz aus dem Häuschen warst. Es war ihm scheißegal, dass sie verheiratet war, aber er sagte, du wärst zu jung, um dich zu binden. Er mochte es nicht, wie du sie angesehen hast, also hat er sich diese Affäre aus dem Arsch gezogen, um dich von ihr abzuschrecken."

„Warum zum Teufel hast du mir das nicht gesagt?", forderte ich, zuckte nach vorne und warf fast den Rest meines Whiskys um.

Evers schob das Glas aus dem Weg, bevor er seinen Kopf

zur Seite neigte und mich nachäffte. „Ja, warum hast du uns das nicht gesagt?"

Knox hob seinen Blick kurz zur Decke. „Ich wünschte, ich hätte es. Cooper musste wegen irgendetwas aus der Stadt - ich weiß nicht mehr, warum - und ich hatte auch einen Auftrag, der mich vom Büro fernhielt. Als wir beide wieder zurück waren, schien alles normal. Alice hatte sich eingewöhnt, Vater ignorierte sie, und alles war in Ordnung. Es schien keinen großen Grund gegeben zu haben, es zu erwähnen."

„Du hättest es mir sagen sollen", sagte ich, krank bei dem Gedanken, dass mein Vater mich so leicht durchschaut hatte, und meine Gefühle für Alice so leicht vergiften konnte, indem er über sie gelogen hatte.

„Es war ja nicht so, dass du sie trotzdem hättest haben können. Sie war verdammt nochmal verheiratet! Bin ich der Einzige, der sich daran erinnert?", schoss Knox zurück.

„Ich erinnere mich", knurrte ich.

„Alice hat diesen Bastard nie betrogen", sagte Evers, seine Stimme so tief und rau wie meine. „Mein Gott, ich kann nicht glauben, dass du sie beschuldigt hast, mit Vater geschlafen zu haben. Kein Wunder, dass sie abgehauen ist."

„Ich habe sie nicht beschuldigt", presste ich zwischen knirschenden Zähnen hervor. „Das war Mutter. Ich habe lediglich versucht, ihr zu sagen, dass es mir egal war."

„Ja, das ist ja gut gelaufen", murrte Evers.

„Sie hätte mit mir darüber reden können", protestierte ich.

„Versetz dich in ihre Lage", unterbrach Knox. „Sie hat nicht nur herausgefunden, dass du glaubst, sie hätte Ehebruch begangen und mit ihrem Chef geschlafen, sondern denkt wahrscheinlich auch, dass alle anderen Bescheid wissen. Ich wäre an ihrer Stelle auch nicht zur Arbeit erschienen."

Scheiße!

„Sie hat nicht vor, zurückkommen, oder?", fragte ich in den Raum hinein, obwohl ich die Antwort bereits kannte.

Ich hatte mich so sehr auf das konzentriert, was mit Alice und mir passierte, dass ich über diesen Teil nicht nachgedacht hatte. Ich hatte mich gerade erst davon überzeugt, ihr Zeit zu geben und sie alleine zurückkommen zu lassen, aber wenn sie dachte, dass das ganze Büro glaubte, sie hätte mit meinem Vater geschlafen, würde Alice vielleicht nie zurückkommen.

„Ich muss sie finden", sagte ich. „Sie benutzt ihre Karten nicht, ist nicht geflogen und hat keine öffentlichen Verkehrsmittel genommen. Sie hat kein Auto gemietet, soweit ich das nachverfolgen kann. Ich bin in einer Sackgasse gelandet."

Axel saß neben dem Telefon auf meinem Schreibtisch, lehnte sich vor, griff nach dem Hörer und wählte. Eine Sekunde später sagte er: „Jackson, Coopers Büro."

Evers fragte: „Kannst du sie nicht verfolgen? Hat sie ihr Auto stehen lassen?"

Ich nickte. „Die Kameras zeigen, wie sie das Gebäude am Samstagabend um halb zwölf verlässt und nach rechts geht, bevor sie verschwindet. Ich habe darüber nachgedacht, ihre Freunde und ihre Familie zu überprüfen, aber sie zu stalken, schien mir keine gute Idee zu sein."

„Normalerweise würde ich dir zustimmen", fing Axel an, „aber nachdem Mutter sie so behandelt hat und Alice annimmt, dass alle im Büro glauben, dass Vater was mit ihr hatte, denke ich, dass deine einzige Option ist, zum Stalker zu werden. Wenn du sie nicht findest, besteht eine gute Chance, dass sie vielleicht nicht mehr zurückkommt."

Axel hatte Recht.

Alice liebte ihre Arbeit, aber sie war nicht darauf angewiesen. Sie verdiente ein sattes Gehalt und hatte niedrige Lebenshaltungskosten. Sie war klug genug gewesen, ihr Geld auf einem sehr robusten Investitionskonto anzulegen. Mit dreiunddreißig konnte sie zwar nicht in Rente gehen, aber sie stand nicht unter dem Druck, ihren Gehaltsscheck am Freitag abholen zu müssen.

Außerdem war sie nicht alleine auf der Welt. Alice hatte Freunde und eine große Familie, die sie vergötterte.

Wenn sie aussteigen und irgendwo anders neu anfangen wollte, konnte sie das tun. Wenn sie sich verstecken und uns allen monatelang aus dem Weg gehen wollte, konnte sie das wahrscheinlich auch tun…

Es war an der Zeit, die schweren Geschütze aufzufahren.

Lucas kam durch die Tür geschlendert. Sein Blick fiel auf mich, als er fragte: „Du willst, dass ich Alice für dich finde?"

Lucas Jackson. Er hatte seine Fühler überall und wusste alles, was im Büro vor sich ging. Scheiße, er wusste alles, was in ganz Atlanta vor sich ging. Er leitete das, was wir scherzhaft unsere *Hacker-Abteilung* nannten. Seine offizielle Stellenbeschreibung war: Leiter für Informationstechnologie. Es klang harmlos, als würde er mit Netzwerken arbeiten und Drucker reparieren.

In Wirklichkeit war Lucas derjenige, der uns Informationen besorgte. Er konnte in jedes System eindringen, egal, wie sicher es war, und er hatte auch Fähigkeiten für den Außendienst. Sein Team bewegte sich nahtlos zwischen den Welten von Nullen und Einsen und Fleisch und Blut. Er konnte fast alles mit Hilfe einer Tastatur vollbringen und war ebenso in der Lage, jeden Außeneinsatz zu bewältigen, den wir ihm vorsetzten.

Lucas war ein wenig unheimlich. Wenn er etwas über dich wissen wollte, fand er es heraus. Und wenn jemand Alice finden würde, dann war es Lucas. Ich konnte nur hoffen, dass sie mir verzeihen würde, dass ich ihn auf sie losließ.

Ich würde einen Weg finden, alles wieder in Ordnung zu bringen.

Ich würde vor ihr kriechen.

Ich würde betteln.

Wenn Lucas mir sagen könnte, wo Alice war, würde ich alles tun, um sie zurückzubringen.

25

ALICE

Kristi und Pete blieben über Nacht. Im Gegensatz zu mir hatte Kristi daran gedacht, einen Badeanzug mitzunehmen. Sie trieb im kühlen Wasser, ein glückseliges Lächeln auf den Lippen, als sie sich endlich schwerelos fühlte, nachdem sie in der Hitze des Frühherbstes ihren schwangeren Bauch herumtragen musste.

Pete zog ein Kajak aus dem Schuppen und paddelte mit seiner Angelrute davon, sodass wir genügend Zeit hatten, uns über Familienklatsch und Babypläne zu unterhalten. Ein paar Stunden später kehrte er lächelnd und ohne Fisch zurück, bereit, den Grill anzuzünden und die Steaks zu grillen, die sie in der Stadt zusammen mit dem Mittagessen gekauft hatten.

Sie reisten am nächsten Morgen nach einem späten Frühstück ab, wobei Pete den Mietwagen fuhr und Kristi am Steuer ihres Kombi saß. Mein großer Bruder hatte mich vor seiner Abreise fest umarmt. Seine Stimme war schroff, als er versprach: „Wenn der Typ das nicht in Ordnung bringt, sag es mir. Ich komme dich holen und bringe dich nach Hause."

Ich hatte ihn zur Antwort genauso fest gedrückt. „Liebe dich, Petey."

„Ich dich auch, Allie."

Dann waren sie weg, und ich war wieder alleine mit meinen Gedanken. Ich versuchte, mich mit seinen übrig gebliebenen Würmern und der Angelrute abzulenken, warf die Leine am Ende des Docks aus und zog winzige Sonnenfische und Baby-Barsche an Land. Ich warf sie immer wieder zurück ins Wasser, bis alle Würmer weg waren und die Sonne den Horizont berührte.

Mit den Füßen im kühlen Seewasser beobachtete ich, wie die untergehende Sonne leuchtend rot über die glitzernde Oberfläche streifte. Es war zu still.

Ich war einsam.

Vielleicht war es nicht der beste Plan, alleine zu sein, um nachzudenken. Die Gedanken kreisten immer noch in meinem Kopf herum. Ich war wütend und herzkrank, traurig und empört, wollte am liebsten auf Cooper einschlagen, und vermisste gleichzeitig seine starken Arme.

Mir war nicht klar, wie sehr ich mich auf ihn verlassen hatte, bis er zum letzten Menschen wurde, den ich sehen wollte. Genau das war der Grund, warum Freunde nicht miteinander schlafen sollten. Mit wem konnte man denn reden, wenn etwas schiefging? Ich wusste, dass ich Kristi oder eine meiner Freundinnen anrufen konnte, oder sogar meine Mutter.

Komischerweise brauchte ich sie nicht, sondern Cooper.

Und er war der letzte Mensch, mit dem ich darüber reden konnte. Ich wusste bereits, was er sagen würde.

Ich sah zu, wie die Sonne im See versank, und zwang mich zum Nachdenken. Es würde nicht lange dauern, bis Cooper mich aufspürte. Ich war kein kriminelles Superhirn. Cooper kannte Pete und Kristi, und wusste, wo sie arbeiteten. Jetzt, da das Wochenende vorbei war und alle von der Hochzeit zurück waren, würde er alles *und jeden* zur Verfügung haben, um mich zu finden.

Ich musste entscheiden, was ich wollte, bevor er es tat.

Wie aus dem Nichts kam es mir in den Sinn, dass Cooper mich hundertprozentig holen würde. Ich war mir absolut sicher, dass Cooper mich trotz allem, was er über mich und seinen Vater glaubte, immer noch wollte.

Ich war zu recht wütend auf Lacey und Maxwell, aber warum war ich so wütend auf Cooper?

Ich war eine Fremde, als er mich kennengelernt hatte, und Maxwell war sein Vater. Natürlich hatte er ihm geglaubt. Zu dem Zeitpunkt, als er mich gut genug kannte, um selbst zu urteilen, war Maxwells Geschichte über unsere Affäre längst Vergangenheit.

Eine alte Geschichte, genau wie Cooper gesagt hatte.

Als ich den See beobachtete und der Abend zur Nacht wurde, wurde mir klar, dass ich zwar auf Lacey und Maxwell wütend war, aber bei Cooper ging es mir mehr um Scham als um Wut.

Ich konnte den Gedanken nicht ertragen, ihm gegenüberzutreten. Es war widersinnig. Ich hatte nichts Falsches getan. Er war derjenige, der zu beschämt sein sollte, um mir in die Augen zu schauen.

Warum war es also genau umgekehrt? Warum zuckte ich jedes Mal zusammen, wenn ich seine Stimme hörte, die mir sagte, dass es keine Rolle mehr spielte?

Ich dachte an meinen Schreibtisch bei Sinclair Security, der den ganzen Tag leer gestanden hatte. In fast zehn Jahren hatte ich noch nie einen Tag ohne Vorankündigung gefehlt. *Niemals.* Sogar als ich krank war, hatte ich immer noch E-Mails und Telefonate erledigt. So sehr ein Teil von mir den Schwanz einziehen und weglaufen wollte, konnte ich nicht vergessen, dass Sinclair Security mein Zuhause war.

Die Brüder hatten das Familienunternehmen kurz nach meiner Einstellung vor ihrem Vater gerettet und es von der erfolgreichsten Sicherheitsbehörde im Südosten zu der besten in ganz Nordamerika gemacht. Ich wusste, wie viel sie eingenommen hatten, als Maxwell noch am Ruder war, und diese Zahlen waren nichts im Vergleich zu dem Geschäft, das sie jetzt machten.

Ich war bei jedem Schritt dieses Weges dabei. Wollte ich das alles einfach hinter mir lassen?

Nicht zur Arbeit zu erscheinen, würde nicht nur Cooper Probleme bereiten. Dem wütenden, verlegenen Teil von mir war das scheißegal, aber dem, der sich fast ein Jahrzehnt lang den Arsch aufgerissen hatte, und stolz auf seine Arbeit war, war es nicht egal.

Es war nicht die Schuld aller anderen, dass Maxwell ein Arschloch war und Cooper ein Dummkopf. Der größte Teil des Büros war damals noch gar nicht da gewesen. Sie hatten es nicht verdient, für die Fehler der Sinclair Idioten zu büßen.

Und ich verdiente ein tolles Gehalt mit einem großen, jährlichen Bonus, wohnte in einer Wohnung vor Ort, die praktisch kostenlos war, und hatte aufgrund dessen ein beachtliches Investitionsportfolio angesammelt. Wenn ich nicht zu Sinclair Security zurückgehen wollen würde, bräuchte ich das auch nicht. Ich musste arbeiten, aber ich hatte genug gespart, um mir Zeit für andere Pläne zu lassen.

Mir fehlte meine Familie. Es gab viele Unternehmen in D.C., die gerne jemanden mit meinen spezifischen Fähigkeiten einstellen würden. Ich könnte nach Hause ziehen und meine Familie öfter sehen, könnte dabei sein, wenn Kristi und Petes Baby auf die Welt kam.

Ich wollte schon immer eine Familie gründen, aber ich hatte mich zurückgehalten, weil ich wusste, dass meine Ehe schon lange vor unserer Scheidung in die Brüche gegangen war. Ich versuchte, das Ticken meiner biologischen Uhr zu ignorieren, aber ich war mir meiner selbst bewusst genug, um zu verstehen, warum ich so aufgeregt war über den Familien-nachwuchs. Selbst wenn ich eine weitere Beziehung vermas-selt hatte, könnte ich für Pete und Kristis Kind da sein.

Die Idee, nach Hause zu gehen, schwebte in meinem Kopf als ein verschwommenes, vages Potential herum. Es war eine Möglichkeit, fand aber wenig konkreten Anklang. Ich liebte D.C. als meine Kindheitsheimat, aber es war nicht mehr mein Zuhause. Ich liebte und vermisste meine Familie, aber ich würde die Familie vermissen, die ich in Atlanta gegründet hatte.

Am Montagabend lag ich im Bett und wälzte hin und her, wobei sich meine verwirrten Emotionen langsam klär-ten, während ich nach Schlaf suchte.

Ich wollte Maxwell töten.

Ich wollte Lacey Sinclair nie wiedersehen.

Ich vermisste Cooper, was ein Loch in mein Herzen brannte.

Ich stand an der Küchentheke und sah der Kaffeema-schine bei der Arbeit zu, als sich die Eingangstür hinter mir öffnete. Ich wirbelte erschrocken herum, meine Angst schnell durch den Gedanken ersetzt, dass mein Schicksal endlich vor mir stand.

Das Schicksal oder Cooper Sinclair.

In dem Moment schien es wie ein und dasselbe.

Cooper trat durch die Tür und alles in mir blieb stehen. Wie eine zu stark aufgezogene Uhr blieb ich für einen endlosen Moment still und starrte ihn an, als meine Seele jeden Zentimeter von ihm aufsog.

Langsam wurde mir mein Herzschlag bewusst und der Atem in meiner Lunge.

Cooper, der an der Tür wartete, hatte eine ungewohnte Wolke der Unschlüssigkeit an sich.

Ich wartete drauf, dass meine aufgestaute Wut einschlug

und mich wieder zum Leben erweckte, aber sie war nirgends zu sehen. Alles, was ich fühlte, war eine süße, lindernde Erleichterung wie ein Balsam auf meiner Seele.

Cooper ist hier.

Ich war vor ihm geflohen, weil ich Raum zum Nachdenken gebraucht hatte, nur um festzustellen, dass ich ohne ihn die Emotionen nicht entwirren konnte. Warum er die Antwort auf ein Problem sein sollte, das er mitverursacht hatte, wusste ich nicht.

Ich blieb, wo ich war. Meine Augen brannten mit Tränen, als ich wartete.

Er stand immer noch in der Tür, eine Hand mit einer weißen Tüte versehen, die andere noch um den Knauf geschlossen. War er nervös? Kristi hatte ein Foto von ihm gesehen und gesagt, dass er heiß und beängstigend schien. Ich war so an ihn gewöhnt, dass ich es die meiste Zeit für selbstverständlich hielt.

Während ich ihm zusah, wie er da stand und wartete, wurde mir klar, dass ich nicht die Einzige war, die von Maxwells Lügen betroffen war. Ich hatte mir Cooper als Gegner vorgestellt – als meinen Verfolger, der hinter mir her war. Dass es um sein Ego ging und darum, dass er das Sagen hatte.

Als ich die Unsicherheit in seinen Augen sah, das blasse Blau einer Flamme anstelle von Eis, taute mein Herz auf. Ich war durch Maxwells Lügen verletzt worden, Cooper aber auch.

Als er dort blieb, wo er war und keine Forderungen stellte, löste sich der enge Knoten in meinem Inneren. Ich öffnete meinen Mund, nicht sicher, was ich sagen wollte, wusste aber instinktiv, dass er Worte brauchte.

Es kam heraus: „Du bist spät dran."

Cooper lachte erleichtert. „Ich wäre gestern schon hier

gewesen, aber ich wollte die Hochzeitsfeier nicht stören, um dich aufzuspüren."

Ich zeigte auf die Tüte in seiner Hand. „Was ist das?"

„Ich wollte dir was von *Annabelle's* besorgen, aber es war eine zu lange Fahrt. Das Café in der Stadt ist nicht so gut, aber ich habe dir trotzdem Frühstück mitgebracht."

„Kaffee?", fragte ich mit hochgezogener Augenbraue.

„Den habe ich von *Annabelle's* geholt", sagte Cooper und zog einen vakuumversiegelten Thermobecher aus der Tüte. „Fettarmer Vanille-Latte."

Ich nahm den Kaffee, trat zurück und ließ ein paar Meter zwischen uns. Ich nippte und genoss das Aroma des reichhaltigen, bitteren Kaffees, der süßen Vanille und Sahne.

Vielleicht brauchte ich Kaffee, um mein Gehirn neu zu starten. Vielleicht war Cooper alles, was ich brauchte.

Er öffnete seinen Mund, aber meine Hand schoss hoch, um ihn aufzuhalten.

„Bevor du etwas sagst, muss ich dir eine Frage stellen, und ich brauche die Wahrheit. Nur die Wahrheit. Es wird nichts ändern, sogar wenn es nicht das ist, was ich hören will, aber ich muss es wissen."

Cooper nickte, die Lippen zu einer dünnen Linie zusammengepresst.

„Ich weiß, du hast gesagt, dass du willst, dass die Sache mit uns echt ist, aber als es anfing… War es wegen dem, was dein Vater dir gesagt hat? Hast du gedacht, da ich endlich geschieden bin, wäre ich scharf auf eine Affäre mit meinem Chef? War das nur praktisch für dich?"

„*Nein!*" Cooper brüllte das Wort so schnell, dass ich seine Aufrichtigkeit nicht anzweifeln konnte. Seine gebräunte Haut bekam einen aschgrauen Schimmer, und er machte einen Schritt vorwärts, bevor er sich zwang, stehenzubleiben. Jeder Muskel in seinem Körper war angespannt, und in seinen Augen loderte ein Gefühl, das ich fürchtete, zu deuten.

„Nein, Alice", brachte er schließlich hervor. „Es war nie eine Affäre. Nicht für mich. Mein Vater hatte nichts damit zu tun. Das schwöre ich."

„Warum hast du ihm geglaubt?", fragte ich und merkte, dass dies die einzige Frage war, die zählte. Warum hatte Cooper ihm Lügen geglaubt? Wie konnte er so wenig von mir halten?

Cooper verlagerte die Tüte in seinen Armen, wobei seine Augen die meinen nicht losließen, und schien seine Worte vor dem Sprechen gut zu überlegen. Schließlich antwortete er: „Mein Vater hat die ganze Geschichte erfunden, weil er wusste, dass ich etwas für dich empfand. Ich hatte nicht vor, etwas zu unternehmen. Du warst verheiratet und im Gegensatz zu meinem Vater respektierte ich das. Aber er wusste es. Maxwell wollte nicht, dass sich einer von uns auf eine Frau einlässt, außer es ging um Sex. Er dachte immer, dass es eine Falle war. Er hatte die Geschichte über eure Affäre erfunden, um mich abzuschrecken."

„Woher weißt du das?"

„Er hatte es Knox gegenüber zugegeben. Anscheinend bin ich das einzige Arschloch, das auf seine Geschichte reingefallen ist. Knox, Evers und Axel wussten alle, dass es Blödsinn war."

Meine Finger verkrampften sich um den Thermobecher. Mein Gehirn war wie leergefegt. Cooper hatte schon damals Gefühle für mich gehabt? Er war so kühl - so distanziert -, das hätte ich nie im Leben vermutet. Nicht in einer Million Jahre.

Cooper holte tief Luft und ließ sie langsam wieder raus. „Ich hätte wissen müssen, dass er gelogen hat. Ich hätte es gewusst, aber ich habe versucht, dich aus meinem Kopf zu kriegen. Du warst verheiratet und es war aussichtslos. Seit du geflüchtet bist, habe ich mich immer wieder gefragt: *Warum?* Warum konnte ich seine Lügen nicht durchschauen wie alle anderen auch? Ich glaube, ich musste dich unerreichbar machen. Maxwell lieferte mir die perfekte Ausrede, um mich davon zu überzeugen, Abstand zu halten und mich nicht mehr nach dir zu sehnen."

Ich war wie erstarrt – unfähig, mich zu bewegen. Mein Mund stand offen, die Augen weit aufgerissen, als mein Atem stockte.

Was. Zum. Teufel?

Cooper hatte mich so sehr gewollt, dass er sich nicht davon abhalten konnte, mir fernzubleiben?

Er wartete darauf, dass ich etwas sagte, aber ich war sprachlos. Von all den Dingen, die ich mir vorgestellt hatte, hätte ich mir das hier nie träumen lassen.

Er hatte sich nach mir gesehnt?

Ich war dabei, zu zerschmelzen. *Gesehnt?*

All die Jahre beobachtete ich ihn im Büro und bewunderte ihn aus der Ferne, weil ich wusste, dass ich nie etwas wagen würde…

Er war mein Chef und ich war verheiratet.

Die ganze Zeit, in der ich mir eingeredet hatte, dass er mich keines Blickes würdigte, selbst nachdem ich geschieden war, *hatte er sich nach mir gesehnt?*

Mein Gehirn konnte diese Information nicht verarbeiten.

Ich musste wie ein Fisch am Land ausgesehen haben, als ich ihn anstarrte. Mein Mund öffnete sich, um zu sprechen, nur damit sich die Worte auflösten, bevor sie meine Zunge erreichten.

Nachdem er lange genug darauf gewartet hatte, dass ich etwas sagte, schloss Cooper die Distanz zwischen uns, stellte die Papiertüte auf den Küchentisch, nahm mir den Kaffee aus den Händen und stellte ihn daneben.

Ich starrte ihn an. Mein Herz trommelte unregelmäßig in

meiner Brust, noch immer voller Hoffnung, Ich war verwirrt und völlig sprachlos.

Coopers Hände schlossen sich um meine Schultern, und die Wärme seiner Handflächen breitete sich in mir aus, taute mich auf und erweckte mich wieder zum Leben.

26

ALICE

„Es tut mir leid", sagte er und sah mir dabei in die Augen. „Es tut mir leid, dass ich meinem Vater geglaubt habe. Es tut mir leid, dass ich meine Mutter in deine Nähe gelassen habe. Es tut mir leid, dass ich dir wehgetan habe. Du warst es immer, Alice. *Nur du*. Seit dem Tag, als du durch meine Tür gekommen bist. Selbst, als ich dachte, ich hätte keine Chance, warst du es. Diese letzten Wochen waren perfekt. *Deinetwegen*. Alles, was ich will, ist das hier. Wir, Zusammen. Sag mir, was ich tun soll, und ich werde es tun."

Und einfach so war meine Stimme wieder da. „Tut mir leid, dass ich weggelaufen bin. Ich habe mich so geschämt, dass ich dir nicht in die Augen sehen konnte."

Cooper strich mir die Haare aus dem Gesicht, küsste meine Stirn und murmelte: „Nein, Alice. Es gibt nichts, wofür du dich schämen musst. Ich bin derjenige, der es vermasselt hat."

„Cooper", war alles, was ich sagen konnte. Das war genug.

„Kommst du mit nach Hause?"

Ich nickte, meine Kehle eng, mein Körper entspannt vor Erleichterung. *Nach Hause.* Mit Cooper. Das war es, was ich wollte.

Denn mein Zuhause *war* Cooper.

D.C., Atlanta – ganz gleich wo, solange Cooper da war.

Ich lehnte mich an ihn und schlang meine Arme um ihn herum, bereit, für immer so zu bleiben mit seinem Herzschlag unter meinem Ohr, meinem Körper an seinen gepresst. Ein Gesicht erschien in meinem Geist und ich zuckte zusammen, wohl wissend, dass es nicht so einfach war.

Als ich mich vorsichtig zurückzog, blickte ich in Coopers wachsamen Augen.

„Was ist los?"

„Ich möchte mit dir nach Hause gehen, aber es gibt etwas, das wir erst noch klären müssen. *Lacey.*"

„Alice, du musst nicht-"

Ich hielt meine Hand hoch, und wie schon zuvor verstummte Cooper und wartete. Zu schade, dass dieser kleine Trick den heutigen Tag nicht überdauern würde. Cooper war viel zu eigensinnig, um unter normalen Umständen so leicht zum Schweigen gebracht zu werden.

„Sie ist deine Mutter, deshalb habe ich mich immer bemüht, höflich zu sein. *Respektvoll.* Aber ich werde mir ihre Beschimpfungen und abfälligen Bemerkungen nicht länger gefallen lassen. Ich weiß, dass sie unglücklich ist, aber ich habe es satt, dass sie ihr Elend an allen anderen auslässt, wenn dein Vater der Einzige ist, der es verdient. Ich will kein Miststück sein, aber wenn sie mich wieder angreift, werde ich das nicht länger hinnehmen."

Cooper zog mich zurück in seine Arme und legte seine Wange auf meinen Kopf. „Das ist meine Schuld. Ich wusste nicht, wie schlimm es war, sonst hätte ich es vorher unterbunden. Ich habe mit ihr gesprochen, bevor ich hergekommen bin, und sie weiß, dass ich dich wählen würde, wenn ich mich zwischen euch beiden entscheiden müsste. *Nur dich*, Alice."

Stille breitete sich aus, während ich seine Worte verdaute. „Hast du ihr das wirklich gesagt?"

„Ja, und es war mein Ernst."

„Ist sie ausgerastet?" Ich hätte die Vorstellung nicht genießen dürfen, aber ich tat es. *Sehr sogar.*

Cooper lachte trocken und seine Arme umarmten mich fester. „Jap, aber dann ist sie zurück in ihre Wohnung gegangen und hat eine halbe Flasche Wein geext. Das war nach dem Gin, den sie bei mir zu Hause getrunken hat. Sie erinnert sich wahrscheinlich nicht mehr an das Gespräch, aber das bedeutet nur, dass wir es noch einmal führen werden. Und noch einmal. So oft es nötig ist."

Meine Genugtuung verblasste, als ich die Szene aus Coopers Sicht betrachtete. Zu sehen, wie seine Mutter ihn mit Alkohol auslöschte, und zu wissen, dass er das schmerzliche Ultimatum immer wieder vorbringen müsste, weil die einzige Person, die ihn an die erste Stelle setzen sollte, es nie getan hatte.

„Oh, Cooper. Es tut mir leid."

„Du bist nicht diejenige, der es leidtun sollte", sagte er finster. „Sie wird es irgendwann begreifen. Sollte sie in der Zwischenzeit auf dich losgehen, kümmere ich mich darum."

„*Wir* kümmern uns darum", berichtigte ich. Ich würde ihn nicht alleine lassen, um mit Lacey fertig zu werden. Nicht, wenn sie ihn derart verletzte.

„Im Büro herrscht ein Chaos, oder?", fragte ich, um ihn von seiner Mutter abzulenken.

„Unwichtig", knurrte Cooper. Seine Hände streichelten über meinen Rücken und hielten an, als er das Fehlen eines BHs unter meinem T-Shirt registrierte.

„Es tut mir l-"

Er legte mir einen Finger auf die Lippen und lehnte sich zurück, um mir in die Augen zu sehen. „Ich meine es ernst, Alice. Es ist unwichtig. Komm zurück zur Arbeit oder nicht, solange du mit mir nach Hause kommst. Ich will, dass du glücklich bist, und ich will dich bei mir haben. Das ist alles, was mir wichtig ist." Er strich mit seinem Finger über meine Unterlippe. „Du solltest wissen, dass niemand sonst Vater geglaubt hat. Ich bin der einzige Idiot."

„Ein paar Leute haben das damals…"

„Ist einer der Arschlöcher, der dich belästigt hat, immer noch bei uns?"

Ich überlegte kurz. „Nein, sie sind alle gegangen oder sind gefeuert worden."

„Alle anderen, die damals dabei waren, wussten, dass Vater gelogen hatte. Und wenn dich jemand deswegen anmacht, will ich das wissen. *Ich wähle dich, Alice.* Über meine Mutter. Über die Firma. Zweifle nie wieder daran."

„Aber es wäre okay für dich, wenn ich nicht zu Sinclair Security zurückkomme?" Ich dachte nicht daran, meinen Job aufzugeben. Nicht wirklich. Ich versuchte nur, mich in der neuen Realität zurechtzufinden, die Cooper mir vorgesetzt hatte.

„Ja, wenn du es nicht willst. Aber wir würden dich alle sehr vermissen. Sie würden es mir für immer vorhalten."

„Ich arbeite gerne mit dir", sagte ich leise und dachte an Cooper in seinen Anzügen, wie er majestätisch in seinem Büro saß. Eine Spirale aus Hitze schraubte sich in mir hoch. „Früher fühlte ich mich schuldig für die Art, wie ich dich ansah, weil ich verheiratet war. Ich hatte nicht vor, etwas zu tun, aber ich hab dich oft angesehen an dich gedacht. Ich hätte es nicht tun sollen, aber-"

Seine Lippen berührten meinen Mundwinkel und streichelten meine Haut, während er murmelte: „Du kannst schauen, soviel du willst. Du kannst mich sogar zurück in mein Büro bringen, die Tür abschließen und all die Dinge tun, an die du gedacht hast."

„Ich glaube, wir haben schon alles getan, woran ich gedacht habe."

„Dann können wir es wiederholen, oder du kannst dir mehr einfallen lassen." Cooper ließ seinen Kopf sinken, um seine Lippen gegen die Haut hinter meinem Ohr zu pressen, Er saugte leicht und ein Feuerwerk der Lust schoss durch mich hindurch.

„Mir gefällt die Vorstellung, dass du an deinem Schreibtisch sitzt und geheime Pläne für meinen Körper schmiedest."

Seine Hände schlossen sich um meinen Hintern, bevor er mich hochhob und meinen Mund auf seine Höhe brachte. Ich presste meine Lippen auf seine, ertrank in seinem Geschmack und Duft. Jede Zelle meines Körpers verzehrte sich nach ihm.

Meine Beine schlangen sich um seine Taille und hielten sich fest, als er nach dem Schlafzimmer suchte. Er legte mich auf die Matratze und bedeckte mich mit seinem großen Körper, als sein Mund über meine Wange, meinen Kiefer und meinen Hals wanderte.

Seine Worte drangen in meine Ohren: „Ich habe dich so sehr vermisst, Alice. Die Wohnung war *leer*. Lass mich nie wieder allein. Versprich es mir. Wenn etwas schiefgeht - wenn ich Mist baue -, geh nicht weg. Versprich es mir, Alice."

Coopers Berührungen entfachten ein Feuer. Ich konnte meine Gedanken nicht ordnen, wusste aber, was er brauchte. „Ich verspreche es, Cooper.."

Dann kannte ich nur noch seinen Namen. Jedes Mal, wenn sein Mund meine Haut berührte.

Cooper.

Ich riss an seinen Kleidern, zog sie aus, zerrte an seinen

Knöpfen und berührte seine warme, glatte Haut. Sein Mund war überall, als er meine Brüste liebkoste. Seine Zunge tauchte in meinen Bauchnabel, über meinen Hüftknochen, leckte meine Mitte und an meiner Klitoris, während er kräftig daran sog.

Ich hob von der Matratze ab. Mein Verstand zersplitterte und all die verstreuten Teile meines Lebens - meine Sorgen, Hoffnungen und Ängste - verschmolzen zu einem Ball des reinen Vergnügens.

Ich kam auf seiner Zunge, schluchzte seinen Namen und zog an seinen Haaren, um ihn hochzuziehen, bis er auf mir lag und mich mit seinem Schwanz ausfüllte. Ich umschlang ihn mit meinen Beinen, stieß ihm entgegen und gab ihm alles.

Es waren nur zwei Tage vergangen, aber es fühlte sich an wie eine Ewigkeit. Ohne Cooper war alles leer – mein Körper, mein Herz.

Mit ihm war ich vollständig.

Er stieß immer wieder in mich hinein und nahm mich mit harten, besitzergreifenden Stößen, die mich in einen weiteren Orgasmus stürzten. Mein Körper forderte seinen mit engen, pulsierenden Kontraktionen ein und zog ihn mit in die Ekstase.

Danach lag ich an seiner Brust, verschwitzt und befriedigt, fuhr mit meiner Zunge über seine Haut, um ihn zu schmecken, und stellte mir vor, dass all dies unter seinen formellen Geschäftsanzügen verborgen lag. Plötzlich traf es mich und ich brach in Gelächter aus.

„Was?", fragte Cooper und ließ eine Hand nach unten gleiten, um sie über meinem Hintern zu schließen.

Ich versuchte zu sprechen, und ein Grunzen kam mir aus der Nase. Das hatte mich nur noch mehr zum Lachen gebracht. Coopers Brust vibrierte unter mir, als er über mein ach-so-sexy Grunzen kicherte.

Ich sah ihn immer wieder vor mir, wie er distanziert in einem Anzug dastand, seine Augen undurchdringlich, während er sich insgeheim vorstellte, mich über meinen Schreibtisch zu beugen.

Ich hatte keine Ahnung – nicht den leisesten Schimmer.

Ich saß jeden Tag an demselben Schreibtisch und tat so, als ginge es nur ums Geschäft, während ich mich insgeheim fragte, wie sich seine Hand genau dort anfühlen würde, wo sie jetzt war – diese langen Finger, die über meine Haut strichen und zwischen meine Schenkel glitten.

„Sagst du mir jetzt, was so lustig ist?", fragte er, seine Stimme immer noch träge vom Orgasmus, obwohl seine Finger alles andere waren als das. Ein Keuchen durchbrach mein Kichern und ich bäumte mich auf, erregt und amüsiert und gar nicht sicher, wie ich beides miteinander verbinden sollte.

„Es ist nur… Ich hatte keine Ahnung. Wir dachten dasselbe und keiner von uns hatte eine Ahnung. Griffen hatte Recht. Wir sind Dummköpfe. Deine Fassade ist undurchschaubar, Cooper Sinclair."

„Lass Griffen da raus", knurrte Cooper, all die Trägheit längst verschwunden. Er setzte sich auf und zog mich mit sich, sodass ich auf seinem Schoß saß und in seine intensiven, eisblauen Augen blickte.

„Ich will keine Fassaden mehr. Ich will, dass du bei mir einziehst. Zumindest probeweise. Du kannst die Wohnung unten so lange behalten, wie du willst – ist mir egal. Ich will nachts mit dir ins Bett gehen und morgens mit dir aufwachen. Ich will dich die ganze Zeit bei mir haben. Ich will, dass wir zusammen sind."

„Das will ich auch", flüsterte ich.

Cooper hielt inne, die Hände fest auf meinen Hüften, als seine Augen meine absuchten. „Wirst du bei mir einziehen?"

„Ja." Es fühlte sich an wie ein Gelübde.

Er küsste mich leidenschaftlich und machten nur kurz halt, um „*Endlich*" zu flüstern.

Dann lehnte er mich über seinen Arm nach hinten, schloss seinen Mund über meiner Brustwarze und sagte für lange Zeit kein Wort mehr.

Später, nachdem wir im See gebadet hatten - ich im T-Shirt, Cooper splitternackt -, uns in die kleine Dusche gequetscht und danach angezogen hatten, aßen wir das Frühstück, als er fragte: „Willst du nach Hause oder einen weiteren Tag hier bleiben?"

„Ich möchte nach Hause, aber du bist den ganzen Morgen gefahren. Oder bist du hergeflogen?"

„Wir brauchten das Flugzeug für einen Kunden, und alle Flüge waren ausgebucht, also bin ich gefahren."

Ich rechnete schnell nach und merkte, wie früh er aufgestanden sein musste, um zum Frühstück vor meiner Tür zu stehen. „Wir sollten bleiben."

„Es bleibt noch viel Zeit, ein Nickerchen zu machen und heute Abend nach Hause zu fahren. Ich will dich in meinem Bett lieben. In unserem Bett."

In unserem Bett. Mein Herz wurde fast ohnmächtig bei der Art, wie es klang.

„Dann lasst uns schlafen und später nach Hause fahren."

Cooper trug mich ins Schlafzimmer, wo wir versuchten, die verworrenen Laken wieder zu ordnen. Er zog mich an sich, entspannte sich und schloss die Augen.

„Cooper?", fragte ich schläfrig und gesättigt, als meine Gedanken auf verschlungenen Pfaden wanderten.

„Hm?" Seine Finger streichelten über meinen Arm.

„Ich will die Hälfte des Schranks", murmelte ich benommen.

„Abgemacht." Cooper drehte sich zur Seite und umarmte mich, bevor er ein Bein über meine Hüfte warf. Ich hätte mich angesichts meiner geringen Größe und dem Gewicht seines großen, muskulösen Körpers erdrückt fühlen müssen, aber ich tat es nicht. Er hielt mich, als wäre ich das Kostbarste in seinem Herzen. Verehrt. Beschützt. *Seins.*

Ich gehörte ihm. Mit diesem beruhigenden Gedanken schlief ich ein.

Stunden später wachte ich alleine auf.

Cooper war in der Küche und stellte die saubere Kaffeekanne zurück ins Regal. Während ich schlief, hatte er aufgeräumt. Die Hütte war jetzt so sauber, wie sie gewesen war, als ich am frühen Sonntagmorgen die Tür geöffnet hatte.

„Du willst wirklich nach Hause", sagte ich amüsiert.

Er drehte sich vom Waschbecken weg und durchquerte den Raum, um mich in seine Arme zu ziehen. „Ich will wirklich mit *dir* nach Hause. Bist du bereit?"

„Lass mich nur meine Sachen holen."

Ich schrieb Kristi, als wir unterwegs waren, und ließ sie wissen, dass alles in Ordnung war, wir die Hütte aufgeräumt und den Schlüssel wieder dahin zurückgelegt hatten, wo er hingehörte.

Danke, Süße. Ruf Pete bitte morgen an, sonst explodiert sein Kopf.

Sag ihm, er soll sich beruhigen. Ich rufe morgen an.

Ich lachte, als ich die SMS abschickte.

„Was ist diesmal so lustig?", fragte Cooper.

„Nichts. Pete will dich umbringen."

Cooper grinste. „Er kann es versuchen."

„Du bist nicht sauer?"

„Dass er auf seine Schwester aufpassen will? Verdammt, nein. Ich würde eher denken, dass etwas mit ihm nicht stimmt, wenn er das nicht tun wollen würde."

„Ich kann auf mich selbst aufpassen", sagte ich etwas verärgert darüber, dass Cooper und Pete dachten, ich bräuchte jemanden, der auf mich aufpasste. Es war egal, dass Pete besorgt war, weil ich seine Hilfe gebraucht hatte.

Aber das war nicht der Punkt.

„Wenn du eine kleine Schwester hättest, würdest du nicht auf sie aufpassen?", wollte er wissen und sah mich fragend an. Ich gab mir nicht die Mühe, zu antworten. Stattdessen streckte ich eine Hand aus und schob meine Finger durch seine. Ich hatte nicht vor, über meinen überfürsorglichen Bruder zu streiten.

Ich war zu glücklich, um mich über irgendjemanden zu ärgern. Ich wollte mit Cooper nach Hause gehen. Mit ihm zusammenzuziehen.

Ich war immer noch nervös, zur Arbeit zu gehen, weil ich Lacey gegenübertreten würde, aber Coopers Hand, die meine hielt, war ein Anker. Den Rest konnte ich mit Cooper gemeinsam bewältigen. Daran hatte ich keinen Zweifel.

Hätte ich zu diesem Zeitpunkt gewusst, was „der Rest" war, hätte ich Cooper gepackt und wäre in einem Bunker in der Wüste untergetaucht.

Aber in diesem Moment, als ich auf dem Weg nach Hause war, fühlte es sich an, als läge der Rest meines Lebens vor mir – voller Zuversicht und Glück.

Es war leicht, zu vergessen, dass das wirkliche Leben auf uns wartete.

Tsepov. Maxwell. Die Ermittlungen des FBIs.

Abgeschieden in Coopers Auto, während die Reifen den Abstand zwischen North Carolina und Georgia zurücklegten, schien das wirkliche Leben weit weg.

Schade, dass es nicht für immer so bleiben konnte…

27

COOPER

Das Geräusch kam völlig unerwartet.
Bang.
Bang.
Eine Faust hämmerte an meine Tür.

Ich betrachtete die schlafende Frau im Bett neben mir. Ihr rabenschwarzes Haar hob sich im scharfen Kontrast vom schneeweißen Kissen ab. Sogar im gedämpften Licht waren ihre Lippen rot und ihre Wimpern dicht und dunkel.

Sollte sie aufwachen, müsste ich den Idioten, der an die Tür hämmerte, wohl töten. Wenn sie aufwachte, würde sie sich daran erinnern, wo sie war. Sie würde gehen wollen und das konnte ich nicht zulassen.

Ich wollte sie genau dort haben, wo sie war. In meinem Bett. Ich wollte sie in meinen Armen haben, wo sie auch lag, kurz bevor irgendein Arschloch vor der Tür auftauchte.

Ich zog eine Hose an, nahm meine Waffe vom Nachttisch und schlenderte durch meine Wohnung. Mit der Fingerspitze auf dem Bedienfeld schaltete ich den Bildschirm an, um das Gesicht des Mannes zu sehen, den ich töten würde, weil er meinen Schlaf gestört hatte.

Bei dem Anblick, der sich mir bot, musste ich blinzeln.

Willst du mich verdammt nochmal verarschen?

Das konnte nicht sein. Ich hatte wohl Halluzinationen.

Als ich ein Teenager war, löste der Verrat in meinem Herzen einen Funken der Wut aus. Vor fast einem Jahr entfachte dieser Funke ein Feuer, und die Flamme wurde von Tag zu Tag heißer. Beim Anblick des Mannes auf dem Bildschirm brach sie zu einem wütenden Inferno aus.

Ich verlor meine Kontrolle. Sah rot. Wollte ihn umbringen.

Ich riss die Tür auf und starrte in Maxwell Sinclairs eisblauen Augen.

Mein Vater, der seinen Tod vor fünf Jahren vorgetäuscht und uns ohne Antworten in Trauer zurückgelassen hatte.

Mein Vater, der Geld von der Mafia gestohlen, und seine Familie und die Menschen, die wir liebten, zu Zielscheiben gemacht hatte.

Mein Vater, der so viele Gesetze gebrochen hatte, dass ich nicht mehr zählen konnte.

Mein Vater, der durchs Leben ging, nur an sich selbst dachte und dabei Zerstörung hinterließ.

Mein Vater, der vor meiner Tür stand mit einem überheblichen Grinsen, das ich zu hassen gelernt hatte.

Ich tat das Einzige, was ich konnte – wovon ich schon viel zu lange geträumt hatte.

Ich holte aus, schwang meine Faust und traf ihn am Kiefer. Der Schlag war so hart, dass er eine Schockwelle in meinem Arm hinterließ.

Mein Vater flog rückwärts und landete auf dem Flurteppich. Sein Kopf kippte zur Seite und Blut lief an seinem Mundwinkel hinunter.

Meine Brust hob und senkte sich schwer. Meine Lungen waren voller Adrenalin. Voller Wut.

Ein schlanker, starker Arm schlang sich um meine Taille.

Himmelblaue Augen blickten zu mir auf, während Besorgnis und Belustigung in ihren Tiefen miteinander kämpften.

„Ich glaube, du hast ihn K.O. geschlagen", war alles, was sie sagte.

Wir erstarrten beide beim Tapsen von Füßen auf dem Teppich.

Eine kleine Gestalt kam in Sicht und plötzlich schaute ein vertrautes Paar eisblauer Augen zu mir hoch, bevor sie zu Maxwell flogen. „Papa?"

Neben mir murmelte Alice: *„Oh, Scheiße."*

Ganz genau.

Die kleine Gestalt vor mir kniete sich neben meinem Vater hin und schüttelte ihn mit wilder Verzweiflung. Ihre kleinen Finger krallten sich in sein zerknittertes Hemd und ihre helle, klare Stimme war so schnell, dass sich die Worte überschlugen, aber ich meinte „Papa, Papa, Papa" verstanden zu haben. Ein osteuropäischer Akzent?

Was zum Teufel?

Mein Vater stöhnte und drehte den Kopf zur Seite. Dramatisch. *Typisch.*

Alice erwachte zuerst von ihrem Schock und machte ein paar Schritte, um das kleine Mädchen hochzuheben und in die Wohnung zu bringen.

Ich hörte ein Schluchzen und Alices Stimme, die sanft und leise fragte, ob sie Eiscreme mochte.

Damit war ein Problem gelöst.

Froh darüber, dass ich keine neugierigen Nachbarn hatte, beugte ich mich vor, schlang meine Hand um den Arm meines Vaters und zog ihn auf die Beine. Ich bereute es nicht, ihn geschlagen zu haben. Ich bereute es, ihn nicht härter geschlagen zu haben.

„Verdammtes Arschloch", murmelte ich leise, als ich ihn in meine Wohnung brachte und ihn an der Küche vorbei ins Wohnzimmer schob, wo er stöhnend auf meine Couch fiel.

„Eine schöne Art, deinen Vater zu begrüßen, Junge."

„Fang gar nicht erst damit an. Ich bin nicht in der Stimmung für deinen Schwachsinn."

„Wenn man nirgendwo anders hingehen kann, geht man nach Hause, oder? Geht das Sprichwort nicht so?"

„Du hast dir deinen Willkommensgruß gründlich verschlissen. Wusstest du, dass Mutter unten in der sicheren Wohnung ist?"

Mein Vater hatte den Anstand, einen Moment lang wegzuschauen, bevor er mir mit seiner charakteristischen Kombination aus Missachtung und Trotz begegnete, großzügig gewürzt mit Charme. „Ich dachte mir, dass sie das sein würde. Lacey hält immer zu mir. Sie ist eine gute Frau."

Ich wusste nicht, was ich dazu sagen sollte. Keiner von ihnen war ein guter Mensch. Die Liste der Gründe dafür war so lang, dass ich keine Ahnung hatte, wo ich anfangen sollte. Ich war in Versuchung, meinen Vater auf die Straße zu setzen und mit ihm abzuschließen, aber ich konnte es nicht.

Es gab viele Gründe, warum ich ihn nicht einfach rausschmeißen konnte. Es gab genauso viele Pros, wie es Kontras gab. Ein Arschloch war er trotzdem.

Wir mussten ihn davon überzeugen, dem FBI zu helfen, Tsepov festzunageln, sonst würde das Unternehmen mit ihm, meinen Brüdern und mir untergehen. Wir hatten zu hart gearbeitet, um das zuzulassen. Ich konnte nicht zulassen, dass Maxwell alles zerstörte, das wir trotz seiner besten Bemühungen, uns zu sabotieren, aufgebaut hatten.

Und dann war da dieses kleine Mädchen…

Aufgrund ihrer vertrauten eisblauen Augen musste ich annehmen, dass sie eine Sinclair war. Jemand musste auf sie aufpassen, und ich bezweifelte, dass dieser jemand mein Vater war.

Ich wies mit dem Kinn in Richtung des Mädchens, das

mit Alice an der Küchentheke saß, und fragte: „Deine Tochter?"

Mein Vater stieß einen tiefen Seufzer aus. Seine Brust hob sich und sank wieder wie ein Ballon, aus dem die Luft entwich, bis er völlig niedergeschlagen aussah. *Besiegt.*

Zu meinem tiefsten Erstaunen hatte er Tränen in den Augen. Er wischte über sein Gesicht und nickte.

Seine Stimme war leise - fast *reumütig*, hätte ich gesagt, wenn ich es nicht besser wüsste - er sagte: „Petra. Ihr Name ist Petra."

„Wo ist ihre Mutter?"

Mein Vater schüttelte den Kopf und seine Augen trübten sich mit etwas, das wie Trauer aussah. Ich konnte nicht genau sagen, ob er eine Show abzog. Er schaute über seine Schulter zu Petra, die mit offenem Mund dasaß und wartete, bis Alice ihr den nächsten Löffel Eiscreme gab.

Mit schmerzverzerrtem Gesicht sagte er: „Sie sieht genauso aus wie du in diesem Alter. Diese Haare. Ihre Augen. Aber ihr Lächeln hat sie von ihrer Mutter. Mila."

„Und wo ist Mila?", forderte ich.

„Sie ist tot."

„Wer war sie?"

„Sie war eins von Tsepovs Mädchen."

Mein Magen krampfte sich zusammen, als ich sah, wie Milas Tochter einen Bissen Eiscreme schluckte und Alice ein süßes, scheues Lächeln schenkte. *Eins von Tsepovs Mädchen.* Ich wusste, was das bedeutete – eine der Frauen, mit denen er gehandelt hatte. Eine Sexsklavin. Wahrscheinlich wurde sie in jungen Jahren von zu Hause weggenommen und aus Profitgründen herum transportiert. Das zu wissen, war schon schlimm genug.

Schlimmer war zu wissen, wie mein Vater Mila kennen gelernt hatte. Er war nicht dort gewesen, um sie zu retten. Sie war ein Job – nur eine von vielen Frauen, bei denen Maxwell Tsepov geholfen hatte, sie zu verletzen.

Dieses kleine Mädchen war meine *Schwester*. Ich war ihr mehr schuldig, als mich von den Verbrechen meines Vaters abzuwenden. Ich schuldete ihrer toten Mutter mehr.

„Was ist passiert?", fragte ich und wünschte, ich müsste es nicht wissen. Mir fiel nicht viel ein, was ich weniger hören wollte als die Geschichte, wie Maxwell Petras Mutter kennen gelernt hatte.

Er schaute an mir vorbei. „Kann ich was zu Trinken bekommen?"

„Scheiße, nein! Erzähl mir, was passiert ist, und dann denke ich darüber nach, ob du was kriegst."

„Arschloch", murmelte er. Seine Aussage beruhte auf Gegenseitigkeit. Alle Anzeichen von Trauer verflüchtigten sich, als er ein unzufriedenes Schnauben losließ, bevor er loslegte.

„Ich habe einige Mädchen für Tsepov transportiert. Mila kam aus Kroatien. Der russische Zweig der Tsepovs hatte Probleme mit ihrer Familie. Sie schuldeten ihm Geld – sehr viel Geld. Mila wurde an ihn verkauft, um einen Teil der Schulden zu begleichen. Sie war bereits zwei Jahre bei Tsepov, als ich sie mit den anderen abgeholt habe. Ich weiß nicht, warum sie anders war, aber sie war es einfach. Sie war Mila. Ich sah sie an und-"

„Du hast dich verliebt?", schnitt ich ihn ab, wobei ich mir nicht die Mühe machte, meinen Sarkasmus zu verbergen.

Mein Vater nickte, seine Augen feucht und gebrochen. Ich war nicht so naiv, seinen Märchen zu glauben. Vielleicht hatte er sich in Mila verliebt, und vielleicht war sie eine schöne, junge Frau gewesen, die ihm ausgeliefert war, und er hatte sich eingeredet, ihr einen Gefallen getan zu haben.

Aber sie war tot. Alles, was ich hatte, war sein Wort.

„Bitte sag mir, dass sie nicht minderjährig war."

Er warf mir einen verletzten, wütenden Blick zu. „Natürlich nicht."

„Wie alt war sie?"

„Zweiundzwanzig", gab er zu, seine Augen an die Wand gerichtet.

Nur vierzig Jahre jünger als er. Maxwell sah für sein Alter gut aus, aber egal, wie ich es drehte und wendete: Ich sah kein schönes Bild vor mir.

Vielleicht war Maxwell in Mila verliebt gewesen, vielleicht hatte er sich selbst davon überzeugt, dass sie in ihn verliebt war, aber ich vermutete, dass Mila von Tsepov wegwollte und bereit war, für Sicherheit mit Maxwell zu schlafen.

Ja, es gab keinen Weg dran vorbei, meinen Vater anders als Ausnutzer und Widerling zu sehen.

„Schau mal", sagte er und wich meinem Blick aus, „ich weiß, ich habe euch Jungs immer gesagt, dass Liebe für Schwächlinge ist. Dass ihr euch nicht von einer Frau einwickeln lassen sollt. Ich lag falsch. Ich wusste es nicht. Ich traf Mila und alles änderte sich. *Alles.* Ich sollte sie an einen Mann in Rom ausliefern und ich… konnte es nicht. Ich habe sie an einem sicheren Ort versteckt, die anderen Mädchen abgeliefert und dann…" Er verstummte und schaute noch einmal zu Petra.

Den Rest konnte ich mir denken, und ich wollte ihm noch einmal eine verpassen. *Er hatte die anderen Mädchen abgeliefert.* Na klar, seine Liebe hatte ihm keine Gewissensbisse wegen seines verdammten Jobs eingebracht.

„Sie ist der Grund, nicht wahr? Mila ist der Grund, warum du deinen Tod vorgetäuscht hast und abgehauen bist. Wir haben um dich getrauert, du Arschloch."

„Ich weiß, ich weiß. Es tut mir leid. Aber du hast mich nicht gebraucht. Keiner von euch Jungs hat mich gebraucht. Eure Mutter kommt alleine zurecht, solange ihre Kreditkarte gedeckt ist. Ihr wisst nicht, wie das ist. Zum ersten Mal in meinem Leben war ich verliebt. Ich habe meinen Verstand verloren. Tsepov hätte sie mir auf keinen Fall überlassen, und ich konnte nicht ohne sie leben. Ich hatte keine Wahl, Cooper."

Antworten überschlugen sich in meinem Kopf. Ich wusste nicht, wie es war, wahnsinnig verliebt zu sein? Ich wusste es sehr gut, verdammt nochmal! Und ich wusste, dass die Frau, die ich liebte, nicht wollen würde, dass ich die Welt niederbrannte, nur damit wir zusammen sein konnten.

Ich gab Mila keine Schuld. Sie war ein Opfer gewesen.

Ich wusste, wer Schuld hatte, und er saß direkt vor mir.

„Du hast dich also verliebt, hast deinen Tod vorge-täuscht, bist mit Mila abgehauen, und ihr habt auf der Flucht gelebt. *Nachdem* du Millionen von Tsepov gestohlen hast. Oder hast du diesen Teil vergessen?"

„Möglicherweise habe ich einen Fehler gemacht", räumte Maxwell *großzügiger Weise* ein, was die Untertreibung des Jahrhunderts war. Auf das fehlende Geld würde ich noch kommen, aber zuerst musste ich mehr über meine kleine Schwester erfahren.

„Hast du sie geheiratet? Mila? Mutter lebt nämlich noch."

„Sei kein Klugscheißer, Cooper. Ich weiß, dass eure Mutter lebt. Das hat nichts mit ihr zu tun."

Ich konnte ein belustigtes Schnauben über seine Absur-dität nicht zurückhalten. Er war mit einem Mädchen durch-gebrannt, das er einem russischen Mafiaboss gestohlen hatte, und ließ meine Mutter zurück, um seinen angeblichen Tod zu betrauern... Aber das hatte nichts mit Lacey zu tun?

Sicher.

Nur in Maxwell Sinclairs verkehrten Welt ergab das einen Sinn.

COOPER

„Also, was war dein Plan? Wolltest du mit Mila für immer auf der Flucht sein?"

„Ich hatte keinen Plan. Ich habe das Geld genommen und wir sind in ein kleines Dorf in Thailand geflogen. Wir haben ruhig gelebt – einfach. Dann ist sie schwanger geworden. Ich hatte immer gearbeitet, als ihr Burschen geboren wurdet. Ich war da, aber nicht wirklich. Mila war so aufgeregt. Wollte sie nach ihrer Großmutter nennen. Petra. Als der Arzt mir meine Tochter in die Arme gelegt hat, wusste ich, dass ich es besser machen musste. Ich musste sie beide beschützen. Ich hielt mein Nebengeschäft am Laufen und schaute nur hier und da in den Staaten vorbei, um mich mit Leanne Gates und Trey Spencer zu treffen. Man braucht in Thailand nicht viel zum Leben." Er blickte auf den Boden, die Hände zu Fäusten geballt.

„Ich wurde übermütig. *Unvorsichtig*. Er fand uns. Eines Nachts sind Tsepovs Männer bei uns eingebrochen und haben Mila die Kehle aufgeschlitzt. Sie wollten Petra mitnehmen."

Er schluckte hart, als ob es ihm schwerfiel, weiterzusprechen, und ich glaubte beinahe, dass seine Trauer echt war. Ich wollte glauben, dass mein Vater ein Mensch war, dass er ein Herz hatte, so töricht es auch war.

Ich schaute zu dem kleinen Mädchen, das auf Alices Schoß geklettert war. Sie hatte einen schmutzigen Plüschhasen unter dem Arm und ein Gesicht voller Erdbeereis. Ihretwillen wünschte ich mir, mein Vater hätte ihre Mutter geliebt, aber dieser Wunsch war bloß Zeitverschwendung.

„Wie lange ist das her?"

„Sechs Monate. Seitdem sind wir rund um den Globus gewandert. Wir waren Tsepov immer einen Schritt voraus, aber ein paar Mal hätte er uns fast erwischt."

Ein Frösteln breitete sich in meinem Bauch aus, lief meine Wirbelsäule hinauf bis zu meinem Hirn und überzog mich mit eisiger Furcht.

Er hatte sie schon ein paar Mal fast erwischt?

Ich schaute zu meiner kleinen Schwester, betrachtete dieses dunkle Haar, ihre Sinclair-Augen, den Schwung ihres roten Mundes und ihre weiche, kindliche Haut. Sie war so klein – selbst neben Alice.

Ich schauderte bei dem Gedanken daran, was Tsepov mit ihr machen würde, wenn er sie in die Hände bekäme. Wie ich Maxwell kannte, war ihre Mutter ohne Zweifel sehr schön gewesen. Petra legte ihren Kopf mit schläfrigen Augen auf Alices Schulter. Sie war so verletzlich. Wehrlos.

Und sechs Monate lang hatte sie nur meinen Vater gehabt, um sie zu beschützen.

Außer, dass mein verdammter Vater - *ihr* Vater - sie überhaupt erst in Gefahr gebracht hatte. Was auch immer heute Nacht passieren würde, er würde Petra nicht mitnehmen.

Maxwell sah meinen verspannten Kiefer, den Zorn in meinen Augen, und versuchte, mich abzulenken. Sein Charme kehrte mit voller Wucht zurück, als er sich umdrehte, um Alice zuzusehen, wie sie Petras klebriges Gesicht mit einem nassen Handtuch abwischte.

„Alice wird dich ins Bett bringen, Schatz", sagte er zu Petra.

Alice erstarrte.

Oh nein, zum Teufel.

Maxwell würde Alice keine Befehle erteilen.

Nicht *meiner* Alice.

Er konnte mich am Arsch lecken.

Er leitete das Unternehmen nicht mehr und Alice war nicht seine Angestellte. Sie war meine Frau. Ich durchquerte den Raum und stellte mich neben sie.

„Alice arbeitet nicht für dich, und sie ist auch nicht dein Kindermädchen. Du kannst Petra im Gästezimmer ins Bett bringen. Dann reden wir."

Maxwells Augen verengten sich. Er sah zu Alice und wieder zu mir. Ohne ein Wort zu sagen, kam er zu uns und nahm Petra aus Alices Armen. Petra griff nach ihm. „Müde, Papi."

Zu Alice sagte ich: „Kannst du ihnen bitte zum Gästezimmer folgen? Nachsehen, ob er etwas braucht, um sie hinzulegen, während ich die Ausgänge sichere und den Kontrollraum anrufe? Wenn du fertig bist, treffen wir uns in der Küche."

„Schon dabei, Chef." Sie stand auf und drückte einen Kuss auf meinen Kiefern, bevor sie Maxwell durch den Flur folgte. Ich war direkt hinter ihnen, ging aber nicht in das Gästezimmer, sondern zu der Treppenhaustür, die vom hinteren Teil der Wohnung zum Dach und zur hinteren Treppe führte.

Ich rief unten an, nachdem ich mich vergewissert hatte, dass das Schloss von innen gesichert war. Ohne den Code oder einen Schlüssel war Maxwell nicht in der Lage, es zu öffnen. Er war hier gefangen, bis ich mit ihm fertig war.

Der Kontrollraum war rund um die Uhr besetzt und auf alles vorbereitet, was nach Geschäftsschluss auftauchen könnte. Lindsey, eine unserer neueren Rekruten in Lucas' Hacker-Team, nahm beim ersten Klingeln ab.

„Cooper? Alles in Ordnung?"

„Mein Vater ist aufgetaucht. Er ist in meiner Wohnung, wird aber bei meiner Mutter im zweiten Stock wohnen. Sorg dafür, dass alle Ausgänge überwacht werden. Hol zusätzliches Personal, wenn es nötig ist. Ich will, dass jeder einen Elektroschocker und eine Waffe bei sich trägt. Der Elektroschocker ist die erste Wahl, aber wenn er versucht, zu fliehen, haltet ihn mit allen Mitteln auf."

„Verstanden. Willst du, dass ich deine Brüder informiere?"

„Ja, Griffen auch."

Lindsey legte auf und ich ging zurück in den Flur, vorbei am Gästezimmer, wo Alice Maxwell bereits mit Petra alleine gelassen hatte. Das leise Rumpeln seiner Stimme und Petras Antworten kamen gedämpft durch die Tür, als ich dran vorbeiging.

Alice wartete in der Küche und hielt ein Handtuch unter fließendes Wasser.

„Komm her. Lass mich deine Finger sehen. Du hast dir einen Knöchel aufgerissen, als du ihn geschlagen hast."

Ich inspizierte meine Hand. Sie hatte recht und ich hatte es nicht einmal bemerkt. Ich ließ sie das Blut von meiner Haut abwaschen und genoss das Gefühl ihrer weichen, starken Hände, die so viel kleiner waren als meine, aber nicht weniger fähig.

„Geht es dir gut?", fragte ich, woraufhin Alice lachte.

„Die Frage ist eher, ob es *dir* gut geht. Das war verdammt viel, womit du mitten in der Nacht konfrontiert wurdest."

„Ja, nun... So ist Maxwell. Konntest du seine Geschichte aus der Küche hören?"

„Ich habe genug gehört. Er hat nicht gesagt, was er hier macht."

„Ich kann es mir denken", sagte ich. „Er hat keine Optionen mehr, und denkt ausnahmsweise mal an jemand anderen als an sich selbst."

„Du hast eine kleine Schwester", sagte Alice mit Verwunderung in der Stimme. Sie ließ das nasse Handtuch auf den Tresen fallen, und ich zog sie in meine Arme, weil ich den Trost ihres Körpers brauchte.

„Ich habe eine kleine Schwester." Der Gedanke ließ mich taumeln. „Wir müssen uns nur überlegen, was wir mit ihr machen."

„Zuerst", sagte Alice, „müssen wir uns überlegen, was wir mit Maxwell machen."

Maxwell kam ins Zimmer, die Trauer aus seinen Augen verschwunden, sein Lächeln ganz er selbst. „Ihr zwei, oder? Hatte mich gefragt, wie lange das dauern würde."

Alice erstarrte, sagte aber nichts und sah ihn nur eisig an. Ich folgte ihrem Beispiel und ignorierte ihn. Ich wollte ihm am liebsten noch einen Schlag versetzen, weil er es nach allem, was er getan hatte, um uns auseinanderzuhalten, gewagt hatte, sich darüber zu äußern. Ich blieb, wo ich war, mein Arm fest um Alice gelegt.

Die Stille wurde mit jeder Sekunde unangenehmer. Maxwell verlagerte sein Gewicht und öffnete seinen Mund, aber ich kam ihm zuvor.

„Schläft Petra?"

„Es war ein langer Tag", sagte er nur.

„Kann ich mir denken. Willst du ein Bier? Whisky?"

„Whisky", sagte Maxwell mit einem weiteren Aufblitzen dieses charmanten Lächelns, das bei mir schon lange nicht wirkte.

„Setz dich. Ich hole dir einen Drink und wir reden." Ich

sah Alice fragend an, und sie sagte leise: „Ich nehme auch einen."

Maxwell saß in der Mitte der Couch, die Knie weit gespreizt, und nahm so viel Platz ein wie möglich. Er hätte es besser wissen sollen, als zu glauben, dass seine Machtspiele hier etwas brachten. Ich war mit diesem Mist aufgewachsen.

Alice saß im Sessel gegenüber der Couch und wartete auf mich. Ich gab meinem Vater seinen Whisky, setzte mich und reichte Alice ihr Glas. Ihre freie Hand schloss sich über meiner Schulter – ein Zeichen der Solidarität.

Ich nahm einen Schluck und sah meinen Vater prüfend an. „Was hast du jetzt vor? Ich weiß, du hast dir was überlegt, bevor du zurückgekommen bist."

„Die Dinge sind im Moment ein wenig heiß. Petra muss bei euch bleiben. Hier, wo sie in Sicherheit ist. Ich darf sie nicht verlieren, wie ich ihre Mutter verloren habe."

Wenn das eine Aufforderung für Mitleid war, hatte Maxwell das falsche Publikum vor sich.

„Petra kann so lange bleiben, wie sie will. Du bleibst auch."

Maxwell hob das Kinn, ein unnachgiebiger Blick in seinen Augen. Genau wie vermutet… Er hatte nicht vor, hier zu bleiben. Er wollte nur sein Kind loswerden und abhauen. Ich hatte kein Problem damit, Petra zu behalten. Wenn er sie mitnehmen wollte, würde ich ihn aufhalten.

Dieses kleine Mädchen war meine Schwester. Sie hatte etwas Besseres verdient, als auf der Flucht vor dem Mann, der ihre Mutter getötet hatte, durch die ganze Welt geschleppt zu werden.

„Es ist Zeit, mit dem Weglaufen aufzuhören, Maxwell", sagte ich.

Mein Vater starrte unbeeindruckt zurück. Seine undurchdringliche Fassade verriet nichts, als ob meine Worte an ihm abgeprallt wären.

Er schüttelte den Kopf mit einem verschmitzten Lächeln, was, wie ich wusste, ebenso zu seinem Schauspiel gehörte wie sein langsamer Schluck Whisky, bevor er sprach: „Ich kann nicht zurückkommen, Cooper. Das verstehst du doch sicher. Ich werde ganz bestimmt nicht den Rest meines Lebens hinter einem Schreibtisch verbringen."

Ich lachte auf, überraschte mich selbst. „Du hast recht. Du kannst nicht mehr in die Firma zurück. Nie wieder. Es gibt keinen Platz für dich bei Sinclair Security."

Ich erwartete, etwas zu fühlen, als die Worte meinen Mund verließen. Schuldgefühle. Schmerz. Ich fühlte einen leichten Stich des Bedauerns, sonst nichts. Maxwell hatte seine Entscheidungen getroffen. Ähnlich wie bei unserer Mutter, hatte für Maxwell die Familie nie auf seiner Prioritätenliste gestanden. Nicht wirklich. Wie Lacey scherte er sich nur um uns, wenn wir seinem Interesse dienten.

Wir hatten uns den Arsch aufgerissen, um dieses Unternehmen zu dem zu machen, was es heute war, und jetzt gefährdete sein Schwachsinn mit Andrej Tsepov alles, was wir aufgebaut hatten. Wenn herauskäme, dass Maxwell Sinclair Teil einer FBI-Untersuchung wegen seiner Verbindungen zu einem Mafiaboss war, würden wir jeden unserer hochkarätigen Kunden verlieren.

Wir mussten mit dem FBI zusammenarbeiten, sonst würden wir alles verlieren. Meinen Vater interessierte es nicht, aber das war mir scheißegal. Er würde kooperieren, ob es ihm gefiel oder nicht.

„Ich würde dir widersprechen, Junge, aber ich bin fertig mit der Firma. Du kannst mich auszahlen und das Ganze haben. Du musst nur auf deine Schwester aufpassen, während ich die Sache mit Andrej regle." Er schluckte den Rest seines Whiskys herunter und wollte aufstehen.

„Nicht so schnell", sagte ich und stellte mein eigenes Glas auf den Couchtisch. Alices Hand drückte meine Schulter mit einer stillen Botschaft der Unterstützung. Ich lehnte mich für eine Sekunde an sie, bevor ich meine Arme vor der Brust kreuzte.

„Beweg dich von der Stelle, und ich mach dich fertig."

Maxwell erstarrte für eine Sekunde, bevor er sich wieder in die Kissen zurücklehnte, als hätte er nie die Absicht gehabt, aufzustehen. Es war Zeit, einige Wahrheiten offen zu legen.

„Erstens werden wir dich nicht auszahlen. Du bist tot. Dein Eigentum wurde, wie in deinem Testament hinterlegt, unter deinen Söhnen aufgeteilt. Es sei denn, du willst den juristischen Prozess durchlaufen, um wieder ins Leben zurückzukehren. Ich bin sicher, Agent Holley kann dir helfen."

Sein Gesicht erbleichte, als ihm die Folgen seines vorge-täuschten Todes bewusst wurden. Es gab keine Möglichkeit, seine Rechte anzufechten, wenn er nicht kooperierte. Nicht, dass wir vorhatten, ihm die Firma zurückzugeben, selbst wenn er mit dem FBI zusammenarbeitete. Er müsste uns verklagen.

„Mein Vater hat diese Firma gegründet", protestierte er.

„Und du hast sie fast ruiniert. Das könntest du immer noch. Was glaubst du, wem Großvater die Verantwortung geben würde? Dir oder seinen Enkel?" Ich hielt mich nicht zurück. Wir beide kannten die Antwort auf diese Frage, und es war nicht Maxwell.

„Folgendes wird jetzt passieren, Vater: Du gehst zu Mutter nach unten in die sichere Wohnung. Das ganze Gebäude ist gesichert und wird bewacht. Niemand kommt ohne meine Erlaubnis rein oder raus. Jeder, der Wache steht, ist befugt, Gewalt anzuwenden, wenn jemand sich ohne Genehmigung bewegt. Morgen früh werden wir Agent Holley anrufen. Du wirst mit ihm eine Vereinbarung treffen, die zufriedenstellend ist."

„Zufriedenstellend? Für wen? Für mich oder das FBI?"

„Für das FBI", antwortete ich und schüttelte innerlich den Kopf, bevor ich wiederholte: „Zufriedenstellend für das FBI. Zufriedenstellend bedeutet, dass das FBI keine Anklage gegen Axel, Knox, Evers, Mutter oder mich als Mittäter deiner langen Geschichte kriminellen Verhaltens in Koordination mit dem Tsepov-Imperium erhebt. Du wirst ihnen alles geben, was sie brauchen, um den Rest von uns aus dem Schneider zu ziehen. Hast du das verstanden?"

„Du könntest mir genauso gut eine Zielscheibe an den Rücken heften, Cooper."

„Das ist nicht mein Problem."

„Du würdest deinen Vater den Wölfen zum Fraß vorwerfen? Du willst, dass ich dem FBI Informationen gebe, die ihnen Tsepov ausliefern? Warum hältst du mir nicht gleich eine Waffe an den Kopf?"

„Glaubst du nicht, dass du dasselbe getan hast, als du Tsepovs Geld gestohlen hast und weggelaufen bist? Du hast dir deine Freundin geschnappt und uns der Gnade der verdammten Mafia ausgesetzt. Du hast *Mutter* gefährdet. Wusstest du, dass in ihre Wohnung eingebrochen wurde? Sie haben Fotos von ihr gemacht, als sie schlief, um uns einzuschüchtern! Andrej ist ein verdammter Idiot. Zumindest hatten wir es mit einem Profi zu tun, als sein Onkel das Sagen hatte. Er hätte Alice und Adam in Knox' Haus versehentlich fast umgebracht. Er hat Smokey Winters angeschossen und ihn verbluten lassen.

Diese ganze Katastrophe ist deine Schuld, und du bringst nicht nur das Geschäft in Gefahr. Wegen dir könnten wir alle als Komplizen im Gefängnis landen."

„Holley weiß, dass ihr Jungs nicht involviert seid", sagte mein Vater in einem schwachen Protest.

„Das spielt keine Rolle", schoss ich zurück. „Er mag uns vielleicht glauben, aber du hast die Firma benutzt, um

Tsepovs Lieferungen zu decken, was uns ohnehin zu Mittätern macht. Aber das ist dir scheißegal. Ich denke, wir sollten uns glücklich schätzen, dass du dich wenigstens genug um unsere kleine Schwester sorgst, um sie an einen sicheren Ort zu bringen, bevor du wieder abhaust."

Ich hasste die Wut in meiner Stimme. Ich wollte kalt, rücksichtslos und emotionslos sein. *Eis*. Stattdessen war diese lodernde Wut wieder da, die die Flammen hochschnellen ließ.

„Du bist mein Sohn", raunzte Maxwell. „Du hast mir nicht zu sagen, was ich tun soll."

„Wo ist das Geld, Vater?"

„Welches Geld?"

Ich knirschte mit den Zähnen und verlor endgültig die Geduld, als ich die Fäuste ballte. Wäre Alice nicht neben mir gewesen und lägen ihre Finger nicht auf meiner Schulter, hätte ich mich aus dem Stuhl erhoben und mit der Faust in sein selbstgefälliges Gesicht geschlagen.

„Leg dich nicht mit mir an, Vater. Wo ist das verdammte Geld?"

Er sah mich mit Augen an, die mir so vertraut waren wie meine eigenen. Ich konnte die Rädchen in seinem Kopf sehen, als er seine Antwort überlegte und abwog, bevor er antwortete: „Es ist weg."

„Das ist Schwachsinn, aber okay."

Maxwell und ich starrten uns gegenseitig an, die Stille schwer wie Blei. Ich wusste genau, was er dachte, und dass er bereits einen Plan für eine saubere Flucht plante. Dann konnte er in den Sonnenuntergang reiten, die Taschen gefüllt mit gestohlenem Geld, und den Rest von uns unserem Schicksal überlassen.

Diesmal nicht.

Er musste mich richtig eingeschätzt haben, hatte endlich begriffen, dass ich ihn nirgendwo hingehen lassen würde, weil er sich zurücklehnte und wieder charmant lächelte. „Okay. Okay, Sohn. Wir machen es auf deine Art. Ich gehe nach unten und versöhne mich mit deiner Mutter. Wir werden sehen, wie es morgen läuft. Aber hör zu, erzähl deiner Mutter nichts von Petra."

Ich stimmte angewidert zu. Bei dem Gedanken daran, wie meine Mutter reagieren würde, wenn sie herausfand, dass das Kind - das Ergebnis der Liebe meines Vaters - ein Stockwerk höher versteckt war... Nein, daran wollte ich nicht denken.

Petra war drei Jahre alt. Meine Mutter war in ihrer Wohnung eingesperrt.

Wie schwer konnte es schon sein, die beiden getrennt zu halten?

ALICE

W ir waren gerade mit dem Frühstück fertig, als Coopers Telefon klingelte. Er schaute auf den Bildschirm und sein Kiefer verspannte sich, bevor er den Anruf entgegennahm und sagte: „Hey. Du bist auf dem Lautsprecher. Alice ist hier."

„Tut mir leid, euch so früh zu stören", hörte ich Griffens vertraute Stimme, „aber wir haben gerade deinen Vater geschnappt, als er versucht hat, das Gebäude zu verlassen. Ich habe ihm mit dem Taser am Bein getroffen und ihn in den Verhörraum gebracht. Was soll ich mit ihm machen?"

„Verdammt", fluchte Cooper halbherzig. Ich brauchte nicht zu fragen, um zu wissen, dass er damit gerechnet hatte. „Halt ihn dort fest. Ich habe Agent Holley bereits eine Nachricht geschickt. Ich werde ihn anrufen, sobald wir mit dem Frühstück fertig sind. Tust du mir einen Gefallen?"

„Klar, Coop."

„Ruf meine Brüder an und sagen ihnen, wir treffen uns in anderthalb Stunden im Konferenzraum."

„Geht klar. Sonst noch was?"

„Ja, was hältst du von einem kleinen Einkaufsbummel?"

Cooper schaute zu mir. Das warme Glühen in seinen Augen wärmte mein Herz.

„Einkaufsbummel?", fragte Griffen vorsichtig.

„Mein Vater ist nicht alleine gekommen."

„Scheiße. Wen hat er mitgebracht?"

„Meine kleine Schwester."

Eine lange Pause. „*Heilige Scheiße!* Wie alt?"

„Drei. Und typisch für Vater, dass sie in ihrem Schlafanzug, mit einem Plüschhasen, und nicht viel mehr hier aufgetaucht ist. Ich weiß nicht, was zum Teufel wir mit Maxwell machen werden, aber er wird nicht mit meiner Schwester abhauen. Nicht mit Tsepov an seinen Fersen."

Cooper schaute mich an und fragte: „Macht es dir etwas aus, Alice? Könntest du mit Griffen fahren und alles Nötige besorgen?"

Ich antwortete: „Natürlich", während Griffen gleichzeitig anbot: „Ich rufe Lily an und frage, ob sie mitkommen kann. Wenn jemand weiß, was ein kleines Kind braucht, dann ist es Lily."

„Gute Idee", sagte ich erleichtert. Ich würde gerne einkaufen gehen und Petra mit allem versorgen, was sie brauchte, aber außer Kleidung hatte ich keine Ahnung.

Knox' Freundin Lily war die Mutter des fünfjährigen Adam, zu dessen Schutz ich Tsepovs Mann erschossen hatte. Lily war großartig – nicht überraschend, denn Knox war zu clever, um sich mit jemandem einzulassen, der das nicht war. Lily würde genau wissen, was wir für Petra brauchten.

Nachdem Cooper alle Einzelheiten mit Griffen besprochen und aufgelegt hatte, kam die Person, über die wir uns unterhielten, mit ihrem schmutzigen Plüschhasen in die Küche getapst. Petra wirkte verloren und verwirrt, aber nicht verängstigt. *Noch nicht.*

Sie sah Cooper und beeilte sich. Ihre kleinen Füße legten die Strecke zwischen Flur und Küche schneller zurück, als ich es vermutet hätte. Sie war klein und dünn, aber sie war schnell.

Petra erreichte Cooper und schloss ihre kleine Hand um die feine Wolle seiner Anzugshose. Sie zog daran und hob den anderen Arm, um nach ihm zu greifen, wobei das Häschen in ihren fest geballten Fingern baumelte.

Keiner von uns hatte Erfahrung mit Kindern, aber ihre Forderung war unmissverständlich. Cooper beugte sich hinunter, hob sie auf und setzte sie auf seine Hüfte. Ihre Augen waren noch halbgeschlossen und schläfrig, als sie ihren Kopf auf seine Schulter legte. Mit ihrer hellen, klaren Stimme fragte sie: „Papi?"

Cooper rieb ihr sanft über den Rücken. „Dein Papa musste zur Arbeit. Alice und ich sind hier. Willst du mit Alice einkaufen gehen? Ein paar Kleider und Spielzeug holen?"

Petras dunkle Augenbrauen zogen sich bei der Erwähnung von Spielzeug hoch, aber sie schmiegte sich enger an Coopers Schulter. „Essen", murmelte sie, ihre Augen immer noch halb geöffnet.

„Wir machen dir Frühstück", versprach er und legte seine Hand auf ihren Rücken. Ihre Augen fielen zu, und ich dachte, sie sei vielleicht wieder eingeschlafen.

Coopers Stimme war leise, als er sagte: „Ich gebe dir meine Kreditkarte. Hol alles, was sie braucht – auf lange Sicht, nicht nur für die nächste Woche oder so."

Ich schaute auf das kleine Mädchen in Coopers Armen. Mein Herz schmolz dahin und war gleichzeitig voller Sorge. Warum war es so sexy, wenn ein harter Kerl ein kleines Kind hielt? Wäre es möglich gewesen, Petra zurück in ihr Schlafzimmer zu zaubern, hätte ich ihn sofort besprungen.

Ich schob meine Gedanken an Sex beiseite. War er sich bewusst, was „auf lange Sicht" bedeutete? Ich nahm es an. Er hatte gesagt, er würde nicht zulassen, dass Maxwell Petra gefährdete. Wie ich Maxwell kannte, konnte ich mir nicht vorstellen, dass er wirklich daran interessiert war, für dieses kleine Mädchen da zu sein, nachdem er sie bei Cooper abgeliefert hatte.

Wie dem auch sei, sah Cooper nicht so aus, als ob er vorhatte, sie gehen zu lassen.

„Bist du sicher?", fragte ich vorsichtig, weil Petra zwar zu schlafen schien, aber vielleicht jedes Wort mitbekam.

Er streckte seine freie Hand aus und verschränkte seine Finger mit meinen, wobei er mich an sich zog und mir in die Augen sah. Eine Frage lauerte in den Tiefen seines Blicks. „Sie ist meine Schwester. Ich bin mir sicher. Bist du damit einverstanden? Wir haben nicht darüber gesprochen…"

„Ja." Das Wort schoss heraus, bevor ich überlegen konnte, aber ich bereute es nicht.

Ich wusste, dass sie Maxwells Tochter war, aber als ich sie in Coopers Armen sah, ihren dunklen Kopf an seine Schulter gelehnt, hätte sie genauso sein Kind sein können. Im geheimen Winkel meines Herzens hatte ich mir ein kleines Mädchen gewünscht, das wie Cooper aussah, und hier war es.

Der logische Teil meines Gehirns protestierte. Dieses kleine Mädchen brauchte Rundumbetreuung. Sie brauchte Eltern. War es das, was wir wollten? Wir waren Workaholics. Ich hatte meine Kurse und meine Freunde. Cooper war beruflich viel unterwegs.

Ich hatte mir immer ein Leben mit Kindern vorgestellt, aber das hatte in einer vagen, fernen Zukunft gelegen. *Petra ist jetzt da.*

Ich betrachtete ihre vom Schlaf geröteten Wangen, die langen, dunklen Wimpern.

So unschuldig. So verletzlich.

Wollte ich diesem kleinen Mädchen sagen, dass es unbequem war? Dass sie nicht in meine Pläne passte?

Waren Kinder jemals bequem? Sogar, wenn sie geplant waren?

Nein, sagte mein Gehirn.

Ich beschloss, mir später darüber Gedanken zu machen. Vorerst brauchte Petra ein Gefühl der Stabilität, Zuneigung und Fürsorge, Essen und saubere Kleidung. Ich wusste vielleicht noch nicht, was „auf lange Sicht" bedeutete, aber ich konnte ihr Zuneigung und Fürsorge geben.

Cooper warf einen Blick auf die Uhr über dem Herd. „Ich muss nach unten. Kommst du heute Morgen mit ihr klar? Ich kann-"

„Alles gut. Gib sie mir. Ich mache ihr Frühstück. Wenn du unten ankommst, frag Maxwell, ob sie eine Tasche hat. Ich kann im Schlafanzug mit ihr einkaufen gehen, aber…"

Etwas kam mir in den Sinn, und ich griff hoch, um an der Rückseite ihrer Pyjamahose zu ziehen. Wie ich erwartet hatte, trug sie eine Windel. Sie ging also noch nicht aufs Töpfchen.

„Sie braucht mindestens eine frische Windel, bevor wir losgehen."

Cooper legte das schlafende Kleinkind in meine Arme, und sie kuschelte sich an mich, als sie ihren Kopf in die Vertiefung zwischen meinem Hals und Schlüsselbein schmiegte, die Augen wieder offen, aber immer noch schläfrig.

Cooper gab mir einen sanften Kuss, wobei wir beide wussten, dass Petra alles mitbekam. Er streckte die Hand aus und fuhr mit dem Finger über ihre weiche Wange, bevor er versprach: „Wir sehen uns später, Petra, okay?"

Sie nickte und streckte die Hand aus, um mit einer Fingerspitze auf sein Kinn zu klopfen. „Wie Papi."

Etwas blitzte in Coopers Augen auf, als er ihren Finger auffing und ihn verspielt schüttelte, was sie zum Kichern brachte. „Ich sehe aus wie dein Papa, weil ich dein großer Bruder bin. Und du bist meine kleine Schwester."

Petra schaute zu ihm auf, sie schien ihn aber nicht zu verstehen. Sie hatte eine Lieblichkeit an sich, die ein Wunder war, wenn man bedachte, dass Maxwell in den letzten sechs Monaten ihre Hauptbezugsperson gewesen war. Ich musste an ihre arme, junge Mutter denken.

Ich war mir sicher, dass Mila ihr kleines Mädchen geliebt hatte und ihr in der kurzen Zeit, die sie zusammen hatten, so viel Liebe wie möglich gegeben hatte.

Cooper drückte einen kurzen Kuss auf ihre Stirn und einen weiteren auf meine Wange, bevor er ging.

Ich wünschte, er wäre geblieben. Ich hatte keine Ahnung, was ich mit einer Dreijährigen machen sollte, aber welche Schwierigkeiten ich mit Petra auch immer bekommen konnte, war nichts im Vergleich zu dem, was Cooper bevorstand.

Er und seine Brüder mochten Maxwell gefunden haben, aber ihn festzuhalten war eine ganz andere Sache.

Petra tätschelte meine Wange, um meine Aufmerksamkeit zu erregen. Als ich in ihre vertrauten Augen hinunterblickte, sagte sie: „Hungrig. Füh-stück?"

Frühstück konnte ich machen. „Eier? Toast?"

Zum Glück nickte Petra. Ich setzte sie in meinen Stuhl an der Bar und bemerkte plötzlich, wie hoch sie über dem Hartholzboden saß. Ich schob meinen Teller mit halbgegessenen Eiern und einer Scheibe Toast vor sie, und sie stürzte sich drauf.

Das Essen war kalt, aber sie aß mit solchem Appetit und ohne Beschwerden, dass ich mich fragen musste, wann Maxwell sie zuletzt gefüttert hatte.

Als sie fast fertig war, piepte mein Telefon mit einer Nachricht. *Griffen ist auf dem Weg mit Petras Tasche.*

Sie hatte also doch eine Tasche. *Ein Wunder.*

Griffen ließ sich selbst herein, was gut war, denn ich war Petras Sicherheitsgurt für den hohen Stuhl, während sie aß. Sie brauchte einen Hochstuhl – eine weitere Sache, die auf die Liste gesetzt werden musste.

Ich hoffte, dass Lily mitkommen würde. Ich wusste, dass Petra Kleidung und Windeln oder Höschen brauchte. Ich hoffte, Lily würde mir den Unterschied erklären können.

Ein Hochstuhl. Was noch?

Griffen blieb vor uns stehen, seine grünen Augen weich, als sie auf Petra landeten. Mit leiser Stimme fragte er: „Sie ist Maxwell und den anderen wie aus dem Gesicht geschnitten, nicht wahr?"

„Das ist sie", stimmte ich zu. „Ist das ihre Tasche?"

„Was davon übrig ist", sagte er verächtlich und reichte mir eine ramponierte Sporttasche.

Als ich den Reißverschluss aufmachte und die Tasche durchwühlte, fuhr Griffen fort: „Lily hat gesagt, dass sie und Adam mitkommen werden. Wir holen sie unterwegs ab."

Ich schaute erleichtert auf. „Wunderbar. Hat Adam heute keinen Kindergarten?"

„Laut Lily kann er einen Tag aussetzen. Sie denkt, dass er Petra kennenlernen wollen würde, und Petra würde sich vielleicht wohler fühlen, wenn ein anderes Kind dabei ist."

„Gut gedacht", murmelte ich, als ich Petras spärliche Besitztümer durchsah.

Es gab nicht viel. Ein paar Kleider - die meisten davon abgetragen - und eine halbleere Windelpackung in der Größe 2J - 3J. Ich fotografierte die Verpackung schnell, damit ich wusste, was ich im Laden nehmen sollte. Als ich mir die Etiketten an den Kleidungsstücken ansah, stellte ich fest, dass sie alle zwischen 2J und 3J waren.

Als Petra mit dem Essen fertig war, überredete ich sie, beide Größen anzuprobieren, wobei ich schnell feststellte, dass 2J etwas eng und 3J zwar etwas zu groß war, aber besser passte. Ich fügte das zu der Liste hinzu, die ich auf meinem Telefon begonnen hatte.

In der Tasche waren keine Schuhe und sie hatte am Abend zuvor auch keine getragen.

Ich schrieb Schuhe hinzu. Wir würden ihre Größe im Laden herausfinden. Sie hatte auch keine Haarbürste, keine Haargummis oder Haarspangen, keine Zahnbürste, Zahnpasta oder andere Hygieneartikel. Ich schrieb alles dazu und kämmte Petras Haar schnell mit meiner eigenen Bürste, froh, dass ihr Haar trotz seiner Länge nicht zu verfilzt war und sich sauber anfühlte. Maxwell musste sie kürzlich gebadet haben.

Wenn ich daran dachte, wie sie die kalten Eier verschlungen hatte, fragte ich mich, ob sie genug gegessen hatte. Die Vorstellung, dass dem nicht so war und dass Maxwell sich nicht richtig um sie gekümmert hatte... Darüber wollte ich gar nicht nachdenken.

War sie schmächtig, weil es ihre natürliche Statur war oder weil sie nicht genug aß? Wenn sich die Lage beruhigt hatte, mussten wir einen Kinderarzt aufsuchen.

Als wir aus der Tür gingen, holte ich eine Mandarine und ein paar weiche Müsliriegel aus der Speisekammer, falls sie wieder Hunger bekam.

In der Garage setzten wir uns in Knox' Geländewagen und Griffen erklärte: „Wir haben keinen Autositz für sie, aber Knox hat eine Sitzerhöhung von Adam hier. Das muss reichen, bis wir ihr einen passenden Sitz kaufen." Ich fügte einen Kindersitz zu meiner Liste hinzu.

Nachdem wir uns angeschnallt hatten, umklammerte Petra meine Hand. Griffen fuhr auf die Straße und sah mich kurz im Rückspiegel an. „Bist du mit all dem einverstanden?"

„Seltsamerweise, ja", sagte ich ehrlich. „Ich meine, ich bin überrascht und besorgt um Cooper. Er ist... Es ist..." Ich warf einen Blick auf Petra, die aus dem Fenster schaute.

Ich hatte nicht vor, Maxwells Namen vor ihr zu sagen. Das brauchte ich auch nicht.

„Bist du immer noch sauer auf ihn?"

„Auf Cooper? Nein."

„Ja, ich verstehe." Griffen wusste genau, auf wen ich wütend war, und Cooper war es nicht.

Jetzt hatte ich einen ganz neuen Grund, Maxwell mit Freuden töten zu wollen.

ALICE

Es war eine kurze Fahrt zu Knox' Haus. Ich war nicht mehr dort gewesen seit dem Tag, an dem Tsepov die Garage gesprengt hatte, während Adam und ich im Keller waren. Der größte Teil des Hauses war verschont worden, was mich freute, da es ein richtiges Kunstwerk war. Ich hätte nie und nimmer gedacht, dass der große, zähe, stille Knox in einem Haus wie aus einem Märchenbuch wohnen würde.

Mit seinem steil aufragenden Dach, den diamantenverglasten Fenstern und den von Blüten überquellenden Blumenkästen war Knox' Haus zu prachtvoll, um echt zu sein.

Zum Glück war nur die Garage beschädigt worden, und Knox nutzte die Reparaturen als Vorwand, das Haus auszubauen, ein zusätzliches Kinderzimmer und ein extra Gästezimmer im hinteren Teil hinzuzufügen, das hinter der Küche versteckt war. Es sah so aus, als hätten Knox und Lily bereits Pläne, ihre kleine Familie zu vergrößern.

Lily und Adam öffneten die Haustür, sobald wir anhielten. Adam hielt die Hand seiner Mutter und zog sie mit sich. Die Sonne schien auf sein weißblondes Haar und seine helle

Haut, wodurch er seiner Mutter mit ihren schwarzen Locken und ihrem karamellgoldenen Teint überhaupt nicht ähnelte, aber die Verbindung zwischen ihnen war unverkennbar. Lily lächelte ihren Sohn an und sagte etwas, das ihn langsamer machen ließ.

Lily nutzte den zusätzlichen Sitz, den sie mitgenommen hatte, um Adam auf dem Rücksitz unterzubringen, und fragte mich: „Ist es für dich in Ordnung, zwischen den beiden zu sitzen?"

„Klar." Ich drückte Petras Hand und sagte: „Das sind Lily und ihr Sohn Adam. Leute, das ist Petra."

Lily schenkte Petra ein warmes Lächeln und begrüßte sie, bevor sie Adams Tür schloss und auf der Beifahrerseite einstieg.

Adam lehnte sich um mich herum, um Petras Aufmerksamkeit zu erregen. „Ich bin Adam." Petra sagte nichts und saß ernst da, die Augen ganz groß. Adam störte es nicht. Er hatte ein sonniges Gemüt und noch nie einen Menschen getroffen, den er nicht mochte.

Er sah mich an und sagte: „Hallo, Alice", bevor er sich wieder nach vorne beugte, um Petra zu sehen. „Ich bin fünf. Ich bin jetzt ein Vorschulkind. Wie alt bist du? Gehst du auch in den Kindergarten?"

Petra drückte meine Hand, als sie sich an mich lehnte und Adam anschaute, während sie mich zwischen ihnen hielt. Verängstigt und trotzdem neugierig. Ich streichelte über ihre Finger und sagte: „Ist schon gut, Schatz. Adam ist ein Freund von Cooper. Von deinem Bruder."

Petra schaute zu mir und dann zurück zu Adam, immer noch unsicher. „Kannst du ihm zeigen, wie alt du bist?", fragte ich. Ein weiterer fragender Blick zu mir, ein weiterer zögerlicher zu Adam, und sie legte ihr Plüschhäschen auf ihren Schoss, bevor sie drei Finger hochhielt.

Adam grinste und fing an, ihr alles über den Kindergarten zu erzählen. Sein Enthusiasmus wurde durch ihren Mangel an verbaler Reaktion nicht geschmälert. Trotz ihres Schweigens strahlten ihre Augen vor Interesse. *Tapferes Mädchen.* Es musste überwältigend sein, mit so vielen neuen Menschen in einem Auto zu sitzen, aber Petra hielt durch.

Alles war in Ordnung, als ich mir einen Einkaufswagen für zwei Kinder schnappte und Adam und Petra nebeneinander reinsetzte. Ich musste erstaunt ausgesehen haben, als Lily sich einen zweiten Einkaufswagen schnappte, weil sie mich nur angrinste und mir zuzwinkerte. „Du wirst ihn brauchen.“

Als ich über meine Liste nachdachte, wurde mir klar, dass sie Recht hatte. Ein Hochstuhl und zwei Autositze - einer für Coopers Auto und einer für meins - würden einen ganzen Wagen füllen, und Petra brauchte noch mehr.

Wir fingen vorne im Laden an und deckten uns mit Schnabeltassen und Plastikgeschirr ein, dann mit Badespielzeug und tränenlosem Shampoo, einem Thermometer, einer Haarbürste und einer Zahnbürste – so ziemlich allem, was wir brauchten, um ein Kleinkind zu füttern und sauber zu halten.

Als Nächstes waren Hochstühle dran. Ich war dankbar, dass Lily bei uns war, als sie sich eine runde Plastikmatte schnappte und sie in den Wagen warf, bevor sie erklärte: „Das hilft, den Boden sauber zu halten. Sie ist kein Baby, also brauchst du sie vielleicht nicht, aber…“

Adam brach seine Plauderei mit Petra ab, um mir einen sehr erwachsenen Blick zuzuwerfen. „Du brauchst sie. Als ich drei war, habe ich noch sehr gerne mit Essen geworfen.“

Lily biss sich auf die Lippe, um ein Lachen zu unterdrücken. Adam nahm seine Rolle als Petras Begleiter ernst, begutachtete gnädig ihren Plüschhasen, den sie ihm hinhielt, und nickte zustimmend, bevor er ihn zurückgab und sagte, dass er *wirklich cool* war.

Petra blieb still und lächelte Adam hier und da zögernd an, sprach aber nicht. Wenn sie Adam nicht ansah, ruhte ihr Blick auf mir. Ich dachte mir nichts dabei, bis ich mich vom Wagen entfernte und am Ende des Ganges um die Ecke bog, um nach einem geeigneten Hochstuhl zu suchen.

In der Sekunde, in der ich aus Petras Blickfeld verschwand, erfüllte ein hoher Schrei unsere Ecke des Ladens, der zu einem ohrenbetäubenden Schrillen anstieg, bevor er verklang, während sie für einen weiteren Schrei nach Luft schnappte.

Ich vergaß die Hochstühle und eilte wieder zum Wagen. Petra weinte sich die Seele aus dem Leib und Tränen liefen ihr über die Wangen. Griffen und Lily versuchten, sie zu trösten, aber sie schlug ihre Hände weg und schrie in panischer Angst.

„Petra", rief ich und griff nach ihr, „Schatz, es ist schon gut. Alles ist in Ordnung."

Ihre Hände streckten sich nach mir aus, wobei der Sicherheitsgurt des Wagens sie zurückhielt. Lily tastete nach dem Schnappverschluss und öffnete ihn gerade noch rechtzeitig, als Petra sich so heftig auf mich stürzte, dass sie mich fast umwarf.

Ihre Arme schlossen sich um mich und ihr nasses Gesicht drückte sich an meinen Hals, als sie unter meinen Händen zitterte. Ich wiegte sie hin und her, rieb ihren Rücken und sagte immer wieder: „Ist schon gut, Schatz. Ist schon gut."

Nach endlosen Minuten des Weinens kam sie zur Ruhe. Ich neigte meinen Kopf, um in ihr tränenüberströmtes Gesicht zu schauen. „Hast du Angst bekommen, weil du mich nicht sehen konntest?"

Sie nickte, wobei ihr Körper immer noch von Schluchzern erschüttert wurde. Tränen brannten mir in den Augen, und ich neigte den Kopf, um einen Kuss auf ihr Haar zu drücken.

„Okay, Schatz. Ich bleibe bei dir. Versprochen. Alles wird gut. Ich bin ja hier."

Ich legte meine Wange auf ihren Scheitel und die Tränen, die mir in den Augen brannten, liefen heiß meine Wangen herunter. Mein Herz brach fast. Sie war so gefasst und ruhig, dass ich nicht gemerkt hatte, wie viel Angst sie hatte.

Es war gut, dass Maxwell im Verhörraum eingesperrt war. Hätte er vor mir gestanden, hätte ich ihn in Stücke gerissen.

Ich war mir sicher, er würde schwören, dass er bei Petra sein Bestes getan hatte, aber dies war seine Schuld. Er hatte sie über den ganzen Globus geschleppt, um vor dem Mann zu fliehen, der ihre Mutter getötet hatte, und dann ließ er sie bei der ersten Gelegenheit im Stich. Er hatte an diesem Morgen viel Zeit gehabt, sich nach seiner Tochter zu erkundigen, aber er hatte Cooper nicht einmal eine kurze Nachricht geschickt, um zu fragen, ob sie gut geschlafen hatte.

Ich wusste nicht genau, wie Cooper und ich ein Kleinkind in unserem Leben unterbringen würden, aber ich wäre nicht die nächste Person, die dieses kleine Mädchen im Stich ließ.

Ich wusste nicht, wie lange ich dort mit Petra in meinen Armen stand und darauf wartete, dass ihr Schluchzen verstummte, aber ich bemerkte, wie Griffen und Lily den Wagen zur Kasse brachten, mit einem leeren zurückkamen und ihn mit verschiedenen Sachen füllten – ein paar Packungen mit Windeln, der Hochstuhl, nach dem ich gesucht hatte.

Als Petra endlich still war, ihr kleiner Körper sich in meinen Armen entspannte, wollte ich sie wieder auf den Sitz des Einkaufswagens neben Adam setzen. In dem Moment, als ihre Füße das Plastik berührten, verkrampfte sie sich an und begann wieder zu jammern.

„Okay, Schatz. Soll ich dich tragen?"

Sie hob ihr Gesicht, um zu mir aufzuschauen, und diese

eisblauen Augen, die Coopers so ähnelten, waren tränen- und angsterfüllt. Meine Brust brannte vor machtloser Wut. Auf Maxwell und auf Tsepov, weil er Petras Mutter töten ließ. Ein Kleinkind sollte solche Angst nicht kennen oder sich fürchten, im Stich gelassen zu werden.

Ich strich Petras Haare wieder aus ihrem Gesicht und drückte ihr einen Kuss auf die Stirn. „Ich werde dich tragen, Schatz."

So gern ich mein Versprechen, Petra zu tragen, gegeben hatte, bedauerte ich es zehn Minuten später. Ihr kleiner Körper zog an meinen Armen wie ein Bleigewicht und belastete Muskeln, von denen ich nicht wusste, dass ich sie hatte. Ich schob sie von einer Hüfte auf die andere und zuckte ein wenig zusammen. Lily bemerkte die Bewegung aus dem Augenwinkel.

„Deine Arme bringen dich um, oder?"

Ich schüttelte den Kopf und log: „Nein, es geht schon."

Sie überlegte einen Moment, bevor sie sagte: „Warte mal" und wieder in Richtung des Abschnitts verschwand, in dem wir uns bereits einen Kinderwagen geholt hatten. Ich beobachtete sie skeptisch. Wenn Petra mir nicht erlaubte, sie in den Wagen zu setzen, bezweifelte ich, dass sie einen Kinderwagen tolerieren würde.

Lily kehrt so schnell zurück, dass sie fast schon joggte, die Arme mit Bündeln aus verpacktem Stoff beladen. Sie legte sie quer über das Regal vor mir. *Babytragetaschen.*

„Du bist brillant", atmete ich auf. „Ich bin so froh, dass du mitgekommen bist."

Lily lächelte. „Ich auch. Sie ist wahrscheinlich nah am zulässigen Tragegewicht, aber selbst wenn du es nicht mehr sehr lange benutzen kannst, ist es im Moment die beste Lösung." Sie überflog schnell die Angaben auf den Tragetaschen, wählte eine aus und riss die Verpackung auf.

„Halt still", sagte sie. „Es ist schon eine Weile her, dass

ich sowas angelegt habe. Wenn du sie einfach so hältst, kann ich sie dir bestimmt umschnallen. Diese hier fand ich am besten, als Adam in ihrem Alter war. Er konnte sich schnell einkuscheln und einschlafen." Sie drehte sich zu Adam und fragte: „Erinnerst du dich?"

Adam hüpfte ein wenig im Wagen. „Du kannst sie auch auf deinem Rücken tragen, Alice. Es war toll, wenn meine Beine beim Spazieren müde waren, und es hat eine Kapuze. Man zieht sie hoch und der Kopf ist im Schatten."

Lily bewegte sich um mich herum, schlang die Riemen über meine Arme, schnallte den Gurt um meine Taille und zog das Ganze fest. Schließlich sagte sie: „Okay, lass deine Arme runter und lass uns sehen, ob das Ding passt."

Ich tat, was sie sagte, und Petra saß genauso in der Tragetasche, wie ich sie gehalten hatte, ihre Knie auf beiden Seiten meiner Rippen. Anstatt meine Arme nach unten zu ziehen, verteilte die Tragetasche ihr Gewicht auf meine Schultern und um meine Taille. Petra hob ihr Gesicht, ihre dunklen Augenbrauen zusammengezogen.

„Geht es dir gut?" Ich strich ihr die Haare aus dem Gesicht und nahm ihre Wange in meine Hand. Sie sah einen Moment lang unsicher aus, bevor sie mir ein zögerliches Nicken gab.

„Äschen. Äschen." Sie streckte einen Arm aus und verlangte nach etwas.

Lily, Griffen und ich sahen uns verwirrt an, aber Adam wusste genau, was Petra wollte, beugte sich hinunter, um das Plüschhäschen aufzuheben, das sie fallen gelassen hatte, und reichte ihn ihr mit einem fröhlichen Lächeln. „Bitteschön, Petra."

Petra packte ihr *Äschen* und steckte das Kuscheltier unter ihr Kinn, wobei sie Adam ein scheues, dankbares Lächeln schenkte.

Mein Herz klopfte vor Adrenalin, als wir unseren

Einkaufsbummel fortsetzten. Petra war jetzt ruhig, da ich keine Chance hatte, wegzugehen und sie zurückzulassen.

Was zum Teufel war hier los? Wie konnte ich mit einem Kleinkind enden, das an meinen Körper geschnallt war, obwohl ich vierundzwanzig Stunden zuvor keine Ahnung hatte, dass Petra existierte?

Mehr als das – warum zum Teufel wollte ich Petra genau dort haben, wo sie war?

Ich hatte kein Recht auf sie. Überhaupt nicht. Sie war Coopers Schwester. *Maxwells Tochter.*

Petra ging mich nichts an, aber alles in mir rebellierte bei diesem Gedanken.

Petra war Coopers kleine Schwester. Es spielte keine Rolle, dass er sie bis gestern Abend noch nie zu Gesicht bekommen hatte. Sie war seine Familie und sie brauchte ihn. Sie brauchte *uns*. Ich hatte allen Grund, mich zu beteiligen. Sie war Coopers Schwester, aber sie gehörte mir auch.

Mir drehte sich der Kopf und in meinem Geist rangen Pro- und Kontra-Argumente miteinander, als ich sorgfältig Spielzeug und Bücher auswählte, und ihr den Rücken rieb, während wir uns von Gang zu Gang bewegten.

Meine Beziehung mit Cooper war noch so neu. Es gab keinen Platz für ein Kind.

Aber wir waren überhaupt nicht neu. Wir kannten uns fast ein Jahrzehnt lang und waren seit Jahren Freunde.

Mein Gehirn wollte das Petra-Problem analysieren, um eine vernünftige, logische Lösung zu finden.

Mein Herz scherte sich nicht um Vernunft oder Logik. Es wollte Petra in meinen Armen halten, wo sie in Sicherheit war. Ich wollte sie festhalten und lieben, bis diese unergründliche Angst, verlassen zu werden, aus ihren Augen gewichen war.

Mein Herz wollte jeden bekämpfen, der Petra schaden könnte, und ich wollte Maxwell wegen seiner offensichtlichen Vernachlässigung töten. Mein Herz wollte es der jungen Frau recht machen, die Petras Mutter gewesen war.

Mein Gehirn war sich nicht sicher, was los war, aber mein Herz hatte sich bereits entschieden. Ich wollte Cooper, und zusammen wollten wir Petra. Ich konnte nur hoffen, dass Cooper einverstanden war.

Du weißt, dass er es ist, flüsterte mein Herz zuversichtlich.

Lily schaute uns still zu und beobachtete die Art und Weise, wie Petra sich mit ihrem unschuldigen Vertrauen an mich klammerte. Während wir verschiedene Schuhgrößen an ihren Füßen ausprobierten, murmelte Lily: „Sie wird schon okay sein, Alice. Ihr werdet beide okay sein."

Ich wollte ihr glauben, und nicht nur um meinetwillen. Um Petras Willen und um Coopers. Mein Kopf drehte sich vor so viel Veränderung in meinem Leben, als mir ein gerafftes, mit Gänseblümchen besticktes, rosa Kleid auffiel. Ich kannte mich vielleicht nicht mit Kleinkindern aus, aber ich kannte Mode. Und dieses Kleid war einfach bezaubernd. Es war nicht fair, dass die Abteilung für Mädchen dreimal so groß war wie für Jungs, aber ich hatte nicht vor, mich zu beschweren. Es kam mir gelegen.

Neben mir sagte Lily: „Ich hätte gerne ein kleines Mädchen für all diese süßen Kleider."

„Das stimmt." Ich hielt eine Packung mit Gänseblümchen-Haarspangen neben Petras Haar. Sie sah sie, streckte ihre Hand aus und nahm sie mir zur näheren Betrachtung aus der Hand.

„Gefallen sie dir?", fragte ich sanft.

Petra rieb ihren Finger über die helle Blume. „Schön."

Das genügte mir. Das Kleid und die Haarspangen landeten im Wagen.

Adam machte ein angewidertes Geräusch, und ich erwischte ihn und Griffen dabei, wie sie gelangweilt mit den Augen rollten, als wir uns Kleider ansahen.

Ich streckte meine Zunge aus und schnitt eine Grimasse. „Halt durch, Cowboy. Wir gehen in ein paar Minuten zurück zur Spielzeugabteilung, aber ich muss hier erst noch etwas Schaden anrichten."

In der Hoffnung, dass es Cooper nichts ausmachen würde, kaufte ich nach Herzenslust ein. Neue Kleidung und Spielzeug würden das Loch in Petras Herz nicht reparieren, aber sie würden auch nicht schaden. Sie würde diese Sachen brauchen, egal was kam, und wenn es mir helfen würde, meine verrückte Welt nur für eine kleine Weile wieder in Ordnung zu bringen, würde ich es nutzen.

ICH BRAUCHTE JEDE HILFE, die ich kriegen konnte.

COOPER

Mein Vater kam in den Konferenzraum geschlendert und streckte sich auf dem Stuhl am Fuße des Tisches aus, so entspannt wie ein Mann, der sich nach der Arbeit mit seinen Freunden auf ein Bier traf. Den beiden bewaffneten Wachen, die ihn eskortiert hatten, schenkte er überhaupt keine Beachtung, so als ob sie nicht existierten.

Auf mein Nicken hin nahmen sie auf beiden Seiten der Tür Stellung. Wenn Maxwell versuchen würde zu flüchten, würden sie ihn aufhalten. Er mochte die Firma geleitet haben, nachdem Großvater in den Ruhestand gegangen war, aber er war eine lange Zeit weg gewesen, und auch nicht gerade beliebt, als er noch da war. Die Männer an der Tür hörten auf mein Kommando, nicht seins.

Ich saß meinem Vater am Kopf des langen, polierten Konferenztisches gegenüber. Auf dem Stuhl, der früher ihm gehört hatte. Evers, Knox und Axel saßen zwischen uns und schauten grimmig. *Resigniert.*

Keiner von uns wollte hier sein. Verdammt nochmal, ich wollte an Griffens Stelle sein und mit Alice und Petra einkaufen. Das sagte viel aus, wenn man bedachte, wie sehr ich

Shoppen hasste, aber wenn ich an Petras verwaschenen Schlafanzug dachte und wie sie nach mir griff…

Ich wollte bei ihr sein. Bei Alice.

Leider konnte ich das nicht ändern. Agent Holley war nicht in der Gegend, weil er Tsepovs Spur verfolgte, aber er würde am nächsten Tag hier sein. Entweder würde er sich Maxwells Kooperation sichern oder er würde ihn ins Gefängnis stecken, wo er unter einem Berg von Anklagen ersticken würde. Anklagen, die Sinclair Security mit sich in den Abgrund reißen würden. Das konnte ich nicht zulassen.

Ich hatte einen Plan und der hing von einer einzigen Sache ab. Ich musste ein ebenso guter Lügner sein wie mein Vater.

Maxwell lehnte sich in seinem Stuhl zurück, die Beine weit gespreizt, die Arme über der Brust gekreuzt, als ob er sich um nichts in der Welt sorgte. Eine Augenbraue war hochgezogen, als er überheblich grinste.

„Was? Kein Kaffee? Kein ‚Hallo' für euren Papa? Wie lange ist es her? Fünf Jahre?"

„Kein sehr guter Start, Vater", sagte Axel, sein Blick frostig. „Ich schätze, ich sollte froh sein, dass du von den Toten zurück bist, aber angesichts des Schlamassels, den du uns hinterlassen hast…" Den Rest ließ Axel unausgesprochen. Maxwell weigerte sich, sich von den Worten beeindrucken zu lassen und wandte sich von Axel ab, als hätte er nichts gesagt.

Ich wies mit dem Kinn in Richtung der Kaffeemaschine in der Ecke. „Hol dir einen, wenn du Kaffee willst, aber tue es jetzt. Ich würde das gerne hinter mich bringen."

„Serviert Alice nicht den Kaffee?", fragte er in einem seidigen, gefährlichen Ton.

Ich unterdrückte den Wunsch, ihn bewusstlos zu prügeln. Ein Schlag hatte nicht annähernd gereicht.

„Alice ist unterwegs, um Sachen für deine Tochter einzukaufen, die nicht nur keine passende Kleidung, sondern nicht einmal eine Zahnbürste hat. Selbst wenn Alice hier an ihrem Schreibtisch säße, würde sie nichts für dich tun. *Niemals.* Sie würde keine Anrufe durchstellen, keine Kopien machen und dir auf keinen Fall einen Kaffee bringen."

„Zum Teufel, sie bringt mir nicht einmal Kaffee", sagte Evers.

Mit einem Blick auf meinen jüngeren Bruder erinnerte ich ihn: „Das liegt daran, dass es nicht Alices Aufgabe ist, Kaffee zu servieren."

Vater kehrte mit einer Tasse in der Hand zu seinem Sitz zurück und warf mir einen verärgerten Blick zu. „Du hast Hummeln im Arsch. Du musst mal flachgelegt werden. Ich dachte, sie würde wenigstens im Bett ihre Arbeit tun."

Ich bewegte mich, bevor es mir bewusst war, blieb jedoch durch Axels Hand sitzen, die sich an meine Schulter klammerte und mich wieder auf meinen Stuhl zurückzwang.

„Halt dein verdammtes Maul, alter Mann", sagte er.

Maxwell schaute zu Evers und Knox. Falls er dort nach Verbündeten suchte, hatte er sich getäuscht.

„Was machst du hier?", fragte Evers und machte sich nicht die Mühe, seine Wut zu verbergen. „Warum jetzt? Nach fünf Jahren? Ich weiß, dass es nicht ist, weil du uns vermisst hast. Was willst du?"

Maxwell richtete sich in übertriebener, gespielter Entrüstung auf. Ich sah, wie er darüber nachdachte, empört zu sein, und dann beschloss, dass es bei diesem Publikum nicht funktionieren würde.

Vielleicht hatte er so viel Vernunft, unsere Zeit nicht zu vergeuden. Er nahm langsam einen Schluck Kaffee, bevor er die Tasse auf den Tisch stellte. Nach einer dramatischen Pause sagte er mit leiser, fast theatralischer Stimme: „Tsepov ist näher, als ihr denkt. Petra und ich haben es durch pures Glück aus Prag herausgeschafft. Wenn ich ihm einen Schritt voraus sein will, brauche ich Geld, Waffen und saubere Papiere."

Knox lachte und erschreckte mich zu Tode. Von uns allen zeichnete sich Knox durch sein steinernes Schweigen aus. Das plötzliche Wiederauftauchen unseres Vaters hatte uns alle aus der Bahn geworfen.

„Willst du mich verdammt nochmal verarschen?", fragte Knox mit vor Ekel triefender Stimme. „Du tauchst fünf Jahre nach deiner Beerdigung auf, nachdem du der Mafia Millionen gestohlen hast, und verlangst Geld und Waffen? Auf keinen Fall. Wir werden dir ganz sicher nicht dabei helfen, saubere Papiere zu bekommen, verdammt. Glaubst du, wir würden einen unserer Kontakte in Gefahr bringen, indem wir ihn in diesen Haufen Scheiße mit reinziehen?"

„Ich bin euer Vater, verflucht nochmal", brach Maxwell aus. „Alles, was ihr habt, verdankt ihr mir. Wenn ich euch bitte, mir etwas Geld und die verdammten Waffen zu geben, werdet ihr es verdammt nochmal tun."

Da war der gute alte Papa, den ich kannte und liebte. Es dauerte nicht lange, bis er auf den Punkt kam. Natürlich wollte er Geld. Was sollte er sonst wollen? Vergebung? Versöhnung? *Nicht Maxwell.*

„Und Petra?", fragte ich. „Was hast du mit unserer kleinen Schwester vor? Wirst du sie mitschleifen, während du weiter wegläufst? Kümmert es dich überhaupt, was Tsepov mit ihr machen wird, wenn er dich kriegt?"

Maxwell wand sich in seinem Sitz, die Augen auf den Dampf gerichtet, der aus seiner Kaffeetasse aufstieg.

Bevor er antworten konnte, übernahm Evers das Wort. „Ich war mir nicht sicher, ob deine beschissene Erziehung noch zu toppen sei, aber hier bist du nun und beweist mir wieder einmal das Gegenteil."

„Halt die Klappe", schoss mein Vater zurück. „Halt

einfach die Klappe. Du hast keine verdammte Ahnung, wovon du da redest-"

Seine Worte brachen abrupt ab, und die Trauer in seinem Gesicht ließ mich sprachlos werden. Er war ein guter Schauspieler - ein noch besserer Lügner -, aber der rohe Schmerz in seinen Augen, das Zittern in seinem Kinn... Sie waren echt.

Verdammte Scheiße. Er hatte diese junge Frau wirklich geliebt.

Gerade, als ich anfing, Mitleid für meinen Vater zu empfinden, erinnerte ich mich an das Geräusch von der Explosion, während Alice in Knox' Haus gefangen war. Jedes bisschen Mitgefühl für meinen Vater verschwand.

Ich würde nie vergessen, wie mein Herz stehen geblieben war, als der Boden unter meinen Füßen bebte. Niemals würde ich vergessen, wie ich durch den Rauch rannte und Alice in einer Blutlache auf dem Boden fand.

Ich würde nie vergessen, wie nahe ich dran war, sie zu verlieren, oder wessen Schuld es war. Ich verbannte die Hitze der Emotionen aus meiner Stimme und setzte einen drauf. „Wegen dir wurde Mila getötet. Du hättest Alice und Summer fast umgebracht. Sag mir, was du wegen Petra unternehmen wirst. Kannst du mit ihrem Tod auf deinem Gewissen leben?"

Maxwell studierte seine Tasse, als ob die Antwort auf all seine Probleme in dem Kaffee geschrieben stünde. Er wich unseren Blicken aus und sagte schließlich: „Ich dachte, ich lasse Petra hier bei euch."

Ich sah Maxwell eiskalt an, schwieg und ließ ihn in offensichtlicher Gleichgültigkeit schwitzen. Evers machte sich nicht die Mühe, Gelassenheit vorzutäuschen. „Was für ein Schock. Du zeugst Kinder, machst dir aber nicht die Mühe, sie zu erziehen. Du bist nicht hier, um die Dinge in Ordnung zu bringen. Du bist nicht hier, um deinen Schlamassel aufzuräumen. Du bist hier, um dein Kind loszuwerden, damit du tun und lassen kannst, was auch immer du willst – eine andere junge Frau finden, die du schwängern kannst oder ein weiteres Vermögen von der Mafia stehlen. Habe ich recht? Du bist hier, um uns zu überreden, dein nächstes Abenteuer zu finanzieren, damit du sauber aus der Sache herauskommst. Habe ich etwas ausgelassen?"

Sonst unbeschwert, war Evers so wütend, wie ich ihn noch nie erlebt hatte. Andererseits hatte er Summer wegen unseres Vaters und Tsepov fast verloren. Evers musste endlose Stunden an einen Stuhl gefesselt ausharren und zusehen, wie Summers Vater verblutete, während er Angst hatte, Summer würde durch Tsepovs Hand dasselbe Schicksal erleiden – oder Schlimmeres. Evers hatte viel Zeit gehabt, darüber nachzudenken, wie verdammt sauer er auf unseren Vater war.

Maxwell brachte die Empörung, die an ihm zu zerren schien, zum Ausdruck: „Ich kann Petra nicht mitnehmen. Es ist zu gefährlich. Sie ist eure Schwester, eure Verantwortung-"

„Oh, das ist ja köstlich", sagte Axel. „Wieso zum Teufel ist sie unsere Verantwortung? Was sollen wir Mutter sagen? Hast du mal darüber nachgedacht?"

Maxwell schien das Problem von Petra und unserer Mutter nicht zu kümmern. „Versteht mich doch. Ich dachte, dass ich diesmal einen besseren Job machen würde. Als Mila noch lebte und wir drei zusammen waren, dachte ich, dass ich es dieses Mal richtig machen würde – ein neuer Anfang. Aber dann ging alles den Bach runter. Ihr habt Recht. Ich bin ein beschissener Vater. Jeder von euch könnte es mit geschlossenen Augen besser machen als ich. Ich bitte euch, es zu versuchen, sie zu beschützen und ihr das Leben zu geben, das ich ihr nicht geben kann."

Evers beugte sich vor, bereit für einen weiteren sarkastischen Kommentar. Ich hielt meine Hand hoch, und er verstummte.

Ich tat mein Bestes, ungerührt und desinteressiert zu

klingen, als ich Maxwell erklärte: „So wird es ablaufen. Ich will zwei Dinge von dir. Wenn du sie tust, behalte ich Petra und ziehe sie auf, als wäre sie mein eigenes Kind. Ich werde ihr alles geben, was du uns nie gegeben hast. Liebe. Aufmerksamkeit. Ich werde ihr meine Zeit schenken und ein glückliches Zuhause. Sie wird eine Mutter haben, die sich um sie kümmert. Das Beste von allem."

Maxwells Gesicht hellte sich vor Erleichterung auf, und er beugte sich nach vorne. „Du wirst es nicht bereuen, Cooper. Ich-"

Ich hielt wieder meine Hand hoch und unterbrach ihn. Er wandte sich mit Unbehagen, als er schließlich meinen frostigen Ton registrierte.

„Lass mich ausreden." Jedes Wort fiel wie ein Eisblock und verbreitete eine eisige Atmosphäre im Konferenzraum.

Maxwells sah mir in die Augen. Angst verdrängte seine Erleichterung.

Gut. Er sollte Angst haben.

„Zwei Dinge, Maxwell. Wenn du mir nicht gibst, was ich will, werfe ich euch beide auf die Straße."

„Das würdest du nicht tun." Seiner zitternden Stimme fehlte Überzeugung, während er den Gedanken verarbeitete, dass ich es vielleicht tun würde.

„Darauf kannst du wetten", drohte ich, da ich wusste, dass ich diese Rolle so gut spielen musste, dass Maxwell glaubte, ich sei genauso skrupellos wie er.

In Wahrheit *war* ich genauso skrupellos wie Maxwell, aber meine Prioritäten unterschieden sich von seinen.

„Wir haben genug durchgemacht. Wir sind fertig mit dir und den Problemen, die du verursacht hast. Du tust diese beiden Dinge, und ich nehme das Kind und gebe dir das Geld, das du brauchst."

„Gut." Maxwell lehnte sich besiegt zurück. Der verletzte Blick in seinen Augen verursachte einen winzigen Anflug von

Reue, der so schnell verging, dass ich ihn kaum bemerkte. Mein Vater war erwachsen und musste die Konsequenzen für seine Taten tragen. Er verdiente meine Loyalität nicht. Meine kleine Schwester schon.

„Was willst du?", fragte Maxwell seufzend.

„Dave Price arbeitet Dokumente aus, damit du deine elterlichen Rechte freiwillig aufgibst und mir die Vormundschaft für Petra überträgst. Du wirst sie unterschreiben. Das ist Nummer eins."

„Okay. Wenn du sie nimmst, macht das sowieso Sinn", sagte er, und schien nicht allzu betrübt zu sein, weil er alle Rechte auf seine Tochter aufgeben würde. „Und die andere Sache?"

„Du hilfst Agent Holley, Tsepov festzunageln."

„Du musst doch verrückt sein", knurrte er und sprang so schnell auf die Füße, dass der Stuhl von ihm wegrollte, bis er gegen die Wand stieß. Er begann, auf und ab zu gehen und mich zu beschimpfen. Irgendwas darüber, dass ich ein Judas sei – undankbar, was auch immer.

Ich blendete ihn aus und wandte mich an Knox. „Hast du noch Tsepovs Nummer? Ich bezweifle, dass er antwortet, aber ich habe das Gefühl, dass er uns zurückruft, wenn er weiß, dass wir Maxwell haben und aushändigen wollen. Das würde uns Zeit sparen. Ich bezweifle, dass wir die Papiere unterschreiben müssen, wenn er tot ist. Wir sind ohnehin Petras nächste Angehörigen."

Seine Stimme klang genauso kalt wie meine, als er antwortete: „Sie ist in meinem Telefon abgespeichert. Ich werde den Anruf machen."

Ich nickte zustimmend und beobachtete Maxwell aus dem Augenwinkel, als Knox sein Telefon aus der Tasche zog und begann, auf den Bildschirm zu tippen. Knox meinte es ernst. Er hatte Andrej Tsepovs Kontaktdaten und zögerte nicht, die Nummer zu drücken und das Telefon an sein Ohr zu halten.

Maxwell erstarrte auf halber Strecke und merkte schließlich, dass ihm niemand zuhörte. Sein Blick richtete sich auf Knox und er beobachtete mit zusammengekniffenen Augen, wie Knox mit den Schultern zuckte. „Mailbox. Ich sage ihm einfach, er kann Vater-"

Maxwell flog durch den Raum und schlug Knox das Telefon aus der Hand. Es landete auf dem Boden und rutschte davon. Maxwell jagte hinterher, drückte verzweifelt auf den Bildschirm und versuchte, das Gespräch zu beenden, bevor die Aufnahme begann.

In der Sekunde, in der er das Gespräch beendete, warf Maxwell das Telefon an die Wand, erst dann zufrieden, als es in Stücke explodierte. „Was zum Teufel hast du dir dabei gedacht? Ich bin euer Vater verd-"

„Nein, das bist du nicht!", brüllte Knox und schritt auf Maxwell zu, sein normalerweise beherrschtes Gesicht vor Wut verzerrt. „Du bist ein verdammter Samenspender, der uns bereits Jahre vor seiner Flucht im Stich gelassen hat. *Ich* bin ein gottverdammter Vater, und ich werde alles tun, um meine Familie zu beschützen. Alles, einschließlich dich an Tsepov zu übergeben. Hast du mich verstanden?"

Scheiße! Ich dachte, mein Bluff würde Maxwell genug erschrecken, um das zu bekommen, was wir brauchten, und vielleicht hätte es das auch getan, aber zu sehen, wie Knox die Kontrolle verlor, hatte unseren Vater völlig aus der Bahn geworfen.

Nur für den Fall, dass die Botschaft nicht angekommen war, fasste ich es zusammen, blieb aber im Gegensatz zu Knox eiskalt.

„Ich denke, wir haben es deutlich gemacht. Du bist uns nur dann lebend von Nutzen, wenn du dem FBI hilfst, ansonsten ist der beste Weg, mit dir fertig zu werden, dich an

Tsepov zu übergeben. Axel, Evers? Irgendwelche Einwände? Möchte sich einer von euch für Vater einsetzen?"

Die Stille, die den Raum erfüllte, war ohrenbetäubend. Maxwell stand auf wackeligen Beinen, als seine Augen auf Evers landeten, dann Axel. Er wartete darauf, dass einer von ihnen etwas sagte.

Sie starrten zurück, ihre Augen hart.

Zum ersten Mal in unserem Leben sah Maxwell uns als das, was wir waren, und nicht als Werkzeuge, die seinem Interesse dienten.

Was er sah, war reine, unnachgiebige Entschlossenheit.

Entschlossenheit, alles zu retten, wofür wir gearbeitet hatten.

Entschlossenheit, unsere Familie zu beschützen.

Angesichts dieser Entschlossenheit ließ er seine Schultern hängen und machte sich auf den Weg zu seinem Stuhl, bevor er resigniert zusammensackte.

„Okay, ihr habt gewonnen. Ich helfe Agent Holley und ich unterschreibe eure gottverdammten Papiere. Solange ihr den Anruf bei Tsepov nicht macht."

„Einverstanden."

Wenn alles nur so einfach wäre…

COOPER

Ich verließ mein Büro, kurz nachdem Maxwell zusammen mit unserer Mutter in der Wohnung gesichert wurde. Bei der Arbeit gab es nichts, was nicht warten konnte, und ich brauchte Alice. Ich war noch nicht bereit, über die Konfrontation mit meinem Vater zu sprechen. Ich brauchte sie. Ihre Arme um mich. Ihr Lächeln.

Ich fand sie im Gästezimmer, das wir Petra gegeben hatten. Sie stand vor der Kommode, wo sie leise einen Haufen farbenfroher Kleider zusammenfaltete und wegräumte.

Mit feierlichem Blick drehte sie ein rosa Kleid in den Händen und studierte die Stickerei auf der Vorderseite, bevor sie mich hörte und aufschaute.

Das Lächeln, das sich auf ihrem Gesicht ausbreitete, als sie mich sah, trug viel dazu bei, die Gewitterwolken um mein Herz zu lichten. Mit dem Kleid in der Hand durchquerte sie den Raum und umarmte mich. Ihre Wärme hüllte mich ein und vertrieb die Kälte der letzten Stunden.

„Wo ist Petra?", fragte ich leise.

„Sie macht ein Nickerchen in unserem Bett. Wir haben

einige Bücher im Laden gekauft. Ich habe ihr vorgelesen und sie ist einfach eingeschlafen. Es war ein langer Tag."

Alice schmiegte sich mit ihrer Stirn an meine Brust und ließ einen schweren Seufzer los. „Sie hat solche Angst, Cooper. Ich bin beim Einkaufen für eine Sekunde von ihr weggetreten und sie ist komplett durchgedreht, obwohl Lily, Griffen und Adam genau daneben waren. Sie hat pausenlos geschrien, bis ich sie in die Arme genommen habe."

Sie drückte mich, als sie einen weiteren Seufzer ausstieß. „Er hat nicht einmal nach ihr gefragt, oder?"

„Nein." Das hatte er nicht. Er hatte uns gebeten, sie zu behalten, damit er abhauen konnte, aber er hatte nicht gefragt, wie es ihr ging. Ob sie gut geschlafen hatte. Gefrühstückt hatte. Ob sie ihn vermisst hatte. Ihn gebraucht hatte. „Er will sie hier lassen."

„Hier in Atlanta, oder hier bei uns?"

„Ich glaube nicht, dass es ihn kümmert."

„Was für ein Arschloch", sagte Alice in mein Hemd.

„Du hast es erfasst", stimmte ich zu.

Ich hätte Alice fragen sollen, was *sie* wollte.

Könnte sie sich als Petras Mutter sehen? Sie in unserem Leben unterbringen? Oder machte sie gute Miene zum bösen Spiel?

Ich hätte fragen sollen, aber ich tat es nicht. Wir würden später darüber reden.

Stattdessen stellte ich die andere Frage, die mich beschäftigt hatte, während sie mit Griffen unterwegs war und ich im Büro feststeckte: „Ich weiß, du hattest Petra den ganzen Tag, aber bist du dazu bekommen, einige von deinen Sachen hochzubringen?"

Ein Schleier fiel über ihre Augen und ich konnte fühlen, wie sie sich mir entzog, auch wenn sie sich nicht bewegte. Sie zog eine Schulter hoch und sah auf das Kleid, das sie noch immer in der Hand hielt. „Ich mache es später. Wir hatten viel zu tun."

„Ich bleibe hier bei Petra, wenn du runtergehen und ein paar Sachen holen willst."

„Ist schon okay. Ich kümmere mich später darum."

Später.

Es klang gar nicht so schlimm, wenn ich es zu mir selbst sagte. Bei Alice fühlte es sich an wie das, was es war. *Distanz.* Ich hasste es.

Sie zog sich zurück und blickte zu den Tüten auf dem Bett. „Ich möchte den Rest davon wegräumen, während sie schläft. Du wirst wahrscheinlich vom Hocker fallen, wenn du deine Kreditkartenabrechnung siehst."

„Ist mir egal, wie viel du ausgegeben hast, Alice. Hast du alles bekommen, was sie braucht?"

Alice gestikulierte zu dem Berg von Tüten auf dem Bett und lachte. „Fürs Erste."

Es sah aus, als hätte sie den halben Laden leergekauft. Sie fügte entschuldigend hinzu: „Das ist noch nicht alles. In der Küche stehen zwei Autositze. Einer für dein Auto und einer für meins. Und ein Hochstuhl."

Zwei Autositze. Das war ein gutes Zeichen. Wenn Alice Petra nicht in ihrem Leben haben wollte, warum sollte sie dann einen zusätzlichen Autositz besorgen? Ich wollte fragen, aber ich hatte Angst, sie zu drängen.

Es stand so viel auf dem Spiel. Meine gesamte Zukunft balancierte plötzlich auf einem schmalen Pfad. Eine falsche Bewegung könnte mich zum Fall bringen.

Es gefiel mir nicht, dass Alice noch nicht bei mir eingezogen war. Ich wollte ihre Kleider in meinem Schrank hängen sehen, ihre Schuhe vor der Tür und ihr Make-up im Badezimmer verstreut. Ich wollte sie *hier* haben, und nicht nur für die Nacht.

Wollte sie das Thema vermeiden, weil sie sich auf Petra konzentrierte, oder benutzte sie Petra, um mir auszuweichen?

Ich wusste es nicht und es hätte keine Rolle spielen sollen. Vierundzwanzig Stunden zuvor hätte ich bei ihrem Zögern nicht einmal mit der Wimper gezuckt.

Wir waren beschäftigt. Ein Umzug war anstrengend.

Petras Ankunft hatte alles auf den Kopf gestellt.

Ich wollte zu viel, und zum ersten Mal in meinem Leben hatte ich Angst davor, darum zu bitten. Ich hatte Angst, dass die Antwort etwas sein würde, das ich nicht hören wollte.

Ich wollte Alice. Ich wollte sie schon so lange, dass sich das Bedürfnis nach ihr anfühlte wie ein Teil von mir.

Für einen strahlenden Augenblick hatte ich alles gehabt, was ich wollte, und jetzt brauchte ich mehr.

Petra.

Ich hatte mir immer vorgestellt, Kinder zu haben, aber ich hätte mir nie träumen lassen, eine kleine Schwester zu haben, geschweige denn, dass sie mir in den Schoß fallen würde. Ich kannte das Kind kaum. Wie konnte sie also mir sofort so ans Herz gewachsen sein? Warum sah ich ihr in die Augen und hatte das Gefühl, dass sie mir gehörte?

War es Biologie? Wir sahen uns ähnlich. Vielleicht drängte mich mein Instinkt nur deshalb dazu, sie zu beschützen, weil sie mir so ähnlich sah. Blaue Sinclair-Augen. Dunkles Haar, das meinem eigenen glich. Vielleicht hatte sie sofort eine Verbindung zu mir aufgebaut, weil ich unserem Vater so sehr ähnelte. War das wichtig?

Das kleine Mädchen war meine Familie. *Meine Schwester.* Das Schicksal hatte ihr ein beschissenes Blatt zugeteilt, vor allem mit unserem beschissenen Vater.

Ich würde ein besserer Vater sein. Ich würde es nicht ertragen, zu versagen.

Die Vorstellung gefiel mir, aber über Nacht Eltern zu werden, war weit entfernt von der Realität. Ich arbeitete zu viel. Ich wollte Zeit mit Alice allein verbringen, jetzt, da wir endlich zusammen waren.

Ein Kleinkind war eine Bombe, die mitten in mein Leben geworfen wurde. Eine große Unannehmlichkeit. Hatte ich wirklich vor, mein Leben für Petra auf den Kopf zu stellen? Wie konnte ich von Alice erwarten, das Gleiche zu tun?

Ich hasste die Vorstellung, dass Petra Alice abschrecken könnte. Von ganzem Herzen.

Ich war nicht bereit, eine von ihnen aufzugeben.

Vielleicht hatte ich keine Wahl.

Würde ich Petra noch wollen, wenn sie am Ende einen Keil zwischen Alice und mich treiben würde? Könnte ich meine kleine Schwester so lieben, wie sie es verdiente, wenn sie mich Alice kosten würde?

Ich war nicht Petras einziger Bruder. Knox und Lily hatten bereits Adam. Was war da noch ein weiteres Kind? Und es gab noch Evers und Axel. Ich war nicht die einzige Option.

Ich stellte mir Petras Augen vor, die meinen eigenen glichen, wie sie heute Morgen mit reinem, unschuldigem Vertrauen nach mir gegriffen hatte. Wie sie dasselbe bei Alice getan hatte, als sie im Laden in Panik geraten war.

Ich wollte Petra nicht auf einen meiner Brüder abschieben.

Ich wollte, dass mein Vater, Tsepov und Agent Holley aus unserem Leben verschwanden. Ich wollte, dass Petra sesshaft und glücklich wurde. Ich wollte, dass Alice bei mir blieb. In meinen Armen. In meinem Bett. *In meinem Leben.*

Wie standen die Chancen, dass ich alles haben könnte, genau so, wie ich es wollte?

Frag Alice, was sie will, drängte mein Gewissen. Vielleicht war es nicht mein Gewissen, sondern meine Eier. *Bring mich bei der Arbeit in eine gefährliche Situation, und ich bin ganz zuversichtlich. Nicht so sehr, wenn ich damit konfrontiert werde, die Frau zu verlieren, die ich liebe*, dachte ich.

Ich behielt meine Fragen für mich und half Alice, Petras Sachen wegzuräumen. Immer wieder schleppte ich Einkaufstaschen mit leeren Verpackungen zur Haustür, bis sich das Gästezimmer langsam in ein Mädchenzimmer verwandelte.

Wir standen nebeneinander und betrachteten das Bett, das jetzt auf beiden Seiten mit Sicherheitsgeländern eingefasst war. „Braucht sie ein Kinderbett", fragte ich, „das kleiner ist?"

„Das hier ist wahrscheinlich für den Moment in Ordnung."

Für den Moment.

Was bedeutete das? Für den Moment, *weil wir ihr später ein neues Bett besorgen werden?* Für den Moment, *weil sie nicht bleibt, also warum darüber nachdenken?*

Alles, was Alice gekauft hatte, konnte eingepackt und transportiert werden. Ein Bett war dauerhaft.

Ich machte mich selbst verrückt. Ich öffnete meinen Mund, um sie zu fragen, was sie dachte. „Alice…"

„Hm?", fragte sie und ordnete die Bücher auf dem Nachttisch.

Ich traute mich nicht. „Ich habe alle für heute Abend eingeladen. Evers und Summer bringen Essen mit."

Alice schaute auf ihre Uhr. „Gute Idee. Solange haben wir noch Zeit, den Hochstuhl zusammenzubauen, bevor Petra aufwacht."

„Ja, das klingt nach einem guten Plan", sagte ich und hatte noch nie im Leben so viel Schiss.

Ich hatte meinem Vater die Stirn geboten und ihn gezwungen, all meinen Forderungen nachzugeben. Am Ende hatte ich alles bekommen, was ich wollte.

Ich musste den Mut aufbringen, dasselbe mit Alice zu tun, bevor es zu spät war.

ALICE

Das Abendessen war nett und etwas seltsam. Es war nicht das erste Mal, dass ich mit Cooper, seinen Geschwistern und ihren Frauen gegessen hatte, aber es war das erste Mal, seit Knox Lily in unser Leben gebracht hatte. Die Gespräche waren oberflächlich und gingen um Dinge wie die Renovierung von Knox' Haus und Emmas Pläne an ihrem Arbeitsplatz, wenn sie wieder zu Hause in Las Vegas war. Dinge, über die wir jederzeit hätten sprechen können. *Normale Dinge.*

Es wäre großartig gewesen, wenn sich auch nur irgendetwas in unserem Leben annähernd normal abgespielt hätte. Stattdessen stand alles auf dem Kopf, und je länger wir nicht über die Elefanten im Raum diskutierten, desto nervöser wurde ich.

Elefant Nummer eins: Petra, die mit Adam auf der großen Couch saß, mit ihrem Plüschhasen kuschelte und sich einen Film ansah.

Trotz ihres langen Mittagsschlafs schien sie immer noch müde zu sein. Vielleicht war sie erschöpft, oder es könnte das riesige Abendessen gewesen sein, das sie verspeist hatte. Jedes

Mal, wenn ich Petra Essen vor die Nase stellte, verschlag sie es regelrecht. Entweder hatte Maxwell sie hungern lassen, oder sie machte gerade einen Wachstumsschub durch.

Sie hatte ihr Frühstück verschlungen, alle Snacks aufgegessen, die ich für den Einkaufsbummel mitgenommen hatte, sowie ein Erdnussbutter- und Marmeladensandwich zum Mittagessen, und sie hatte sich beim Abendessen auf ihren Teller mit Makkaroni und Käse gestürzt, als hätte sie seit Wochen kein Essen mehr gesehen.

Ich hatte Eltern immer darüber reden hören, wie wählerisch Kinder sein konnten, aber Petra aß alles auf, was ich ihr vorsetzte, bis jeder Krümel weg war. Natürlich war ich froh, dass sie aß, aber selbst Lily schien sich angesichts ihres Appetits Gedanken zu machen.

Ich glaubte nicht, dass Maxwell seiner Tochter absichtlich Mahlzeiten vorenthalten hatte, aber er war nicht der Typ, der die Bedürfnisse anderer Menschen vor seine eigenen stellte. Ich bezweifelte, dass seine Tagesplanung einem Kind gerecht war. Ich ließ ständig Mahlzeiten aus und holte sie später nach, aber ich würde es nie bei Kindern tun. Andererseits würde das, was ich über Kinder wusste, kaum eine Postkarte füllen.

Nicht über Petra zu sprechen, war eine Sache, aber es war merkwürdig, dass niemand Maxwell erwähnte. Die Themen änderten sich ständig, blieben aber alle banal, während die Spannung in mir immer weiter anstieg. Cooper spürte es und warf mir während des Abendessens besorgte Blicke zu.

Ich wollte ihn beruhigen, aber ich wusste nicht, was ich sagen sollte. Ich konnte mich nicht dazu überwinden, zu sagen, dass es mir gut ging. Es ging mir nicht gut. Ich war gestresst und nervös, machte mir Sorgen um Petra, darüber, dass Cooper mit Maxwell fertig werden musste, und über die Veränderungen in meinem Leben, die so schnell, nahezu gewaltig waren.

Wir nippten an unseren Getränken und aßen den Kuchen, den Axel und Emma von *Annabelle's* geholt hatten, als Knox aus dem Nichts sagte: „Dave Price hat uns die Papiere geschickt."

Neben mir versteifte Cooper sich. Ich lehnte mich an ihn und meine Muskeln verkrampften sich auch, als ich merkte, dass er meinen Blick mied. *Welche Papiere?*

Glücklicherweise fragte Summer als Erste: „Welche Papiere? Wofür braucht ihr Dave?"

Dave Price war ihr Familienanwalt. Auf einmal wusste ich, worum es ging, bevor Evers die Frage seiner Freundin beantwortete. „Cooper hat von Vater verlangt, dass er Papiere unterschreibt, die seine elterlichen Rechte aufgeben."

Ich blickte über meine Schulter, um sicherzugehen, dass die Kinder nicht zuhörten, obwohl ich wusste, dass die Surround-Sound-Lautsprecher jede Unterhaltung aus unserer Richtung übertönten.

Mir schwirrte der Kopf. Maxwell hatte eingewilligt, Dokumente zu unterzeichnen, die seine elterlichen Rechte aufheben würden. Evers sagte nicht, wer das Sorgerecht für Petra bekommen würde. Irgendwie war es mir bei all meinen Überlegungen über Petra nicht in den Sinn gekommen, dass Cooper drei Brüder hatte, von denen einer gerade ein Kind aufzog, das nicht viel älter war als Petra.

Es war mir nicht in den Sinn gekommen, dass sie möglicherweise nicht bei uns bleiben würde.

Mein Magen verkrampfte sich und mein Herz pochte wie wild. Ich wusste nicht, worauf ich mich einließ, ob ich bereit war und ob ich gut darin sein würde, aber der Gedanke, Petras Sachen zusammenzupacken und sie jemand anderem zu übergeben, versetzte mich in Panik.

Ich biss mir auf die Lippe, um meinen Mund zu halten, obwohl ich in den Raum schreien wollte. *Nein! Sie gehört uns!*

Das durfte ich nicht. Sie war nicht meine kleine Schwester. Ich hatte nicht einmal mit Cooper darüber gesprochen, und er mied immer noch meinen Blick. Hatte er entschieden, dass Petra bei einem seiner Brüder besser aufgehoben war? Was, wenn sie keiner von ihnen wollte? Würden wir sie einfach weggeben und im Stich lassen, wie ihr Vater es getan hatte?

Nein, darüber musste ich mir keine Sorgen machen. Ich kannte diese Männer. Sie würden das kleine Mädchen nie im Stich lassen. Auf keinen Fall.

Ich wollte sie haben. Ich hatte kein Recht dazu, aber so fühlte ich mich. Ich sah, wie Lily und Knox sich ansahen und eine stille Unterhaltung miteinander führten, bevor mein Herz wieder vor Panik hämmerte.

Sie wollten anbieten, Petra zu nehmen. Ich wusste es. Ich sollte keine Einwände erheben. Lily war bereits eine Mutter. Sie hatte Ahnung davon. Wäre Petra bei Lily und Knox besser aufgehoben?

In meiner Verzweiflung schaute ich Cooper an. Er beobachtete mich mit aufgeweckten, hoffnungsvollen Augen, hob eine Augenbraue, und mein Herz machte einen Sprung. Mit leiser Stimme, die niemand sonst hören konnte, fragte er: „Wollen wir sie?"

Die kürzeste aller Fragen, aber für mehr blieb keine Zeit. Ich hatte bereits all meine Zweifel beiseite geschoben.

Ich tat das Einzige, was ich konnte. „Ja."

Coopers Augen leuchteten vor reiner Freude auf. Er griff nach meiner Hand, drückte sie und zog sie zu sich, um sie auf seinem Bein abzulegen. Seine Finger schlangen sich um meine, als er zu seinen Brüdern sagte: „Wir wollen, dass sie bei uns bleibt. Alice und ich wollen das Sorgerecht."

Alle Erwachsenen schauten uns überrascht an. Alle, außer Lily. Mein Herz raste noch immer, Coopers Hand war das Einzige, was mir Kraft gab. Ich hörte Evers kaum.

„Wie soll das gehen? Wird Alice kündigen? Alice kann

nicht kündigen. Wir hatten diese Woche drei Tage ohne dich", sagte er zu mir, „und das Büro war eine Katastrophe. Ich will kein Arsch-" Er sah kurz zu den Kindern auf der Couch und senkte seine Stimme. „Ich will kein Arschloch sein, aber..."

Meine Freude verwandelte sich in Bestürzung. Ich wollte Petra. Cooper wollte Petra. Wir wollten ihr ein Zuhause, Liebe und Sicherheit geben, aber ich wollte meinen Job nicht aufgeben und Cooper konnte es nicht. Er leitete die Firma.

Es war nicht so, dass ich etwas dagegen hätte, mit Kindern zu Hause zu bleiben, aber ich liebte meine Arbeit, und Evers hatte Recht, was meine Abwesenheit betraf, aber hier ging es um unsere Familie.

Ich schaute Cooper an und sah wie seine Augenbrauen besorgt gehoben waren. Er drückte meine Hand erneut und antwortete: „Wir werden es schon schaffen. Alice will ihren Job nicht aufgeben, und wir brauchen sie, aber wir können uns etwas einfallen lassen. Es wird nicht lange dauern, bis Petra in den Kindergarten kommt, und vielleicht können wir ab da ein Kindermädchen beschäftigen. Bei allem, was sie durchgemacht hat, fühle ich mich im Moment nicht wohl dabei, sie tagsüber bei Fremden zu lassen."

„Was dann?", fragte Knox.

„Wir könnten halbe Tage machen", bot Cooper an. „Ich kann mir mehr Zeit nehmen, ihr könnt etwas von meiner Kundenarbeit und meinem Teammanagement übernehmen, sodass Alice und ich uns abwechseln können. Einer von uns morgens, der andere nachmittags. Es in Teilzeitarbeit zu tun ist besser, als wenn einer von uns den ganzen Tag übernimmt."

Lily lehnte sich vor, und wir schauten in ihre Richtung. Leise und ein wenig nervös, weil alle sie anstarrten, sagte sie: „Ich kann tagsüber auf Petra aufpassen. Ich denke, ihr habt Recht. In den nächsten Wochen solltet ihr vielleicht beide weniger arbeiten oder euch überlegen, wie ihr euch am besten ein paar Tage frei nehmen könnt. Die Szene im Laden heute…"

Lily schüttelte den Kopf, ihre Augen dunkel vor Sorge. „Es war schlimm. Sie braucht Zeit, um sich einzugewöhnen. Ich kann tagsüber hier und da vorbeikommen, während sie sich einlebt, und sobald sie bereit ist, kann sie die Tage mit mir verbringen."

Die Erleichterung schien wie Sonnenschein in meinem Herzen. Lily war eine großartige Mutter, und sobald sie Knox heiratete, würde sie offiziell zu Petras Familie gehören.

Doch Adam hatte gerade mit dem Kindergarten begonnen, und sie war noch dabei, sich an eine neue Stadt zu gewöhnen. Vollzeit-Kinderbetreuung war eine große Verpflichtung.

„Bist du sicher?", fragte ich.

„Wenn niemandem ein Grund einfällt, warum es nicht funktionieren sollte…" Lily wartete auf einen Einspruch.

Knox drückte ihr einen Kuss auf den Mundwinkel, bevor er sagte: „Ich halte das für eine großartige Idee."

Mit mehr Selbstvertrauen fuhr Lily fort: „Um ehrlich zu sein, das Haus ist ein wenig leer - viel zu leer -, da Adam im Kindergarten ist. Knox und ich haben entschieden-" Lily schickte einen fragenden Blick zu Knox, der ihr ein beruhigendes Lächeln schenkte.

„Wir haben entschieden, mit weiteren Kindern noch zu warten, bis Adam mehr Zeit hatte, über das letzte Jahr hinwegzukommen. Es geht ihm großartig, aber seinen Vater zu verlieren und dann umzuziehen… Das ist eine Menge auf einmal und er ist erst fünf. Wir haben Zeit, unsere Familie zu vergrößern, und bis dahin wäre Petra auch schon im Kindergarten."

Lily schaute Cooper und mich an. „Nur, weil ihr das

Sorgerecht übernehmt, heißt das nicht, dass wir nicht alle mithelfen können. Sie hat vier Brüder, nicht wahr?"

Ich stieß den Atem raus, den ich angehalten hatte. Wenn Lily auf Petra aufpassen würde, wenn wir tun könnten, was sie vorschlug, und Petra sich eingewöhnen würde und bei allen wohlfühlte, bevor Cooper und ich wieder Vollzeit arbeiteten... Diese Lösung war nahezu perfekt. Ich lehnte mich vor, um Lilys Aufmerksamkeit zu erregen. „Es würde dir wirklich nichts ausmachen? Das ist echt viel."

„Wir sind doch eine Familie, nicht wahr? Das ist es, was Familien tun. Das kleine Mädchen hängt an dir. Ich habe es heute gesehen. Sie wollte mich nicht, wollte Griffen nicht. Sie wollte dich. Ich habe sie heute Abend mit Cooper gesehen. Ihr beide wollt sie wirklich, und sie will euch. Ehrlich gesagt bin ich im Moment unterfordert, und ich möchte keine Arbeit annehmen, die ich nicht wirklich nehmen muss, nur um die Zeit auszufüllen. Ich liebe Kinder und liebte es, mit Adam zusammen zu sein, als er in Petras Alter war, aber ich würde nicht auf Kinder von Fremden aufpassen wollen. Das hier ist etwas anderes. Wenn es nicht klappt, sage ich es euch und wir finden eine andere Lösung."

„Wenn es dir wirklich nichts ausmacht", sagte Evers, „dann bist du unsere Rettung, Lily, denn im Ernst, wenn wir Alice nicht im Büro haben, werden wir uns am Ende alle gegenseitig umbringen."

„Was ist mit mir?" Cooper spielte den Beleidigten. „Du kannst ohne Alice nicht leben, aber ohne mich schon?"

„Genau", brummte Knox, sein Gesicht ernst, während ein Funke von Belustigung in seinen Augen schimmerte. „Aber im Ernst, Evers und ich können für dich einspringen, wenn es sein muss. Für Alice? Auf keinen Fall. Die Praktikanten und Neuangestellten geben ihr Bestes, aber sie versauen die Hälfte von dem, was wir ihnen auftragen."

„Ein paar Vorschläge", unterbrach Axel, bevor sich alle

Blicke auf ihn richteten. „Alice braucht einen Assistenten. Wir haben das Budget dafür, und es würde bedeuten, dass, wenn sie mal nicht da ist, das Büro abgedeckt sein würde und Alice keinen Schlamassel vorfindet, wenn sie zurückkommt. Knox und Evers können für Cooper einspringen, aber wir haben niemanden, der es für Alice tun kann. Mein Büromanager hat einen Assistenten und es funktioniert hervorragend."

Cooper schaute mich fragend an. „Das ist eine gute Idee. Willst du jemanden, der dir hilft?"

Meine erste Reaktion war, darauf zu bestehen, dass ich alles allein bewältigen konnte, aber dann dachte ich an die Tage, an denen ich trotz Krankheit gearbeitet hatte, und dass ich das nicht tun könnte, wenn Petra krank wäre, oder einen Arzttermin hätte. Oder, wenn Lily keine Zeit hätte, um auf sie aufzupassen. Cooper würde einiges davon übernehmen, aber wenn er Verpflichtungen hätte, die er nicht verschieben konnte...

„Ich möchte bei den Bewerbungsgesprächen dabei sein und ein Vetorecht haben, egal wen du einstellst", antwortete ich.

„Unbedingt", sagte Evers mit einem Grinsen. „Könnest du dir vorstellen, was passiert, wenn wir jemanden einstellen, den du nicht magst? Du würdest sie zum Frühstück verspeisen."

„Noch etwas", unterbrach Axel. „Vielleicht möchtet ihr mit Vance und Maggie Winters Kontakt aufnehmen. Ihre Rosie ist fast drei Jahre alt, und sie sind immer noch auf der Suche nach einem neuen Kindermädchen. Vielleicht möchten die Mädchen zusammen spielen, und ein Kindermädchen zu engagieren, würde Lily eine Pause verschaffen, wenn sie sie braucht."

Cooper ließ meine Hand los und legte seinen Arm um meine Schulter. Ich schob meinen Stuhl näher heran und lehnte mich an ihn, zufrieden trotz der Herausforderungen, die wir noch vor uns hatten.

Keiner, der an diesem Tisch saß, war perfekt, aber das war auch nicht nötig. Wir waren eine Familie, die gemeinsam an einem Strang zog, um die Dinge zum Funktionieren zu bringen. Das war es, was Maxwell und Lacey nicht verstanden hatten.

Familie war alles, und das wollten wir Petra geben.

Wir konnten ihre Vergangenheit nicht ändern oder ihr alles zurückgeben, was sie verloren hatte, aber wir konnten ihr etwas Gutes geben. Etwas Echtes. Und das würden wir. Ich dachte wieder an Petras Mutter, die viel zu jung gestorben war. *Wir werden uns gut um deine Tochter kümmern. Ich schwöre, das werden wir.*, versprach ich ihr im Stillen.

Nachdem alle gegangen waren, wollte Petra nicht ins Bett gehen. Sie fragte nach Maxwell und weinte: „Papa, wo Papa?", bis Coopers Kiefer verspannt war und ich nach unten marschieren und Maxwell ins Gesicht schlagen wollte, weil er seine Tochter im Stich gelassen hatte.

Wenn er das Leben, das er gelebt hatte, fortsetzen wollte, dann war es die richtige Entscheidung, Petra bei uns zu lassen, aber im Moment war er nur ein Stockwerk entfernt. Wie konnte er es ertragen, sie zu ignorieren, wo er doch wusste, dass sie an einem neuen Ort Angst haben musste?

Cooper und ich brachten sie schließlich zum Einschlafen, indem wir uns neben sie legten. Ich rieb ihren Rücken und Cooper erzählte ihr eine Geschichte nach der anderen, bis sie vom Brummen seiner Stimme in den Schlaf gewiegt wurde. Wir schlichen uns hinaus und hofften, sie würde nicht aufwachen, bevor wir uns auf den Weg zu Coopers Zimmer machten.

Von widersprüchlichen Bedürfnissen hin- und hergerissen, sah ich Cooper entschuldigend an. „Nur damit du es weißt, ich will unbedingt Sex mit dir haben…"

„Aber…"

„Aber ich fühle mich komisch, die Tür abzuschließen, wo sie doch so schwer einschlafen konnte."

Cooper schloss seine Finger um mein Handgelenk und zog mich in seine Arme. Sein Mund presste sich in einem langen, süßen Kuss auf meinen, der mich schwindelig zurückließ, als er sich aufrichtete. „Du hast mich zwischen der Hütte und gestern Abend ausgelaugt. Ich glaube, ich brauche einen Tag, um mich zu erholen."

„Als ob ich dir das glauben würde." Ich schlug mit dem Handrücken gegen seine steinharten Bauchmuskeln und überlegte, ob ich die Tür abschließen sollte. Für eine Weile wäre das doch in Ordnung, oder?

„Wirst du morgen deine Sachen hochbringen?", fragte Cooper und wechselte das Thema. Er hatte mich vorhin bereits gefragt, aber ich hatte über Petra und ihre Panikattacke nachgedacht und nicht wirklich auf ihn geachtet.

„Es ist dir wichtig, nicht wahr?"

„Das ist es. Ich will dich hier haben, Alice. Ich will wissen, dass du bei mir bleibst, und wir hier zusammenleben."

Ich schlang meine Arme um seine Taille und lehnte mich zurück, um zu ihm aufzuschauen in der Hoffnung, er könne mein Herz aus meinen Augen sprechen sehen. „Ich bleibe bei dir, Cooper. Für immer. Ich wusste nicht, dass es so wichtig ist, meine Sachen hochzubringen, aber wenn es dir so viel bedeutet, fange ich damit an."

„Ich mache Platz im Schrank", sagte Cooper und strich mir die Haare aus dem Gesicht.

Ich würde am nächsten Tag damit anfangen, beschloss ich, als ich mich bettfertig machte und neben Cooper unter die Decke schlüpfte. Das Treffen mit Agent Holley war für den späten Vormittag geplant, aber Cooper würde bei Petra bleiben, während ich zu meiner Wohnung hinunterging, und dann ein paar Stunden im Büro verbrachte. Vielleicht würde ich früher aufstehen.

Früh aufzustehen hatte nicht geklappt.

Irgendwann nach Mitternacht erwachte ich mit dem befremdlichen Gefühl, dass sich das Bett unter einem kleinen Gewicht bewegte. Ich brach in Panik aus, als ich Petra vom Fußende des Bettes aufstehen sah. Ich setzte mich auf und griff nach ihr. „Geht es dir gut, Schatz? Hast du schlecht geträumt?"

Petra antwortete nicht, kuschelte sich stattdessen zwischen Cooper und mich. Sie machte es sich bequem, schloss die Augen und schlief ein.

„Ich denke, es war die richtige Entscheidung, keinen Sex gehabt zu haben", flüsterte Cooper über ihren schlafenden Kopf hinweg, woraufhin ich mir das Lachen verkniff. Ich dachte daran, dass ich mir normalerweise nie die Mühe machte, nach dem Sex ein Nachthemd anzuziehen – nur eine der vielen Gewohnheiten, die sich jetzt ändern mussten, da wir ein Kleinkind im Haus hatten. Zum Glück trug Cooper heute Nacht Boxershorts, und ich hatte eins seiner T-Shirts an.

Ich legte mich neben Petra und ein warmes Glühen breitete sich in mir aus, während sich ihr kleiner Körper neben meinem entspannte. Solches Vertrauen, bei uns zu schlafen, wenn sie Angst hatte... Ich würde alles tun, um dieses Vertrauen zu verdienen.

Meine Gedanken waren nicht so großmütig, nachdem ich drei Stunden lang von einem rastlosen Kleinkind wachgetreten worden war. Petra war eine aktive Schläferin. Sie drehte sich, streckte sich und richtete sich mindestens alle fünfzehn Minuten neu ein, und schob Cooper und mich dabei aus dem Weg.

Ich hätte nie gedacht, dass Ellbogen eine so tödliche Waffe sein könnten. Als der Wecker sechs Uhr morgens zeigte, war ich launisch, müde, gebeutelt und konnte nicht mehr einschlafen.

Ich stützte mich auf einem Ellbogen ab, und sah Petra friedlich schlafend, keine Spur vom wirbelnden Derwisch. Wie konnte sie so friedlich aussehen, wenn ich genau wusste, dass sie jeden Moment sich umdrehen und mit ihren scharfen, kleinen Ellbogen zielen würde?

Cooper öffnete die Augen, sein Lächeln so zufrieden, *so aufrichtig*, dass ich meine blauen Flecken vergaß und mir wünschte, ich könnte jeden Tag genau so beginnen.

Ich sah auf die Uhr und sagte: „Hey, da ich schon wach bin, lasse ich dich mit diesen Ellbogen hier alleine und gehe nach unten, um ein paar Sachen aus meinem Schrank zu holen."

Die Freude in seinen Augen warf mich fast um. Hätte ich gewusst, dass ihn das so glücklich machen würde, hätte ich es schon längst getan.

„Einverstanden", sagte er. „Stell alles, was du jetzt nicht brauchst, vor deiner Haustür ab, und ich trage es später für dich hoch."

Ich küsste Petras Schläfe, dann Coopers Lippen, verweilte dort einen langen Moment, und zog ernsthaft in Erwägung, wieder ins Bett zu fallen. Ich brauchte mehr Schlaf, aber den konnte ich später nachholen.

Fürs Erste wollte ich so viel aus meinem Schrank holen, wie ich in meine wenigen Koffer packen konnte, und damit beginnen, bei Cooper einzuziehen.

34

COOPER

Alice hob meine Shorts vom Boden auf und zog sie zu meinem T-Shirt an, in dem sie geschlafen hatte, bevor sie mit einem geflüsterten „Bin bald zurück" zur Tür hinausging.

Ich stand so leise vom Bett auf, wie ich konnte, und beobachtete Petra wachsam. Mann, das Kind hatte vielleicht ein Paar spitze Ellbogen. Und Knie. Und einen harten Kopf. Ich war kein unruhiger Schläfer. Sobald ich weg war, schlief ich unbewegt wie ein Stein.

Alice dagegen bewegte sich in der Nacht, rollte in mich hinein, dann von mir weg, drehte sich auf den Bauch, dann wieder auf den Rücken, aber sie behielt wenigstens ihre Ellbogen bei sich.

Petra drehte sich im Bett wie im Uhrzeigersinn. Irgendwann war ich mit einem großen Zeh in der Nase aufgewacht, dessen Besitzerin ausgestreckt und kopfüber auf der Bettdecke lag, während ihr anderer Fuß neben Alices Kopf ruhte. Ich schob ihren Fuß weg und sah überrascht zu, wie sie sich kerzengerade aufsetzte, die Augen noch geschlossen, sich um neunzig Grad drehte und wieder nach unten sank, den Kopf auf Alices Rücken und ihre Füße, die mich fast in einen Eunuchen verwandelt hatten, in meinem Schoss.

Wenigstens schlief sie.

Ich machte mir eine geistige Notiz, mit Alice darüber zu sprechen, einen Kindertherapeuten zu finden. Ich war mir nicht sicher, ob sie mit drei zu jung war für eine Therapie, aber ihre Mutter zu verlieren und dann sechs Monate später von ihrem Vater verlassen zu werden, wäre für jedes Kind eine große Belastung.

Alice und ich wollten Petra lieben, ihr Geborgenheit und Aufmerksamkeit schenken, und sie beschützen, aber wenn man wirklich darüber nachdachte, glaubte ich nicht, dass einer von uns in der Lage war, ihr dabei zu helfen, den Verlust beider Elternteile zu verarbeiten.

Vor allem, wenn sie von einem Elternteil freiwillig alleine gelassen wurde.

Ich machte mir keine Illusionen darüber, dass mein Vater auftauchen würde, wenn sie älter wäre und er ein plötzliches Interesse entwickelte, ihr Vater zu sein.

Er hatte sich dagegen gewehrt, mit dem FBI zusammenzuarbeiten, aber er hatte ohne mit der Wimper zu zucken eingewilligt, seine elterlichen Rechte aufzugeben.

Als ich Petra beobachtete, wie sie sich unruhig unter der Bettdecke bewegte, ihre Wimpern wie dunkle Fächer auf ihren vom Schlaf geröteten Wangen ruhten, konnte ich ihn nicht verstehen. Wie konnte er sein eigenes Kind einfach so verlassen? Ich wusste, dass sie unser Leben auf den Kopf stellen würde, und war mir nicht sicher, ob ich dafür bereit war, aber so war das Leben nun mal. Es war nicht immer leicht und hielt mich trotzdem nicht davon ab, das Richtige zu tun.

Ich wollte meinen Morgen nicht länger damit verschwenden, mich zu fragen, was zum Teufel mit meinem Vater los war. Es würde mich heute genug Zeit kosten, sobald Agent

Holley auftauchte, um die Bedingungen auszuhandeln, die Maxwell vor dem Gefängnis bewahren würden.

Ich konnte später über Maxwell nachdenken. Stattdessen ging ich zu meinem begehbaren Schrank und begutachtete den ordentlichen Raum, um herauszufinden, wie ich für Alice Platz schaffen konnte.

Es war nicht sehr schwer. Ich hatte zwar eine mehr als ausreichende Garderobe, aber ich war nicht versessen auf Kleidung. Ich besaß, was ich brauchte - vielleicht ein bisschen mehr -, aber nicht genug, um den ganzen Schrank zu füllen. Nicht einmal annähernd.

Ich ordnete alles neu, leerte Schubladen, benutzte schließlich die leeren Körbe, die meine Dekorateurin beim Einzug eingeplant hatte, und schob meine Anzüge und Hemden zusammen, um Platz auf der Kleiderstange zu schaffen.

Alice hatte eine Menge Kleider. Sie dachte wahrscheinlich, ich wüsste nicht, wie viele sie hatte, aber ich hatte eine genaue Vorstellung davon. Und diese Reifröcke…

Sie brauchte Platz.

Ich hatte bereits gute Fortschritte gemacht, als Petra aufwachte und in ihrem Cartoon-Nachthemd in den Schrank tapste. Ihre nackten Füße schauten unter dem Saum hervor und ihre Augen blickten schläfrig umher.

Sie kam zu mir und zog an meinem T-Shirt, das Häschen in einer Hand. „Hoch, Coop. Hoch."

Ich hob sie hoch und sie legte ihren Kopf auf meine Schulter. *Coop.* Scheiße, der Klang meines Namens mit ihrer klaren, feinen Stimme… Ich hatte gehört, wie sie Alice ‚Lis' genannt hatte, aber bis jetzt hatte sie meinen Namen noch nicht gesagt.

Verdammt. Ich war so stolz, als ob ich etwas damit zu tun gehabt hätte. Ich war wohl stolz darauf, dass ich ihr genug bedeutete, um mich beim Namen zu nennen. Petra sprach nicht gerade viel, und ich hatte keine Ahnung, wie viel Vokabular für eine Dreijährige normal war. Vielleicht hing es von dem Kind ab, aber jedes Wort, das sie sagte, war wertvoll.

„Frühstück?"

Dieses süße Lächeln. Sie tätschelte meinen Oberkörper mit der flachen Hand und hüpfte ein wenig in meinem Arm. „Füh-stück! Füh-stück!"

Lily war ein Engel. Sie war mit Alice einkaufen gegangen und hatte uns Tipps gegeben, die sie im Laufe der Jahre mit Adam gesammelt hatte. Dank ihr wusste ich, dass ich Petra eine Handvoll Cornflakes zum Knabbern geben musste, nachdem ich sie in den Hochstuhl gesetzt und sie in die Küche gerollt hatte, wo sie mir beim Kochen zusehen konnte.

Sie verschlang die Cornflakes, dann eine weitere Handvoll, wobei sie vorgab, jedes zweite Stück an ihr Häschen zu verfüttern, bevor sie es in ihren Mund steckte. Es war wahrscheinlich seltsam, aber ich wünschte mir, dass sie sich in eine wählerischere Esserin verwandeln würde, nachdem sie sich an uns gewöhnt hatte. Mir gefiel der Gedanke nicht, dass sie bei meinem Vater hungrig gewesen war, oder dass er sich nicht um sie gekümmert hatte.

Meine Brüder und ich hatten vielleicht nicht die Aufmerksamkeit bekommen, die wir gebraucht hatten, aber unsere materiellen Bedürfnisse waren immer abgedeckt gewesen. Ein schöner Ort zum Leben, eine gute Ausbildung, Essen im Magen – weit mehr als nur das Nötigste.

Petra hatte kaum Kleidung gehabt, und sie stürzte sich auf jede Mahlzeit, als wäre es ihre letzte.

Ich drängte die ansteigende Wutwelle zurück.

Nicht der richtige Zeitpunkt, erinnerte ich mich. Ich musste die nächsten Tage durchstehen, dem FBI helfen,

Tsepov festzunageln, und dann würden Maxwell und Lacey weggehen, und wir könnten zur Normalität zurückkehren.

Oder besser gesagt: Alice, Petra und ich würden eine neues Normal finden. Ich machte Rührei und Zimt-Rosinentoast für Petra, als sich die Haustür öffnete und Alice mit einem Seesack hereinspazierte.

In einem hellblau-weißen Polka-Dot-Kleid, das einen Bootsausschnitt hatte, ihr Schlüsselbein und ihren schlanken Hals zeigte, sah sie fast aus wie die Alice, die ich immer bei der Arbeit sah, bis hinunter zum weißen Reifrock. Ihr Haar fiel glatt bis knapp unter ihr Kinn, aber ihre Lippen waren ungeschminkt und sie war barfuß.

Ich liebte es, wie Alice aussah, wenn sie zur Arbeit erschien, aber ich fand diese halbfertige Alice noch schöner. Das war die geheime Alice, die nur ich zu sehen bekam.

„Ich werde das Zeug gleich wegpacken. Ich habe noch ein paar andere Taschen für später an meiner Tür gelassen. Bin gleich wieder da."

„Lass dir Zeit. Uns geht es gut."

Sie drehte sich um und ihr Kleid flog etwas hoch, zeigte ihre Knie und ein Hauch des schaumigen Weiß unter ihrem Rock. Mein Schwanz erwachte zum Leben. Wann würde ich sie das nächste Mal für mich allein haben? Ich sollte lieber nicht fragen, da mir die Antwort wahrscheinlich nicht gefallen würde.

Wenige Minuten später war Alice wieder da.

Immer noch barfuß und ohne Lippenstift bediente sie sich einer Tasse Kaffee und kam zu uns an die Frühstückstheke, wo ich Petras Hochstuhl hingerollt hatte, damit wir beide essen konnten.

„Ich habe dir einen Teller gemacht", sagte ich.

„Das sehe ich." Sie stand neben mir und schmiegte sich für einen langen, glückseligen Moment an meinen Hals. „Danke, dass du mir Platz im Schrank gemacht hast."

„Jederzeit. Lass mich wissen, falls es nicht reicht."

„Du weißt, das werde ich." Sie lachte, richtete sich auf und setzte sich auf einen Barhocker. „Hat Petra gefrühstückt?"

„Und wie." Wir wechselten einen besorgten Blick.

„Willst du noch mehr Toast?", fragte ich Petra, die nickte und etwas sagte, von dem ich dachte, es könnte *Toast* sein. Oder *Rost*. Oder *Kost*. Oder vielleicht auch nichts davon. Ich stand auf, nahm meinen schmutzigen Teller und stellte ihn in die Spüle, bevor ich nach dem Teller griff, den ich für Alice vorbereitet hatte. „Bereit für dein Rührei?"

„Ja, ich bin am Verhungern. Danke."

Ich legte zwei Scheiben Brot in den Toaster, bevor ich Alice ihr Rührei brachte. „Ich kann den Toast für sie machen, wenn du duschen gehen willst."

„Das wollte ich gerade fragen. Es wird nicht lange dauern."

Ich konnte das lächerlich befriedigende Gefühl nicht beschreiben, das ich empfand, als ich nach einer schnellen Dusche in meinen begehbaren Schrank ging und eine Reihe von Alices farbenfrohen Kleidern neben meinen Anzügen hängen sah.

Es war möglich, dass ich Tränen in meinen Augen spürte. Genau das hatte ich mir schon so lange gewünscht. Und da war sie nun und zog endlich bei mir ein. Es war mehr als das, mehr als nur das Einziehen. Ich erlebte gerade etwas Lebensveränderndes, und Alice war an meiner Seite.

Ich machte mir nichts vor. Es war eine Sache, als ich allein gewesen war. Jetzt war ich Teil einer Familie. Ich hätte es ihr nicht übelgenommen, wenn sie sich entschieden hätte, zu gehen, aber das hatte sie nicht. Stattdessen hatte sie eine Menge Kleider hochgebracht und in den Schrank gehängt.

Vertieft in zufriedene Gedanken darüber, dass ich nun meine eigene Familie hatte, verbrachte ich etwas länger damit, mich anzuziehen. Ich verließ gerade mein Zimmer, als ich Schreie hörte, die aus dem Flur kamen.

Es waren weder Alice noch Petra.

Meine verdammte Mutter.

Ich wollte meine Mutter wirklich gerne respektieren, aber Lacey machte es mir verdammt schwer. Ich rannte den Flur hinunter, um Lacey mit dem Fuß in der Tür vorzufinden, als sie sich hereindrängte und meinen Namen rief.

„Cooper! Cooper!" Und dann schob sie sich gegen Alice und knurrte fast: „Nimm deine Hände von mir." Alice sah mich kurz entschuldigend an.

„Es tut mir so leid. Ich hätte die Tür nicht öffnen dürfen. Sie hat einfach... Ich dachte-" Alice veränderte ihren Griff um die Arme meiner Mutter, drückte ihre Handgelenke über ihren Kopf und brachte sie so aus dem Gleichgewicht, dass Lacey nicht mehr gegen ihr Schienbein treten konnte. „Aus irgendeinem verrückten Grund dachte ich, sie würde sich benehmen, als ich ihr sagte, dass du in einer Minute da wärst."

„Cooper, wo zum Teufel warst du? Sag dieser Schlam-"

„Kein Wort mehr. Ich dachte, ich hätte klargestellt, was passiert, wenn du so über Alice sprichst. Stell mich nicht auf die Probe, verdammt."

Lacey warf mir einen verletzten Blick zu, ließ ihre Arme fallen und schien in sich zusammenzuschrumpfen. Alice seufzte verärgert und trat zurück, nachdem Lacey aufgehört hatte, sich gegen sie zu wehren.

Scheiße. Meine Mutter hatte ihren Auftritt perfekt hinbekommen. Wie konnte sie innerhalb eines Wimpernschlags von einer rasenden Verrückten zu dieser verletzten, zerbrechlichen Frau werden?

„Es ist nur so, dass du uns da drin eingesperrt hast", schluchzte sie mit Krokodilstränen auf ihren Wangen. „Du kommst uns nicht einmal besuchen. Dein Vater ist außer sich. Er wird älter, weißt du? Du kannst ihn das nicht allein bewältigen lassen. Du kannst ihn nicht einfach dem FBI vorwerfen und erwarten, dass sie sich um ihn kümmern. Sie wollen ihn ins Gefängnis werfen, Cooper."

Ich verschränkte meine Arme über der Brust. „Weil er das Gesetz gebrochen hat, Mutter, und zwar sehr oft. Ich habe das Gefühl, dass er auf die eine oder andere Weise einsitzen wird, aber wenn du nicht willst, dass es für den Rest seines Lebens ist, solltest du ihn ermutigen, mit dem FBI zusammenzuarbeiten."

Wie üblich ignorierte meine Mutter, was ich gesagt hatte, und fuhr mit ihrem Geschimpfe fort. „Du musst sie aufhalten. Ruf diesen Agent Holley an und sag ihm, dass er heute nicht kommen kann. Sag ihm, dass wir uns etwas anderes überlegen werden, oder lass uns einfach gehen. Maxwell und ich werden gehen. Wenn du uns nicht hast, kann das FBI uns nicht benutzen, um Andrej zu kriegen."

„Andrej also?" Ein schrecklicher Gedanke kam mir in den Sinn. „Andrej, Mutter? Wie sehr bist du in Vaters Geschäfte verwickelt? Vielleicht ist er nicht der Grund, warum du dieses Treffen mit dem FBI nicht willst, hm? Vielleicht passt du nur auf deinen eigenen Arsch auf?"

Sie wich zurück und legte ihre Handflächen auf die Brust – das perfekte Bild von raffinierter Entrüstung. „Oh, Cooper, wie kannst du so etwas zu mir sagen? Ich bin deine Mutter."

Ich hatte die Nase voll, rollte mit den Augen und sagte zu Alice. „Das sagt sie jedes Mal, wenn ich ihr etwas sage, das sie nicht hören will."

Alices Augen begegneten meinen, und ich konnte praktisch fühlen, wie sie sich bemühte, nicht zur Küche zu schauen.

Zu Petra.

Scheiße! Für einen Moment hatte ich glatt vergessen, dass Petra in der Küche war.

Wir mussten meine Mutter loswerden. Ich hatte nicht vor, Petra für immer vor ihr zu verstecken, aber dies schien nicht der ideale Moment zu sein, um zu enthüllen, dass wir das Resultat der Liebe meines Vaters in unserer Wohnung versteckten.

Meine Mutter beruhigte sich, weil sie merkte, dass Empörung und klagendes Flehen nicht funktionierten. Sie versuchte, an die Vernunft zu appellieren – etwas Neues. Mir hätte es gefallen, wenn ich nicht genau gewusst hätte, dass sie es nur tat, um mich zu manipulieren.

„Cooper, du kannst doch nicht glauben, dass ich mich an den schmutzigen Geschäften deines Vaters beteiligt hätte. Ich kann verstehen, dass du diese Situation geklärt haben willst, aber dein Vater kann sich selbst darum kümmern. Das FBI wird alles nur noch komplizierter machen. Wenn du uns nicht offen gehen lassen willst, dann lenk einfach die Wachen für eine Weile ab. Beauftrage sie mit etwas anderem, während wir uns davonschleichen. Es wäre nicht deine Schuld, und wir können dann dieses Problem selbst lösen."

„Es wäre meine Schuld. Ich werde das FBI nicht anlügen, Mutter. Dreh dich um und geh wieder nach unten. Sag Vater, dass dein kleiner Trick nicht funktioniert hat, und ich ihn um viertel vor elf in den Konferenzraum bringen lassen werde. Agent Holley wird um elf Uhr hier sein."

„Cooper-", versuchte sie noch einmal.

Alice hatte genug. „Frau Sinclair, ist Ihnen eigentlich klar, dass, wenn Maxwell die FBI-Agenten im Stich lässt, Agent Holley wahrscheinlich Anklage gegen Ihre Söhne als Mittäter erheben wird? Maxwell hat sie mit reingezogen, indem er die Firma benutzt hat, und Agent Holley hat alle Beweise, die er braucht. Kümmert Sie das gar nicht? Wir reden hier über Ihre Kinder. Sie werden alles verlieren, wofür sie gearbeitet haben. Wie können Sie das nicht verstehen?"

Meine Mutter sagte nichts, presste den Kiefer zusammen,

verschränkte die Arme über der Brust und starrte Alice an. Wenigstens befolgte sie meine Warnungen bezüglich Alice. Nicht, dass ich erwartet hätte, dass es von Dauer sein würde. Das wäre zu schön, um wahr zu sein.

„Okay. Dein Vater wird darüber nicht glücklich sein, aber ich gehe nach unten und versuche, ihm zu erklären, dass seine Söhne ihn ins Gefängnis schicken wollen-"

Ein lauter ängstlicher Schrei ertönte aus der Küche und wir erstarrten.

Ein weiterer Schrei und Alice drehte sich auf ihren nackten Füßen um und eilte los, Lacey dicht auf ihren Fersen.

Ich folgte den beiden und verfluchte meine Mutter, weil sie eine Sekunde zu lange geblieben war.

35

COOPER

Ich holte sie ein und sah, wie Alice einer weinenden Petra ihr Häschen zurückgab. Meine Mutter stand in der Mitte der Küche und starrte Petra mit einer Kombination aus Entsetzen und Empörung an.

„Was ist das? Du hast ein Kind mit dieser... dieser Frau?" Lacey kämpfte sichtlich darum, Alice nicht zu beschimpfen, aber die Art und Weise, wie sie „Frau" sagte, sprach Bände.

Alice schnallte Petra los und hob sie samt dem Hasen aus dem Hochstuhl. Sie drehte sich um und versteckte Petra vor Lacey. Das Gesicht meiner Mutter wurde zunehmend rot und ihre Augen waren weit aufgerissen, während sie vor Empörung und Wut zitterte.

Wir sahen den Ausbruch kommen, und es gab nichts, was wir tun konnten, um ihn aufzuhalten.

„Du verdammte Hure! Ich habe dir gesagt, du sollst dich von meinem Sohn fernhalten. Dafür wirst du bezahlen-"

Petra heulte los, erschrocken von den wütenden Schreien meiner Mutter. Sie klammerte sich an Alice und weinte: „Papa! Papa! Papa wo? Papa wo?"

Unfähig, ihre panische Angst zu ertragen, durchquerte

ich den Raum, um sie Alice abzunehmen. Meine kleine Schwester versteckte ihren Kopf an meinem Hals, umklammerte mein Hemd und weinte weiter: „Papa wo? Papa wo?"

In diesem Moment hätte ich am liebsten meine beiden Eltern erwürgt. Lacey, weil sie Petra erschreckt hatte, und Maxwell, weil er sie verwirrt und alleine zurückgelassen hatte.

Lacey verstummte, als ihr Gehirn versuchte, die Cocktails zu verarbeiten, die sie wahrscheinlich zum Frühstück konsumiert hatte, bis sie es schließlich kapierte.

Als sie sprach, war ihre Stimme hart wie Stein. „Sie ist nicht dein Kind, oder?"

„Das ist sie jetzt", antwortete ich, drückte Petra an mich und rieb ihren Rücken, um ihr Schluchzen zu lindern. „Das ist alles, was du wissen musst. Sie gehört mir und Alice."

„Ist das der Grund, warum du dich gegen deinen Vater gewendet hast? Wolltest du ihn aus dem Weg haben, damit du sie für dich haben kannst? Ich verstehe nicht, warum du sie überhaupt willst. Wenn du ein Kind haben musst, brauchst du nicht die Überreste deines Vaters. Um Himmels willen, denk darüber nach, wie das aussehen wird! Werde sie einfach los, und dein Vater und ich gehen. Alles kann wieder so sein, wie es sich gehört. Das ist die einzige Möglichkeit."

„Hör zu, du Verrückte", sagte Alice.

Ich kannte diesen Ton. Alice hatte entschieden genug davon. Ich auch. Wenn die Stimme meiner Mutter aus Stein war, war die von Alice aus Adamantium. Ich hatte ihre himmelblauen Augen noch nie so kalt und wütend gesehen.

„Cooper wird dich wieder nach unten in die Wohnung bringen und du wirst dort bleiben, bis er beschließt, dich gehen zu lassen. Du kannst deine schwachsinnige Meinung für dich behalten. *Ihm* ist es egal, was du zu sagen hast. *Mir* ist es egal, was du zu sagen hast. Dieses kleine Mädchen geht dich überhaupt nichts an."

Wenn du nur für ein paar Tage mit dem Trinken aufhören würdest, könnte sich dein Gehirn vielleicht genug klären, damit du sehen kannst, dass du alles wegwirfst, was in deinem Leben von Wert ist, um dich an einen Mann zu klammern, dem du scheißegal bist. Das ist dein Problem, aber ich werde nicht zulassen, dass du es zu unserem machst."

Alice kam zu mir und nahm mir Petra ab, bevor sie an mir vorbeiging, ohne Lacey eines Blickes zu würdigen. „Ich werde sie beruhigen und ihr ein Bad einlassen. Cooper, könntest du bitte den Müll rausbringen?"

Ich hätte die Empörung auf dem Gesicht meiner Mutter nicht genießen sollen, aber ich tat es. *Sehr sogar.*

Meine Mutter änderte ihr Verhalten erneut, nachdem Alice gegangen war, und erlaubte mir, sie nach unten zu begleiten. Ich folgte ihr in die Wohnung und fand meinen Vater auf der Couch mit einer Zeitung und einer dampfenden Tasse Kaffee in der Hand. Er beobachtete Laceys Ausdruckslosigkeit und meinen verspannten Kiefer.

„Was auch immer ihr beiden da ausheckt, wird nicht funktionieren", sagte ich zu ihm. Ich hatte es satt, um den heißen Brei herumzureden. „Um zehn Uhr fünfundvierzig bringt dich jemand in den Konferenzraum. Agent Holley kommt um elf. Verstanden?"

„Ich werde da sein, Junge", sagte er unbeschwert. *Zu unbeschwert...*

Ich blickte von seinem entspannten Lächeln zur völligen Reglosigkeit meiner Mutter. Ich konnte das Gefühl nicht loswerden, dass sie etwas vorhatten. Ich versuchte mir einzureden, dass ich mich irrte.

Zum einen war mein Vater viel zu klug, um meiner Mutter etwas Wichtiges anzuvertrauen in Anbetracht der Alkoholmenge, die sie täglich konsumierte. Sie war nicht gerade das, was ich eine zuverlässige Komplizin nennen würde.

Sie war jedoch leicht zu überzeugen, wenn man ihre Schwächen kannte. Mein Vater hatte gesagt, sie sei glücklich, solange ihre Kreditkarten gedeckt waren. Ich wünschte, ich könnte behaupten, dass er sich irrte.

Nachdem ich in meinem Büro angekommen war, schrieb ich Alice eine SMS, um nach Petra zu fragen. Kurz darauf antwortete sie mit einem Foto von Petra, die bis zum Hals mit Schaum bedeckt war und eine Seifenblase auf der Nasenspitze hatte. Sie lächelte und hielt dabei ein Quietscheentchen in der Hand.

Wir hatten geplant, dass Alice heute Morgen ein paar Stunden an ihrem Schreibtisch verbringen würde, während ich auf Petra aufpasste, aber seitdem hatte sich die Lage geändert. Ich schrieb ihr eine weitere Nachricht. *Ich werde mit dir tauschen, sobald wir mit Holley fertig sind.*

Okay.

Wir mussten unbedingt einen Assistenten für sie besorgen. Ich verlegte einige Termine, überprüfte die Dokumente, die Dave Price geschickt hatte, und erstellte eine kurze Liste der derzeitigen Mitarbeiter, die an der Assistentenstelle interessiert sein könnten. Es klang wie eine Aushilfsstelle, aber nur für jemanden, der nicht wusste, dass Alice viel mehr war als eine Büromanagerin.

Viertel vor elf kam viel zu schnell. Evers, Axel und Knox kamen zu mir in den Konferenzraum, setzten sich neben den Stuhl, den wir für Vater reserviert hatten, und ließen die gegenüberliegende Seite des Tisches frei für das FBI.

Genau nach Plan begleiteten zwei meiner Männer meinen Vater in den Konferenzraum. Als wäre er nicht fluchtgefährdet, ignorierte Maxwell seine Wachen und ging mit seinem charmantesten Lächeln vor ihnen her.

Als er sich setzte, klatschte ich ihm die Papiere vor die

Nase und reichte ihm einen Stift. Er unterschrieb und murmelte: „Eure Mutter hat mir fast den Kopf abgekaut. Diese Frau ist *stinksauer.*"

Ich traf Agent Holley um genau elf Uhr an der Tür. Er kam in Begleitung von drei FBI-Agenten – alle männlich und alle in identische, schlechtsitzende, anthrazitfarbene Anzüge gekleidet, mit ausdruckslosen Gesichtern.

Holleys Begrüßung war freundlich, aber während wir zum Konferenzraum gingen, erwähnte keiner von uns den Grund für unser Treffen. Ich mochte und respektierte ihn. Ich wünschte, ich könnte sagen, dass ich voll und ganz auf seiner Seite war, aber bis ich sicher sein konnte, dass er mich nicht zusammen mit meinem Vater ins Gefängnis werfen wollte, hielt ich mich an den Plan. Das musste ich.

Mein Vater begrüßte Holley, als wären sie alte Golfkameraden, schüttelte ihm die Hand und klopfte ihm mit einem freundlichen Lächeln auf die Schulter. Holley erlaubte ihm seine Heuchelei, erwiderte sie aber nicht, als er sich an den Kopf des Tisches gegenüber von Maxwell setzte.

Maxwells Kiefer verspannte sich bei Holleys offensichtlicher Übernahme der Autorität, aber er war klug genug, seinen Mund zu halten.

Dann legte Holley los. Er zählte die Anklagen gegen meinen Vater auf und verwies auf die unwiderlegbaren Beweise, die sie für die meisten von ihnen hatten.

Teilweise handelte es sich dabei um Kleinverbrechen, größtenteils jedoch um Schwerverbrechen. Als er fertig war, lehnte Maxwell sich zurück, verschränkte die Arme über der Brust, bevor er schlicht sagte: „Das werden Sie niemals vor Gericht durchbringen."

„Ich muss nicht alles durchbringen, Herr Sinclair. In Wahrheit würde Sie jeder dieser Anklagepunkte für mindestens zehn bis fünfzehn Jahre ins Gefängnis stecken. Vielleicht können Sie einige davon widerlegen, aber glauben Sie wirklich, dass Sie alles abschütteln können?"

„Ich habe auch Beweise", antwortete mein Vater. In seinen Augen spiegelte sich etwas, das fast wie Befriedigung aussah. Er legte den Kopf schief, als er Agent Holley studierte. „Sie sind wie fleißige, kleine Bienchen umhergeschwirrt, um einen Fall gegen die Tsepovs aufzubauen, aber Sie haben keine Ahnung, was ich versteckt habe. Ich könnte Ihre Karriere vorantreiben."

Agent Holley reagierte nicht. Als er auf seinen Block hinunterblickte, schrieb er etwas auf, ohne Maxwells Aussage zu würdigen, was mich an einen Psychiater erinnerte, der sich in aller Ruhe Notizen machte, während sein Patient raste und tobte.

Mein Vater hatte wahrscheinlich erwartet, dass Agent Holley diese Chance ergriff, nach mehr lechzte und ihn um Zusammenarbeit bat. Er verbarg seine Enttäuschung, als Holley einen Blick mit seinen FBI-Kollegen austauschte und sagte: „Ganz gleich, was Sie glauben zu haben, Herr Sinclair, es ist unvermeidlich, dass Sie einige Zeit im Gefängnis verbringen werden."

„Das bezweifle ich", beschwatzte ihn Maxwell, „Sie wissen nicht, was ich habe."

„Nein, aber ich weiß, was ich habe. Wir brauchen Ihre Beweise nicht. Es wäre hilfreich, aber es ist nicht notwendig. Ich bin hier, um Ihnen eine einmalige Gelegenheit zur Kooperation im Austausch gegen eine Strafminderung zu geben. Wenn Sie uns bei der Festnahme von Andrej Tsepov helfen können, sind wir bereit, mit Ihnen zu verhandeln. Wenn nicht, ist das Angebot vom Tisch."

„Sie können nicht erwarten, dass ich Tsepov ausliefere. Informationen? Damit kann ich dienen."

„Wir wollen keine Informationen, Herr Sinclair. Wir wollen Andrej Tsepov."

„Ich setze meinen Arsch nicht aufs Spiel, um Andrej festzunageln. Sie sind verrückt, wenn Sie glauben, dass ich so dumm bin."

Agent Holley klopfte mit der Rückseite seines Stiftes auf den Schreibtisch, um die Spitze zurückzudrücken, und schloss sein Notizbuch. Er erhob sich zu seiner vollen Größe und blickte über den Tisch.

„Wir sind hier fertig. Es tut mir leid, dass wir nicht zu einer Einigung kommen konnten. Ich möchte, dass Sie aufstehen und die Hände hinter Ihren Kopf legen, Herr Sinclair."

Agent Holley zog einen glänzenden Satz Handschellen aus seiner Anzugstasche und begegnete dem Blick seiner Agenten. „Meine Herren?" Alle drei erhoben sich gleichzeitig.

Maxwells charmante Fassade bröckelte langsam. Er stand nicht auf, aber er beugte sich nach vorne, die Ellbogen auf den Konferenztisch gestützt.

„Hey, lasst uns nichts überstürzen. Ich will nicht ins Gefängnis. Ich will genauso sehr das Richtige tun wie jeder andere auch…"

Das war eine verdammte Lüge, und wir wussten es alle.

Aber Maxwell war noch nicht fertig. „Sie können nicht erwarten, dass ich derjenige bin, der Tsepov ausliefert. Ich will vielleicht nicht ins Gefängnis gehen, aber noch weniger will ich sterben. Andrej ist nicht wie sein Onkel. Er ist ein Versager und verrückt, und er ist gefährlicher, als Sergej es je war. Wenn Andrej denkt, ich hätte ihn verraten, erschießt er mich, ohne zu zögern."

„Gefängnis oder Kooperation, Herr Sinclair. Sie haben die Wahl", legte Agent Holley aus und wartete.

Maxwell lehnte sich zurück, ließ die Hände in seinen Schoß fallen und starrte auf den Boden zwischen seinen

Füßen. Schließlich seufzte er. „Wenn Sie mein Leben beschützen können, werde ich kooperieren."

Die FBI-Agenten tauschten einen weiteren Blick aus und setzten sich wieder hin. Agent Holley öffnete sein Notizbuch wieder und klickte auf seinen Stift.

„Ich schlage vor, dass wir einen Plan ausarbeiten, Herr Sinclair. Mit Ihren Leuten und unseren werden wir alles tun, was wir können, um sie zu beschützen, vorausgesetzt, Sie befolgen unsere Anweisungen. Ihre einzige andere Option ist das Gefängnis. Habe ich mich klar ausgedrückt?"

Maxwell nickte.

Ich hatte am Anfang der Verhandlungen den Mund gehalten, aber als sie anfingen, einen Weg zu überlegen, wie Tsepov aufs Glatteis geführt werden könnte, schloss ich mich Evers, Knox und Axel an.

Ich wollte nicht, dass mein Vater ins Gefängnis ging. Er war ein Arschloch und ein beschissener Vater, aber er war trotzdem mein Vater.

Ich wollte definitiv nicht, dass er starb. Tsepov hatte sehr vielen Menschen sehr viel genommen.

Petras Mutter, Summers Vater, Lilys Ehemann, jede einzelne Frau und jedes einzelne Kind, deren Leben er zerstört hatte…

Dem FBI dabei zu helfen, Tsepov festzunageln, war ein Risiko, aber selbst mein Vater musste zugeben, dass es das wert war, wenn er nicht den Rest seines Lebens im Gefängnis verbringen wollte.

Wenn Maxwell sich in die Schusslinie begab, würden meine Brüder und ich alles tun, um sicherzustellen, dass er heil wieder herauskam.

Wir konnten ihn vor Tsepov beschützen.

Aber nicht vor sich selbst.

36

ALICE

Ich erwachte mit dem Gefühl, dass mir etwas Lebendiges aus den Fingern glitt. Etwas, das ich verzweifelt brauchte, wurde weggenommen und meine Hand schloss sich um leere Luft.

In diesen ersten nebligen Sekunden, als der Schlaf nachließ, dachte ich, es sei ein Traum, aber ein Schrei durchbrach den Nebel, und ich wusste es. Die Wärme von Petras kleinem Körper neben mir war verschwunden, die Laken bewegten sich um mich herum. Ein weiterer klagender Schrei und ein bösartiger Fluch.

Das war alles, was nötig war.

Ich wurde schlagartig wach. Die Panik schoss durch meine Glieder und mein Gehirn klickte sich ein.

Petra.

Der Rock meines Kleides hatte sich um meine Beine gewickelt, als ich mich zum Ende des Bettes stürzte. Ich griff nach Petras Arm, aber Lacey stand da mit Wahnsinn in den Augen. Ihre Hände waren um Petras Bein geschlossen und sie zog mit aller Kraft.

Lacey?

Was machte sie hier? Wie war sie überhaupt in die Wohnung gekommen? Alles war abgeriegelt. Coopers Eingangstür öffnete sich nur mit einem Handabdruck-Scan und es gab überall Kameras.

Ich stürzte erneut nach vorne, schlang meine Arme um Petras Brust und trat auf Lacey ein, um sie zum Loslassen zu bewegen, aber sie hatte einen eisernen Griff auf Petras Knöchel.

Ich schlug auf ihren Arm ein und versuchte, ihren Griff zu lockern.

Sie schien gefühllos, gerade genug betrunken, um keine Schmerzen zu verspüren, aber nicht so betrunken, um aufzugeben. Gefährlich.

Ich hielt Petra mit einem Arm fest, schloss meine Finger um Laceys Handgelenk und verdrehte es kräftig. Nichts. Ihre Finger waren immer noch in einem quetschenden Griff um Petras kleines Bein geschlungen.

Ich änderte meinen Griff, packte Laceys Daumen und riss kräftig an ihm. Mit einem Schmerzensschrei ließ sie Petra endlich los. Ich wirbelte herum und schob das kleine Mädchen hinter mich, bevor Lacey versuchte, um mich herumzugreifen. Ich schoss meinen Arm hervor, um sie zu blockieren, und sie taumelte zurück. Es war nicht das erste Mal, dass ich für mein Training dankbar war, aber es war das erste Mal, dass ich mir wünschte, ich hätte mehr davon gehabt.

„Was machst du hier?", fragte ich und versuchte, sie hinzuhalten, „Was willst du?"

Laceys Augen starrten mich an. Die roten Adern, die sich durch das Weiß schlängelten, waren weniger blutunterlaufen als sonst. Sie war wild. *Fokussiert.* Sie wollte mein Mädchen und sie würde über meine Leiche gehen, um sie zu bekommen.

Ich schob Petra weiter hinter mich und ließ Lacey nicht

aus den Augen. Ich wollte das Kind aus ihrer Reichweite haben, während Lacey stetig vorrückte. Wir saßen in Petras Schlafzimmer fest. Lacey blockierte unseren einzigen Ausgang.

Ich durfte sie nicht nahe genug herankommen lassen, um Petra wieder packen zu können. Sie mochte betrunken sein, aber sie war ungewöhnlich stark. *Entschlossen.*

Wir brauchten Hilfe.

Kurz nach dem Mittagessen war ich in Petras Zimmer eingeschlafen. Für ein Kind, das sich die ganze Nacht hin und her wälzte, schlief sie wie ein Engel, wenn sie ein Nickerchen machte. Ich wollte nur bleiben, bis sie eingeschlafen war, aber sie hatte sich so warm an meine Seite gekuschelt, und ich war so müde, dass ich direkt neben ihr eingedöst war.

Ich wusste nicht, wie lange wir geschlafen hatten, aber es spielte keine Rolle. Niemand würde uns zur Hilfe kommen, wenn sie nicht wussten, dass wir Hilfe brauchten. Es gab hier kein Telefon. Keine Alarmanlage.

Wir mussten aus Petras Zimmer rauskommen.

Ich wich langsam von Lacey zurück und ging tiefer in den Raum hinein, um Platz zwischen uns zu schaffen, bevor ich meine Vorgehensweise änderte und versuchte, Lacey dazu zu bringen, die Tür freizugeben. Lacey spiegelte jeden meiner Schritte und kam auf der anderen Seite der Tür zum Stehen. Sie war näher an uns dran, fast in greifbarer Nähe, aber sie versperrte uns nicht mehr den Weg nach draußen.

Sie war stark und entschlossen, aber immer noch ein wenig betrunken und nicht sehr klug. Nicht ahnend, dass sie einen Weg für unsere Flucht eröffnet hatte, rückte Lacey mit ausgestreckter Hand vor.

„Gib mir einfach die Göre", säuselte Lacey, ihre Stimme ein furchterregender Singsang. „Du hast gesagt, sie gehört dir nicht. Warum kümmert dich das überhaupt? Ich muss sie einfach nur loswerden. Sobald ich sie Andrej übergebe, wird er sie verschwinden lassen, und dann wird Maxwell ihre Schlampe von Mutter vergessen und alles kann wieder normal werden."

„Glaubst du wirklich, dass er dir das verzeihen wird?" Ich machte einen langsamen Schritt zur Seite, näher zur Tür, in der Hoffnung, dass Lacey meine Bewegung erneut spiegeln würde. Sie tat es, indem sie näherkam, sich aber tiefer in den Raum hineinstellte. *Fast...*

„Du willst sie sowieso nicht", krähte Lacey. „Du und Cooper wollt alleine sein, nicht wahr? Warum solltest du ein Kind wollen? Sie sind klebrig und unordentlich. *Nervig.* Gib sie mir einfach und ich werde sie verschwinden lassen. Dann kannst du mit Cooper glücklich sein. Maxwell wird nach Hause kommen. Alles wird so sein, wie es sein soll."

Laceys völlige Gewissenlosigkeit war erschreckend. Sie wusste nicht, wie sie mich loswerden sollte, also hatte sie sich selbst davon zu überzeugen, dass Petra die Quelle all ihrer Probleme war.

Sie würde Petra loswerden und Maxwell würde die Frau vergessen, von der er behauptete, sie geliebt zu haben und ihr Kind vergessen. War das ihre Lösung?

Wenn ich an Maxwell dachte, konnte ich Laceys Standpunkt irgendwie nachvollziehen. Er würde Petra wahrscheinlich vergessen, sobald sie außer Sichtweite war.

Aber sie Andrej zu überlassen, obwohl sie wusste, was er mit Frauen und Kindern machte?

Lacey war ein Monster. Sie durfte Petra um keinen Preis anrühren.

Ich schluckte die Galle, die meine Kehle hochkam, machte eine schnelle Vierteldrehung und klemmte mir Petra unter den Arm, bevor ich durch die offene Tür und in den Flur rannte. Lacey griff nach mir. Ihre Hände wie Krallen und ihre Nägel gruben sich in meinen Arm. Ich riss mich los und rannte so schnell ich konnte durch den Flur.

Ich verfluchte meine kurzen Beine und sprintete zur Vordertür. *Zu weit weg.*

Für eine Alkoholikerin, die doppelt so alt war wie ich, holte sie viel zu schnell auf.

Ich würde es nicht schaffen. Ihre Finger schlossen sich um die Rückseite meines Kleides und zogen so stark, dass ich zurücktaumelte und fast zu Boden ging. Mit einem Ausfallschritt befreite ich mich und drehte mich direkt am Ende des Flurs.

An der Wand gegenüber von den Fenstern befand sich ein Panikknopf, der diskret neben den Lichtschaltern angebracht war. Ich knallte meine Hand darauf, sobald ich nahe genug war, und das schwache Klicken, das ausgelöst wurde, erfüllte mich mit Erleichterung.

Ich hatte den Panikknopf erreicht, dafür aber meinen Fluchtweg geopfert.

Ich stieß gegen die Couch, als Lacey aus dem Flur kam. Ein triumphierendes Lächeln breitete sich auf ihrem Gesicht aus. Sie blieb direkt zwischen uns und der Eingangstür stehen.

Lacey beobachtete Petra und mich wie Wanzen unter dem Mikroskop und wog ihre Möglichkeiten ab. Sie rückte immer näher und blieb ebenfalls an der Couch stehen, direkt neben den Lichtschaltern, schien den Panikknopf aber nicht zu bemerken.

Nein, ihre Aufmerksamkeit blieb auf dem Tisch unter den Schaltern und auf der hohen, schwarzen, eisernen Lampe hängen.

Scheiße!

Etwa einen halben Meter groß, mit dem Umfang eines Baseballschlägers, war die Lampe eine höllische Waffe. Warum hatte ich nicht daran gedacht, sie mir zu schnappen?

Lacey riss die Schnur mit einem weiten Schwung ihres Arms aus der Wand und zog die Lampe über ihren Kopf. Ein hungriges Schimmern leuchtete in ihren Augen.

Verdammt, sie war verrückt. Ich jonglierte Petra in meinen Armen und hob sie an, bis mein Mund auf gleicher Höhe mit ihrem Ohr war. „Versteck dich hinter der Couch. Verstehst du das? Nick mir zu, wenn du mich verstehst. Versteck dich hinter der Couch."

Für eine endlose Sekunde blieb Petra still und antwortete nicht auf meinen Befehl.

Bitte, Süße, versteh mich.

Ich konnte versuchen, Lacey abzuwehren, aber nicht, während ich Petra im Arm hielt. Der Panikknopf würde Hilfe holen, aber jede Sekunde, die verging, war eine Ewigkeit. Lacey konnte mit dieser Lampe in den wenigen Minuten, die für die Mobilisierung unserer Rettung nötig waren, verdammt viel Schaden anrichten.

Nach einem endlosen Moment nickte Petra und flüsterte zurück: „Vestecken."

Ich küsste ihre Schläfe. „So ist es richtig, Baby. Versteck dich für mich, okay?"

Ich stellte sie auf die Beine und sie schoss davon, um um den gläsernen Couchtisch zu krabbeln und hinter der kurzen Seite der L-förmigen Couch zu verschwinden. Der schräge Rücken bildete einen engen Tunnel vor der Wand – viel zu klein für einen Erwachsenen, perfekt für eine quirlige Dreijährige.

Selbst, wenn Lacey mich niederschlug, bräuchte sie verdammt viel Zeit, um an Petra heranzukommen, und bis dahin würde Hilfe eintreffen.

Sie war stark, aber die Couch wog eine Tonne. Meine schlimmste Befürchtung war weg, da Petra nicht mehr kurz davor stand, mit einer Eisenstange getroffen zu werden.

Petra war in Sicherheit, aber ich war in Schwierigkeiten.

Lacey heulte vor Wut auf, als ihre Beute hinter der massiven schwarzen Ledercouch verschwand.

„Warum kommst du mir immer in die Quere?", forderte sie gereizt.

Als sie auf mich zuging, hielt sie den schmalen Sockel der Lampe mit beiden Händen über ihrer Schulter – ein Griff, der die Haltung eines Baseball-Spielers perfekt imitierte.

Verdammte Scheiße!

Ich wich zurück und stand nun zwischen Lacey und dem Ende der Couch, wo Petra verschwunden war. Die Lampe streifte meinen Arm, als Lacey schwang.

Das war nah dran.

Lacey schwang die Lampe erneut, aber ich huschte nach rechts und stieß mit meinem Schienbein gegen die Kante des schweren gläsernen Couchtisches. *Verdammt, das tat weh.* Die Lampe traf mich seitlich am Arm und blendete den Schmerz in meinem Bein aus.

Wie zum Teufel konnte eine über sechzig Jahre alte Alkoholikerin stark genug sein, um diese verdammte Lampe zu schwingen?

Mein linker Arm wurde bereits taub.

Ich sah mit Entsetzen zu, wie Lacey nach vorne trat und die Lampe so weit über ihren Kopf hob, dass ihre dünnen Arme vor Anstrengung zitterten.

Lacey rückte vor und die Lampe begann ihren langsamen Bogen nach unten und drohte meinen Schädel zu spaltet. Mein rechter Arm flog über meinen Kopf, während mein linker nutzlos an meiner Seite hing.

Scheiße. Warum musste ich so verdammt klein sein? Mein Arm wäre der eisernen Härte der Lampe nicht gewachsen.

Diese Verteidigung würde nicht funktionieren.

Angriff war alles, was mir blieb.

Ich sprang geradewegs auf Lacey zu, duckte mich unter

der Lampe, stieß meinen Kopf hart in die Mitte ihrer Brust und warf sie von den Füßen. Wir stürzten zu Boden und rollten in einem Gewirr aus Gliedmaßen umher, wobei Laceys Hand die Lampe immer noch fest umklammerte. Ich hatte nicht das Gewicht, um sie niederzudrücken.

Sie drehte sich und stieß mich weg. Anstatt zu versuchen, sie zu packen, ergriff ich die Lampe mit beiden Händen und versuchte, sie ihr aus den Fingern zu reißen. Am Ende zog ich sie nur auf ihre Füße, während ich dabei war, meinen Halt zu verlieren.

Mein linker Arm schrie vor Schmerz, da die Taubheit nachgelassen hatte, als wir um die Lampe rangen. Lacey gewann mit jedem Schritt an Boden, getrieben von alkoholisierter Wut. Ich grub meine Fersen ein, als meine Waden auf glattes, kühles Leder stießen.

Das war's. Ich hatte keine Zeit mehr. Wir waren nur Zentimeter von der Stelle entfernt, wo Petra sich versteckte. Ich musste Lacey sofort unschädlich machen.

Wie lange war es her, seit ich den Panikknopf gedrückt hatte? Es fühlte sich an wie eine Stunde, könnte aber weniger als eine Minute gewesen sein.

Nicht genug Zeit.

Definitiv nicht genug, solange Lacey immer noch diese verdammte Lampe hatte.

Ich schloss beide Hände um den Stiel der Lampe, drehte mich hart und schaffte es, Laceys Umklammerung zu lockern, bevor ich sie mit einem weiteren scharfen Ruck freibekam.

Sie war lang und schwer, und es hatte mich aus dem Gleichgewicht gebracht, als Lacey losließ. Als ich zurücktaumelte, versuchte ich, den Lampenfuß besser zu greifen, um zwischen uns Raum zu schaffen. Die Couch war jedoch direkt hinter mir und es gab keinen Platz zum Bewegen.

Lacey kam im Sturzflug auf mich zu und streckte ihre langen, scharfen Fingernägel nach mir aus.

Als ich zurück auf die Couch fiel, schwang ich aus verzweifeltem Instinkt heraus. Die Lampe traf sie hart in die Rippen und ließ sie nach links fliegen, die Augen weit aufgerissen vor Überraschung, der Mund in einem schockierten O.

ALICE

Lacey landete mitten auf dem Couchtisch und brach in einer Explosion aus Glasscherben hindurch. Ich erstarrte für den Bruchteil einer Sekunde, als mein Herz in meiner Brust donnerte. Meine Lungen waren eng und ich rang nach Luft.

Lacey bewegte sich nicht. Blut lief an ihren Armen entlang, über ihre Brust und ihr Gesicht. Sekunden vergingen, während ihr Blut immer schneller floss, von ihrer Haut tropfte und sich auf dem Teppich in einer roten Lache sammelte.

Dennoch bewegte sie sich nicht.

Ich stolperte zur anderen Seite der Couch, weg von Lacey und dem mit Scherben übersäten Sitzbereich. Nachdem ich die Lampe fallen ließ, kniete ich an der Ecke der Couch und suchte in dem engen, dunklen Tunnel nach Petra. „Petra? Komm raus, Baby. Wir müssen hier weg."

Petra drängte sich durch den engen Raum und sprang von der anderen Seite aus direkt in meine Arme. Mein linker Arm funktionierte wieder, aber er erschlaffte unter ihrem

Gewicht. Ich musste es zur Vordertür schaffen und Petra von hier wegbringen, bevor Lacey zu sich kam.

Nur weil sie niedergeschlagen war, bedeutete das nicht, dass sie bewusstlos war. Ich hatte viel zu viele Horrorfilme gesehen, um zu glauben, dass wir sicher waren.

Die Tür schwang auf, als ich nach der Klinke griff. Ich ließ einen markerschütternden Schrei los, alle Vernunft im Dunst des Schreckens verschwunden.

Griffens grüne Augen blickten zu Petra, die sich an mich klammerte, und verwandelten sich in harte, kalte Smaragde, als sie sich auf den Boden hinter mir richteten.

Ein Schauer des Entsetzens lief durch mich hindurch, als ich mir Lacey vorstellte, wie sie wieder auf den Beinen war und die eiserne Lampe mit frischer Wut schwang. Ich drehte mich um und sah einen Pfad aus blutigen Fußabdrücken, der von der Couch zu der Stelle führte, an der ich an der Tür stand. *Meine Fußabdrücke.* Ich musste neben dem Couchtisch ins Glas getreten sein.

Meine Füße taten nicht weh. Nichts tat weh. Nicht mehr. Griffen war hier und Petra und ich waren in Sicherheit.

„Status?", fragte Griffen, die Emotionen in seiner Stimme fest unter Kontrolle.

„Lacey. Wir sind aufgewacht, weil Lacey versucht hat, Petra zu holen, um sie an Tsepov zu übergeben. Sie- Ich… Sie hat versucht, mich mit der Lampe zu schlagen, und ich habe ausgeholt… Ich hab sie getroffen und sie ist in den Couchtisch reingefallen."

„Okay, Alice. Atme tief durch, okay? Warum blutest du?"

Ich tat, was Griffen verlangte, und versuchte, mich zu beruhigen. Warum blutete ich?

Oh, das Glas.

Mein Herz wollte sich nicht beruhigen. Es schlug so

heftig in meiner Brust, dass ich nicht mehr atmen konnte. Ich drückte Petra fester an mich.

„Das Glas. Der Couchtisch. Sie hat den Couchtisch zerbrochen. Ich bin gerannt, um Petra zu holen. Ich muss mir die Füße geschnitten haben."

„Bist du irgendwo sonst verletzt?"

„Nein. Ja. Mein Bein. Mein Arm. Mir geht's gut, aber sie bewegt sich nicht, Griffen."

Griffen schlang seinen Arm um meine Schulter und umgab Petra und mich mit seiner soliden Kraft.

„Du musst dich noch ein paar Minuten zusammenreißen, okay? Cooper ist auf dem Weg. Er wird bald hier sein."

Cooper war auf dem Weg. Das bedeutete, dass er nicht im Gebäude gewesen war.

Okay. Ich könnte durchhalten. Griffen ließ los, durchquerte den Raum und ging auf die andere Seite der Couch, um nach Lacey zu sehen. Einen Moment später hörte ich ihn in sein Telefon sprechen. Ich konnte nicht alles verstehen, aber es reichte, um zu begreifen, dass er einen Krankenwagen rief.

Ich dachte, ich sollte hingehen und nachsehen, konnte meine Füße aber nicht bewegen. Ich stand an der Tür und klammerte mich an eine stille, zitternde Petra, zu ängstlich, um etwas zu tun, falls mein nächster Schritt alles noch schlimmer machen würde.

Schließlich kam Griffen zurück. „Ich muss mir deine Füße ansehen. Halt Petra fest, okay?"

Ich konnte sie nicht noch fester halten, als ich es bereits tat. Glücklicherweise hob Griffen uns beide hoch und trug uns in die Küche, setzte mich auf den Tresen und drehte mich so, dass meine Füße über der Spüle hingen.

Er lächelte Petra freundlich an und fragte: „Hast du Hunger, Maus? Möchtest du einen Keks in deinem Stuhl essen, während ich Alices Füße in Ordnung bringe?"

Petra schaute fragend zu mir auf. Ich verzog meine Lippen zu einem - wie ich hoffte - tröstlichen Lächeln. „Ein Keks wäre schön, nicht wahr? Du wirst genau neben mir sitzen."

Petra sah Griffen ernst an und nickte ihm feierlich zu. Er rollte ihren Hochstuhl neben das Waschbecken, schnallte sie an und legte zwei große, runde Schokokekse auf das Tablett vor ihr.

Er verließ uns für eine Sekunde, schloss die Vordertür auf und schnappte sich auf dem Rückweg den Erste-Hilfe-Kasten aus der Speisekammer. Ich wollte nicht darüber nachdenken, wieso Griffen wusste, wo Cooper ihn aufbewahrte. Dieser Gedanke war fast so beängstigend wie die Tatsache, dass ich ihn brauchte.

Es handelte sich dabei nicht um eine Sammlung von antiseptischen Sprays und Pflastern, sondern um einen überdimensionalen Gerätekasten.

Ich war mir ziemlich sicher, dass sich darin Spritzen, Ampullen und ein medizinisches Näh-Set befanden. Ich hatte nicht vor zu fragen.

Griffen drehte das Wasser auf und sagte: „Einer der Jungs wird die Sanitäter hochbringen. Ich möchte, dass sie einen Blick auf deine Füße werfen, aber ich glaube, du bist in Ordnung. Heb dein rechtes Bein an und lass mich mal nachsehen."

Ich tat, worum er mich bat, und zuckte nur ein wenig zusammen, als er mit einer dünnen Taschenlampe auf die Fußsohle strahlte, drückte und bohrte. Ich war mehr um Lacey besorgt als um meine Füße.

Ich musste fragen. „Habe ich sie getötet?"

Griffen schüttelte den Kopf, seine Aufmerksamkeit auf meinen Fuß gerichtet. Ein schmerzhafter Druck auf meinen Fußballen und er hielt einen Glassplitter hoch, der vor Blut rosa schien. Es klickte, als er ihn in die Spüle fallen ließ, und weitermachte, um mehr herauszuholen.

„Mach dir keine Sorgen um Lacey."

„Griffen, sag es mir." *Mach dir keine Sorgen um Lacey? Ist er verrückt? Was, wenn ich sie getötet habe?*

Er schüttelte erneut den Kopf. „Sie blutet mehr, als sie sollte. Wahrscheinlich liegt es am Alkohol. Die Sanitäter werden bald hier sein. Hat sie versucht, dich mit der Lampe zu erschlagen?"

„Ja. Sie hat mich am Arm erwischt, aber…" Ich wollte nicht darüber reden, wie ich mit der Lampe auf sie eingeschlagen hatte, sie von ihren Füßen gekippt und durch das Glas geflogen war. Das würde ich für den Rest meines Lebens in meinen Albträumen sehen.

„Alles wird gut, Alice." Griffen klang unbesorgt, als er meinen anderen Fuß nach mehr Glas untersuchte. „Ich glaube nicht, dass du genäht werden musst, aber ich warte vorsichtshalber mit dem Verband, bis die Sanitäter einen Blick darauf geworfen haben."

Er drückte mein Schienbein. „Das sieht aus, als würde es wehtun."

Ich blickte nach unten und sah eine lange Wunde unterhalb meines Knies. Mein Schienbein war blutrot gefärbt. *Verdammt!* Ich wusste, dass es wehgetan hatte, als ich gegen den Couchtisch geknallt war, aber ich hatte es nicht bemerkt. Ich zuckte zusammen, als Griffen die Wunde reinigte. Das Brennen des Antiseptikums tat fast so weh wie die Verletzung selbst.

Die Haustür schwang ohne Vorwarnung auf und pures Chaos strömte herein – zwei Männer mit einer Trage in der Hand, ein paar unserer Jungs, die unten arbeiteten, Cooper, gefolgt von Evers, Knox und Axel.

Cooper begegnete meinen Augen mit einem kurzen,

ausdruckslosen Blick, den ich nicht deuten konnte. Nicht deuten *wollte*.

Er war wütend auf mich.

Natürlich, war er das. Warum sollte er es auch nicht?

Seine Mutter lag blutend und bewusstlos am Boden, weil ich sie fast getötet hatte. Möglicherweise sie wirklich getötet hatte. Griffen hatte gesagt, ich solle mir keine Sorgen um sie machen, aber er hatte nicht gesagt, dass sie sich erholen würde. Vielleicht war sie verblutet. Vielleicht...

Ich wollte mein Kinn heben und so tun, als ob es mir egal war, aber ich konnte es nicht. Ich konnte gar nichts mehr. Alles tat weh. Lacey hatte versucht, uns umzubringen. Ich hatte sie bestimmt umgebracht. Da war so viel Blut. *Überall.*

Ich konnte nicht so tun, als wäre es in Ordnung. Ich konnte überhaupt nichts mehr tun.

Zu meiner größten Schande rollte eine Träne über meine Wange, als ich Cooper und seine Brüder beobachtete, wie sie den Raum durchquerten, bis sie vor Lacey standen.

Eine weitere Träne lief mir über die Wange und dann noch eine. Heiß und salzig – ein greifbarer Beweis für meine Schuld. Was, wenn ich Coopers Mutter umgebracht hatte?

Ich hatte Lacey im Laufe der Jahre manchmal gehasst, manchmal bemitleidet, aber niemals in einer Million Jahren hätte ich vermutet, dass ich sie umbringen würde.

Ein Arm schlang sich um meine Schulter.

Griffen zog mein tränenüberströmtes Gesicht an seine Brust, als ich anfing, laut zu schluchzen. Scham und Kummer überwältigten mich. Ich konnte niemanden ansehen, konnte Cooper nicht in die Augen schauen. Das eine Mal, als ich meinen Kopf heben konnte, starrte er uns an, sein Gesicht so völlig leer, dass er ein Fremder hätte sein können.

Es war vorbei. Alles zwischen uns war vorbei. Er würde

das nie vergessen können. Er würde nie in der Lage sein, die Frau zu lieben, die seine Mutter getötet hatte.

Griffen hob eine Hand, um die Aufmerksamkeit eines Sanitäters zu erregen. Das Nächste, woran ich mich erinnerte, war, dass jemand meinen linken Arm bewegte, an meinen Füßen herumstocherte, sie mit dem Lichtstift untersuchte und mich dann für bandagierbereit erklärte.

Ich saß da wie eine Puppe - still und stumm -, während Griffen antibiotische Salbe auftrug und einen Verband anlegte. Während die Sanitäter Lacey auf eine Bahre luden und sie hinausrollten, gefolgt von Axel und Evers, betrachtete ich die Szene in der Wohnung mit hohler Distanz, als wäre es eine Fernsehsendung mit fremden Gesichtern. Mein Atem war flach und mein Kopf fühlte sich an wie ein Ballon, der an einer langen Schnur schwebte.

Knox und Cooper kamen in die Küche, schweigsam wie Gespenster. Jemand sagte etwas, das sich wie „Schock... Muss sich hinlegen... Bald wieder da." anhörte. Ich hatte die meisten Worte nicht verstanden, während die Welt an mir vorbeirauschte. Meine Ohren dröhnten und mir war eiskalt. Mein Herz klopfte. Geräusche kamen aus der Ferne, als säße ich am Ende eines langen Tunnels.

Cooper sagte etwas, aber ich konnte ihn nicht verstehen. Seine Hand hob sich und berührte mein Gesicht. Das war alles, was ich sah, als meine Sicht an den Rändern grau wurde. Alles schwankte, als würde ich durch Hitzewellen zusehen.

Ich fiel und stürzte ins Nichts, als alles schwarz wurde.

ICH ÖFFNETE meine Augen und sah die hohe Decke von Coopers Schlafzimmer. Sein hohes, marineblaues Bett-Kopfteil ragte über mir empor.

Wie bin ich hierher gekommen?

„Du bist ohnmächtig geworden", sagte eine vertraute, amüsierte Stimme.

Hatte ich das laut gesagt? Ich wurde nie ohnmächtig. *Nie.*

„Ja, du hast es laut gesagt, und du bist definitiv ohnmächtig geworden. Der Sanitäter hat gesagt, es war eine akute Stressreaktion."

„Nein." Ich kämpfte darum, mich aufzusetzen, nur um mich dann von Petra und dem Hasen ans Bett genagelt zu finden. Sie war an meine Seite gerollt und hatte den Kopf auf meinen Bauch gelegt. Ihre Augen waren geschlossen, Schokolade klebte an ihrem Kinn.

Ich gab auf, lehnte mich zurück und drehte den Kopf, um Griffens lachenden grünen Augen zu begegnen. „Ich bin nicht ohnmächtig geworden."

„Jap. Ich habe Foto-Beweise."

Ich schlug seinen Arm mit meiner freien Hand. „Arschloch."

„Das mit dem Foto war nur ein Scherz. Das würde ich dir nicht antun. Der Sani hat gesagt, es würde dir gut gehen, und dass es nur vom Stress und dem Adrenalinschub kam. Mach dir darüber keine Sorgen. Wenn jemand das Recht hatte, ohnmächtig zu werden, dann bist du es."

„Lacey?"

„Cooper und die Jungs sind immer noch bei ihr. Sie ist am Leben und beschimpft das Krankenhauspersonal wahrscheinlich."

Ich wusste nicht, was ich dazu sagen sollte.

Ich hatte Coopers Mutter nicht getötet. Das war gut. Es wäre nicht das erste Mal gewesen, dass ich jemanden getötet hatte, um ein Kind zu beschützen. Ich wollte es nicht noch einmal getan haben.

Wie sollte ich Cooper erklären, was geschehen war? Was, wenn er mir nicht glauben würde?

Ich konnte sein Gesicht nicht vergessen. So flach und kalt. Sie hatte vor, mich umzubringen. Wollte sie das nicht? Hatte ich mich geirrt?

Griffen unterbrach meine Gedanken und sagte: „Wir haben ein weiteres Problem."

„Ich will keine Probleme mehr. Ich bin am Ende."

„Komm wieder auf die Beine, Soldat, denn ich brauche dich in voller Einsatzbereitschaft. Während Lacey hier oben war und versucht hat, dir den Kopf einzuschlagen und dein Mädchen zu entführen, ist Maxwell abgehauen."

COOPER

Ich öffnete meine Haustür und sah Dunkelheit. Die einzige Lichtquelle war eine einzelne Glühbirne über dem Frühstückstresen, die Griffen beleuchtete. Er saß alleine, trank aus einem meiner übergroßen Becher und schaute auf sein Telefon.

Ohne aufzuschauen, fragte er: „Alles in Ordnung?"

„Nicht einmal annähernd. Alice und Petra?"

„Schlafen. Es geht ihnen gut."

Ich ging in die Küche, um mir ein Bier aus dem Kühlschrank zu holen. „Willst du auch eins?"

„Ne, passt nicht zu der halben Kanne Kaffee", sagte Griffen und hob seinen Becher an.

„Ich weiß es zu schätzen, dass du bei Alice geblieben bist, und dass du so schnell hier warst."

Er winkte meinen Dank ab. „Hast du herausgefunden, wie Lacey reingekommen ist? Waren die Kameras eingeschaltet?"

Ich öffnete mein Bier und zögerte, bevor ich die Wahrheit zugeben musste, dass meine Eltern mich ausgetrickst hatten. Ich lehnte mich an die Kücheninsel, trank von meinem Bier, und sagte endlich: „Maxwell hatte schon vor langer Zeit eine Hintertür in das Sicherheitssystem programmiert. Es ist gut, dass er nichts von den Kameras hier oben wusste, sonst hätte er sie vielleicht ausgeschaltet. Lacey hat ihm ein Handy gegeben und Maxwell hat sie reingelassen." Nach dem, was sie Alice angetan hatte, konnte ich mich nicht dazu durchringen, sie Mutter zu nennen. „Während sie auf dem Weg hierher war, hat er die Kameras am Hintereingang deaktiviert und ist abgehauen."

„Scheiße." Griffen nahm langsam einen Schluck Kaffee. „Lucas ist bestimmt angepisst."

„Ich hoffe für Agent Holley, dass er Maxwell zuerst findet, denn Lucas ist bereit, ihn zu erwürgen. Ihm gefällt der Gedanke nicht, dass es Löcher in seinem System gibt."

„Das Innensystem wurde installiert, lange bevor er hier angefangen hat", sagte Griffen.

„Das ist ihm egal. Er denkt, er hätte es wissen müssen. Er geht gerade jede Zeile des Codes durch, bis er es hat."

Griffen nickte, nicht sonderlich überrascht. „Ich habe Alice gezwungen, eine dieser Schmerztabletten zu nehmen, die sie genommen hatte, als sie die Beule am Kopf hatte. Sie wollte auf dich warten, aber sie hatte Schmerzen und war fertig mit den Nerven. Sie denkt, du hasst sie dafür, dass sie Lacey getötet hat."

Ich erstarrte mit der Bierflasche kurz vor meinem Mund. *Alice denkt, dass ich sie hasse?*

Ich hatte mir die Videoaufnahmen angeschaut und immer wieder zugesehen, wie Lacey die Lampe über ihren Kopf hob und bereit war, Alices Schädel zu spalten.

Lacey hatte versucht, sie zu töten. Wie konnte ich das wiedergutmachen? Es gab keine Worte, die ich sagen konnte und keine Entschuldigung, die groß genug war, um das wiedergutzumachen.

Alice sollte bei mir sicher sein.

Stattdessen hatte ich sie meiner mordlustigen Familie praktisch auf einem silbernen Tablett serviert.

Ich hasste Alice? Ich konnte mir vorstellen, dass Alice *mich* hasste. Sie musste ernsthafte Zweifel daran haben, bei mir zu bleiben. Zuerst hatte ich sie mitten in eine Explosion gesteckt, dann beschlossen, dass wir ein Kleinkind aufnehmen sollten, und als ob das noch nicht genug wäre, ließ ich zu, dass Lacey sie fast umbrachte.

All die Jahre wollte ich Alice, und jetzt schien es mir, als könnte ich die ganze Sache nur noch versauen.

Ich stellte die Bierflasche auf dem Tresen ab. Das Bedürfnis, ihr zu sagen, wie falsch sie lag, war überwältigend.

Ich wollte aus der Küche gehen, als Griffens Worte mich aufhielten. „Du hast nicht angerufen."

Ich drehte mich um, um zu sehen, wie sich seine Augen beschuldigend verengten.

„Was?"

„Du hast nicht angerufen. Sie saß den ganzen Nachmittag und die halbe Nacht hier und hat gegrübelt, weil sie Angst hatte, du würdest zurückkommen und mit ihr Schluss machen, und du hast nicht einmal angerufen."

„Ich- Wir… Wir waren bei Lacey und haben dann versucht, Maxwell zu finden…"

Und ich hatte mich versteckt, weil ich Alice nicht gegenübertreten konnte. Ich war noch nicht soweit, von ihr verlassen zu werden.

„Ich habe nie erlebt, dass du dich vor deinen Problemen gedrückt hast, Cooper." Seine Augen fixierten mich, als Griffen einen Schluck Kaffee nahm.

Ich wollte ihm eine verpassen, nahm aber lediglich mein Bier in die Hand. Er hatte Recht. Ich war ein Feigling. Ich hätte Griffen aus dem Weg schieben sollen, als Alice sich an seiner Schulter ausgeweint hatte und Lacey meinen Brüdern überlassen sollen.

Ich hätte ihm widersprechen können, hätte Griffen sagen können, dass es für eine Weile nicht gut um Lacey stand, da der hohe Alkoholgehalt in ihrem Blut Probleme verursachte, wodurch die Ärzte sich um Gehirnblutungen sorgten.

Ich hätte ihm sagen können, dass Alice nicht sicher war, bis wir Maxwell gefasst und ihn benutzt hatten, um Tsepov zu kriegen. All das war wahr, aber auch nur eine Ausrede.

Ich war eifersüchtig darauf, dass sie in Griffens Armen geweint hatte, und schuldig und erschüttert, es zugelassen zu haben, dass Lacey sie verletzt hatte.

Ich hätte bei ihr bleiben sollen. Stattdessen hatte ich das getan, was ich am besten konnte. Ich hatte mich darauf konzentriert, Probleme zu lösen, die direkt vor mir lagen.

Lacey.

Maxwell.

Die Katastrophe, die meine Eltern verursacht hatten.

Griffen hatte Recht. Ich hätte anrufen sollen. Ich hätte hier sein sollen, und meine Brüder hätten den Rest erledigt.

„Ich liebe sie", sagte ich.

„Ich bin nicht derjenige, dem du das sagen musst."

„Scheiße, nein. Aber sie hat Schmerzmittel zu sich genommen und schläft. Soll ich sie etwa aufwecken?" Wenn ich mürrisch klang, dann nur, weil ich mich so fühlte. Und frustriert und krank vor Liebe.

„Nein, lass die beiden schlafen. Es war ein höllischer Tag."

„Danke, dass du bei ihr und Petra geblieben bist. Ich war ein Arsch, weil ich den ganzen Tag weg war, aber ich hätte mich verdammt nochmal nicht konzentrieren können, wenn du nicht bei ihnen gewesen wärst."

„Ich tue alles für Alice, Kumpel. Das weißt du doch."

Ich lachte kurz auf. Es war ein bisschen zu roh und erinnerte mich daran, wie er Alice gehalten hatte. „Was ist das zwischen euch? Muss ich dir in den Arsch treten? Denn ich werde sie nicht aufgeben. Nicht für dich. Für niemanden."

Griffen war einer meiner besten Freunde – einer der wenigen Menschen, denen ich vollkommen vertraute. Er stand mir so nahe wie ein Bruder, aber ich würde ihn fertigmachen, wenn er vorhatte, mir Alice wegzunehmen.

„Scheiße, nein, Coop. Gott. Du bist wie ein Bruder für mich", sagte er und spiegelte meine Gedanken wider. „Ich wildere nicht im fremden Revier."

Seine Augen wurden dunkel. Griffen würde niemals hinter der Frau eines anderen Mannes her sein. Er hatte auf die harte Tour lernen müssen, was Verrat bedeutete.

„Ich weiß. Also, was ist es dann? Du warst schon immer ein wenig beschützend. Axel hat über dich gemeckert, als er Emma zurückhaben wollte, aber mit Alice bist du anders."

Ein Grinsen breitete sich auf Griffens Gesicht aus. „Axel hatte es verdient. Er war ein Arsch und Emma saß in der Klemme. Ich habe ihnen einen Gefallen getan. Sie musste wissen, dass sie einen Ausweg hatte. Sie musste sich für Axel *entscheiden* und nicht in eine Ecke gedrängt werden, weil er ein Arsch war."

„Einverstanden, aber das beantwortet meine Frage nicht."

Griffen starrte einen langen Moment in seine Kaffeetasse, bevor er seine Augen auf mich richtete und fortfuhr: „Sie erinnert mich an jemanden, okay? Jemanden, den ich schon lange nicht mehr gesehen habe."

Ein unbehagliches Gefühl durchzog mich. „Deine Ex-Verlobte?"

Griffens Gesicht verzog sich zu einem bitteren Grinsen. „Du meinst meine Schwägerin? Die Schlange? Scheiße, nein. Sie ist überhaupt nicht wie Alice."

Sein Blick driftete wieder zum Becher. Ich wartete und wünschte, ich hätte nicht die Frau erwähnt, die ihn an dem

Tag für seinen Bruder fallen gelassen hatte, als die Tinte auf der neuen Kopie des Testaments seines Vaters getrocknet war, während das Vermögen auf seinen Bruder übertragen worden war.

Ich wusste nur über die Ex-Verlobte Bescheid, weil wir vor fast zehn Jahren mit Griffen eine Flasche Tequila geleert hatten. Er sprach nie über sie oder seinen Bruder – über keinen der Sawyers. Er war weggegangen und hatte nie zurückgeblickt, und ich konnte es ihm nicht verübeln. Es hörte sich so an, als wäre die Ex-Verlobte nicht die einzige Schlange in diesem Nest gewesen.

Seine Mundwinkel zitterten mit einem schiefen Lächeln, als er nur einmal den Kopf schüttelte, bevor er sagte: „Nicht jemand, mit dem ich zusammen war. Keine Geliebte. Eine Freundin. Meine *beste* Freundin... bis sie es nicht mehr war."

„Wie heißt sie?" Ich fragte und erwartete, dass er sich abschottete.

„Ihr Name ist Hope." Er schüttelte den Kopf, als ob er eine klammernde Erinnerung abschütteln wollte. „Hope ist nicht wie Alice. Sie hat ihren Mumm nicht, zum Beispiel. Aber dasselbe Rückgrat aus Stahl? Dieselbe Entschlossenheit? Ja. Hope ist ruhig, aber sie hat ebenfalls einen eigenwilligen Sinn für Stil. Nicht wie Alice, aber es erinnert mich trotzdem an sie. Sie hatte eine langweilige Schuluniform, aber da gab es immer etwas. Ohrringe oder Socken mit schmelzenden Uhren drauf – etwas, das so skurril und ausgefallen war wie sie. Sie war größer als Alice - jeder ist größer als Alice -, aber schlank. Sie sah so zerbrechlich aus, dass ich mir immer Sorgen um sie machte, aber sie war wie ein Schilfrohr. Sie verbog sich, brach aber nie." Er zog sich zurück, sein Tonfall wehmütig, seine Augen leer.

„Du bist nie mit ihr ausgegangen?" Ich hatte eine Reihe platonischer Freundinnen, aber ich glaubte, ich hatte noch nie eine so beschrieben, wie Griffen seine Hope beschrieben hatte.

Seine Augen kamen zu meinen zurück, dunkel vor Erinnerung und Schmerz. „Nein, ich war damals zu sehr mit der Schlange beschäftigt, und sie war zu jung. Das ist mir ehrlich gesagt nie in den Sinn gekommen, und dann hat sie mir verdammt nochmal in den Rücken gestochen, also ist es wohl gut, dass ich es nie getan habe."

Ich wusste nicht, was ich dazu sagen sollte.

„Wie auch immer… Alice ist eine Freundin. Ich schwöre, dass das alles ist. Ich habe sie nie anders betrachtet, aber ich werde auf sie aufpassen, auch wenn es dir gegen den Strich geht."

„Okay."

„Naja… Ich schlafe heute Nacht auf der Pritsche im Verhörraum. Da Maxwell da draußen ist und Lacey gesagt hat, dass sie Petra an Andrej übergeben will-"

„*Was?*" Was zum Teufel war mit ihr los? Ein Kind an Tsepov übergeben? Ich verdrängte meinen instinktiven Wutausbruch. Es hatte keinen Sinn.

Petra war in Sicherheit und das würde sie auch bleiben.

Griffen stellte seinen Kaffeebecher ab und warf mir einen neugierigen Blick zu. „Wusstest du das nicht? Ich dachte, du hast die Aufnahmen gesehen?"

„Ich hatte sie nicht auf Ton, sondern nur auf Video eingestellt. Ich habe nur versucht, Alice im Auge zu behalten, als sie verletzt war. Du weißt ja, wie sie ist. Sie will sich nie ausruhen."

„*Scheiße*. Das wusste ich nicht. Hat Lacey nichts gesagt?"

„Sie weigert sich, mit einem von uns zu sprechen." Sie hatte in diesem Bett gelegen, mit Bandagen bedeckt, den Kopf entschlossen zur Wand gedreht, während ihre Lippen fest zusammengepresst waren und sie uns ignorierte. „Was meinst du damit, dass sie Petra an Tsepov geben wollte? Was soll der Scheiß?"

„Sie hat Alice gesagt, dass alles wieder normal werden könnte, wenn sie Petra loswerden würde. Deine Mutter macht sich da etwas vor, Kumpel. Sie braucht eine Therapie."

Viel Glück.

Ich konnte mich nicht dazu durchringen, es laut auszusprechen. Die Vorstellung, dass meine Mutter wegen ihrer Alkoholsucht Hilfe suchte, hatte ich schon vor langer Zeit aufgegeben. Daraus würde nichts werden.

Ich entschied mich für: „Ich habe zusätzliche Sicherheitsvorkehrungen für das Gebäude geplant. Unsere Teams sind auf der Suche nach Maxwell. Holley ist sauer, aber er hat Leute auf ihn angesetzt. Wir sollten heute Nacht sicher sein."

„Hoffentlich, aber ich bleibe trotzdem."

Griffen stieß sich vom Hocker ab und entspannte seinen Körper langsam, als ob er von Erinnerungen bedrückt wäre, die er gerne begraben gelassen hätte. Ich hätte die Verlobte nicht erwähnen sollen.

Ich war den ganzen Tag ein Arschloch gewesen. Zu meinem besten Freund. Zu der Frau, die ich liebte.

Aber ich würde es morgen wiedergutmachen.

Morgen würde alles besser werden, oder?

Ich war ein Arschloch *und* ein naiver Idiot.

Es stellte sich heraus, dass es morgen noch viel schlimmer kommen würde…

COOPER

B*ang!*
Bang!

Eine Faust hämmerte an meine Tür.

Ich erwachte aus dem Tiefschlaf und fühlte mich in der Zeit zurückkatapultiert, als ich Alice in meinen Armen vorfand, wo sie vor zwei Nächten gewesen war.

Ich blinzelte den Schlaf weg.

Alice war diesmal nicht nackt. Sie schlief neben mir in meinem alten Armee-T-Shirt und einem Paar Shorts, während ich lediglich eine weite Sporthose trug. Neben uns, zusammengerollt an Alices Seite, lag ein friedlich schlafendes Kleinkind.

Petra.

Ich hatte erst Stunden zuvor die Tür hinter Griffen abgeschlossen. Paranoid durch die Ereignisse vom Vortag, hatte ich die Systeme dreifach überprüft, bevor ich ins Bett geschlüpft war. Ich hatte es nicht übers Herz gebracht, Alice zu wecken. Griffen hatte mir erzählt, dass sie sich sicher war, dass ich wütend auf sie war.

Verrückt. Wenn jemand das Recht hatte, wütend zu sein,

dann war es Alice, und nicht ich. Verdammt nochmal, meine eigene Mutter hatte sie fast umgebracht. Die Tatsache, dass Laceys eigenes Leben danach selbst am seidenen Faden hing, war irrelevant.

Vielleicht hätte es nicht dazu kommen müssen, aber Alice war das einzige Hindernis zwischen einer verrückten Lacey und dem kleinen Mädchen, das neben uns schlief. Was hätte sie sonst tun sollen? Zur Seite treten, weil Lacey meine Mutter war?

Scheiße, nein. Alice hatte getan, was nötig war. Ich konnte nicht anders, als stolz auf sie zu sein.

Bang!

Bang!

Bang!

Verdammt. Ich hatte gehofft, dass es ein Traum war, aber nein, das Hämmern setzte erneut ein.

Mein Bauch verkrampfte sich. Es gab keinen guten Grund, warum um diese Zeit jemand an der Tür hämmern sollte. Lacey war im Krankenhaus, stand unter Beobachtung und war an Schläuche und Drähte angeschlossen. Sie würde bleiben, wo sie war. Griffen oder ein anderer Mitarbeiter würden eher angerufen, als Zeit zu verschwenden und zu klopfen.

Mein Vater und Tsepov waren immer noch auf freiem Fuß.

Ich hatte das Gebäude so gut gesichert, wie ich konnte, aber Laceys Angriff hatte bewiesen, dass Maxwell Hintertüren in unser Sicherheitssystem eingebaut hatte. Ich hatte keine Ahnung, wie viele es waren.

Ich rollte mich auf die Füße, zog mich an, ergriff meine Waffe, verließ den Raum und schloss die Schlafzimmertür hinter mir. Als ich auf die Tür zuging, schaltete ich die Flurüberwachung mit meinem Telefon ein.

Was ich sah, ließ mir das Blut in den Adern gefrieren.

Verflucht! Nachdem sich alles in Scheiße verwandelt hatte, konnte nur Maxwell es noch schlimmer machen. Er hatte ein Talent dafür, auf das ich gerne verzichtet hätte.

Ich öffnete meine Eingangstür und trat zur Seite, bevor Maxwell mir vor die Füße fiel. Blut bedeckte seinen Oberkörper und breitete sich über einem Schnitt in seinem Hemd knapp unterhalb der Rippen aus. Jemand hatte auf ihn eingestochen. *Verdammt.*

„Rein mit dir."

Ich griff nach ihm, hakte meine Hände unter seine Achselhöhlen und zog ihn hinein. Der Anblick meines Vaters, der aus einer Stichwunde blutete, hätte mir Angst machen müssen, und vielleicht hätte es das noch vor einer Woche.

Aber jetzt nicht mehr.

Was auch immer er getan hatte, um diese Wunde zu verdienen… Er war kein unschuldiges Opfer. Das wusste ich sehr gut.

Ich schleifte ihn weit genug, um die Tür freizugeben, schlug sie zu und verriegelte sie, wobei ich die Melder im Flur so einstellte, dass sie bei geringster Bewegung einen Alarm auslösten. Ich hatte mich vorher nicht darum gekümmert, da meine Leute regelmäßige Kontrollgänge durchführten, aber wenn Maxwell es bis hierher geschafft hatte, würde ich kein Risiko mehr eingehen.

Mein Vater zog sich in eine sitzende Position und lehnte sich an die Wand neben der Eingangstür.

„Sprich", befahl ich. „Was zum Teufel hast du getan?"

Maxwells Blick wich meinem aus, bevor er mich trotzig und gleichzeitig schuldbewusst ansah. Ich war stinksauer, aber ich konnte nicht leugnen, dass sich mein Magen umdrehte, als er flach einatmete und sich der rote Fleck auf seinem Bauch verdunkelte.

Scheiße. Ich musste Sanitäter rufen, aber ich hatte die

ungute Vermutung, dass das nicht in Frage kam. Ich widerstand dem Drang, ihm erneut zu befehlen, zu sprechen, und wartete.

Nach einem weiteren flachen Atemzug schaffte er es. „Hab versucht, Tsepov zu finden. Wollte ihn vor Holley erledigen…"

Maxwell schüttelte den Kopf und brach seine Erklärung ab. Er musste nicht weiter reden.

Mein Vater wollte nicht ins Gefängnis, und er konnte Tsepov nicht dort draußen lassen, also dachte er, er würde sich um das Problem kümmern und dann verschwinden.

Ein Teil von mir konnte ihm nicht einmal einen Vorwurf machen. Ich würde auch nicht ins Gefängnis wollen. Wer wollte das schon? Ich musste ihm eine leise Anerkennung dafür zollen, dass er uns nicht wieder einfach im Stich gelassen hatte, während er wusste, dass Tsepov seine Familie holen würde.

Er zwang sich, sich noch mehr aufzurichten, holte noch einmal Luft und kam langsam und mühsam auf die Beine.

„Ich brauche eine Waffe. Er kommt. Ich hatte ein Treffen vereinbart und versucht, ihn nach draußen zu locken. Hat ja super funktioniert." Maxwell lachte schief, was mit einem Husten endete. „Er hat mehr Männer in der Stadt, als ich dachte. Hat sie vorausgeschickt. Sie haben mich angegriffen."

Maxwell stand schwankend, aber stabil genug. Er ging in die Küche und holte sich ein Glas, füllte es mit Wasser aus der Spüle und trank. „Hol etwas Verbandszeug oder zerreiß ein Laken oder so etwas. Das muss verbunden werden. Ich kann hier nicht alles vollbluten."

Als ich mir den Erste-Hilfe-Kasten vom Tresen schnappte, wo Griffen ihn zurückgelassen hatte, nachdem er sich erst vor Stunden um Alices Schnitte an den Füßen gekümmert hatte, war ich froh, dass Alice und Petra immer noch schliefen. Es fühlte sich an, als ob gestern Nachmittag ewig her war.

„Zieh dein Hemd hoch."

Maxwell tat wie befohlen, und ich konnte den glatten Schnitt an seinem Bauch aus nächster Nähe begutachten. *Verflucht.* Ich wusste sofort, dass er innere Blutungen hatte. Adrenalin hielt ihn aufrecht, aber ich musste ihn bald in ein Krankenhaus bringen, sonst wäre er am Arsch.

Ich zog Mullpakete heraus, hielt sie mit einer Hand gegen die Stichwunde und öffnete mit der anderen Hand die Verbandsrolle. Maxwell blieb still und hielt seinen Atem an, während ich ihn fest genug bandagierte, damit er etwas länger durchhalten würde.

„Was ist mit dem Typen passiert, der das getan hat?", fragte ich, auch wenn ich es nicht wissen wollte.

„Habe beide von Andrejs Männern erledigt. Aber es gibt noch mehr. Er kommt."

„Was zum Teufel soll das bedeuten? *Er kommt?* Heißt das, er kommt in unser Gebäude rein?"

Ein weiterer schuldbewusster Blick. *Verdammte Scheiße!*

„Willst du mir nicht erklären, wie er reinkommen kann, Vater?"

Wie ein mürrischer Teenager murmelte er: „Ich hatte einen verdammten Plan."

„Ja, das kann ich sehen. Du hast Mutter mit Alkohol zugekippt und sie auf Alice und Petra aufgehetzt, jetzt bringst du den Mafiaboss her, der dich ermorden will. *Toller Plan.*"

Maxwell war nicht gänzlich immun gegen Sarkasmus. „Ihr habt mich in die Enge getrieben. Das war das Beste, was ich tun konnte."

„Nein, Vater. Das Beste, was du hättest tun können, war, mit dem verdammten FBI zusammenzuarbeiten, um den verdammten Andrej Tsepov ins Gefängnis zu bringen, und Mutter nicht anstacheln, bis sie versucht hat, Alice zu ermorden und deine verdammte Tochter an einen Menschenhändler zu verkaufen. Ich weiß nicht einmal mehr, wer du bist. Der Vater, der mich aufgezogen hat, war kein toller Kerl, aber er war kein Monster."

„Ich wusste, dass Alice nicht zulassen würde, dass Lacey Petra nimmt", sagte Maxwell und schickte einen beleidigten Blick in meine Richtung. Woher er die Unverschämtheit hatte, beleidigt zu sein, konnte ich mir nicht vorstellen.

„Du hast Recht. Alice hätte auf keinen Fall zugelassen, dass Mutter Petra mitnimmt." Ich fixierte den Verband. „Sie ist fast gestorben und Mutter liegt im Krankenhaus. Was zum Teufel hast du dir dabei gedacht?"

Es hatte keinen Sinn auf seine Antwort zu warten.

„Bleib hier. Ich hole ein paar Sachen."

„Eine Waffe?", fragte er hoffnungsvoll.

Ich dachte darüber nach, ihm eine zu verpassen, entschied dann aber, dass ich ihn vielleicht brauchen würde, wenn er mit dieser Waffe auf Tsepov und nicht auf mich zielen wollte. Angesichts der Art und Weise, wie der Rest dieses Schwachsinns abgelaufen war, war ich mir nicht sicher, ob ich mich auf irgendetwas verlassen konnte.

Ich ließ ihn in der Küche zurück und ging den Flur entlang. Als Erstes musste ich für Alices und Petras Sicherheit sorgen. Ich hatte kein abgesichertes Zimmer in meiner Wohnung. Nicht wirklich. Mit dem Verhörraum auf der Firmenetage und der sicheren Wohnung, die Lacey und Maxwell bewohnten, schien es unnötig.

Die beste Alternative war ein Nebenraum, in dem ich Ausrüstung und Akten aufbewahrte, die zu wichtig waren, um sie im Hauptbüro zu lagern. Es war zwar kein vollwertiger Schutzraum, aber er hatte verstärkte Wände und eine Stahltür, die fast unmöglich war, aufzubrechen. Es war das Beste, was ich kurzfristig zur Verfügung hatte.

Während Maxwell außer Hörweite war, machte ich zwei Anrufe.

Agent Holley schäumte vor Wut, war jedoch bereit, gegen Tsepov vorzugehen.

Ich legte auf, rief Griffen an, froh, dass er sich entschieden hatte, die Nacht hier zu verbringen, und informierte ihn über die letzten Ereignisse. Er konnte das Team koordinieren, das gerade Überwachungsdienst hatte, während ich mich um Alice und Petra kümmerte.

Alice und Petra schliefen noch, als ich zurück ins Schlafzimmer kam. Ich setzte mich auf die Bettkante, fuhr mit einem Finger über Alices Wange und steckte eine dunkle Haarsträhne hinter ihr Ohr.

Ich wünschte, ich hätte sie früher geweckt. Ich wünschte, ich hätte ihr gesagt, dass ich sie liebte und an sie glaubte. Sie hatte das Richtige getan und würde in meinen Augen immer das Richtige tun.

Ich wünschte, ich hätte sie geweckt, damit ich ihr hätte sagen können, wie leid mir das mit Lacey tat. Mit Maxwell.

Dass es mir leid tat, dass ich ihr so verdammt lange ferngeblieben war.

Ich wünschte, ich hätte viele Dinge tun können, aber mir bleib einfach keine Zeit.

COOPER

Alices Augen öffneten sich blinzelnd, benommen vom Schlaf, ein Lächeln breitete sich langsam auf ihrem Gesicht aus. Sie griff nach mir, als sie aufwachte und ihre Augen wurden ausdruckslos. Ihre Hand fiel zur Seite, während sich ihr Mund unglücklich verzog.

Ich legte meine Hand auf ihre Wange und drehte ihr Gesicht zu meinem. „Wir haben Schwierigkeiten. Maxwell ist hier. Auf ihn ist eingestochen worden. Tsepov ist vielleicht schon im Gebäude. Ich habe keine Zeit, dich und Petra an einen sicheren Ort zu bringen. Ihr müsst mit mir mitkommen."

Alice stellte keine Fragen. Sie schob die Bettdecke weg und drehte sich zur Seite, um Petra hochzuheben.

„Ich nehme sie schon. Los geht's." Alice folgte mir in den Flur.

Als ich die Tür zu meinem behelfsmäßigen Schutzraum öffnete, sagte sie: „Ich habe mich schon gefragt, was hier drin ist."

„Nichts Interessantes, aber die Tür würde einem Panzer standhalten. Ihr müsst hierbleiben, bis ich alles geklärt habe."

Ihre Hand schloss sich um mein Handgelenk. „Bleib bei uns. Geh da nicht wieder raus."

„Ich muss, Alice. Er ist mein Vater."

Sie sackte für einen Moment in sich zusammen. Ihr Kopf drückte sich an meine Brust und sie erschauderte. Bevor ich sie trösten konnte, riss Alice sich zusammen, richtete sich auf und atmete tief durch.

„Okay. Ich weiß. Ich kann helfen. Ich kann-"

„Ich weiß, dass du es kannst." Ich führte Alice in den Raum. Es gab keine Möbel, nur gestapelte Kisten und zwei Waffenschränke, die zwischen den hohen Metallregalen eingebaut waren.

„Ich habe keine Zeit zum Streiten, Baby. Setz dich hin und lass mich dir Petra geben."

Sie setzte sich gegen die Wand und wandte sich der Tür zu, bevor ich mich hinkniete und das immer noch schlafende Kind in ihre Arme legte.

Alice beobachtete mich besorgt. Ich war eine Sekunde lang versucht, bei ihr zu bleiben, die Tür abzuschließen und meinen Vater mit Andrej Tsepov fertig werden zu lassen.

Die Welt zu vergessen und Alice alles zu sagen, was ich auf dem Herzen hatte.

Aber es gab so viele Gründe, warum ich das nicht tun konnte. Ich konnte Tsepov nicht meinem Vater überlassen. Es war nicht nur die Tatsache, dass ich Maxwell nicht zutraute, es richtig zu machen. Tsepov würde ihn töten und dann hinter uns her sein.

Zeit mit Alice war alles, was ich wollte.

Und in diesem Augenblick war es das Einzige, das ich nicht hatte.

Ihr den Rücken zuzukehren war so, als ob ich einen Teil meiner Seele herausreißen würde. Aber ich musste zurück zu Maxwell. Ich plünderte den Waffenschrank und die Regale. Eine kugelsichere Weste für mich. Eine für

Maxwell. Extra Magazine für meine Walther. Eine Waffe für meinen Vater.

Ich schnallte mir ein Messer an einen Knöchel, eine Ersatzwaffe an den anderen.

Ich nahm mir die Zeit, Alice einen kurzen Kuss zu geben und zu sagen: „Mach niemandem auf, bis ich zurückkomme."

Ich blieb für eine Sekunde, die ich nicht hatte, in der Tür stehen, und konnte nicht widerstehen, hinzuzufügen: „Ich liebe dich, Alice. Pass auf dich auf."

Das überraschte Aufblitzen ihrer Augen traf mich mitten ins Herz. Ich hielt daran fest, als ich die Tür abschloss und Alice und Petra hinter vier Zentimetern Stahl sicher zurückließ.

Als ich in die Küche kam, lehnte Maxwell gegen die Kücheninsel, die Füße ruhig, sein Gesicht aschfahl. Er hatte innere Blutungen, aber ich konnte nicht viel dagegen tun, bis er im Krankenhaus war.

„Wie nah ist er? Wo haben sie dich erwischt?"

„Zwei Häuserblöcke östlich von hier. Ich weiß nicht, wie weit hinter ihnen Andrej war, aber ich schätze, nicht weit." Mein Telefon klingelte.

Ich drückte mit einem Finger auf den Bildschirm und legte Griffen auf die Freisprechanlage. „Status."

„Sie sind drin. Überall im Gebäude. *Verdammt nochmal!*" Seine Worte klangen atemlos, laut und dann entfernt, als ob er rennen würde, während er das Telefon festhielt. „Alle, die auf dem Gelände stationiert waren, sind außer Gefecht. Ich habe zwei von Tsepovs Männern auf den Kameras in der Garage gesehen. Sie gehen auf den Aufzug zu. Ein weiterer ist im Treppenhaus. Die beiden, die durch den Eingang von der Straße reingekommen sind, sind auf dem Weg zu euch. Ich kann nicht sagen, was sie tragen, aber es ist groß, Cooper. Bleibt von der verdammten Tür weg. Wenn Alice und Petra nicht wären, würde ich dir raten, Maxwell zurückzulassen und zu verschwinden. Ich bin schon unterwegs." Griffen unterbrach die Verbindung.

Ich warf Maxwell die kugelsichere Weste zu. Es war kein großartiger Schutz, aber es war besser als nichts. Er schaffte es, sie anzuziehen, und zuckte zusammen, als die Bewegung an seiner offenen Wunde zog.

Das FBI war auf dem Weg, aber Tsepovs Männer waren bereits hier. Es blieb nichts anderes übrig, als zu warten, bis jemand etwas unternahm.

Es dauerte nicht lange.

Griffen hatte recht. Tsepovs Männer trugen etwas Großes – einen verdammten Acetylenbrenner. Denselben hatten sie in Knox' Haus eingesetzt. Andrejs Männer mochten ihr Spielzeug, also konnte ich nur hoffen, dass diese Crew genauso schlecht ausgebildet war wie die, die Knox in Maine verfolgt hatte.

Als das Sprühen von Funken einsetzte, duckten Maxwell und ich uns und benutzten die Mücheninsel als Schutzschild. Ich konnte sie nicht an der Küche vorbeigehen lassen. Wenn sie es täten, würde es zwar einige Zeit dauern, bis der Brenner die Stahltür durchbrach, aber schließlich würde er es doch schaffen.

Wenn sie uns zur Strecke bringen würden, hätten sie genug Zeit, um Alice und Petra zu kriegen.

Der Schweißbrenner hatte den Stahl meiner Eingangstür in Minutenschnelle durchtrennt. Sie knallte auf und Tsepovs Schläger strömten zusammen mit einem Kugelhagel herein. Jeder Schuss zielte geradeaus. Sie schauten nicht zur Seite, sahen uns nicht hinter der Mücheninsel kauern.

Ich hob meine Waffe – ein Schuss von mir, einer vom Vater, und die ersten beiden fielen.

Schade, dass die Kerle hinter ihnen nicht so dumm waren.

Es folgte ein Klirren von Metall und ein dunkler Zylinder rollte über den Boden. Ich tauchte in den hinteren Teil der Küche und rechnete mit einer Blendgranate - kein Ton, kein Licht -, bevor Rauch den Raum erfüllte und mich blind zurückließ.

Mein Vater war nicht in der Lage gewesen, mit dieser Messerwunde im Bauch auszuweichen. Ich glaubte, ich hatte ihn atmen gehört, bevor das Fußgetrampel einsetzte. Zumindest hoffte ich, dass ich es gehört hatte.

Der Klang der Schritte verstummte. So viel zum Vorhaben, sie *hier* aufzuhalten. Ich hatte keine Ahnung, wie viele drinnen waren, oder wo der verdammte Schweißbrenner war.

Am Ende der Kücheninsel kämpfte sich mein Vater durch den Rauchdunst auf die Füße, die Waffe in der rechten Hand, locker hinter dem Rücken versteckt.

Durch den Rauch tauchte eine Gestalt auf, groß, schlank, elegant und in einen dunklen Anzug gekleidet. *Andrej Tsepov.*

Er stand im Flur, flankiert von zwei Schlägern mit AR-15-Gewehren, und überblickte das raucherfüllte Chaos mit der Arroganz eines Königs.

Scheiße. Ich wünschte diese Gewehre wären nicht da.

Die leichten halbautomatischen Waffen waren auf engstem Raum verheerend und tödlich wie die Hölle. Unsere Schutzausrüstung war die beste, die außerhalb des Militärs erhältlich war, aber sie konnte keine AR-15 aufhalten.

Ich musste diese beiden Männer um jeden Preis ausschalten.

Andrej blieb weniger als drei Meter von meinem Vater entfernt stehen. Mit seiner kultivierten, leicht akzentuierten Stimme sagte er: „Maxwell. Du hast vor, mich an das FBI zu verraten? Ich hätte nie gedacht, dass du so dumm bist."

Er entließ Maxwell mit einer Hebung des Kinns und rief seinen Männern zu: „Durchsucht alles. Bringt mir jeden, den ihr finden könnt."

Wenigstens hatte er ihnen nicht gesagt, dass sie jeden erschießen sollten… Ich würde jeden Vorteil nutzen, den ich kriegen konnte.

In tiefer Hocke, die Waffe erhoben, machte ich mich auf den Weg um die Kücheninsel herum und blieb außer Sicht. Die Insel würde mich genauso wenig vor dem Kugelsturm schützen wie meine Weste, aber im Moment waren alle Augen auf Maxwell gerichtet. Je weiter ich mich von ihm entfernte, desto besser. Ich konnte nicht schießen, wenn ich ins Kreuzfeuer geriet.

„Ich habe Scheiße gebaut", sagte mein Vater und legte seine freie Hand auf den Tresen.

„Ja, das hast du", stimmte Andrej zu. „Zu oft, Maxwell. Du hast mich bestohlen. Erst das Mädchen, dann mein Geld."

„Ich kann es in Ordnung bringen, Andrej. Nimm deine Männer und geh. Ich komme mit dir. Ich gebe dir das Geld zurück. Ich gebe dir mehr. Sobald wir hier raus sind. Aber wir müssen gehen. Und zwar sofort."

Wovon zum Teufel sprach Maxwell? Das FBI würde bald hier sein. Wir mussten Zeit schinden, nicht Tsepov und seine Männer loswerden. Maxwell wollte nicht ins Gefängnis, aber an diesem Punkt war Agent Holley die bessere Wahl.

Ich hatte keinen Zweifel daran, dass Maxwell sterben würde, sobald Andrej das Geld hatte, aber am Ende spielte das keine Rolle mehr. Andrej Tsepov kaufte meinem Vater das Versprechen nicht ab.

„Hältst du mich für so dumm, Maxwell? Wenn du mir mein Geld zurückgeben wolltest, hättest du es getan, als ich die Hure getötet habe."

„Sie war keine Hure", knurrte Maxwell.

Andrejs flachen, kalten Augen verrieten nichts, als er die Hand hob und einen einzigen Schuss abgab. Maxwell taumelte. Der Arm, den er auf dem Tresen abgestützt hatte, rutschte weg, als er sich zur Seite neigte.

Mein Finger juckte danach, den Abzug meiner eigenen Waffe zu drücken. Es kostete mich meine ganze Überwindung, nicht das Feuer zu eröffnen. Ich konnte nicht beide Männer gleichzeitig ausschalten, und mein erster Schuss würde meine Position verraten. Mein Vater konnte sich vielleicht aus Wut zu einem tödlichen Fehler treiben lassen.

Ich nicht. Ich durfte es nicht. *Alice und Petra sind auf mich angewiesen.*

„Ich nehme an, du meinst Mila", fuhr Andrej ruhig fort, als hätte er Maxwell nicht gerade eine Kugel in den Arm gejagt. „Sie war eine Hure – dazu geboren und aufgezogen. Zuerst gehörte sie mir, dann gehörte sie dir. Selbst in deinen Händen blieb sie mein Eigentum. Was, wie wir beide wissen, dein hübsches kleines Mädchen auch zu meinem Eigentum macht."

Ich biss die Zähne zusammen, um ein Knurren zurückzuhalten. *Petra.* Er war nicht nur wegen Maxwell hier. Dieser kranke Wichser wollte Petra. Sie war kein verdammtes Eigentum. Sie war ein Kind. Ein menschliches Wesen.

Petra war meine kleine Schwester. Ich musste sie beschützen. Ich würde sterben, bevor ich zuließ, dass Andrej Tsepov sie zu Gesicht bekam, geschweige denn, sie uns wegnahm.

Noch nie zuvor wollte ich jemanden *wirklich* töten, aber Andrej Tsepov verdiente den Tod. Und ich wollte derjenige sein, der ihn tötete.

Es spielte keine Rolle. Alice und Petras Sicherheit stand an erster Stelle. Es gab eine Chance, aus der Sache herauszukommen, aber es musste richtig gemacht werden.

Ein Fehler und wir sind alle tot…

COOPER

„Du kommst zu spät", bluffte Maxwell. „Cooper hat das Mädchen weggebracht, nachdem Lacey versucht hat, sie zu entführen. Sie sind schon lange weg."

Ein weiterer lockerer Schwung von Tsepovs Handgelenk. Ein weiterer Schuss in den Arm, der meinen Vater ins Taumeln brachte, bevor er über der Kücheninsel zusammenbrach.

„Lügner. Es ist eine Schande, dass Lacey mir das Mädchen nicht besorgen konnte." Ein träges Achselzucken. „Es war einen Versuch wert. Deine Frau kann sehr entgegenkommend sein, wenn sie es will. Wenn sie nicht süchtig wäre, hätte ich vielleicht mehr Verwendung für sie."

Maxwells Atem ging stockweise, aber er hielt den Mund.

„Meine Männer haben das Gebäude beobachtet, Maxwell. Ich weiß, dass deine Tochter hier ist. Sie werden sie und ihre hübsche kleine Aufpasserin finden, und dann gehen wir *alle*. Du gibst mir das Geld und ich behalte die Frau und das Kind als Zinsen."

„Das wird nicht passieren", zischte mein Vater.

„Oder", sagte Andrej, hob seine Waffe langsam und zielte

auf Maxwells Brust, „ich töte dich jetzt, nehme die Frau und das Kind und töte jeden einzelnen deiner Söhne, ihre Frauen und deine Frau. Wähle."

Ich blendete aus, dass er davon sprach, Alice mitzunehmen. Ich konnte nicht zulassen, dass die Drohung bei mir wirkte. Ich hatte eine Aufgabe zu erledigen. Ich musste diese Männer aufhalten. Wenn ich das tun könnte, könnte ich uns alle retten.

Ich holte langsam und tief Luft. *Alice.*

Ich würde sie nicht verlieren.

Ich würde auf den richtigen Moment warten und ihn nutzen.

Ich würde uns hier rausholen.

Oder bei dem Versuch sterben.

Maxwell zwang sich, weitgehend aufrecht zu stehen und hielt die Waffe immer noch hinter seinem Rücken versteckt. Er konnte niemanden täuschen, aber wenigstens war er noch bewaffnet.

Beweg dich nicht, warnte ich ihn in Gedanken. *Schieß nicht. Halt dich noch zurück, verdammt!*

Vielleicht hatte er meine wütenden Gedanken gehört. Vielleicht brauchte er seine ganze Kraft, um sich aufrecht zu halten. Was auch immer der Grund war, Maxwell bewegte sich nicht.

Tsepov wedelte mit seiner Waffe herum. „Entscheide dich, oder ich entscheide für dich."

Maxwell räusperte sich. Ich verschob meine Position, rutschte einen Zentimeter zur Seite und verlor meine Deckung gerade so weit, dass ich alle drei Figuren im Foyer im Visier hatte.

Ein Bewegungsblitz an der Tür.

Griffen.

Er schlich sich gebückt und mit erhobener Waffe rein,

während er die Szene aufnahm. Sein Blick begegnete meinem.

Nach über einem Jahrzehnt der Freundschaft und viel zu vielen gemeinsamen Einsätzen musste ich kein Wort sagen.

Ich zielte auf den Schläger rechts von Tsepov, Griffen zielte auf den auf der linken Seite, und wir feuerten gleichzeitig.

Die Männer fielen wie Steine zu Boden und die Welt um uns herum explodierte mit Schüssen.

Tsepov schoss und Maxwell erwiderte das Feuer.

Fußgetrampel kam den Flur hinunter, als eine Flut von Schlägern in den offenen Raum zwischen der Küche und dem Flur einbrach und auf alles schoss, was sich bewegte.

Ein dumpfer Aufschlag auf der anderen Seite der Küche.

Ein Schlag auf die Brust.

Ich fiel zurück und versuchte, Luft einzuatmen.

Erleichterung, als ich merkte, dass meine Lungen funktionierten. *Eine normale Kugel.*

Wenn mich eins der Gewehre getroffen hätte, würde ich jetzt in meinem eigenen Blut ertrinken.

Ich drehte mich um, kam auf die Knie und schaute durch die Küche und den Flur. Griffen war der einzige, der noch stand. Ein roter Fleck breitete sich auf seiner rechten Schulter aus, als er sich gegen die Wand lehnte.

Scheiße. *Scheiße!* Das Blut breitete sich zu schnell aus. In Filmen war eine Schulterverletzung keine große Sache. *Völliger Blödsinn.* Die Schulter hatte mehr als eine Hauptarterie. Eine Kugel an der falschen Stelle konnte innerhalb von Minuten zum Verbluten führen.

Griffen sackte zusammen und rutschte die Wand hinunter, als Blut über seinen Arm lief.

Verdammte Scheiße!

Ich musste einen Krankenwagen rufen, sonst würde er sterben. Mein Vater war wahrscheinlich schon tot.

Weitere Schritte kamen aus dem hinteren Teil meiner Wohnung. Ich hob meine Waffe, bereit, meinen letzten Widerstand zu leisten. Ich dachte an Alice und betete, dass sie immer noch im Schutzraum eingeschlossen war. Dass es ihr gut ging, bis sie vom FBI gerettet würde.

Ich hatte Zeit für den flüchtigen Wunsch, dass ich nicht so lange gewartet hätte, um sie zu meiner zu machen.

Ich liebe dich, dachte ich und hielt diese Liebe fest, als ich mit meiner Waffe auf das Ende des Saals zielte und mich darauf vorbereitete, den Abzug zu drücken.

Ich schoss einmal. Zweimal. Tsepovs Kerle fielen – einer nach dem anderen. Stampfende Schritte ertönten aus dem Flur. Mein Herz sank.

Ich war gefangen, konnte sie nicht alle erledigen.

Das war's.

Ich war fertig.

Als ich zurückwich, zog ich mich in die Küche zurück, bis ich sowohl die zertrümmerte Eingangstür als auch den Rest von Tsepovs Männern sehen konnte, die den Flur entlangkamen. Meine Arme waren ruhig, während ich die Waffe erhoben hielt, aber mein Herz war hohl. Es sollte nicht auf diese Weise enden.

Der Rest der Vordertür flog auf. Ich richtete meine Waffe auf den Flur, mein Finger am Abzug, aber was ich sah, ließ mich erstarren. Mindestens ein Dutzend Männer strömten durch die Tür und verteilten sich über dem Raum, während weitere Füße im Flur donnerten.

„Lassen Sie die Waffe fallen! Hände hoch!"

Ich war noch nie so froh, diese vertrauten, marineblauen Westen zu sehen mit ihren leuchtend gelben Buchstaben, die auf der Vorderseite prangten. *FBI.*

Wurde auch verdammt noch mal Zeit.

Ich legte meine Waffe vor meine Füße, schwindelig vor Erleichterung, und hob die Hände über meinen Kopf.

Agent Holley trat direkt hinter seinem Einsatzteam ein. Mit einem verärgerten Blick fragte er mich: „Wie viele?"

„Ich weiß es nicht. Sie haben eine Rauchgranate geworfen. Ich konnte nicht zählen, wie viele an mir vorbeigekommen sind, bevor die Sicht klar wurde."

Agent Holley nickte brüsk und schickte die Hälfte seiner Männer los, um den Rest der Wohnung zu sichern. Als er die Leichen auf dem Boden begutachtete, schüttelte er den Kopf. „Sanitäter sind unten."

„Werden Sie mich erschießen, wenn ich mich bewege? Ich muss Griffen überprüfen. Ich glaube, die Kugel in seiner Schulter hat eine Arterie erwischt."

Holley ging neben Tsepov in die Hocke, fühlte seinen Puls und schüttelte erneut den Kopf. „Okay, gehen Sie."

Ich dachte flüchtig an meinen Vater. Ein besserer Sohn hätte zuerst nach ihm gesehen. Mein Vater hatte sich das selbst zuzuschreiben. Mit der Stichwunde und den Schüssen in seinem Arm war ihm nicht mehr zu helfen. Griffen war hier aus Loyalität. *Aus Freundschaft.* Das würde ich ihm nicht mit dem Tod zurückzahlen.

Ich half ihm dabei, sich auf den Boden zu legen. *Zu viel Blut.* Es hatte sein Hemd und seine Weste so stark durchtränkt, dass ich nicht sagen konnte, ob er nur stark blutete oder ausblutete. Ich riss meine Weste ab und zog mein Hemd über den Kopf, faltete es zu einem Polster zusammen und drückte es an seine Schulter. Seine Augen öffneten sich.

Schmerz und Schock.

„Wurde getroffen, Coop."

„Ja, das wurdest du. Die Sanitäter kommen. Halt durch."

„Geht es dir gut? Alice?"

„Mir geht's gut. Ich hole Alice, sobald die Sanitäter da sind."

Sein Atem kam schneller. Er war leichenblass und rang mit dem Sprechen.

„Halt verdammt nochmal die Klappe. Bleib ruhig und halte durch."

Sein Kopf fiel zurück auf den Boden und die Augen schlossen sich, als er flüsterte: „Status?"

„Ich weiß es verdammt nochmal nicht. Sieht so aus, als wäre mein Vater getroffen. Tsepov und die meisten seiner Leute sind erledigt."

„Tot?" Kaum lauter als seine Atmung.

„Vielleicht. Wahrscheinlich."

Darüber würde ich später nachdenken. Für den Moment - für diesen Atemzug und den nächsten und den nächsten - war mein einziger Gedanke, Druck auf Griffens Schulter auszuüben, um den Blutfluss zu verlangsamen. Ich musste ihm eine weitere Minute seines Lebens verschaffen. Und dann noch eine.

Es dauerte eine Ewigkeit, bis ich von den Sanitätern weggeschoben wurde. Sie umgaben Griffen und stabilisierten die Wunde mit einem Druckverband, bevor sie ihn auf eine Bahre luden und zur Tür hinausliefen.

Er verschwand aus dem Blickfeld, noch bevor ich auf die Beine kam. Als ich mich umdrehte, sah ich ein Team, das sich über Tsepov beugte, während ein anderes über meinem Vater stand. Das Team, das an meinem Vater arbeitete, bewegte sich mit Dringlichkeit.

Das von Tsepov nicht.

Er war tot.

Agent Holley hatte seine Zielperson verloren. Er war wahrscheinlich sauer, aber ich fühlte nur Erleichterung.

Es war vorbei, aber der Preis dafür war viel zu hoch.

Sanitäter schoben die Trage mit meinem Vater so schnell durch die Tür wie bei Griffen. Er war am Leben. *Fürs Erste.*

Ich wollte ihnen ins Krankenhaus folgen, aber das konnte ich noch nicht. Alice und Petra waren hier sowie die Leute, die ich in der Umgebung aufgestellt hatte. Ich musste das

Gebäude und meine Leute sichern und Alice und Petra herausholen, bevor ich ins Krankenhaus gehen konnte. *Zeit, die Kavallerie anzufordern…*

Agent Holley beendete sein Telefonat, als ich mich näherte. „Ich habe zwei Männer geschickt, um Ihrem Vater ins Krankenhaus zu folgen. Machen Sie sich auch auf den Weg?"

„Sobald ich hier alles geregelt habe. Griffen hat gesagt, dass ich draußen Leute am Boden habe."

Holley nickte nüchtern. „Mein Team sichert das Gebäude, ruft weitere Sanitäter. Bisher keine Todesfälle, aber zwei sind im kritischen Zustand."

Keine Todesfälle waren gut. Besser als ich erwartet hatte. „Alice und Petra, meine kleine Schwester, sind hier. Ich muss sie an einen sicheren Ort bringen."

„Seit wann haben Sie eine Schwester?", fragte Holley überrascht, als sein düsterer Gesichtsausdruck verschwand.

„Seit mein Vater hier aufgetaucht ist und sie dabei hatte. Ich werde Sie später informieren. Sie wird bei Alice und mir bleiben. Ich will nicht, dass die beiden das hier sehen."

„Haben Sie hier irgendwo einen sicheren Raum?", fragte Holley. „Ich weiß, dass er nicht am Ende des Flurs liegt, da die Tür, die Tsepovs Idioten aufgeschnitten haben, zum Hintertreppenhaus führt."

Erleichterung durchströmte mich. „Gott sei Dank. Es handelt sich eher um einen Lagerraum als um einen Schutzraum, aber es war das Beste, was ich kurzfristig auftreiben konnte. Von all den Dingen, die ich geplant hatte, standen mein Vater und Tsepov nicht auf der Liste."

Holley schüttelte den Kopf. Da das Leben meines Vaters an einem dünnen Faden hing, wollte keiner von uns sagen, was er dachte.

Maxwell war ein Lügner und ein Verbrecher, aber er war immer noch mein Vater.

„Ich kann zwei Männer zur Verfügung stellen, wenn Sie einen von Ihren hinzufügen können", sagte Holley. „Bringen Sie Alice und das Mädchen mit den Familien Ihrer Brüder zusammen. Wenn sie alle an einem Ort sind, wird es leichter sein, sie zu schützen, bis wir wissen, dass wir alle von Tsepovs Leuten haben. Wir sind noch nicht aus dem Gröbsten raus."

„Ich wäre dankbar für die zusätzlichen Männer. Bis wir mehr über Griffen und meinen Vater wissen…"

„Ich weiß. Machen Sie Ihre Anrufe, und dann bringen wir Alice und das Mädchen hier raus. Sie und Ihre Brüder können danach ins Krankenhaus fahren." Ich dachte darüber nach, wen ich zuerst wecken sollte, als er sagte: „Ich glaube, Sawyer wird durchkommen."

„Mein Vater nicht?" Ich konnte nicht anders, als zu fragen.

Holleys Gesicht war ausdruckslos, als er sagte: „Er hätte sich für's Gefängnis entscheiden sollen."

Meine Kehle schnürte sich zu und ich nickte. *Verdammt, Maxwell!*

Er war so entschlossen, nicht im Gefängnis zu landen, dass er uns alle fast umgebracht hätte. Ich hob mein Telefon, drehte mich um und ging in mein Schlafzimmer. Wir würden erstmal nicht mehr hierher zurückkommen. Alice und Petra würden Kleidung brauchen. Ich schnappte mir eine von Alices Taschen und begann, sie von ihrer Seite des Schranks aus zu füllen, während ich meine Anrufe tätigte.

Der erste auf meiner Liste war Knox. Nach Tsepovs Angriff nur Wochen zuvor hatte er jeden Aspekt seiner Sicherheit verbessert. Niemand konnte sich seinem Haus nähern, ohne dass er davon wusste. Es war der sicherste Ort.

Knox' Stimme war so klar und abrupt, als ob er hellwach gewesen wäre.

„Ich schicke Alice und Petra zu euch", sagte ich, ohne Präambel. Ich informierte ihn über den Rest und legte auf.

Knox würde sich darum kümmern, Axel und Evers anzurufen.

Nachdem ich für Alice gepackt hatte, ging ich in Petras Zimmer. Es war komplizierter, und ich hatte keine Zeit, über alles nachzudenken, was sie brauchen würde. Einige Kleider und Windeln würden sie durch die nächsten Tage bringen. Alles, was ich vergessen hatte, würden wir später besorgen.

Der nächste Anruf war an Riley Flynn. Ich brauchte ihn hier, um zu koordinieren, was vom Team übrigblieb, und dann in Knox' Haus, um die Frauen und Kinder zu beschützen. Mein letzter Anruf ging an Lucas Jackson. Er mochte zwar unser hauseigener Hacker sein, aber er war eine Ein-Mann-Armee. 1,80m groß und tödlich.

„Vergiss Knox' Haus", sagte er, als ich meinen Plan darlegte. „Bring sie zu Winters House. Ich werde Aiden anrufen. Er wird sowieso alles über deinen Vater und Griffen wissen wollen. Tsepovs Männer werden nicht daran denken, dort nach ihnen zu suchen, und Aiden hat die zusätzlichen Sicherheitsvorkehrungen nie heruntergestuft, nachdem Annalise nach Hause kam. Bewegungsmelder, Scheinwerfer – alles ist noch aktiv."

Ich musste durcheinander sein, sonst wäre ich selbst darauf gekommen. Die Winters waren so gut wie unsere Familie, aber sie waren auch eine der wohlhabendsten Familien des Landes.

Winters House war nicht einfach nur ein Haus, sondern ein ganzes Anwesen. Es war riesig und inmitten von zehn Hektar Land. Es wäre fast unmöglich für Tsepovs Männer, sich anzuschleichen, besonders nachdem wir ihre Sicherheit erhöht hatten, als Annalise Winters mit ihrem Stalker auf den Fersen nach Hause gekommen war.

Außerdem war Gage Winters in einer Spezialeinheit gewesen. Wenn er nicht für den Familienkonzern gearbeitet hätte, hätte ich ihn für mein eigenes Team rekrutiert.

„Gute Idee. Ruf Aiden an und richte es ein. Benachrichtige Riley. Wir treffen uns dort."

Ich schickte eine kurze SMS, um meine Brüder über die Planänderung zu informieren, steckte mein Telefon in die Tasche und machte mich auf den Weg zu Alice.

Ich öffnete die Tür zum Lagerraum und erstarrte, als ich direkt in den Lauf einer Walther PK blickte, die identisch mit der war, die ich auf dem Küchenboden zurückgelassen hatte.

Alice stand in einer perfekten Haltung – die Beine gespreizt, die Arme erhoben, die Waffe ruhig wie ein Fels. Petra lag zusammengerollt auf dem Teppich hinter ihr und schlief tief und fest. Ich war so erleichtert, meine Mädchen unversehrt zu sehen, dass meine Brust schmerzte.

Ohne ihre Waffe zu senken, fragte Alice: „Alles in Ordnung?"

„In Ordnung? Nein. Aber wir sind sicher. Holley ist hier. Ich muss ins Krankenhaus."

Alice senkte ihre Waffe, als ihre Augen dunkel wurden. „Wer?"

„Mein Vater und Griffen."

Sie fluchte leise.

„Das FBI wird dich und Petra zu Winters House bringen. Summer, Emma, Lily und Adam werden euch dort treffen. Ich habe eure Sachen gepackt."

Ich hielt die Tasche hoch, und sie nahm sie, ihr Gesicht vor Sorge getrübt.

Ich nahm die Walther und legte sie in den Waffenschrank, bevor ich ihr Gesicht in meine Hände nahm und sie küsste. Nur einmal – eine kurze Begegnung unserer Lippen. Keine Zeit.

Später, hoffte ich. Ich brauchte Zeit, um ihr zu sagen, was ich empfand, was ich brauchte und was ich wollte. *Zeit für alles.*

Griffen und mein Vater hätten bereits tot sein können.

Ich musste ins Krankenhaus.

Ich ließ sie los und Kälte kroch über mich, als ich mich entfernte.

Ich sagte das Einzige, was ich konnte. Das, was ich vorher nur einmal gesagt hatte.

„Ich liebe dich, Alice."

Dann drehte ich mich um und rannte zu meinem Auto.

ALICE

Meine Lippen waren noch warm von Coopers Kuss, als er den Flur hinunterlief. Ich stand da, hielt die Tasche in der Hand und starrte ihm wie ein Idiot hinterher. Ich konnte es nicht begreifen.

Ich liebe dich, Alice.

Er *liebte* mich? Er hatte es gesagt, als er uns eingeschlossen hatte, aber ich war so verängstigt gewesen, dass ich es nicht wirklich registriert hatte.

Er *liebte* mich? Nachdem ich Lacey ins Krankenhaus gebracht hatte?

Darüber würde ich später nachdenken. Er hatte gesagt, dass er mich liebte, aber er hatte nichts über Griffen oder Maxwell gesagt. Sie waren verletzt und auf dem Weg ins Krankenhaus, aber ich hatte keine Ahnung, was das bedeutete. In diesem Moment konnte ich mich nicht dazu durchringen, mich um Maxwell zu sorgen.

Griffen war eine andere Sache. Ich konnte den Gedanken nicht ertragen, dass er ernsthaft verletzt worden war. Wenn ihm etwas zustieße, sollte Maxwell besser hoffen, dass er starb, denn wenn er überlebte und Griffen nicht, würde ich Maxwell eigenhändig töten.

Ich würde es später verarbeiten. Jetzt versuchte ich, mich mit etwas abzulenken, das ich kontrollieren konnte, ging in die Knie und öffnete den Reißverschluss der Reisetasche, um nachzusehen, was Cooper eingepackt hatte. Er hatte ziemlich gute Arbeit geleistet.

Petra konnte im Schlafanzug im Winters House auftauchen, aber es war unmöglich, dass ich in Coopers Klamotten zum ersten Mal durch die Türen des großen Anwesens ging.

Ich wollte den Schutzraum nicht verlassen, unsicher, was ich in der restlichen Wohnung vorfinden würde. ich war nicht bereit, die schlafende Petra auch nur für ein paar Minuten alleine zu lassen. Es musste auch so gehen. Ich holte ein grasgrünes Kleid heraus, das Cooper eingepackt hatte, einen weißen Reifrock, meine Haarbürste und Keil-Flip-Flops.

Ich zog das Kleid über meinen Kopf und schloss den Reißverschluss im Handumdrehen, bevor ich den Reifrock eine Sekunde später darunter anbrachte. Das war gut so, denn ein schnelles Doppelklopfen erklang an der Tür, als ich mein Haar bürstete.

Agent Holley schob die Tür auf, ohne auf eine Antwort zu warten. Sein Gesicht war angespannt und düster. Ein dunkelhaariger Mann in einer marineblauen FBI-Weste folgte ihm.

Agent Holley zeigte mit dem Kinn auf den Boden, wo Petra noch schlief, und fragte leise: „Ist das die Schwester?"

„Ja. Sie heißt Petra." Ich glättete mein Kleid und stellte die Frage, vor der ich mich fürchtete. „Wie geht es Griffen? Cooper hat nicht gesagt…"

„Ich glaube, er wird es schaffen. Er hat eine Kugel in die Schulter gekriegt. Es sah aus, als hätte sie eine Arterie erwischt, aber Cooper war schnell bei ihm. Die Chancen stehen gut, dass er durchkommt."

Mein Magen füllte sich mit Blei.

Die Chancen stehen gut, dass er durchkommt.

Ich machte mir nicht einmal die Mühe, nach Maxwell zu fragen. Es war mir gleich. Griffen war seit meinem ersten Tag hier ein guter Freund. Ich weigerte mich, zu glauben, dass wir ihn verlieren könnten.

„Sind Sie bereit?"

„Ich brauche nur meine Handtasche und das Telefon aus der Küche."

Holley nickte seinem Agenten zu, der dann den Flur hinunter verschwand. „Agent Williams wird Sie zum Winters House bringen. Lucas Jackson ist auf dem Weg dorthin."

Ich kniete mich neben Petra hin und hob sie hoch, wobei ich den Schmerz in meinem geprellten Arm ignorierte. Sie hob den Kopf und blinzelte mich mit schläfrigen Augen an, bevor sie ihre Wange auf meine Schulter legte und das Häschen an sich drückte.

Wenige Minuten später gingen wir durch die Garage zu einem FBI-Van, der uns zu Winters House bringen würde.

Das Anwesen lag tief im Herzen von Buckhead, nicht weit von den Büros der Sinclair Security. Ich hatte Fotos gesehen, sowohl in den Medien als auch in unseren eigenen Akten, als wir die Sicherheit auf dem riesigen Gelände aktualisiert hatten.

Ich dachte, ich wäre bereit für Winters House.

Ich hatte mich geirrt.

Wir bogen von der Hauptstraße auf eine glatte, breite, asphaltierte Straße ab und kamen hinter einem Sinclair Security-SUV zum Stehen, der so geparkt war, dass er das imposante, schwarze Eisentor blockierte.

Lucas Jackson sprang vom Fahrersitz und kam zum

Wagen. „Ausweis", sagte er schroff, bevor er einen besorgten Blick in meine Richtung warf. „Seid ihr okay, Alice?"

„Ja." Ich wollte fragen, ob er etwas über Griffen gehört hatte, aber es war noch zu früh.

Nachdem er die Dienstmarken-Nummer des Agenten überprüft hatte, kehrte er zu seinem Geländewagen zurück und öffnete das Tor. Wir folgten ihm über den langen, kurvenreichen Weg zum Haus. Gesäumt von uralten, riesigen Eichen, die über uns ragten, jeder zweite Baum von Scheinwerfern beleuchtet, war selbst die Einfahrt ein wenig einschüchternd.

Winters House tauchte aus der Dunkelheit auf. Die Außenfassade war mit weiteren Scheinwerfern beleuchtet. Das im mediterranen Stil erbaute Herrenhaus war in cremefarbenem Stuck gehalten, hatte hohe Bogenfenster und ein markantes rotes Ziegeldach. Imposant und trotzdem einladend, war es ein wunderschönes Zuhause, was selbst in der Dunkelheit der Nacht zu sehen war.

Wir kamen vor einem zweiten Tor zum Stehen, das ebenfalls aus schwarzem Eisen bestand, jedoch feiner gearbeitet war und den Zugang zum Haupteingang versperrte. Das Tor schwang vor Lucas' Fahrzeug auf, und wir rollten langsam in einen geräumigen Innenhof mit einem beleuchteten Springbrunnen in der Mitte.

Das quadratisch angelegte Gebäude umgab den Hof von allen vier Seiten. Der Teil, durch den wir gefahren waren, war auf einer Ebene und die Bogenfenster blickten in den Hof.

Ich stieg langsam aus dem FBI-Wagen aus, nahm alles in mir auf. Ich drehte mich um, um mich dem Hauptteil des Winters House zu stellen. Zwei Stockwerke hoch ragte dieser Teil des Hauses über mir, als wir die Stufen zu der riesigen, wunderschön geschnitzten, hölzernen Doppeltür hinaufstiegen.

Aiden Winters schwang eine Tür auf und tauschte leise

ein paar Worte mit Lucas aus, bevor er dem FBI-Agenten zunickte und zurücktrat, um uns Zutritt zu gewähren.

Er schenkte mir ein warmes Lächeln. „Alice, es tut mir leid, dich unter diesen Umständen zu sehen."

„Mir auch. Danke, dass du dein Haus mitten in der Nacht für uns geöffnet hast." Aiden schloss die Tür hinter uns und führte mich durch das Foyer hinein. Ich hatte ihn nie in etwas anderem gesehen als in einem Geschäftsanzug.

Ich hatte mich jahrelang nach Cooper verzehrt - länger als ich zugeben mochte -, aber ich hatte Augen im Kopf. Mit seinem rotbraunen Haar, den warmen braunen Augen und seinem umwerfenden Lächeln war Aiden Winters in einem Anzug verdammt heiß. Aber so? Vom Schlaf zerzaust, ein altes T-Shirt mit dem Logo der Emory-Universität über seine breiten Schultern gespannt? *Wow.* Heiß war kein Ausdruck.

Aiden deutete ein Lächeln an, als er den Kopf schüttelte. „Cooper und seine Brüder gehören zur Familie. Das weißt du doch." Er hob eine Hand und strich sanft eine Haarsträhne von Petras Wange zurück. Sie sah ihn mit ernsten Augen an. „Ist das der Neuzugang? Mit diesen Augen sieht sie aus wie Cooper und Axels, als sie Kinder waren."

Petra schaute zu mir. „Coop?"

Ich kuschelte sie enger an mich, froh, dass sie nach Cooper fragte statt nach ihrem Vater.

Ihr Vater, der wahrscheinlich schon tot war…

Aiden musste dasselbe gedacht haben. „Cooper wird bald hier sein, Schatz. In der Zwischenzeit ist Violet mit Kaffee und Tee in der Bibliothek. Und Keksen."

Er lächelte, als Petras Augen weit aufrissen. „Kekse?"

„Kekse", bestätigte er. Zu mir sagte er: „Ich werde mit Lucas und dem FBI sprechen. Wir werden niemanden an euch heranlassen."

„Danke, Aidan. Solltest du etwas über Griffen hören-"

„Gebe ich dir sofort Bescheid", versprach er.

Ich folgte ihm in die Bibliothek, wo eine atemberaubende Frau vor einem beladenen Teetablett saß. Sie blickte mit einem kühlen Lächeln auf, aber ihre Augen wurden warm, als sie auf Aidan landeten. Ihr eisblondes Haar war zu einem lockeren Pferdeschwanz gebunden und sie trug Shorts und ein T-Shirt, aber trotz der lässigen Kleidung schien sie wie eine Königin.

Das musste Violet Westbrook sein, Aidens zukünftige Verlobte. Den Sinclairs zufolge hatte er ihr noch keinen Antrag gemacht, aber er würde es bald tun.

„Alice?", fragte sie. Ohne auf meine Bestätigung zu warten, erhob sie sich und streckte ihre Hand aus. „Ich bin Violet. Ich wollte dich unbedingt kennenlernen. Du bist eine Legende."

Aiden zog sich zurück, ein liebevolles Lächeln auf den Lippen, und machte sich auf, Winters House vor einer möglichen Invasion zu schützen.

„Eine Legende? Das gefällt mir, aber ich bin mir nicht sicher, was ich getan habe, um diesen Titel zu verdienen." Ich setzte mich auf die Ledercouch gegenüber von Violet und beugte mich vor, um für Petra einen Keks vom Tablett zu nehmen.

„Definitiv eine Legende", sagte sie. Ihre Augen funkelten, die Farbe irgendwo zwischen Lavendel und Immergrün. Sie waren fesselnd, besonders in Kombination mit ihrer Haltung und ihrem eisblonden Haar. *Eine Frau, die ich mir für Aiden Winters vorstellen kann...*

Ihre königliche Zurückhaltung schmolz unter der Wärme ihrer Belustigung dahin. „Ein Büro voller herrischer Alphatypen und du hältst die Herde zusammen. Lucas und Riley sagen, der Ort würde ohne dich auseinanderfallen."

„Ach, das", sagte ich und griff nach meinem eigenen Keks. „Stimmt, das *macht* mich zur Legende", gab ich zu. „Die Jungs können ganz schön anstrengend sein, aber die

Frauen im Team sind genauso schlimm. Der Job ist nichts für zurückhaltende Leute."

„Würde ich wetten", sagte Violet mit einem Lächeln. „Kaffee? Tee? Ich bin nicht Frau W.", sagte sie und bezog sich dabei auf die Haushälterin der Familie, „aber ich habe zusammengeworfen, was ich gefunden habe. Glücklicherweise hatte sie Mürbegebäck im Vorrat. Charlie ist in der Küche und macht Sandwiches. Aidan hat gesagt, dass Emma, Summer, Lily und Adam auf dem Weg sind. Sophie und Lise schlafen noch. Gage und Riley wollten sie nicht wecken."

Lise war Annalise, Aidens jüngere Cousine. Sie war mit Riley verheiratet. Ich hatte sie ein paar Mal getroffen, als sie im Büro vorbeikam, aber ich kannte Sophie, Gages Frau, nicht, obwohl ich wusste, dass sie als Angestellte hergekommen war. Sie war eine Krankenschwester, die sie eingestellt hatten, um sich um ihre Großtante Amelia zu kümmern. Anscheinend hatte Gage einen Blick auf sie geworfen und war ihr sofort verfallen.

Charlie war eine andere Geschichte. Wir waren keine besten Freundinnen, aber wir verbrachten ab und zu Zeit zusammen. Charlie war jünger als ich und ließ sich keinen Scheiß gefallen – ein Mädchen nach meinem Geschmack. Sie hatte Lucas Jackson ein paar Jahre zuvor geheiratet, kurz nachdem er der Firma beigetreten war. Als sie das erste Mal ins Büro gekommen war, wusste ich, dass wir Freundinnen werden würden.

Oberflächlich betrachtet waren sie und Lucas ein seltsames Paar. Die milliardenschwere Prinzessin des Winters-Clans und ein riesiger, ehemaliger Geheimagent und Hacker.

Es mochte vielleicht seltsam sein, aber sie waren eins meiner Lieblingspaare. Charlie war ein Hitzkopf und Lucas verehrte sie ebenso sehr, wie er es genoss, ihr zuzusehen, wie sie Verwüstung anrichtete.

Tief im Inneren - wo es darauf ankam - waren sie ein perfektes Paar.

„Ich kann Petra Saft holen", bot Violet an und bewies damit, dass sich der Klatsch wie ein Lauffeuer zwischen den Sinclairs und Winters bewegte. Sie hatte wahrscheinlich kurz, nachdem das kleine Mädchen vor unserer Tür aufgetaucht war, von Petra gewusst. Bevor ich antworten konnte, kam Charlie mit einem zweiten Tablett herein, auf dem sich kleine Sandwiches stapelten.

„Ich habe versucht, Frau W. nachzuahmen, aber ich kann nicht versprechen, dass sie gut sind", sagte sie, stellte das Tablett neben das andere und setzte sich neben mich. Sie stieß meine Schulter mit ihrer an und fragte: „Warum musste ich von Lucas erfahren, dass du bei Cooper eingezogen bist?"

„Weil es erst gestern passiert ist?", schoss ich zurück und stieß mit meiner Schulter gegen ihre.

„Aiden hat gesagt, dass es langsam auch Zeit wurde ", fügte Violet hinzu, goss eine Tasse Kaffee ein und stellte sie vor mir hin.

Ich setzte Petra in die Ecke der Couch, reichte ihr einen weiteren Keks und fragte leise: „Willst du Saft? Oder nur einen Keks und ein wenig Kuscheln?"

„Keks", flüsterte sie, drückte den Hasen an ihre Brust und kuschelte sich in die Couch, während ihre Augen bereits schwer wurden.

„Okay, Krümel", sagte ich und drückte ihr einen Kuss auf die Stirn. Über Zucker und die richtige Ernährung würde ich mir später Sorgen machen.

Heute Abend brauchte sie Kekse.

Ich war so froh, dass sie nicht die Gewalt miterlebt hatte, die in unserem Zuhause ausgebrochen war. Mein Herz schmerzte.

Cooper.

Sie hatte nichts gesehen, weil Cooper uns beschützt

hatte, weil er bereit gewesen war, für uns zu sterben. *Griffen könnte gerade im Sterben liegen...*

Mein Herz schmerzte, als ich mein Telefon noch einmal überprüfte. *Nichts.*

„Alle haben das gesagt", stimmte Charlie zu und brachte mich zurück in die Gegenwart. „Cooper hat wegen Alice schon seit Jahren Trübsal geblasen."

„Hat er nicht", protestierte ich, noch immer nicht an den Gedanken gewöhnt, dass Cooper mich schon so lange gewollt hatte.

„Hat er wohl!", beharrte Charlie. „Frag Aiden. Es hat mich fast umgebracht, meinen Mund zu halten. *Fast umgebracht!* Als du dich scheiden lassen hast, war Aidan sicher, dass Cooper sich auf dich stürzen würde. Verdammt, der Mann ist geduldig." Sie lehnte sich um mich herum und zwinkerte Petra zu. „Entschuldigung. Ich sollte daran gewöhnt sein, auf meine Sprache zu achten, da Rosie und Adam oft in der Nähe sind."

„Ich glaube, sie hat schon Schlimmeres gehört", sagte ich trocken und strich ihr die Haare von der Stirn. „Wie auch immer... Cooper hat sich nicht auf mich gestürzt."

„Wirklich?" Violet hob eine glatte, eisblonde Augenbraue und nahm einen Schluck von ihrem Kaffee. „Ich habe gesehen, wie er dich auf Evers' Verlobungsfeier über die Schulter geworfen hat. Das kommt dem ziemlich nahe."

Okay, sie hatte Recht.

Ich erinnerte mich daran, wie er mich auf das Bett geworfen hatte...

Charlie lachte, ein kühner, fröhlicher Laut, der gut tat, nachdem, was wir heute Nacht erlebt hatten. „Sieh nur, wie Alice rot wird! Vielleicht hat Cooper sich vorher nicht auf dich gestürzt, aber jetzt tut er es sicher." Sie stieß wieder gegen meine Schulter und sagte: „Es ist schön, ihn glücklich zu sehen. Er-"

Sie verstummte und uns allen wurde bewusst, was Charlie gerade gesagt hatte. Es war schön gewesen, ihn glücklich zu sehen, aber mit seiner Mutter im Krankenhaus, seinem Vater, der wahrscheinlich tot war, und seinem besten Freund, der um sein Leben kämpfte, war *glücklich* nicht die beste Bezeichnung seiner gegenwärtigen Situation.

„Ich wünschte, wir wüssten, was mit Griffen los ist", sagte ich und ärgerte mich über meinen verdrießlichen Tonfall. „Ich weiß, dass er operiert wird, aber ich hasse das Warten. Ich hasse es, dass er verletzt wurde, weil er uns beschützen wollte."

Charlie schloss ihre Hand um meine und drückte sie. „Es gab keine andere Möglichkeit. Griffen liebt euch. Cooper ist wie ein Bruder für ihn."

„Es ist nicht das erste Mal, dass sich einer aus dem Team verletzt hat", sagte ich und versuchte, mir einzureden, dass alles normal war. „Es ist nur so, dass-"

„Es nicht nur Arbeit ist", schloss Violet sanft ab. „Hier geht es darum, dass Griffen euer Freund ist."

„Armer Cooper", flüsterte ich, unfähig, mich zu bremsen. Wenn Petra nicht gewesen wäre, wäre ich ihm ins Krankenhaus gefolgt und für ihn da gewesen.

Aber ich konnte das kleine Mädchen nicht zurücklassen, das sich an mich klammerte und einen Keks nach dem anderen verschlang. Sie brauchte mich, und Cooper hatte seine Brüder.

Wenn man bedachte, dass ich dafür verantwortlich war, Lacey in das gleiche Krankenhaus zu gebracht zu haben, in dem auch ihr Vater lag, war ich vielleicht nicht willkommen.

Ich hätte sie niemals verletzt, wenn sie nicht hinter Petra her gewesen wäre. Lacey war dabei gewesen, mich zu töten. Ich hatte das Richtige getan.

Sicherlich werden sie das verstehen, hoffte ich.

Ich nahm einen Schluck Kaffee und einen weiteren

Mürbekeks und versuchte, die dunklen Gedanken aus meinem Kopf zu vertreiben.

Um die Stimmung aufzuheitern, straffte ich Charlie mit einem stählernen Blick.

„Du hast also von Cooper gewusst? Die ganze Zeit?"

ALICE

Erwachsene Männer wanden sich unbehaglich, wenn ich diesen Blick benutzte, aber Charlie blinzelte nur unbeeindruckt. „Das habe ich", gab sie zu. „Er ist viel älter als ich, aber ich kenne ihn, seit ich ein Baby war, und ich habe Aidan vor einiger Zeit gefragt, warum er keine Freundin hat. Aiden hat gesagt, er sei an jemandem interessiert, der nicht verfügbar war, und als ich euch beide das erste Mal zusammen gesehen hatte, wusste ich, dass du es warst."

Ich schlug ihr auf den Arm, bevor ich mir einen weiteren Keks schnappte und ihn mit Petra teilte. „Warum hast du nichts gesagt?"

Charlie rollte mit den Augen. „Ich wollte es, aber du warst immer noch verheiratet und wolltest sicher nichts Negatives über Steve hören. Ich musste Lucas und Aiden versprechen, mich rauszuhalten. Lucas war sich sicher, dass Cooper seinen Kopf bald aus seinem Arsch ziehen würde."

Ich seufzte schwer und gestand: „Als ich gehört habe, dass du Winters, Inc. verlassen und dein eigenes Unternehmen gegründet hast, hat es mir geholfen, die Scheidung einzureichen."

Charlie starrte mich schockiert und sprachlos an, ihre Kinnlade praktisch auf ihrem Schoß. Ich hatte gedacht, dass Charlie nichts sprachlos machen könnte. „Wie bitte? Was hatte ich denn damit zu tun?"

„Versteh mich nicht falsch, aber du bist noch so jung." Charlie war nicht ganz sechsundzwanzig, obwohl ihr das Leben, das sie gelebt hatte, eine Reife verliehen hatte, die weit über ihre Jahre hinausging. „Und du hast dein ganzes Leben verändert, weil du nicht glücklich warst."

Violet räusperte sich diskret, aber Charlie schüttelte den Kopf. „Ich habe nichts getan. Aiden hat mich gefeuert und ich bin auf meinem Hintern gelandet. Ohne ihn wäre ich noch in zehn Jahren unglücklich."

„Das hätte er nicht zugelassen", murmelte Violet.

„Deshalb ist es so am besten, auch wenn er manchmal ein kontrollierender Idiot ist", erwiderte Charlie.

„Ich wusste das nicht", sagte ich und versuchte, ihr zu erklären, „aber ich war unglücklich mit Steve. Das Leben zog an mir vorbei, und dann traf ich dich. Du hast den Mut gehabt, dich neu zu erfinden, hast alles verändert, während ich zusah, wie meins an mir vorbeizog. Also bat ich Knox, Steve zu überprüfen, und entdeckte, was für eine betrügerische Ratte er war, bevor ich einen Anwalt aufsuchte. Und dann war auch ich frei."

„Ich bin froh, dass die Katastrophe mit Aiden für etwas gut war." Charlie rollte mit den Augen.

„Abgesehen davon, dass du Lucas getroffen hast?", fragte Violet mit angezogenen Augenbrauen.

„Abgesehen davon", sagte Charlie und grinste zufrieden.

Mein Telefon piepte und ich schaute auf den Bildschirm, mein Herz taumelte in meiner Brust.

Eine Wettermeldung, verdammt!

Ich konnte Cooper nicht anrufen, wollte ihn nicht stören, aber trotz der guten Gesellschaft und unserer relativen

Sicherheit konnte ich mich nicht entspannen, bis ich wusste, dass es Griffen gut ging.

Absätze hallte durch den Raum, als sich Lily, Adam, Emma und Summer in die Bibliothek drängten. Adam war schläfrig und stolperte.

Lily warf einen Blick auf Petra und sagte: „Ich werde Adam am Ende des Flurs ins Bett bringen. Aiden hat gesagt, es ist Charlies altes Zimmer und nur ein paar Türen entfernt. Möchtest du mit uns mitkommen, Petra? Ich werde euch eine Geschichte vorlesen."

Petra rutschte von der Couch. Ihre Hand umklammerte meine und sie warf den anderen Frauen einen misstrauischen Blick zu. Sie folgte Lily und Adam und zog mich mit sich mit. Sie erlaubte uns, sie neben Adam ins Bett zu legen und rollte sich mit dem Rücken an seine Seite, während er bereits einschlief. Bei Petra dauerte es länger, bis ihre Augen träge wurden, aber als sie sich schlossen, war sie sofort eingeschlafen.

Ich folgte Lily auf Zehenspitzen zurück in die Bibliothek. Mein Platz auf der Couch war besetzt, was mich überhaupt nicht störte. Jetzt, da Petra untergebracht war, musste ich mich einfach bewegen.

„Irgendwas Neues aus dem Krankenhaus?"

Ein Raum voller Kopfschütteln. „Noch nicht", sagte Emma. „Keine Nachrichten, keine Anrufe. Ich will sie nicht nerven, aber…"

Griffen hatte Emma das Leben gerettet. Sie hatte eine Verbindung zu ihm, und ich wusste, dass sie genauso krank war vor Sorge wie ich.

„Ich weiß", sagte ich.

Ich musste von Cooper hören.

Ich liebe dich, Alice.

Mir wurde bewusst, dass ich es nicht erwidert hatte, und es machte mich ganz verrückt.

Er hatte mir keine Gelegenheit dazu gegeben. Ich war so überzeugt gewesen, dass er mich hasste, weil ich fast seine Mutter getötet hatte, und dann überfiel er mich mit „Ich liebe dich" und verschwand.

Ich war so dämlich.

Ich nahm mein Telefon in die Hand und starrte auf den gesperrten Bildschirm. Er war beschäftigt. Er hatte seine Brüder und brauchte jetzt nicht von mir zu hören.

Bevor ich es mir ausreden konnte, entsperrte ich den Bildschirm und tippte: *Ich liebe dich auch, damit du es weißt.*

Keine Antwort. Ich ging auf und ab und versuchte, nicht daran zu denken, was alles schiefgehen könnte. Tsepovs Männer könnten immer noch da draußen sein. Vielleicht würde Griffen die Operation nicht überleben. Maxwell war mit Sicherheit bereits tot.

Ich überprüfte mein Telefon noch einmal. Nicht einmal eine Lesebestätigung… Ich würde es nicht bis zum Morgen durchhalten. Das Warten brachte mich um.

Eine Hand legte sich um meinen Arm und zog mich in eine Umarmung, als ich kurz davor war, den Teppich vor dem Kamin durchzulaufen. Ich blickte in Charlies vertrauten, ozeanblauen Augen und auf ihr kinnlanges Haar, dessen rostbraune Farbe der von Aidens glich.

„Setz dich, Alice. Das Laufen macht es nur noch schlimmer."

Ich blieb dort, wo ich war, setzte mich aber auch nicht hin. Ich konnte nicht ruhig sitzen. „Ich habe ihm nicht gesagt, dass ich ihn liebe", flüsterte ich. Das Geständnis tat körperlich weh.

„Er weiß es", sagte Charlie schlicht.

„Was, wenn nicht?", fragte ich, als meine Sorge um Cooper und Griffen und alle, die ich liebte, zu einem engen, hässlichen Ball aus Angst verschmolz.

„Er weiß es, denn, wenn du ihn nicht lieben würdest,

hättest du ihm schon längst den Schädel eingeschlagen." Charlie schüttelte mich ein wenig. „Er weiß es, Alice. Griffen wird es gut gehen. Lucas glaubt, Tsepovs Männer werden sich zerstreuen, sobald sie hören, dass er tot ist. Bald wird es vorbei sein."

„Ich möchte aber, dass es jetzt schon vorbei ist", jammerte ich.

„Setz dich", befahl Charlie erneut, ohne auf mein Geheule zu achten.

Sie lag richtig. Ich war einfach zu gestresst, um klar zu denken. Ich ließ mich von ihr zu einem Sessel führen, bevor sie mir schelmisch eine Tasse Kräutertee reichte, die ich zurückgab. „Kaffee."

„Es war einen Versuch wert", sagte sie, nahm den Tee und ersetzte ihn durch eine Tasse Kaffee.

Ich nahm einen Schluck und versuchte, mich am Gespräch zu beteiligen, während ich mein Telefon etwa alle dreißig Sekunden überprüfte. Ich war bei Freunden und in Sicherheit. Petra schlief, aber ich konnte mich trotzdem nicht entspannen. Erst wenn Griffen stabil und Cooper wieder bei mir war, würde ich mich beruhigen können. Die Gesprächsthemen schwankten zwischen Summers katastrophaler Verlobungsparty, ihren Hochzeitsplänen, Knox' Renovierungen und Spekulationen darüber, wann Aiden Violet einen Antrag machen würde. Letzteres schien Violet nicht sonderlich zu beunruhigen.

„Ich habe ihm gesagt, dass wir es langsam angehen und uns wie normale Leute verabreden müssen-", sagte sie.

„Und dann hat er dich hier untergebracht", beendete Charlie. „Er hätte dich schon vor Monaten geheiratet, wenn er nicht Angst hätte, dich zu verscheuchen."

Violetts Lippen wölbten sich zu einem Lächeln. „Das ist nur vorübergehend."

„Ja, richtig", war Charlies Antwort. „Ich würde gerne

sehen, wie du versuchst, wieder auszuziehen. Wenn du das tust, sag mir Bescheid, damit ich Popcorn machen und alle einladen kann. Jetzt, da alle sesshaft geworden sind, brauchen wir diese Art von Unterhaltung."

Violet rollte mit den Augen, schaffte es aber, irgendwie elegant und nicht wie ein widerspenstiger Teenager auszusehen.

Nach zwei Tassen Kaffee war ich wieder auf den Beinen und hielt eine Hand hoch, als der ganze Raum mich finster anblickte. „Ich muss mich bewegen. Versucht nicht, mich aufzuhalten."

Sie lehnten sich alle zurück, da sie in mir deutlich eine Frau am Abgrund erkannt hatten. Wie lange konnte eine Operation dauern? Es waren Stunden vergangen. Die Sonne ging bereits am Horizont auf und Tageslicht fiel in die Bibliothek. Ich schreckte hoch und drehte mich beim Geräusch von Schritten, die den Flur herunterkamen, herum, selbst als ich registrierte, dass sie zu leicht waren, um Cooper oder einem der Jungs zu gehören.

Eine kleine Frau mit silberblondem Haar steckte ihren Kopf in den Raum. „Hi." Sie winkte. „Ich bin Sophie. Frau W. hat mir aufgetragen, euch zu sagen, dass das Frühstück fertig ist. Sie und Tante Amelia sind nicht glücklich darüber, dass sie nicht geweckt wurden. Ich habe ihnen gesagt, dass es Violets Schuld ist."

Ich rechnete damit, dass Violet sich darüber ärgerte, unter den Bus geworfen zu werden, aber sie lächelte nur gelassen. „Gut. Amelia braucht etwas, worüber sie sich aufregen kann, sonst wird ihr langweilig." Sie stand auf und wir taten dasselbe, bevor wir ihr in den Speisesaal folgten.

Ich bemerkte die Pracht des Speisesaals kaum, aß mechanisch, probierte nur wenig von dem köstlichen Frühstück, das vor mir stand, und überprüfte wie besessen mein Telefon.

Ich erwischte Charlie, wie sie mir besorgte Blicke zuwarf, aber sie ließ mich in Ruhe.

Schließlich, nachdem ich meine millionste Tasse Kaffee getrunken hatte, piepste Lilys Telefon mit einer Nachricht. „Sie sind auf dem Weg."

„Und?", forderte Emma. Ihre Augenbrauen wölbten sich vor Ungeduld.

Lily gab ein frustriertes Achselzucken von sich. „Das ist alles. Nur ‚Auf dem Weg'. Ich schätze, sie werden es uns sagen, wenn sie hier sind."

Die nächsten zwanzig Minuten gehörten zu den längsten meines Lebens. Ich war erschöpft vor Sorge.

Ich wollte Cooper einfach nur sehen, um zu wissen, dass es Griffen gut ging, und um ihm zu sagen, dass ich ihn liebte. Ich wollte hören, wie er die Worte sagte, wenn die Welt um uns herum nicht gerade in Flammen aufging.

Die Haustür öffnete sich, und wir stürmten ihnen aus dem Speisesaal entgegen. Als ich ihre Gesichter sah, wusste ich es sofort.

Maxwell war tot.

Ich wollte nach Griffen fragen, aber ich zwang mich zum Warten.

Cooper erlöste uns von unserem Elend. „Griffen hat die Operation gut überstanden. Er befindet sich jetzt im Erholungszimmer. Er hat einen leichten Mobilitätsverlust in der Schulter erlitten, aber ansonsten wird er wieder gesund. Keine weiteren schweren Verletzungen beim Rest vom Team."

„Maxwell?", flüsterte Summer.

Evers überquerte den Saal, um sie in seine Arme zu nehmen. „Er hat es nicht geschafft, Baby. Er hat das Bewusstsein nicht wiedererlangt." Mein Herz sank.

Ich wusste es, aber für die Sinclair Brüder hatte ich an der Hoffnung festgehalten. Tränen trübten mir die Sicht, während ich verschwommen sah, wie Knox Lily hielt und Axel Emma umarmte.

Eine Hand schloss sich über meinem Ellbogen. Ich schaute auf und sah Cooper, sein Gesicht düster, der Blick zurückhalten. „Kommst du mit mir mit?"

Mein Herz wurde schwer vor Angst, als ich nickte. Er hatte gesagt, dass er mich liebte, aber das war, bevor sein Vater gestorben war. Ich hatte es erwidert, auch wenn er nicht zurückgeschrieben hatte. Vielleicht war es alles zu viel für ihn. Vielleicht hatte er es im Eifer des Gefechts gesagt, aber nicht wirklich gemeint.

Ich folgte ihm in die Bibliothek, wo jemand bereits das Geschirr von gestern Nacht weggeräumt und den Raum blitzeblank zurückgelassen hatte, als wären wir nie dort gewesen.

Als ich mich umdrehte, stand ich Cooper gegenüber. Ich war noch nicht bereit dafür, aber ich war kein Feigling.

„Es tut mir leid wegen Maxwell."

„Mir auch." Cooper hatte denselben seltsam zögerlichen Blick, den ich in der Hütte gesehen hatte. „Geht es dir gut?"

Ich wusste nicht, was ich darauf antworten sollte. *Nein, es geht mir nicht gut. Nicht im Geringsten.*

Stattdessen log ich: „Mir geht's gut."

„Petra?"

„Sie und Adam schlafen im Zimmer am Ende des Flurs. Sie hat nichts gesehen. Keiner von uns. Vielen Dank für…" Meine Kehle schnürte sich zu. Er hatte gesagt, dass er mich liebte, und war danach verschwunden. Er wusste, dass er vielleicht nicht zurückkommen würde. Er hatte uns in Sicherheit gebracht. „Danke für-" Ich bekam die Worte nicht heraus.

Alles platzte auf einmal, als ich durch den Raum lief und ihm auf die Schulter schlug. Mit Tränen auf den Wangen schrie ich: „Du hättest sterben können, du Idiot! Du hast uns verlassen. Du hast uns beschützt und dann hast du uns verlassen. Du hättest sterben können, Cooper! Was soll ich tun, wenn du stirbst?"

Ich schluchzte, als seine Arme um mich herumkamen und mich fest an seinen starken Körper drückten. Ich wusste, dass es falsch war. Cooper hätte sich niemals mit uns in diesem Schutzraum versteckt, wenn sein Vater und Griffen in Gefahr waren.

Er hatte getan, was er tun musste – das Richtige. Das wusste ich und ich liebte ihn dafür. Ich hatte solche Angst, als ich mit Petra in diesem Raum eingeschlossen war und die dumpfen Schüsse hörte. Ich war fast wahnsinnig vor Sorge.

„Es tut mir leid, Baby. Es tut mir so leid. Alles tut mir leid."

Er streichelte meinen Rücken und beruhigte mich, während meine Tränen ihren Lauf nahmen. Ich hätte Cooper weinen lassen sollen, statt ihn voll zu heulen. Es war sein Vater, der gestorben war. Ich war schon wieder eine egoistische Person, und trotzdem weinte ich, bis ich keine Tränen mehr hatte.

Als ich aufhörte, blieb ich, wo ich war, presste mich an ihn und atmete das Salz und seinen Duft ein.

Unversehrt. Bei mir. *Cooper.*

Er hielt mich, aber er sagte nichts. Er sagte, es täte ihm leid.

Was tat ihm leid? Nichts von all dem war seine Schuld.

Ich schob mich weg und wischte mir die Augen ab. Ich war wahrscheinlich fleckig und geschwollen. *Großartig.* Trotzdem war er still und beobachtete mich mit wachsamen Augen. Die Qual der Stille war zu groß.

Ich hielt es keine Sekunde länger aus. „Cooper-"

„Erinnerst du dich an dein Versprechen?", unterbrach er.

Welches Versprechen?

„In der Hütte. Du hast versprochen, dass du mich nie wieder verlassen würdest. Daran halte ich fest, Alice."

„Was?" Ich wollte nirgendwo hingehen.

Wenn jemand gehen will, dann ist es Cooper, dachte ich mir.

„Wenn du mich verlässt, werde ich dir folgen. Du liebst mich. Ich weiß, dass du mich liebst."

„Cooper, ich-"

„Ich kann es in Ordnung bringen und alles wiedergutmachen. Für Lacey. Für Maxwell. Für alles, was schiefgegangen ist. Gib mir einfach eine Chance."

„Cooper", unterbrach ich ihn, „wovon zum Teufel sprichst du? Ich werde dich nicht verlassen."

Cooper starrte mich mit einem leeren Ausdruck an, bevor er langsam sagte: „Alice, meine Mutter hat versucht, dich umzubringen. Mein Vater hat die Mafia in unser Haus gebracht."

„Ich weiß. Ich war dabei." Ich strecke meine Hand nach oben und legte sie auf seine Wange. Ich konnte Cooper nicht verübeln, dass er ein wenig überdreht war und alles nach hinten gekehrt hatte. Er hatte gerade seinem Vater beim Sterben zugesehen. „Deine Mutter ist wegen mir im Krankenhaus, Cooper."

Er schüttelte kurz den Kopf, und ich ließ meine Hand verwirrt fallen. Ich konnte Lacey nicht vergessen, wie sie blutend und bewusstlos inmitten all der Glasscherben gelegen hatte, und wenn ich es nicht vergessen konnte, wie konnte Cooper es dann?

Er umfasste meine Hände mit seinen und sagte: „Ich muss wissen, ob du mir vergeben kannst."

„Dir was vergeben?" Cooper fühlte sich schuldig? Gott, wir waren Idioten. Ich lachte und Coopers Augenbrauen zogen sich verwirrt zusammen.

„Griffen hat recht", sagte ich durch ein Kichern, das an Hysterie grenzte. „Wir *sind* Dummköpfe. Es ist nicht deine Schuld, Cooper."

„Deine auch nicht."

„Ich habe deine Mutter fast *getötet*."

Cooper schüttelte den Kopf. „So sehr ich es auch hasse, das zu sagen, sie hatte es verdient. Und du hast sie nicht fast getötet. Hat Griffen es dir nicht gesagt?" Er schüttelte wieder den Kopf. „Macht nichts. Er wusste es nicht... Es geht ihr gut. Sie hat viel Blut verloren und ist mit dem Kopf aufgeschlagen, aber es geht ihr gut. Sie spricht im Moment nicht mit uns, aber ich kann nicht sagen, dass mir das leid tut. Sie hat Glück, dass ich keine Anklage gegen sie erhebe, weil sie versucht hat, dich zu ermorden und Petra zu entführen."

„Ich liebe dich, Cooper. Du hast es zweimal gesagt, und ich war so überrascht, dass ich es nicht erwidern konnte. *Ich liebe dich*."

„Warum warst du überrascht?", fragte er und strich mit einem Finger über meine Wange. „Was sollte es sonst sein? Natürlich liebe ich dich. Ich habe dich schon immer geliebt."

„Gut, denn ich gehe nirgendwo hin. Außer nach Hause. Mit dir."

Cooper zog mich an sich und sah mir ins Gesicht. Der leere Ausdruck wich schließlich aus seinen Augen und wurde durch eine Hitze ersetzt, von der ich wusste, dass sie mich für den Rest meines Lebens wärmen würde.

„Nach Hause", stimmte er zu, „aber noch nicht jetzt. Wir bleiben noch eine Weile hier. Unsere Wohnung ist ein Tatort. Und wir haben keine Tür mehr..."

„*Was?*"

„Frag nicht. Du willst es nicht wissen."

Normalerweise mochte ich nicht, wenn man mir Informationen vorenthielt, aber diesmal hatte Cooper recht. Ich wollte es nicht wissen.

Er war sicher, Petra und ich waren sicher, Griffen würde sich erholen, und Cooper liebte mich. Das war alles, was ich wissen wollte.

Wie aus dem Nichts drehte sich die Welt auf den Kopf, und ich hing über Coopers Schulter, schwebte durch den Raum und in die Halle.

„Cooper! Was machst du da? Lass mich runter."

Er antwortete nicht, öffnete eine Tür und schnipste das Licht an. Ein Schloss drehte sich. Ein Metallriegel rastete ein.

Als er mich auf einer Art Tresen absetzte, fielen mir die Haare wieder aus dem Gesicht, und ich sah mich um.

Überall waren Weinflaschen.

Mit diesem verruchten Grinsen, das ich so liebte, sagte Cooper: „Das Weinzimmer von Winters House. Ich weiß zufällig, dass es der einzige Raum auf dieser Etage ist, der einen Riegel hat. Ich möchte dich für mich alleine haben. Nur für eine Minute."

Seine Lippen strichen über meine und der Rest der Welt verschwand.

Seine Familie wartete draußen.

Petra würde bald aufwachen.

Wir würden für sie alle da sein.

In einer Minute.

Aber für den Augenblick gehörte Cooper nur mir, und ich gehörte ihm. Ich erwiderte seinen Kuss, und mein Körper verschmolz mit seinem.

Mein Herz von Cooper erfüllt.

Er war alles, was ich mir je gewünscht hatte.

Alles, wovon ich geträumt hatte.

Ich würde mein Versprechen halten.

Ich würde ihn nie verlassen, ihn nie aufgeben.

Wir gehörten einander.

Jetzt und für immer.

EPILOG I

ALICE

Cooper warf mich auf meinen Hintern, ein heller Funke der Freude in seinen eisblauen Augen. Mein Steißbein klatschte auf die Matte, aber ich war nicht einmal sauer. Es war zu lange her, dass ich ihn so unbeschwert gesehen hatte. *So glücklich.* Wenn es nötig war, mich im Trainingsraum auf meinen Hintern werfen zu lassen, um ihm diesen Ausdruck ins Gesicht zu zaubern, könnte er das von mir aus den ganzen Tag lang tun.

Um ehrlich zu sein, wollte ich nie wieder in einen Kampf geraten. Ich war kein Schwächling, aber Prügeleien waren nicht mein Ding. Trotzdem - nach allem, was mit Lacey, Maxwell und dem Überfall der russischen Mafia passiert war -, hatte ich erkannt, dass Coopers Training nützlich war. Ich wollte mehr.

Ich brauchte nicht zu seinem Team von unheimlichen Agenten gehören, aber ich wollte wissen, dass ich Petra und mich beschützen konnte. Wenn jemand jemals wieder versuchen würde, eine Hand an mich zu legen, wollte ich wissen, dass ich ihn lange außer Gefecht setzen konnte, um zu entkommen.

Wie ich schon Wochen zuvor vermutet hatte, ging es beim Training mit Cooper nie nur um die eigentliche Sache. Selbst, wenn wir die besten Absichten hatten, waren seine Hände auf mir und meine auf ihm, sobald wir anfingen zu schwitzen. Dinge passierten. *Gute* Dinge. *Heiße* Dinge. *Nackte* Dinge.

Ich beschwerte mich nicht. Zum ersten Mal seit einer Ewigkeit näherte sich unser Leben der Normalität, und es war besser, als ich es mir je hätte vorstellen können.

Nachdem ihr mitgeteilt wurde, dass Maxwell tot war, hatte Lacey einen ganzen Tag lang geschwiegen, bevor sie Cooper leise darum bat, ein stationäres Behandlungszentrum für sie zu finden.

Niemand erwartete ein Wunder, aber es war immerhin ein Anfang.

Wir wechselten uns immer noch im Büro ab. Cooper arbeitete vormittags und ich nachmittags, sodass Petra Zeit hatte, sich einzugewöhnen, obwohl wir an Tagen wie heute ihren Mittagsschlaf nutzten und Coopers Brüdern die Arbeit überließen.

Axel war zurück nach Las Vegas gefahren, aber Evers und Knox konnten die Dinge für eine Weile im Griff halten.

Lily kam jeden Tag für ein oder zwei Stunden vorbei, und Petra hatte sie sofort akzeptiert. Sie hing nicht so an Lily wie an Cooper und mir, aber wenn Lily an der Tür stand, rannte Petra lachend mit erhobenen Armen zu ihr, um sie zu umarmen. Schon bald würde sie bereit sein, halbe Tage mit Lily zu verbringen, dann ganze Tage, und wir würden zur nächsten Phase der Normalität übergehen.

Die ersten zwei Wochen nach dieser schrecklichen Nacht waren alles andere als normal. Es hatte eine Weile gedauert, bis das FBI mit unserer Wohnung fertig war und die Türen repariert waren. Diese Zeit hatten wir als Gäste im Winters House verbracht.

Cooper war praktisch dort aufgewachsen und hatte den Aufenthalt sichtlich genossen. Nachdem er seinen Vater verloren hatte, war es tröstlich, die besten Seiten seiner Kindheit wieder zu erleben, umgeben von Freunden, die ihm so nahestanden wie eine Familie.

Ich konnte nicht leugnen, dass es ziemlich angenehm war, wie in einem Luxushotel zu wohnen, ohne Fremde in der Nähe zu haben. Gourmet-Mahlzeiten, eine Haushälterin, ein Pool und ein Tennisplatz. Sophie und Tante Amelia hatten uns Krocket beigebracht. Die Winters hatten mich willkommen geheißen, als ob sie mich schon ihr ganzes Leben lang gekannt hätten.

Nachdem Griffen aus dem Krankenhaus entlassen wurde, gesellte er sich zu uns, obwohl er nicht gerade ein Sonnenschein war. Er hatte Schmerzen, weigerte sich, seine Medikamente zu nehmen, war frustriert über das Ausmaß des Schadens an seinen Schulterbändern und knurrte so oft, wie er normalerweise lächelte.

Er hatte Grund dazu. Griffen hatte Glück gehabt, wenn man bedachte, welchen Schaden die Kugel hätte anrichten können, aber er würde seinen Arm nie wieder voll einsetzen können. Wäre er ein Mensch mit einem normalen Job gewesen, würde es ihn nicht stören, aber für jemanden, der sich auf Reaktionszeiten im Bruchteil einer Sekunde verlassen musste, war der Funktionsverlust verheerend.

Sophie Winters - eine der nettesten und geduldigsten Frauen, die ich je kennenlernen durfte - hatte angeboten, seine Genesung zu überwachen. Gages Frau, die zuvor Amelia Winters' Krankenschwester war, war qualifiziert und hatte nichts dagegen, Griffens Verschrobenheit zu ertragen. Er hatte gesagt, dass er die Schnauze voll vom Krankenhaus gehabt hatte, und er es satt hatte, wie ein Invalide behandelt zu werden, aber ich war mir sicher, dass er sich einfach in seinem Haus verkriechen und grübeln wollte.

Keiner von uns war bereit, das zuzulassen.

Sophie erinnerte uns immer wieder daran, dass es selbstverständlich war, sich wie ein stacheliger Bär aufzuführen, wenn einem großen, starken Kerl die Schulter aufgesprengt wurde, und er sich weigerte, seine Schmerzmittel zu nehmen. Wir wussten, dass sie Recht hatte, aber es war immer noch schwer, den normalerweise sonnigen Griffen so anders zu sehen.

Es ging ihm besser, nachdem wir alle nach Hause gezogen waren. *Meistens.* Wir wussten, dass seine Schulter ihn für die meisten Außeneinsätze disqualifizieren würde, wenn nicht ein Wunder geschähe. Im Moment schlichen alle auf Zehenspitzen um das Thema herum.

Griffens Arm steckte immer noch in einer Schlinge, und wir hatten Zeit, bevor es offiziell gemacht werden musste, aber er wusste, was kommen würde. Ich konnte ihm nicht verübeln, dass er ein elender Miesepeter war. Ich wäre an seiner Stelle wahrscheinlich noch schlimmer gewesen.

Die zwei Wochen im Winters House hatten Spaß gemacht, aber sobald das FBI gesagt hatte, dass wir nach Hause durften, hatte Cooper ein paar von seinen Jungs zusammengetrommelt, und sie hatten den Rest meiner Sachen in seine Wohnung verfrachtet. Da die Möbel in der Wohnung blieben, hatten sie nur ein paar Stunden dafür gebraucht.

Ehe ich mich versah, war ich voll und ganz in Coopers Wohnung eingezogen, die jetzt *unser* Zuhause war, und meine alte Wohnung war wieder in die zweite sichere Wohnung umgewandelt worden. Cooper hatte die Reparatur der Türen genutzt, um sich von der Crew einen geheimen Zugang von der Hintertreppe zu meiner alten Wohnung legen zu lassen, damit wir, falls sich jemals wieder etwas ereignen sollte, nicht im Lagerraum festsitzen würden.

Ich persönlich hielt es für übertrieben. Ohne Tsepov war

es unwahrscheinlich, dass es zu einer weiteren Invasion kam, aber wenn Coopers Überfürsorge ihn nachts besser schlafen ließ, hatte ich nicht vor, zu widersprechen. Cooper hatte seinen Vater verloren, und auch fast seine Mutter. Ich wollte alles tun, um es ihm leichter zu machen.

Es hatte nicht lange gedauert, bis das FBI festgestellt hatte, dass sich Tsepovs verbliebenen Männer in alle Winde zerstreut hatten. Sie suchten jetzt alle nach einer besseren Einkommensmöglichkeit, da Tsepov weg war. Wir waren nicht in Gefahr. Agent Holley hatte jeden zusammengetrieben, den er in die Finger bekommen konnte, und erhob Anklage gegen die verbliebenen Mitspieler, von denen keiner auch nur das geringste Interesse an den Sinclairs hatte.

Ironischerweise bestätigte der ballistische Bericht, dass die Kugeln, die Maxwell getötet hatten, zwar aus Tsepovs Waffe stammten, Tsepov aber von seinen eigenen Männern getötet worden war. Am Ende hatte Andrej Tsepov genug Geld und Ego, um aller Leben zu zerstören, aber nicht genug Geschick, um erstklassige Männern anzuheuern wie sein Onkel vor ihm.

Das zweitklassige Team von Idioten, das ihn unterstützt hatte, war eine Katastrophe und letztendlich sein Untergang. Ich hatte Mitleid mit Agent Holley. Die ganze Zeit hatte er versucht, einen Fall aufzubauen, und am Ende waren alle seine Zeugen tot. Das einzig Positive an der Sache war, dass das Tsepov-Imperium in Trümmern lag.

Dieses Mal hatten die Guten gewonnen.

Cooper überwachte Petra und mich in den ersten Wochen nach dem Tod seines Vaters und von Tsepov noch mehr als sonst. Wir konzentrierten uns beide auf Petra und waren seltsam erleichtert, als sie zum ersten Mal ihr Abendessen heruntergeworfen hatte, einen Wutanfall bekam und Kekse verlangte. Wenn sie das jeden Tag machen würde, würde es irgendwann langweilig werden, aber es war beruhigend normal, zu sehen, dass eine Dreijährige die Nase voll von Gemüse hatte.

Petra fragte jeden Tag nach Maxwell. Wir folgten der Anweisung des Therapeuten und sagten ihr, dass Maxwell verstorben war und sie bei Cooper und mir bleiben würde. Ich wusste nicht genau, wie viel sie verstand, aber ihre Augen leichteten auf, als sie erfuhr, dass sie bei uns bleiben würde.

Es waren eine Menge Veränderungen - für uns alle -, aber das Gute überwog das Schlechte. Es war nicht nur gut. Es war das Beste. Unsere Trainingsrunden in der Mittagspause waren ein gutes Beispiel dafür.

Ich stand mit den Füßen auf der Matte, staubte meinen Po ab, warf meine Schultern zurück und hob mein Kinn mit einem übermütigen Schwung meiner Haare in Coopers Richtung. „Das wirst du nicht noch einmal tun."

„Willst du wetten, Kobold?"

„Ich bin kein Kobold", widersprach ich lahm. Ich würde es nie zugeben, aber insgeheim mochte ich es, wenn Cooper mich so nannte. Neben ihm fühlte ich mich wie ein Kobold.

Wir standen uns gegenüber und balancierten auf den Fußballen, während Cooper auf eine Bewegung von mir wartete. Ich erinnerte mich an einen Zug, den er mir am Vortag gezeigt hatte, und irgendwie gelang es mir, ihn perfekt auszuführen. Ich trat in ihn hinein, drückte mein Knie in seine Seite, griff seinen Unterarm und balancierte genau richtig, bis er auf den Rücken fiel und ich auf ihm landete.

Auf seiner Hüfte sitzend warf ich meine Hände in die Luft, wackelte mit dem Hintern und sang „Another One Bites the Dust". Albern, wenn man bedachte, dass es das erste Mal war, dass ich ihn zu Boden gebracht hatte, aber ich jubelte trotzdem.

Wer weiß, wann ich es wieder schaffe? Wahrscheinlich nie.

Coopers Grinsen war breit, als sich seine Hände über meinen Hüften schlossen und er mich auf den Rücken warf, sich zwischen meine Schenkel positionierte und über mich beugte. Ich hatte das Gefühl, dass der Trainingsteil unserer Sitzung vorbei war. *Kein Problem.*

Ich hob meine Beine, hakte meine Knöchel hinter seinem Rücken ein und lehnte mich auf der Matte zurück. Ich konnte den ganzen Tag so bleiben. Coopers Körper über mir, stark und vital. *Meins.*

Ein Teil von mir konnte immer noch nicht glauben, dass Cooper zwischen meinen Beinen war. Dass *er* auf mich herabsah.

Ich hätte nie gedacht, dass ich so glücklich sein könnte, aber ich hielt mich mit allem, was ich hatte, daran fest.

Coopers Augen brannten mit einer blauen Flamme, als er seinen Kopf senkte. Seine Lippen streiften meine und wanderten über meinen Wangenknochen, die Vertiefung meines Halses. Schmetterlingsküsse, die so leicht waren, dass sie überall in mir ein Feuer entzündeten. Er neckte mich, baute mein Verlangen auf, bis ich mich unter ihm wand und mein Mund nach seinem suchte.

Ich griff nach ihm und ließ ein frustriertes Knurren los, als er meine Handgelenke auffing, sie über meinen Kopf hielt und mich bewegungslos machte.

„Cooper", atmete ich aus, „hör auf, mich zu necken."

„Niemals", raunte er und balancierte sein Gewicht auf einem Ellbogen, als er mit der freien Hand nach unten griff und etwas aus seiner Tasche zog. Er legte sich wieder zwischen meine Beine und sein Gewicht lag bequem auf mir, niemals zu schwer, aber gerade genug, dass ich mich mit ihm verbunden fühlte, als ob ich genau dort wäre, wo ich hingehörte.

Eine schwarze Samtschachtel erschien vor meinen Augen.

Hatte er sie die ganze Zeit in der Tasche gehabt? *Hinterhältiger Mann…*

Als ich die Schachtel sah, hätte es wissen müssen, aber ich hatte es noch nicht erwartet.

Er klappte das Kästchen auf und ein strahlender Diamant traf meine Augen.

Der Ring zog meinen Blick an wie ein Magnet.

„Ist das dein Ernst?"

Er zog den Ring aus der Schachtel und drückte seine Lippen mit einem harten Kuss auf meine. „Es war mir noch nie so ernst, Alice. Ich habe dir gesagt, dass es für immer ist. Ich möchte es offiziell machen. Ich will, dass du mich heiratest."

„Bist du dir sicher?" Ich brauchte eigentlich nicht zu fragen. So war Cooper eben. Ich hatte aufgehört, zu überdenken, ob er es ernst meinte, nachdem er gesagt hatte, dass er mich liebte. Ich wusste, dass dieser Mann meinte, was er sagte, und dass er mich für immer lieben würde.

„Ich habe zehn Jahre lang gewartet, um dich zu meiner zu machen, Alice. Ich will nicht länger warten."

„Ich will auch nicht warten, Cooper. Ja, ich werde dich heiraten."

Ich hielt meine Hand hoch, und er schob mir den Ring an den Finger. Natürlich passte er perfekt. Er wusste alles über mich. Sogar meine Ringgröße. Der Ring war wunderschön und entfachte ein Feuer in mir. Er war nicht zu klein, aber auch nicht so groß, sodass er perfekt zu meiner kleinen Hand passte. „Du hast einen guten Geschmack, Cooper Sinclair."

„Offensichtlich. Ich habe mich in dich verliebt, nicht wahr?"

Mir kamen die Tränen. Dieser Mann... Wie konnte er gleichzeitig so arrogant und so süß sein? Ich brauchte mich nicht wundern. Ich war nur glücklich, dass er ganz mir gehörte.

„Bald, Alice", verlangte er. „Nicht im Juni. Wir können an Thanksgiving heiraten, wenn alle hier sind."

Meine Familie und der gesamte Winters-Clan würden über die Feiertage in Atlanta sein.

Perfekt.

„Was auch immer du willst, Chef", sagte ich, versenkte meine Finger in sein dickes, seidiges Haar und zog ihn für einen Kuss heran.

Es war der erste Kuss für den Rest unseres Lebens.

Der erste Kuss unserer Ewigkeit.

EPILOG II

GRIFFEN

Ich hasste meinen Schreibtisch. Dieses Büro hatte mir fast ein ganzes Jahrzehnt lang gehört, und es hätte sich wie ein Zuhause anfühlen sollen, aber ich war nie ein Schreibtischtyp gewesen – eine gute Ausrede, um in den Außendienst zu gehen. Ich machte meine Arbeit und wartete nicht mit dem Papierkram, aber ich fühlte mich nie wirklich lebendig, wenn ich hinter einem Schreibtisch saß. Jetzt sah es so aus, als säße ich hier für den Rest meines Lebens fest.

Dieser verdammte Andrej Tsepov und seine beschissenen Idioten…

Ich sollte froh sein, dass es nur ein Schuss in die Schulter war. In dieser Nacht waren mehr als nur ein paar Männer gestorben. Ich hätte von einem der Gewehre, die sie eingesetzt hatten, niedergemäht werden können. Wenn eine Kugel aus einem halbautomatischen Gewehr meine Schulter getroffen hätte, hätte ich meinen Arm verloren.

Ein Schuss aus einer Handfeuerwaffe hatte gereicht, um mich zum Boden zu bringen. Schulterwunden waren viel komplizierter, als Leute dachten. Die Kugel hatte eine Arterie gestreift, Bänder und Sehnen durchtrennt und Knochen gebrochen. Eine stundenlange Operation, Wochen mit einer Schlinge, gefolgt von monatelanger Physiotherapie. Ich war fast so gut wie neu.

Fast.

Für jemanden, der einen regulären Job hatte, wäre „fast wie neu" gut genug gewesen. Für mich bedeutete *es* das Ende meiner Karriere. Es musste doch tatsächlich mein verdammter, rechter Arm sein, oder? Mein Gehirn hatte vielleicht die Reaktionszeit, die ich brauchte, aber mein rechter Arm wäre immer einen Bruchteil zu langsam.

Ganz gleich, wie sehr ich im Außendienst sein wollte, und wie sehr ich das Adrenalin und die Gefahr brauchte, ich würde nicht das Leben eines Klienten gefährden, um mein Ego zu beruhigen.

Ich hatte Hausarrest und musste einen Weg finden, damit zu leben.

Ich war kein Grübler. Ich war in einer Familie von unbeständigen Persönlichkeiten aufgewachsen, umgeben von Wut, Verrat, Bosheit und Groll. Als ich zweiundzwanzig Jahre alt wurde, ging ich weg. Verbittert. Wütend. Als ich die Freiheit des Lebens ohne meine Familie genießen durfte, traf ich eine Entscheidung.

Ich wollte mich von dem Schwachsinn nicht unterkriegen lassen.

Es gab immer eine gute Seite, immer einen Grund zum Lachen. Ich würde dem Hass nie nachgeben. Ich hatte gesehen, was mit Menschen geschah, die es taten. Wie es ihnen das Leben aussaugte, sie austrocknete, und nur bittere Hüllen hinterließ.

So würde ich nicht werden. *Niemals.*

Vierzehn Jahre lang hatte ich es geschafft, daran festzuhalten, immer mit einem Lächeln auf den Lippen und auf der Suche nach dem Silberstreif. Und jetzt *das*. Tagsüber in meinem Büro verschanzt, nachts in meinem Haus versteckt.

Ich grummelte, knurrte und schnappte nach meinen Freunden, die meine Familie geworden waren.

Ich wusste, dass ich ein Arschloch war. Ich versuchte, sie anzulächeln, mit ihnen zu lachen und so zu tun, als wäre alles großartig, aber wir wussten alle, dass es eine Lüge war.

Alles war falsch, verdammt. *Beschissen.*

Mein Telefon summte mit einem Anruf von der Rezeption. *Alice.* Ich nahm den Hörer ab und zuckte zusammen, als ich mich bellen hörte: „Was?"

Ich war ein Bastard. Alice war wie eine Schwester, die jetzt mit meinem besten Freund verheiratet war. Sie gehörte zur Familie und verdiente etwas Besseres, als mit einem Arschloch zu sprechen.

Bevor ich mich entschuldigen konnte, ließ sie ihr schillerndes Elfenlachen los und sagte: „Hallo, Sonnenschein. Du hast Besuch. Sie sagt, ihr Name sei Hope Daniels. Soll ich sie reinbringen?"

Hope Daniels?

Unmöglich…

Gab es eine Chance, dass der Name ein Zufall war?

Nein. Ich verfluchte das Universum.

Los, tritt den Mann, der am Boden liegt. Warum auch nicht?

Welche dunkle Macht auch immer Hope Daniels nach Atlanta gebracht hatte, konnte sie einfach wieder zurückhaben.

Der zwanzigjährige Griffen hätte sie mit offenen Armen empfangen. Der von vor sechs Monaten wäre zumindest neugierig gewesen. Jetzt? Mit dieser verdammten Schulter, die schmerzte wie ein verfaulter Zahn, wollte ich Hope sagen, dass sie sich verpissen sollte.

Es wäre nicht gut, wenn sie wieder in mein Leben treten würde.

„Griffen? Soll ich sie einfach hier stehen lassen, bis sie Staub ansammelt?"

Ich konnte das winzige Lächeln nicht vermeiden, das sich auf meinem Gesicht ausbreitete, aber ich löschte es sofort wieder aus. Wir konnten es genauso gut hinter uns bringen. Ich würde herausfinden, was Hope wollte, und sie loswerden. *Keine große Sache.*

„Bring sie rein."

„Alles klar!"

Hope Daniels, verdammt nochmal...

Alice würde wissen wollen, wer sie war. Cooper, Evers, Knox – alle würden wissen wollen, wer sie war. Wann war es das letzte Mal, dass eine Frau ins Büro kam und nach mir fragte? Noch nie. Ich hielt mein Privatleben von der Arbeit getrennt. *Immer.*

Hope war nicht mehr ein Teil meines Privatlebens.

Sie war ein Zeichen der Apokalypse.

Nur allzu bald öffnete Alice die Tür meines Büros. Mein erster Gedanke war, dass sie einen Fehler gemacht haben musste. Die Frau, die neben ihr stand, war nicht Hope Daniels.

Sie war groß und schlank wie Hope, mit den gleichen sandbraunen Haaren und cognacfarbenen Augen, aber das war nicht meine Hope.

Mit ihrem zu einem festen Knoten zurückgekämmten Haar, ihrem blassen Gesicht und den leblosen Augen sah sie eher aus wie eine Vogelscheuche als wie eine Frau. Hope war schon immer schlank gewesen und trotz ihrer Größe leicht gebaut, aber diese Frau war dürr. *Zerbrechlich.* Ihr Gesicht war ungeschminkt und ihr fehlte jegliche Verzierung abgesehen von den einfachen, goldenen Steckern in ihren Ohren.

Die Frau, die sich Hope Daniels nannte, stand vor mir und trug einen beigen Anzug, der an ihr so aussah, als wäre er für jemand anderen gekauft worden. Die unförmige

Jacke und der hässliche Rock überwältigten ihren Körperbau und verbargen jeden Hinweis auf den Körper darunter.

Die gleichfarbigen Pumps waren stumpf und funktionstüchtig.

Sie war ordentlich und sauber, aber vollkommen fade. *Unscheinbar.* Ich studierte sie und suchte nach einem Anzeichen von der Hope, die ich so gut gekannt hatte.

Meine Hope erinnerte mich an Alice. Sie war viel ruhiger gewesen als unsere freimütige Büromanagerin, aber sie hatte den gleichen Kern aus Stahl und, einen flippigen, skurrilen Stil. Ich liebte es damals, die Geheimnisse zu erhaschen, die sie unter ihrer Schuluniform verbarg - ein mit Skeletten besticktes Stirnband, Socken mit einem Meerjungfrauen-Muster.

Sie hatte ihr ganzes Taschengeld dafür ausgegeben, nach Möglichkeiten zu suchen, anders zu sein, obwohl ihr Vormund von ihr verlangt hatte, dass sie sich anpasste. Meine Hope hätte sich nicht in beigen Klamotten sehen lassen.

Alice wartete neugierig an der Tür, während ihre Augen zwischen mir und Hope hin- und hersprangen. Als keiner von uns ein Wort sagte, hob sie eine Augenbraue und bot an: „Kaffee? Tee?"

„Nein, danke, Alice. Dafür wird Hope nicht lange genug bleiben."

Alice verengte ihre Augen bei meiner Unhöflichkeit, zuckte jedoch lediglich mit den Schultern und ging. Ich hatte keinen Zweifel, dass sie bei Cooper vorbeischauen würde. *Egal.* Sie waren meine Freunde, und das berechtigte sie absolut zu Klatsch und Tratsch. Wäre der Spieß umgedreht gewesen, hätte ich das Gleiche getan.

Es war nicht nur, dass eine weibliche Besucherin ungewöhnlich war, ich war normalerweise auch nie unhöflich. Nun, in letzter Zeit schon, aber nur zu den Freunden, von denen ich wusste, dass sie sich meinen Mist gefallen lassen würden. Nicht zu Fremden.

Aber Hope Daniels war keine Fremde.

Mit einer leisen Stimme, die kein Leben in sich hatte, fragte Hope: „Darf ich mich setzen?"

Ich lehnte mich in meinem Stuhl zurück. „Wie du willst."

Keine Reaktion. Es hatte eine Zeit gegeben, als eine unfreundliche Bemerkung von mir ihre Augen mit Tränen gefüllt hätte – nicht, dass sie jemals einer unfreundlichen Bemerkung von mir ausgesetzt gewesen war. *Nicht bis zum Ende.* Am Ende waren überall Tränen geflossen.

Sie setzte sich, glättete ihren hässlichen Rock und kreuzte ihre Füße an den Knöcheln. Es war, als wäre die Hope, die ich gekannt hatte, weggewischt worden und von einem Roboter ersetzt worden. Diese neue Hope kratzte an jedem Nerv.

Sie war noch ein Mädchen gewesen, als ich von Sawyers Bend abgehauen war.

Nur ein Mädchen, aber sie war der Funke, der das Feuer entfachte. Diejenige, die am Zahnrad drehte, was in Herzschmerz und Verlust endete – in einem Groll, der den Rest meines Lebens andauern würde.

„Was willst du?"

Hope zeigte zum ersten Mal Schwäche, atmete tief durch und blickte auf die Tasche, die sie ordentlich auf ihren Schoß gelegt hatte. Als sie zu mir zurückblickte, hatten ihre Augen einen leisen Schimmer von Emotionen.

Die letzten Worte, die sie mir gesagt hatte, hatten mein Leben erschüttert.

Diesmal war es nicht anders.

„Dein Vater ist tot. Ford ist im Gefängnis – angeklagt, ihn ermordet zu haben. Alle Vermögenswerte, Firmen- und

Privatvermögen, sind eingefroren, bis das Testament verlesen wird."

Ich schluckte und kämpfte gegen den Schmerz, der von ihren Worten ausgelöst wurde. Diese Menschen bedeuteten mir nichts mehr. Mein Herz verhärtete sich, als ich mich zwang, zu sagen: „Dann lasst das Testament verlesen und haltet mich da raus."

„Wir können es nicht. Dein Vater hat festgelegt, dass das Testament nicht ohne dich verlesen werden kann."

Ihre Worte durchbohrten mich, verursachten eine Wunde und hinterließen mich betäubt und hohl.

Mein Vater ist tot.

Ich hatte ihn seit vierzehn Jahren nicht mehr gesehen, hatte ihn schon viel länger gehasst.

Mit dem Hass auf meinen Vater war ich jedoch nicht alleine.

Prentiss Sawyer war einer der meistgehassten Männer in North Carolina. Verdammt, er war wahrscheinlich einer der meistgehassten Männer des Landes. Ich zögerte und fragte: „Was ist passiert?"

„Sterling hat ihn in seinem Büro im Heartstone Manor gefunden. Er wurde erschossen und war schon eine Weile tot."

Sterling. Meine kleine Schwester. Halbschwester. Die meisten meiner Geschwister waren Halbgeschwister. Prentiss sammelte Ehefrauen, aber er war beschissen darin, sie zu behalten. Ich widerstand dem Drang, zu fragen, ob es Sterling gut ging. Sie war nicht mein Problem. Keiner von ihnen war es.

„Wo?"

„In seinem Büro", wiederholte Hope langsamer, als ob ich schwerhörig wäre.

„Nein, wo an seiner Leiche wurde er erschossen?"

„Seine Stirn."

Hinrichtungsstil. Ein Verbrechen aus Leidenschaft könnte ich noch verstehen – ein wütender Ehemann oder ein betrogener Liebhaber, sicher. Aber kein Attentat.

Ford war im Gefängnis, weil er ihn getötet haben sollte? *Schwachsinn.*

Ich hatte viele Gründe, meinen Bruder zu hassen, aber es war unmöglich, dass er unseren Vater mit einem einzigen Schuss getötet haben könnte. Ford hatte es nicht in sich. Er kannte sich mit Waffen aus, wie es alle Sawyer-Kinder taten, aber diese Art von kaltblütigem Mord? *Nein.*

Wie viel hatte sich seit meiner Abreise verändert?

Ich verdrängte Ford aus meinen Gedanken. *Nicht mein Problem*, erinnerte ich mich. „Der Bastard hat sein Testament schon wieder geändert, nachdem ich weg war."

Mein Vater war berühmt dafür, dass er sein Testament ständig änderte. Er benutzte dieses Ding wie eine Waffe, indem er meine Geschwister und mich in einem ständigen Spiel um Dominanz gegeneinander aufstachelte.

Es reichte nicht aus, dass Sawyers Bend praktisch der Familie gehörte und wir Hunderte von Millionen Dollar an Immobilien und Industrie in North Carolina und den umliegenden Staaten besaßen.

Prentiss Sawyer war nicht glücklich gewesen, außer, wenn der Rest von uns nach seiner Pfeife tanzte wie Marionetten. Das Testament war so oft geändert worden, dass die Honorare, die er seinem Anwalt gezahlt hatte, dem Mann ein zweites Haus eingebracht hatten.

Ich hatte Sawyers Bend verlassen und meiner Familie den Rücken zugewandt, nachdem sie mich auf die schlimmste Weise verraten hatten. Das Testament meines Vaters war nicht mein Problem.

„Er hat mich vor vierzehn Jahren rausgeschmissen", erinnerte ich sie. „Ich habe mein eigenes Leben. Löst eure Probleme selbst."

Eine Flut von Emotionen huschte über Hopes Gesicht. Furcht? Sorge? Verzweiflung? Es ging so schnell vorbei, dass ich es nicht erkennen konnte.

Sie lehnte sich etwas vor. „Griffen, du musst begreifen, dass alles eingefroren ist. Alles. Persönliche Gelder. Geschäftsgelder. *Alles.* Leute werden nicht bezahlt. Unternehmen gehen unter. Die *Stadt* wird untergehen. Du musst nicht bleiben. Bitte, komm einfach nach Hause, damit Harvey das Testament verlesen kann. Sobald es vorbei ist, kannst du gehen, und du musst keinen von uns je wiedersehen."

Verdammte Scheiße. Mein *gottverdammter* Vater.

Er wusste immer, wie man das Messer herumdrehte.

Er wollte mich aus irgendeinem Grund zurück in Sawyers Bend haben, und er war der Experte darin, seinen Willen zu bekommen – sogar von jenseits des Grabes.

Er wusste, dass ich nicht zurückgekommen wäre. Ich brauchte das Sawyer-Vermögen nicht. Ich war dazu erzogen worden, das Ruder zu übernehmen und darauf vorbereitet worden, in die Fußstapfen meines Vaters zu treten, aber ich hatte alles hinter mir gelassen.

Ich verdiente mein eigenes Geld und brauchte meinen Vater nicht. Ich schuldete diesen Leuten einen feuchten Dreck.

Meine Familie war Gift, aber Sawyers Bend war eine andere Geschichte.

Die Stadt war voll von Menschen, die einfach nur versuchten, ihr Leben zu leben. Gute Menschen, die von ihrem Lebensunterhalt und den verschiedenen Sawyer-Unternehmen abhängig waren. Ohne den freien Fluss von Sawyer-Bargeld würde die Stadt zum Stillstand kommen, und es waren die Menschen dort, die zuerst leiden würden.

Ich wollte nichts mit meiner Familie zu tun haben, aber ich wollte Sawyers Bend nicht untergehen lassen.

„Wann ist die Verlesung?"

„Morgen Nachmittag in Harveys Büro."

„Ich werde da sein. Und dann gehe ich wieder."

Ich sah, wie Hope aus meinem Büro ging, ihr Rücken stocksteif, ihre Haltung perfekt. Das Mädchen von damals war nicht zu finden.

Morgen Nachmittag... Um fünf Uhr würde ich wieder auf dem Weg nach Atlanta sein. Ich wäre endlich und für immer fertig mit Sawyers Bend.

Nichts auf dieser Welt würde mich davon überzeugen, noch eine Sekunde länger zu bleiben.

Melde dich jetzt @ ivylayne.com/deutsche

für eine Benachrichtigung über eine Veröffentlichung von die geschichte von Griffen, oder lies es jetzt schon auf Englisch!

VON IVY LAYNE

Join Ivy's Readers Group @ ivylayne.com/deutsche

DIE ENTFESSELT-REIHE

Enträtselt

Offenbart

Enthüllt

ÜBER IVY LAYNE

Ivy
Layne

Ivy Layne hat ihre Nase in Büchern, seit sie gelernt hat zu lesen.

Sie stolperte in ihren frühen Teenagerjahren über ihre erste Romanze, und die Würfel waren gefallen. Während sie vorgab, ihrem Lehrer für kreatives Schreiben Aufmerksamkeit zu schenken, träumte sie davon, heiße Liebesromane zu schreiben.

Heutzutage steckt sie bis zum Hals in Alpha-Helden und den klugen, sexy Frauen, die sie lieben.

Sie ist mit ihrem ganz persönlichen Alpha-Helden verheiratet (der ihr nach einem langen Tag des Schreibens den Rücken massiert, aber auch seine Socken auf dem Boden liegen lässt) und lebt in den Bergen von North Carolina, wo sie und ihre bessere Hälfte riesengroßen Spaß beim Großziehen ihrer zwei energischen Jungs haben. Abgesehen von ihrer Familie liebt Ivy am meisten Kaffee und Schokolade (am besten zusammen).

BESUCH IVY

Facebook.com/AutorIvyLayne
Instagram.com/authorivylayne/
www.ivylayne.com
books@ivylayne.com

www.ingramcontent.com/pod-product-compliance
Lightning Source LLC
Chambersburg PA
CBHW070349260626
47161CB00001B/78